徳間文庫

黄昏坂《たそがれざか》 七《なな》人《にん》斬《ぎ》り

門田泰明

徳間書店

目次

【特別書下ろし作品】

黄昏坂《たそがれざか》　七人斬《ななにんぎ》り

一

神田須田町二丁目の居酒屋『おけら』で、酒と飯に腹を満足させた銀次郎は、元気で可愛いと評判の小女《こおんな》（手伝い）イチに支払いを済ませ賑《にぎ》わう店から外へと出た。今宵、腰に刀は帯びていない。

「おっと……」

冷たい風に頬を叩かれた銀次郎は思わず、店の内へと一、二歩下がった。

寒風がヒヨッと鳴って店内へと吹き込む。

「寒いじゃねえか兄《あん》ちゃん。早く表障子を閉めとくれよ」

客の誰かが銀次郎の背に、舌足らずな調子で不満をぶっつけた。

「すまねえ……」

振り向かずに、再び一歩店の外に出た銀次郎は、後ろ手で表障子を閉じた。そして余りの寒さに、軒下でぶるっと肩を一度震わせる。かなり冷え込んだ夜風だった。

いつ降り出したのか、店の外は横殴りに吹く風で、雪が激しく躍っていた。降り出して間がないのだろうか。表通りはうっすらと白く染まり出したばかりだ。

「なんてえ寒さだ、この雪はよう……」

夜空を仰いで銀次郎は呟《つぶや》いた。横殴りに吹く風に乗って躍る雪には全く不似合いな満月が、夜空に皓皓《こうこう》と照り輝いている。照り輝いている、という表現そのままの、目に眩《まぶ》しい程の満月だった。

「厭《いや》な月夜だがよ……ま、雪の中を突っ走って帰るかえ」

銀次郎がそう漏らして駆け出そうとした時だった。『おけら』の左手直ぐの路地から「また来たのか。弱ったねえ」と困惑した調子の声が聞こえてきた。その声の大きさから、一度や二度のことではないな、と銀次郎には判った。

彼は雪の中を首をすぼめて路地へと入っていった。

幅一間《けん》足らず、奥行八間《けん》見当の路地の左手奥に、『おけら』の調理場の勝手口があることを銀次郎は承知している。

「ん？」

頭と背に雪に加えて月明りを浴びる銀次郎が、ふっと歩みを止めた。その表情が険しくなっている。

『おけら』の勝手口の前に小さなものが丸く蹲《うずくま》っていた。横殴りの風に乗って降る雪が容赦なく、その丸く蹲っている小さなものを、見る間《ま》に白く染めてゆく。

庖丁《ほうちょう》を手にした『おけら』の亭主六平《ろくへい》（五十一歳）が仁王立ちに突っ立って、白く染まってゆくその小さなものを見下ろしていた。飲み食いの付けには絶対に応じない、支払いには厳しいことで知られている六平だ。

銀次郎は小急ぎな動きで近寄っていった。

「どしたい六《ろく》ちゃん」

「お、なんだ銀ちゃん。今夜はもう終《しま》いかえ。いやに早いじゃねえか」

「イチ坊に支払いはちゃんと済ませたぜい。安心しな」

「ちっ。嫌なことを真顔で言ってくれるね銀ちゃんはよう」

六平が苦笑した。二人は、銀ちゃん、六ちゃん、と呼び合うお互《たが》い気心の知れた古い付き合いだ。六平は客商売にもかかわらず、かなり気短《きみじか》で気性が激しい。

彼は銀次郎の拵屋《こしらえや》稼業《かぎょう》についてよく知っている。六平の恋女房（後妻）テルは半年に一度か二度、それも何処其処《どこそこ》で祭礼などがある日の早朝に銀次郎の住居《すまい》を訪ねて半畳《はんじょう》の青畳《あおだたみ》に座ることがある。身形《みなり》を思いっきり綺麗《きれい》にして貰うために。

このテルの素晴らしい愛想《あいそ》の良さで『おけら』は持っていた。

「で、雪と満月の夜に何でうんざりしたような大声を出していたんだえ」

銀次郎はそう言い言い、足元そばでみるみる白く染まってゆく小さなものに、視線を落とした。

なんと、六、七歳にしか見えない幼女ではないか。しかも体をダンゴムシ（甲《こう》殻綱《かくこう》ワラジムシ目オカダンゴムシ科）のように丸めて、ガタガタ震えている。

「おいおい六《ろく》ちゃん。子供じゃねえかよ」

「それは判っているさ。けどよ……」

銀次郎は六平に皆まで言わせず、「ちょいと、どきねえ……」と突っ立っている彼を押《お》し退《の》けるようにして、幼女を勝手口の内《なか》へ手早く抱《かか》え入れた。

「可哀そうによ。寒かったろうが」

小さな体の震えが止まらぬ幼女の頭や背中の雪を、銀次郎の掌《て》が抱き寄せるようにして払い落とした。

「駄目だ。着ているものが湿《しめ》っちまってやがる。おい六ちゃん、この子に着せてやるものはねえかえ」

「んなこと言ったって、俺んとこには子供がいねえからよう」

「あ、そうか……」

と、銀次郎は舌打ちをして狭《せま》っ苦しい土間を、幼子《おさなご》を半抱きしたままの姿勢で見まわした。

勝手口を入って直ぐの此処《ここ》、畳二畳ほどの土間は『おけら』の飲食にかかわる各種素材の置場になっている。

米、味噌、醤油《しょうゆ》、玉子から酒、漬物《つけもの》、干物《ひもの》、佃煮《つくだに》などは常に揃っており、鮮度落ちの心配が少なくなる秋から冬場にかけては、鶏肉《けいにく》や軍鶏肉《しゃもにく》がふんだんに加わり、これらが『おけら』の味の魅力となっていた。

闘鶏に用いられた古い歴史を持つ軍鶏の肉は、江戸幕府が開かれて間もなくシヤム（タイ）から入ってきたものらしく、鶏よりも肉質にすぐれていることから、今や江戸の酒飲みの大方が好んで食している（一九四一年―日米開戦の年―天然記念物に指定される）。

「このままじゃあ、ちょいとまずいぜ六ちゃん」

冷えきった幼女の背中をさする銀次郎に言われて、薄明りの中で六平の顔に「けどよう……」と困惑が広がった。

この素材置場には、防火型に工夫のされた小さな掛行灯が一つ、柱に掛けられて心細い明りを点《とも》しているだけだ。

「ともかく勝手口の障子を閉めてくんねえ六ちゃん、寒いやな」

銀次郎に促されハッと我に返った六平が、慌て気味に勝手口の障子を閉めたとき、「あんた、お酒の補充を早くしてくれなきゃあ……」という澄んだ声があって、調理場との間を仕切っている長い二股暖簾《ふたまたのれん》が左右に開いた。

顔を覗《のぞ》かせたのは『おけら』の女将《おかみ》、つまり六平の女房テルだった。

「おや、銀ちゃんまだいたの……あら、この子またあ……」

テルは眉をひそめて銀次郎の傍《そば》までやってくると、彼に体をぴたりとくっつけるようにして腰を下ろした。その様子を見ても、六平の表情に不快な色ひとつあらわれない。

「まあ、この子、着ているものが濡《ぬ》れているじゃないのさ銀ちゃん」

「なにしろ外は横殴りの雪でよ女将《おかみ》」

「えっ、雪？……いつの間に？」

「いつ降り出したのかは知らねえが、とにかくこの子の体は今、その雪に叩かれて冷え切っている。なんとかしてやんなきゃあ、まずいぜ」

「そうね。わかった……さ、ともかく奥の部屋へ行きましょ、ね、さあ」

テルは体の震え止《や》まない幼女を促し促ししながら、二股暖簾の向こうへ慌ただしく消えていった。

テルが言った奥の部屋は、調理場に接するかたちである。夫婦が寝起きしている六畳大の板間《いたのま》で、甲高い笑い声や威勢のいい歌声で賑わっている店土間《たなどま》は、調理場を挟んで反対側に位置している。

「おい、六ちゃん。一体《いってえ》どうしたってんだよ、あの幼子《おさなご》」

「此処七日ばかり欠かさず訪ねてくるのさ。それも夜になってからよう」

「何を目的にだえ」

「客の食べ残しがあれば捨てずに恵《めぐ》んで下さいってな」

「なにいっ」

銀次郎は愕然《がくぜん》となって、六平の目を思わず睨《にら》みつけた。六、七歳にしか見えない幼女が、客の食べ残しを恵んで下さい、と、しかも夜になってから訪ねてくるとは只事ではない。

「住居《すまい》は判ってんのかい。名前は?」

「いや、住居《すまい》も名前もこちらからは訊《き》いちゃあいねえよ。はじめの内は御薦《おこ》（乞《こ》食《じき》）の子だと思ったんで、客の食べ残しで綺麗《きれい》なものを選んで、竹の皮にくるんで手渡してたんだがよう……」

「食べ残しをなあ。しかし『おけら』は食い物の旨《うま》さで評判の店なんだ。俺の知る限りで言わせて貰うと、どの客も食べ残すことなんぞ殆どしていねえぜ」

「困ってたのは、そこなんだ銀ちゃん。自慢じゃあねえが『おけら』《うちの店》はこの六平も女房《かかあ》も料理上手で知られてんだ。客の食い残しなんざあ、出ないことの方が多いんだわさ」

「うん、だろうな。だがそうなると、あの幼い子が困る。そうだろう」

「なもんで仕方なくよう。女房《かかあ》が梅干《うめぼし》入りの握り飯《にぎりめし》を二つ三つこさえてよう、それに玉子焼《たまごやき》などを添え、竹の皮でくるんで手渡していたのさ」

「なんでえ、それじゃあ店売《たなう》り出来るほどの立派な弁当じゃねえか。それだったら俺だって、ほしいやな」

「あの幼い子が今にも泣き出しそうな顔で訪ねてくるのを、駄目だ帰れ、と暗い夜の中へ手ぶらで追い払えねえやな」

「まあな……で、客の食べ残しを恵んで下さい、と訪ねて来るくらいだから、その事情ってえのを話すことくらいはしたのかえ」

「いいや、それを訊ねても何も言わねえのさ。ただ、礼儀作法ってえのは心得ているようだ。握り飯なんぞ手渡してやると、ありがとうございます、と確《しっか》りとした口調で言って深深と御辞儀をするからねえ」

「着ているものはすっかり汚れて綻《ほころ》びも目立っているが、安物ではないものを着ているとは判った。間違いはねえ」

「ふうん、そうかえ。今や拵屋で江戸一の銀ちゃんが言うんだったら、そりゃあ、そうに違いねえな。てえと銀ちゃん、あの子は若《も》しかすると……」

「うん。元《もと》は付くんだろうが、侍の子か大店《おおだな》の子ってえところかも知れねえ。いや、俺としちゃあ侍の子ではねえかと思うな。印象からして何となくな。それにそこいらの町育ちの子じゃあ、夜の夜中に、客の食べ残しを恵んで下さい、と訪ねて来る勇気などはねえだろうよ。あの幼い子は、なかなかに見上げた根性……精神力とでも言うのかねえ。それを持ってる。六ちゃんの話と俺が見た印象とを重ね合わせると、そういう答えが出て来そうな気がするぜい。そうは思わねえか？」

「なるほどなあ、さすが宵待草《よいまちぐさ》（夜の社交界）の姐《ねえ》さんたち相手に、『拵屋名人』とまで言われている銀ちゃんだ。俺とは検《み》る目が違わあ」

「あの子に手渡す今夜の弁当は、いやさ、今夜から先の弁当代は当分の間、俺が負担するからよ。いいものを作ってやっておくんない六ちゃん」

「お？　そう来たか。銀ちゃんがそう出て来るならよ。俺も、よしきた、と身構えなきゃあ男じゃねえってことになるじゃねえか。任せておきねえ」

六平がそう言って頷《うなず》いたとき、二股暖簾《ふたまたのれん》を分けて手伝いのイチが不満顔を覗かせた。

「んもう旦那さん。何をしてるんですよう。酒と料理はまだかって客が怒ってますよう。満席なんだから油売《あぶら》ってちゃ（サボってちゃ）困ります」

「おっとすまねえ。いま戻るからよ。待たせ過ぎている客には、酒を半合《はんごう》ばかり、店の気持です、と注《つ》ぎ足《た》して回りねえ。笑顔でな」

「何もそんな損商売をしなくってもいいじゃないですかあ」

「いいからいいから。早くそうしねえ。酒を半合ばかりな。いま戻るからよ」

「旦那さんたら人がいいんだから……店が潰《つぶ》れても知りませんよう」

と、イチが二股暖簾の向こうへ不満顔を引っ込めるのを待って、銀次郎は思いっきり破顔した。笑い声は抑《おさ》えている。

「最近のイチはよう、ありゃあもう副女将《ふくおかみ》そのものだぜ六ちゃん」

「まったくよ。だから助かってんだい。あの子よ、ようく働くんだわ、実によ」

「嫁入りの世話までしてやんねえよ。いい娘っ子だからさ」

「ああ、女房《かかあ》もそう言ってるよ。近頃は『おけら』の別店《べつみせ》を持たせてやりたい、とまで言い出している」

「早く調理場へ戻りねえ。イチの雷が落ちねえ内によ」

「まったくだ。すまねえが銀ちゃん、もう暫く待っていておくんない。構わねえかえ」

「判った。さ、早く戻りねえ」

うん、と六平が笑って調理場へ入っていった。

二

銀次郎と幼子の二人は一つの傘――『おけら』で借りた――の下で体を寄せ合い、女将のテルに見送られて雪降る中へと出た。幸いなことに雪は少し弱くなっていた。

「構わねえからよ、遠慮なくもっとこちらへ寄りねえ。せっかく乾かして貰った着物が、また濡れるからよう」

「はい」

幸いなことに『おけら』は、調理に必要な薪火《まきび》や炭火を一年の間、欠かしたことがない。いや、欠かす訳にはいかない。それが幼子の濡れた着物を乾かし、また震える小さな体を癒《いや》すのに役立った。

「沢山の握り飯や玉子焼を作って貰ってよかったねい」

「きっと食べきれないと思います」

「何人で食べるのだえ」

「三人……」

「食べ残したなら、また次の日に食べればいい。真夏と違って、この寒さじゃあ、二、三日はいたむ心配がねえからよ」

「はい。そうします」

「誰と誰で食べるのだえ」

銀次郎は少しずつ、幼女の〝内側〟へ入っていこうとしていた。

「母とお京と小母《おば》様の三人で食べます」

母とお京と小母《おば》様、という言い方をしたお京だった。六、七歳にしか見えない子がである。

「お京っていうのは、今おじさんの隣にいるとても可愛い女の子のことだね」

「ふふっ……」

幼女は銀次郎を見上げて、遂に笑いを漏らした。『おけら』の女将が幾度名を訊《たず》ねても黙り通していた幼女であった。その幼い心が、銀次郎に対して扉をそっと開いた一瞬であった。

月は二人の傘の上に、皓皓たる明りを降り注いでいる。

銀次郎の傘を持たぬ方の手には、ずしりとした重さの『おけら』弁当があった。六平が、よしきた、の身構えで拵えた弁当だ。

「さてと、今夜の重い握り飯は、何処まで運べばいいのかな。教えておくれ」

「いいのです。途中からは、お京がひとりで持ち帰れます」

先程も今も自分でお京と言ったからには、名は京でなく、**お**付き名の**お京**なのであろう。

「そうはいかないよ、お京。大人のおじさんの立場では、幼いお京に重い弁当を持たせて雪の中へ置いてけぼりにし、引き返す訳にはいかないのさ。雪と月明りが同時に降る夜なんてえのは不気味で、何があるか判らないしなあ」

「雪女が出ますか?」

傘の下で銀次郎を見上げるお京の顔が怖そうに歪《ゆが》んだ。

「ははは。かも知れないぞう。だから住居《すまい》のある場所を教えておくれ。お京の家の内《なか》へは入らないと約束するよ。離れた所からお京が家の内《なか》へと消えるのを見届けるだけ。それならいいだろう。な」

「ごくら……」

言いかけたが迷いが強く働いたのであろうか、お京は途中で口を噤《つぐ》んだ。

「お京よ。先程の店のおじさんを六平、おばさんをテルと言うのだ。そして、傘を差しているこのおじさんの名は銀次郎」

「ぎんじろう?……」

「そう、銀次郎。字はむつかしいから、又の機会があればゆっくりと教えてあげよう。三人の名前を教えてあげたから、お京の家がある場所を教えておくれ。決してお京が困るようなことにはならないから」

「本当ですか、銀次郎のおじさん」

「うん、本当だ。約束する」

「**極楽橋**《ごくらくばし》です」

「あ……ああ……極楽橋ね。少し歩くかなあ」

いつの間《ま》にか、傘の上には眩しいほどの月明りが、弱まってきた雪を弾き飛ばす勢いで降り注いでいた。が、傘の内は薄暗かった。その薄暗さが銀次郎を救っていた。

もしその薄暗さがなければ、**極楽橋**、と聞いて反射的に凍りついた銀次郎の表情を、お京に気付かれていたことだろう。

なぜ銀次郎の表情は凍りついたのか？

お京が口にした極楽橋は、常連寺川から分かれた灌漑《かんがい》用水として大事な支流・**仕合川**《しあわせがわ》に架かった橋を指していた。橋の袂《たもと》に赤い前掛けをした二尺丈ほどの古い**仕合地蔵**《しあわせじぞう》が三体立ち並んでいることでも江戸の人人によく知られている。

が、この極楽橋が人人によく知られている理由《わけ》が、他にもう一つあった。

俗に**地蔵林**《じぞうばやし》と呼ばれている雑木林が極楽橋の周囲に広がっており、また仕合川の肥沃《ひよく》な河原には真冬でも枯れることがない純白の穂《ほ》が美しい常磐《ときわ》ススキ（在《あり》原《はら》ススキとも）が、繁茂していた。

この地蔵林の中、および真冬でも枯れることのない高さ二メートル以上にも伸びるススキの林の中には、かなりの数の貧しく小さな小屋、本当に小さな小屋と表現する他ない貧しい住居《すまい》が存在していた。

夜鷹《よたか》たち（娼婦《しょうふ》たち）の塒《ねぐら》である。

（この子は夜鷹の子であろうか……それにしては幼いなりに、きちんとした教育のあとが窺《うかが》えるが）

自分と並んで歩く小さな体を然《さ》り気《げ》なく見つめながら胸の内でひとり呟いた銀次郎は、（いや、このような想像こそが夜鷹を差別して眺めていることになる……）と反省した。

さまざまな事情をかかえて宵待草《よいまちぐさ》（夜の社交界）で生きる姐《ねえ》さんたち相手に、着付け、化粧、整髪、色・香りの選別などの拵えに当たってきた銀次郎は、芸妓であっても夜鷹であっても高い教養を身に付けている女を幾人も見てきた。苦界に落ちた女は皆、他人《ひと》に言えぬ深刻な事情を抱えているのだ。

極楽橋周辺に棲《す》むからといって、決して白い目で蔑《さげす》み見てはならぬ、と改めて己れに強く言って聞かせる銀次郎だった。

三

雪が止《や》みかけて月明りが一層明るくなったとき、前方に朱塗りの木橋が見えてきた。極楽橋であった。

橋の袂に三体立ち並んでいる仕合地蔵が赤い前掛けをしているので、極楽橋も完成して直ぐに御上《おかみ》の手で朱色に塗られたらしいが、銀次郎はその塗装作業を見た訳ではない。

なにしろこの木橋が完成したのは十年以上も前のことで、以来、朱の色が強い日差しや雨風《あめかぜ》でくすんでくるたび、御上の手で塗り直されている。

町奉行所が時おりこの地区の夜鷹たちを取り締まっているのだが、それは余り厳しいものではないらしい。川の流れが仕合川という名で傍《かたわら》の地蔵三体も仕合地蔵という名だから、どうも強く取り締まれない空気が町奉行所内にあるのだという。

極楽橋という名も、おそらく川と地蔵様の名に沿うかたちで考え出されたものなのであろう。

銀次郎は穏やかな口調でお京に話しかけた。ゆっくりと。

「ほうら、見えてきたぜい極楽橋がよ……」

「雪女が出なくてよかったね銀次郎おじさん」

「お京がいい子だからだい。いい子には雪女ってえのはとてもやさしいのさ」

「ふうん……」

「お京は幾つなんだえ。年齢《とし》を教えておくれ」

「七歳です（現在《いま》の満六歳）」

「しっかりしてるねえ……ところでさあ、客の食べ残しを貰おうとして、どうして『おけら』っていうあの店を選んだのだえ」

「あのお店、『おけら』って言うのですか」

「そう。『おけら』ってえのさ」

「他《ほか》の店では皆、断られたからです。『おけら』のおじさんとおばさんだけが、やさしくしてくれました」

「他の店は皆、冷たかったのかえ。怒鳴ったりとかよ」

「蹴《け》られたりもしました。きたねえから、あっちへ行けとか」

「そいつあ、ひでえ。許せねえな。これからはよう、『おけら』だけを訪ねるんだな。美味しい弁当が貰えるように、この銀次郎おじさんから、強く言っとくからよ」

「ありがとうございます」

「うん、よしよし。けどよ、なぜ子供のお京が、店の客の食べ残しを貰うために夜に出歩くのだえ。つらくて恥ずかしいだろうが。大人《おとな》のお母さんとか、小母様は、どうして動かないのだえ」

「動けないのです」

「動けない？　それはまたどうして……」

「母も小母様も病気で寝ています」

「なにっ」

傘の下の薄暗がりの中で、銀次郎の目が思わず光った。

「で、医者に診《み》て貰っているのか？」

「お金がないから……」

と、お京は悲しそうに首を横に振って、うなだれた。

「お京のお母さんも、小母様という女性《ひと》も、とても悪いのかえ」

「母はだいぶ良くなりました。小母様は、母とお京を助けてくれた恩人です。その恩人の小母様が病気で倒れたので母が介護していたら、母も病気になりました。でも母は、だいぶ良くなっています」

極楽橋や雑木林が目の前に迫ってきたので、お京は焦《あせ》ったように早口になり出していた。が、子供なりに気を利かせているのであろう、小声であった。話のすじも、幼いなりにだが通っている。

（なかなかの会話の力だ。しかし、こいつあ、ほうってはおけねえな……）

と、銀次郎は思った。幼いお京が『おけら』で物乞《ものご》いする背景は摑《つか》めたが、お京とその母親、そして小母様という三人のつながりがもう一つ呑み込めない。小母様とかは、お京とその母を助けた恩人だという。

「銀次郎のおじさん、ここまででいいです」

お京が枝枝に雪をのせている雑木林の手前で立ち止まった。

「お京の住居《すまい》は、この雑木林の中にあるのかえ」

「お京の家ではなく、小母様の住居《すまい》です」

「なるほど。その小母様の住居《すまい》に、お京とお京のお母さんは世話になっているという訳だ」

「はい。そうです」

「この銀次郎おじさんが、お京と一緒にその住居を訪ねるのはまずいかなあ」

「困ります。小さくて狭い家だから、小母様と母と私の三人で、いっぱいですから」

「その小さく狭い家で、お京のお母さんと小母様が、体を悪くして寝ているというのだな」

「いいえ、母はまだ咳《せき》をしていますが起きています。起きて小母様の看病をしています」

「お京はえらいな。介護とか看病という言葉を知っているのだねい」

「母に教えて戴きました」

「そうか……よし判った。ここからは一人で行きなさい。この弁当と傘を持ってよ」

「傘も下さるのですか」

「うん、かまわねえよ。遠慮しねえでいい。お京の小さな手で持てるかえ。弁当、かなり重いぞ」

「持てます」

「もう雪は殆ど止んでいらあ。傘はたたんで持つがいい」

「はい」

お京がはじめて、にっこりとした。

銀次郎はたたんだ傘と、ずっしりとした重さの弁当をお京の小さな手に預けると、

「さ、銀次郎おじさんが此処で見守っているから、行きねえ。心配しなくっても後はつけたりしねえからよ」

と、小さな背中を軽く押して促した。

お京は頷いて眩しい程の月明りを浴びている雑木林に入っていった。江戸の男たちから〝夜鷹の森〟と言われている雑木林である。

お京は一度も振り返ることなく、雑木林の中へと消えていった。

（矢張り……こいつあ、ほうってはおけねえ……）

銀次郎は胸の内で、また呟いた。

四

翌日も朝の五ツ頃（午前八時頃）から小雪が降り出していた。

昨日の夜になって降り出した横殴りの降りではなく、淋しいような侘《わび》しいような小雪だった。

麹町《こうじまち》・山元町（現・平河町）にある拵屋稼業としての自宅を巳《み》ノ刻頃に（午前十時頃）出た銀次郎は途中、老舗菓子舗『桐屋』へ立ち寄って白雪糕《はくせっこう》を求めてから、神田・子泣き坂下の名医、芳岡北善の診療所を目指した。

白雪糕《はくせっこう》は『桐屋』の名菓として、江戸の人人に知られている。

米粉などの材料に砂糖をこの時代にしては贅沢《ぜいたく》に加えてよく蒸し柔らかく固めた白雪糕《はくせっこう》は、江戸幕府が開かれて間もなく『桐屋』の先先代がつくり出した菓子で、母乳の出が少ない母親は、武家も町家もこれを買い求めて幼子になめさせたりした。

妻の乳房を子に独占されて淋しい夫も、これを密かになめては妻の乳房を想ったとも言われている。

芳岡診療所が向こうに見えてきたとき、銀次郎はさしていた傘――自分の傘――の先を思わず上げ、「ん？」という表情を拵え歩みを止めた。

身形で直ぐに町奉行所同心と判る人物がひとり、さした傘を前下げにして診療所から出てきたのだ。

「あれは……」と呟いた銀次郎は立ち止まったまま動かず、その同心の近付いて来るのを待った。

傘を前下げにさした同心は、かなり急いでいる様子だった。

「旦那……」

銀次郎は目の前に近付いてきた相手に声を掛け、二、三歩踏み出した。

「お……」

相手が驚いて動きを止め、前下げにさしていた傘を上げた。

「銀次郎じゃねえか。久し振りだなあ」

「申し訳ござんせん。姐《あね》さんたち相手の仕事が忙しくて、飛び回っておりやした」

「何を言いやがる。その夜の美人達から俺は〝近頃銀ちゃんを見ない。困っているから探してほしい〟と何度も頼まれてんだい。一体《いってえ》何処へ姿を隠してやがった」

同心身形の相手は〝切れ者〟とか〝名同心〟と呼ばれて知られている南町奉行所・市中取締方筆頭同心**真山仁一郎**だった。銀次郎とは懇意《こんい》で、よく酒を呑み交わしている。江戸の人人の間でも大層、評判のいい同心だ。

「近頃は旦那、市中だけではなく江戸の外の姐さん達にまで呼ばれることが多くなりやしてね。本当に御無沙汰《ごぶさた》して申し訳ござんせん。ところで旦那、芳岡診療所から出てこられやしたが、どう致しやした。お風邪《かぜ》でも？」

「なあに、マツ(二歳、真山の娘)が洟《はなみず》を出して軽い咳をしてやがんで、芳岡先生に薬を貰ってきたんだい」

「そいつあいけやせんね。大丈夫ですかい」

「芳岡先生に先ほど家にまで出向いて戴いて、よっく診て貰ったから心配ねえ。それで先生と一緒に診療所へ戻って今、薬を貰ったってえ訳だ。マツも元気に動き回っているし、大丈夫だい。食欲も旺盛だしよ」

「そうですかい。安心しやした……じゃあ、これ、マツちゃんに、あげておくんなさい。『桐屋』の白雪糕でござんすよ」

「いいのかよ、こんなに高級な菓子。誰ぞに手渡すつもりの物《もん》じゃあねえのか」

「いいからマツちゃんに、あげておくんなさいましよ。この私《あっし》にもよく懐《なつ》いてくれている、とにかく可愛い子なんだから」

「そうか、すまねえな。マツも喜ぶだろうよ」

「そいじゃあ早く帰ってやっておくんなさいやし……」

「近いうちに盃をな銀次郎」

「へい。待っておりやす」

「おっと銀次郎よ」

「へい……何か？」

「凄腕《すごうで》の辻斬《つじぎ》りが出回っている。姐《ねえ》さんたちを相手の夜の拵え仕事。充分に気を付けねえよ」

「心得てござんすよ、旦那」

「じゃな……」

小雪の中を、真山同心は急ぎ足で銀次郎から離れていった。

「さてと、この俺も、芳岡先生に大事《でえじ》な用があるんだ……」

銀次郎はブツブツと漏らしながら、芳岡診療所へ足を向けた。

蘭医芳岡北善は、市中で評判のもう一人の蘭医柴岡東雲《しばおかとううん》と、『北《きた》（北善）の名医』『東《ひがし》（東雲）の名医』などと名医の勲章を分け合っている。あるいは『薬《くすり》の北善』『手術《しゅじゅつ》の東雲』などとも。

ただ、北善先生も手術がべつに苦手《にがて》という訳では決してない。

銀次郎は診療所入口の手前で傘をたたみ、設けられている竹編みの傘入れに立てかけた。

このとき何故か、銀次郎の脳裏を三体の仕合地蔵《しあわせじぞう》が過《よ》ぎった。

銀次郎は思わずお京の幼い顔を思い出しながら念仏を唱《とな》えていた。因《ちなみ》にだが、**室町幕府**初代将軍**足利尊氏**《あしかがたかうじ》が地蔵を大変尊《とうと》び、地蔵画を自ら描いては人人に与えた歴史的事実について知っている人は案外に少ない。

「お早うございます」

玄関の板戸を開けて銀次郎が土間に一歩入ると、いろいろな生薬《しょうやく》（きぐすり、とも。二つ以上の生薬を混ぜ合わせたものが漢方薬）のにおいが嗅覚《きゅうかく》をやわらかく刺激した。玄関を入って直ぐの待合室はすでに、外来患者でいっぱいだ。子供連れの母親の姿が目立っている。

『北の名医』芳岡北善は、子供の患者を実によく診る。

入院患者がいる奥座敷から、長い廊下をこちらへとやって来る北善先生と銀次郎の顔とが出会った。

銀次郎が色色な事情で体のあちらこちらに受けてきた刀創の殆どは、北善先生に治して貰っている。銀次郎にとっては、命の恩人、と言っても言い過ぎではない名医であった。

銀次郎は深深と御辞儀をし、北善が目を細めて頷《うなず》いてみせた。銀次郎にとっては心底から敬うべき医師であった。言葉に言い表せない程の御世話になっている。まさに大恩人なのだ。

「私に用だね」

北善が笑みを浮かべて頷いてみせた。

「へい。いささか御相談がございやして……」

「うん。今の刻限なら、三人の医生で対応できる患者になっておる。応接室へ来なさい。但し、余り長引くのは困る」

「心得てございやす」

「銀次郎君。そのべらんめえ調だが、そろそろ止《よ》したらどうじゃ。似合ってはおらん」

小さく苦笑を漏らした銀次郎は雪駄を脱いで上がり、北善の後に従って応接室へと入っていった。

蘭医だけあって、北善には応接室とかテーブルといった言葉が似合っていた。病室や手術室、あるいは診察室や聴診器といった表現をも日常的に用いている。長崎での医生としての時代の殆どを、オランダ人医師に仕えていたことが影響しているのだろう。

「で、相談というのは？」

テーブルを挟んで向き合うなり、北善は真顔になった。医者の顔だ。

「先生、実は動かせそうにない病人を一人、いや、出来れば二人診て戴きとうございますが……治療に要する費用は全て私が負担いたします」

と、べらんめえ調が消えている。

「おやおや、またいきなり大変な勢いだが、一体どうしたね」

「幼い七歳の女の子の母親とその恩人……この恩人という人も女性ですが、この二人を診て戴けませんか。それも、少し急いで戴くかたちで……」

「日頃の銀ちゃん、いや、銀次郎君らしくない焦りがあると判るが、話の先がどうもよく見えぬな。診てやらなければならぬその二人と幼子の三人は、何処《どこ》に住む誰なのかね」

「**地蔵林**に棲《す》んでおります」

「なに……地蔵林だと」

医師北善の目が、きつくなった。

「極楽橋の周囲に広がっております雑木の林でござ……」

「そんなことは言われなくとも判っておる。雑司《ぞうし》ヶ谷《や》への往き来に幾度となく渡ってきた橋じゃ」

銀次郎に皆まで言わせず、北善がぶっきらぼうに言い放った。

「それで、病人だという二人は、どのような病状なのじゃ」

「幼子が言うには二人とも咳がひどいようでして……」

「銀次郎君は幼子の母親とその恩人という女性《ひと》には会《お》うておらぬのか」

「ええ、まだ会《お》うてはおりませぬ。幼子とは先生もよく御存知の居酒屋『おけら』の勝手口で先日の雪の降る夜に出会いまして……」

「あの酒も飯も旨い居酒屋の勝手口で雪降る夜にとな？」

「はい。その幼子は『おけら』の主人《あるじ》六平に寒さで震えながら、客の食べ残しを恵んでくれるようにと、手を合わせて必死に懇願《こんがん》しておりました」

「な、なんと……七歳の女の子がか……」

「おそらく恩人だという女性《ひと》を含めて三人、食べることも出来ぬ状態に追い込まれていたものと思われます」

「大人《おとな》二人が病《やまい》で倒れていたとなると、必然的にそこへ追い込まれていくのう」

「食べ物につきましては、私が『おけら』の六平に、充分なことをしてやってくれ、と強く言ってあります。むろん、そのための出費《ついえ》は私が負担するということも……」

「判った。その二人の病人は私が診てみよう。但し今日は昼八ツ半過ぎ（午後三時過ぎ）でないと動けぬ。ちょっと気になる入院患者を三人、かかえておるのでな」

「承知いたしました。では昼八ツ半過ぎに、あんぽつ駕籠《かご》でお迎えにあがります」

「いや、駕籠の気遣いは無用じゃよ。夕七ツ頃に（午後四時頃に）現地で落ち合おうか。私はそれ迄に考えられるだけの薬は調えて、持っていけるようにしておこう。幼い子供しか動けないのであれば、診察後に薬を取りに来させる訳には参らぬのでな」

「恐れ入ります。そうして戴けますと助かります。では、極楽橋付近でお待ちしております」

「まるで我が事のような真剣さじゃな。ま、そこが銀次郎君のいいところじゃ。うん……それじゃあ、な」

　北善は頷いて腰を上げると、応接室から出ていった。

　銀次郎が安心したような溜息《ためいき》を漏らした。

五

銀次郎が小雪が止《や》んだ中をいったん麴町・山元町の自宅へ戻ってみると、板間《いたのま》の上に敷かれた半畳の青畳に、粋《いき》な黒羽織の姐《ねえ》さんが小さな盃を手にして長火鉢を前に座っていた。年齢《とし》の頃は二十四、五といったところであろうか。この当時としては、円熟の年増だ。円熟には、妖《あや》しい、という意味が含まれている。

「おいおい君代《きみよ》、いくらそこそこに親しい間柄とは言っても、他人の家へ勝手に入るんじゃねえやな。恋人でも女房でもねえんだぜ。それに図図しく俺の大事な酒まで嘗《な》めやがって……」

「銀ちゃんらしくない、小さなことを言うんじゃありませんよ」

「それにしても一体《いってえ》どうして入りやがったんだえ、確《かぎ》りと鍵を掛けたんだぜ」

「何を惚《ほ》けたことを言ってんのさ。私《あたし》の十九歳までの稼ぎ仕事を知っているのは、南北両奉所の御役人の他は、銀ちゃんくらいのもんじゃないか」

「あ……」

　銀次郎は苦笑して、それまでの不機嫌をあっさりと打ち消した。今や、神楽坂《かぐらざか》一の売れっ妓《こ》として市ヶ谷牛込界隈では君代の名を知らぬ者がないほどの美貌《びぼう》。しかし十九の頃までは年若いに似合わぬ『忍びの姫』の異名で大江戸の裏社会で知られた一人働きの女盗賊だった。嘘か真《まこと》か伊賀の忍びの生まれとかで、とにかく軽業師そこのけの身の軽さで商家に夜忍び入っては稼ぎまくっていた。

　改心して宵待草（夜の社交界）で真面目に働くようになったのは、切れ者で知られた南町奉行所の市中取締方筆頭同心である真山仁一郎に捕縛され、数か月に亘る厳しい取調べのあと許されてからである。むろん、改心すると堅く誓わせた上で。

　許された理由は、『忍びの姫』としての盗み働きでは一人も殺傷しておらず、盗んだ金の殆どを極貧の母子家庭や病人家庭に配っていたと判明したからだ。しかも忍び入った商家が、市井の人人の間での評判が、剛欲や商売手口で余り宜しくないときた。

　また、余りの貧しさで両親《ふたおや》だけが幼な子を残して夜逃げした場合などは、その子を寺に預けて生活費の仕送りを欠かさなかったことも判明した。これは中小寺院の十数寺にまで及んでいたというから、『幕府役所』でも出来なかった事、していなかった事を『忍びの姫』ひとりが必死でやっていたことになる。

君代が手にしていた盃を長火鉢の猫板に戻して言った。

「今夜、お侍《さむれえ》の宴に呼ばれてんだ。髪と化粧を調えておくれな」

「髪と化粧って、お前《めえ》……誰にやって貰ったか知らねえが、綺麗に調っているじゃねえか」

「これは『ふゆこ』の女将さんがやってくれたんだけれど、今宵の客は注文がうるさくてさあ。しかも、その注文がいつも急なもんで」

『ふゆこ』とは市ヶ谷牛込界隈では知られた大置屋《おおおきや》で、其処《そこ》の女将が冬子だった。その『ふゆこ』で抱えられている十名もの姐さん達の、一番の売れっ妓が君代である。

「と言うことは、はじめての客じゃあねえんだな」

「今度呼ばれたら確か……五度目かしらね。なんだか凄《すご》く気に入られてんだけど、いつも私への注文が間際になってからうるさくてさあ。そのたびに女将さんを、てんやわんやさせちまって」

「誰なんでえ、その客ってえのは」

「神楽坂白銀町《しろがねちょう》に無傳一刀流《むでんいっとうりゅう》の道場を構える寺音肥前守武念《じおんひぜんのかみぶねん》というお侍。知ってる？」

「道場は見たこともねえし、寺音とやらに会ったこともねえが、幾度となく噂を耳にしているので、おおよその事は判っている。がっしりとした体の大男らしいな。旗本や諸大名の支援が厚い大道場と聞いている。門弟も旗本を中心に、三百人近くいるらしいじゃねえか」

「へえ……拵屋稼業の銀ちゃんにしては、よく知ってるわね。侍の社会のこと詳しいの？」

「だから噂としては知ってる、と言ったじゃねえか。それにお前《まえ》さんのように綺麗で情報豊かな姐さんたち相手に、毎日稼がせて貰ってんだい。いやでも江戸市中のことには詳しくならあな」

「銀ちゃんて、ひょっとして元は侍じゃないか、なんて宵待草の姐さんたちが噂することがあるのよ。その点はどうなの？」

「俺の仕事ってえのは、大名家や旗本家の奥方やお姫様に呼ばれることが少なくねえんだ。そういった場合は軽く見られねえように、侍ぶった態度や様子を見せることが無くはねえがな。おそらく噂はそのあたりから出ているんだろうよ」

「なるほどね。さ、銀ちゃん、やって頂戴《ちょうだい》」

「何を、どうしろと言うんだ」

「先ず髪型を平安（時代）の頃の元結掛垂髪《もといがけすいはつ》にしてほしいのさ。しかも鬢枇《びんそぎ》を持つ」

「なにいっ」

「聞こえなかった？　平安の頃の元結掛垂髪《もといがけすいはつ》……但し鬢枇《びんそぎ》を持つ」

「ちゃんと聞こえてらあな。平安の頃の垂髪《すいはつ》にしろってえのは、大男の無傳一刀流の剣客、寺音肥前守武念《じおんひぜんのかみぶねん》の好みだからかえ」

「好みかどうかは知らないけどさ、今宵は垂髪《すいはつ》の髪型で来い、という注文でさあ。一流の髪結床《かみゆいどこ》へ行く手当なら幾らでも出してやる、とまで言うんだよ」

「本人がわざわざ直接《じか》に、君代にそう伝えに来たのか」

「ううん、違う。無傳一刀流道場で下働きをしているお爺さんが、『ふゆこ』へ伝えに来たの。垂髪《すいはつ》は垂髪《すいはつ》でも平安の頃の垂髪《すいはつ》ですぞ、と幾度も念を押してさ」

「ふうん……そうか……それにしても、どうも妙だ。不自然さを感じる」

「不自然さって？」

「寺音肥前守武念の**肥前守の部分**よ。お前《めえ》にむつかしい事を言っても解るめえから簡単に言うとな、徳川様の時代の〝何《なん》とかの守《かみ》〟ってえのは飾りみたいなもんでよ、侍の名誉欲をくすぐる程度の肩書に過ぎねえんだ。もっとあけすけに言うとよ、こいつには（肥前守には）権威も何もありゃあしねえ」

「？……」

「いいからよ。そのキョトンとした可愛い顔のまんま聞いていな。侍《さむれえ》には出羽守だの伊予守だの丹波守だのと仰《ぎょう》仰《ぎょう》しく姓の下にくっつけて威張っている奴が大勢いるのは、侍《さむれえ》客が多いお前《めえ》のことだからよく知っているだろうよ」

「うん」

「寺音肥前守武念てえ剣客の、**肥前守の部分**の不自然さに入《へえ》る前《めえ》によ、ちょいと勉強してみねえか。〝何《なん》とかの守《かみ》〟ってえことについてよ。侍《さむれえ》客が多いお前《めえ》の仕事に案外役立つかも知れねえ」

「うん、勉強する。でも、あんまりゆっくり出来ないわよ。髪を垂髪に結って、その髪型に似合ったお化粧が済めばさ。『ふゆこ』へ戻って冬子女将に検《み》て貰わなければいけないから……だから判り易く、早く簡単に済ませて」

「むつかしい事を言いやがる。判った。心配するねえ。では、色色と沢山ある〝何《なん》とかの守《かみ》〟ってえのは『官位』とか『官途』とか呼ばれていてよ、昔から御所様（天皇）とか将軍様など雲の上の偉い人が自分の権威付けのため、侍《さむれえ》に対し自分の手で叙任《じょにん》したくって仕方がなくってよ」

「じょにん（叙任）って何？」

「任命すること、されること、程度に覚えときゃあいいやな。それだと判り易いだろう？」

「うん、判り易い。どんな字を書くの？」

「ほう……お前《めえ》って……若しかして、読み書きが出来るのかえ」

「出来る。『ふゆこ』の近くに在るお寺の御住職さんに読み書き算盤《そろばん》を教えて貰ってるの。通い始めて、もう二年以上になるのよ」

「へええ。そいつあ偉い。知らなかったよ君代。うん、偉い。よし、褒美《ほうび》として近い内に上物の簪《かんざし》（髪挿し）を買ってやろう。羽織も付けてやろうかね」

「わあ、本当？」

「本当だとも。思いっ切りいい簪《かんざし》と羽織を買ってやるぞ」

「うれしいな」

「しかし、算盤まで習っているとは、驚きだぜ」

「ひょっとして、『忍びの姫』がまた何か悪い大事《おおごと》をやらかすのでは、と疑っているんじゃやない？」

「疑っちゃあいねえ、疑っちゃあいねえ。感心しているんでい。さ、掌《てのひら》を出しな。叙任ってえ字を掌《てのひら》にゆっくりと書いてやっからよ」

「うん……」

と、頷いて長火鉢の猫板の上に白い掌を広げる君代だった。『忍びの姫』の異名をとった元女賊には似合わぬやさしいふくよかな掌だった。

「私、お店を持ちたいのよ。だから御住職さんにすすめられて、算盤を習い始めたのさ」

「その御住職さんは算盤がお上手なのかえ」

「凄くお上手……」

「ふうん。なんだか、お寺に算盤は似合わねえような気がしねえでもねえが、ま、いいやな。いいか君代。叙任ってえ字はこう書くのさ。お前《めえ》の位置からは逆《さか》さ文字に見えるから、ゆっくりと書いてやる……よく見ていろよ」

「ふふふ。くすぐったい。感じちゃう」

「馬鹿……」

叙任という文字を、元女賊の掌《てのひら》にわかり易く大きく書いてやりながら、この君代には幸せな家庭婦人になって貰いたいとつくづく思う銀次郎だった。

六

「銀ちゃんは、やっぱり侍の血を引いてんのね。きっとそうだわ……」

〝何《なん》とかの守《かみ》〟や、寺音肥前守武念の肥前守の部分の不自然さについて確りと聞かされた君代は、「銀ちゃんは、なんでそんなに侍の世界のこと詳しく話せるのさ……」と、銀次郎の〝血すじ〟を疑いながら、明るい笑顔で『ふゆこ』へ帰っていった。ぞくりとする妖しさを銀次郎につくりあげて貰って……。

彼女が銀次郎に「結《ゆ》ってほしい……」と求《もと》めた垂髪という髪型は、**太古の時代**から銀次郎の時代までの間に多少の形を変えながらも存在した髪型であって、太古の時代では男女の間で見られたものと伝えられている。

なかでも平安時代の垂髪は『大垂髪《おすべらかし》』と『元結掛《もといがけ》垂髪』の二つに大きく分かれていた。

無傳一刀流の剣客寺音肥前守武念が君代に対し要求したのは、後者である。

髪を**頭**から**首の後ろ**あたりまで丁寧に綺麗に**梳《す》き落として**、先ずそこで『**一《いち》の束《たば》ね**』を拵え、さらに背すじに沿って五、六寸ばかり梳《す》き流したところを『**二《に》の束《たば》ね**』とし、そのまま**細く優美に**まとめて腰のあたりまで落とす髪型だった。

それだけではない。この『元結掛垂髪』には、女性を妖美《ようび》の極みへと導く、もう一つの特徴が備わっていた。それは左右の耳の後ろあたり――豊かな黒髪に隠されている――から、左右の上胸《うわむね》（乳房の上端あたり）にかけてそれぞれ、**ひと房の髪**が艶《つや》やかにすらりと梳《す》き流されていることである。この短い**飾り落とし**とでも称する**ひと房の髪**こそが『**鬢枇《びんそぎ》**』であった。

この髪型（元結掛垂髪）を結《ゆ》った女性《おんな》の妖しさをどうやら知っているらしい剣客

寺音肥前守武念は、相当な女遊びを重ねてきているのだろうか。付き合っては捨て、付き合っては捨て、を繰り返して。

銀次郎が君代の頼みに応じて垂髪を結《ゆ》えたのは、たまに江戸市中や近隣の名の知れた神社に招かれて、神女《みこ》の髪を結ったことがあるからだった。『みこ』には**神社神女**《みこ》と、巷によく見られる**口寄せ巫女**《みこ》の二種があることはよく知られているところだが、前者（神社神女）は神に（神社に）奉仕する聖職であり、後者（口寄せ巫女）は強い霊《れい》・魂《こん》不滅説に立ちその憑依（霊・魂などが乗り移る）を受けて、聖霊世界からの言葉や姿を俗世の人人に伝える女性《ひと》のことをいっている。

ただ神女《みこ》の垂髪には、女性の秘めたる美しい妖しさを増幅させる『**鬢枇**《びんそぎ》』は普通、見られない。

さて、銀次郎が無傳一刀流の大道場の主《あるじ》である剣客寺音武念に対して抱いた不自然さ——疑惑に近い——は、既に述べたように**肥前守の部分**についてである。

（彼は肥前守の位《くらい》を一体、何処《どこ》で何時《いつ》、誰から与えられたのか？……）

まだ一面識もない相手だけに、銀次郎が彼に抱いた不自然さは穏やかではなかった。

一面識もなかったがしかし、無傳一刀流の大道場の主人《あるじ》だけに、彼の名は折りに触れてよく耳にしている。

だが桜伊銀次郎は、頑固な『自主閉門・蟄居《ちっきょ》』の立場であるとはいえ、麴町に屋敷を構える五百石の旗本である。しかも桜伊家は神君家康公（徳川家康）より**永久不滅感状**を授けられており、その意味では今や上級幕僚たちから『名家』扱いで眺められてもいる。

そういった永久不滅家の銀次郎であるから、寺音武念が幕臣ではないこと、またいずれの大名家の陪臣《ばいしん》（将軍の位置から見た大名の家来《けらい》）でもないこと、は見通せていた。

だとすれば、

（幕臣でも陪臣でもない**寺音武念の肥前守**は若《も》しや**私称官位**ではないか……）

というところへ、銀次郎の疑惑は突き当たるのだった。つまり偽《いつわ》りの『位《くらい》』ではないか、ということだ。

銀次郎は君代に対して「徳川様の時代の〝何《なん》とかの守《かみ》〟ってえのは飾りみたいなもんでよ、侍の名誉欲をくすぐる程度の肩書に過ぎねえんだ……権威も何もありゃあしねえ」と極めて雑な教え方をしたが、中《あた》らずと雖《いえど》も遠《とお》からず、だった。

銀次郎は平安時代以降、現在（江戸時代）に至るまでの官位・官途に関しては、旗本塾でよく学んできた。

江戸期における武家の官位は、いささか乱発傾向にあると言っても過言ではない。だが、武家である限り『良い官位を手に入れること（持つこと）は不可欠であり、また侍としての心の拠《よ》りどころの一つでもある』とする考えは古くから根強い。

また官位を授けようとする側も、『叙任』（位《くらい》を授け、官に任じること）を武家に対する**求心力**（**権力**）を増幅させる有力な手段として捉える傾向がある。そこにこそ官位乱発傾向の原因の一つがあると言えた。

ここで忘れてはならないのは、**江戸期以前における**武家の『位《くらい》』についての完全とは言い難い規律的調和（秩序）が、徳川幕府が自身の求心力（権力）の強化を目的として新たな『位《くらい》』制度を設けたことで、一部を除いてほぼ姿を消してしまっていることだ。

そもそも『位《くらい》』の発給と称するものは、朝廷においては『朝廷の権限においてなされるべきこと』を当然としていた。この当然の権限（権力）に食い込んでいったのが、徳川幕府の『位《くらい》』制度であると言える。その意味では徳川幕府が求心力（権力）の強化を狙《ねら》った範囲は、武家のみならず朝廷も含まれていたと断言できよう。

話を寺音肥前守武念へと早く戻さねばならない。

『位《くらい》』には、**受領的官位《ずりょう》**と称してもよい陸奥守、武蔵守、甲斐守、伊勢守などが、また**京官**と称すべき大納言、中納言、大将、侍従、衛門兵衛などが、さらに**位階**として五位、四位、三位、二位といったものがある。文永年間に九州を襲ったモンゴルの大軍を撃破した若き執権北条時宗《ほうじょうときむね》は**正五位下**、室町幕府の名称の元《もと》となった荘厳華麗な大邸宅**花の御所**を京都・室町に創建した足利義満は**従一位**。大剣客柳生宗厳《むねよし》（石舟斎）の師である上泉信綱《こういずみ》は**従四位下**。

例の一部として挙げた以上の人物に付されている位《くらい》を**位階**と称した。

武家も貴族（公家）も『位《くらい》』は欲しがった。くり返しになるが徳川幕府の武家に対する『位《くらい》』の発給（叙任）はほぼ幕府の独断で決まり朝廷はそれを形式的に事後認証するに過ぎなかった。では朝廷と絆《きずな》が強い貴族（公家）の『位《くらい》』についてはどうかというと、徳川幕府はこれについても強い干渉権を有していた。

誇り高い朝廷の義憤は察するに余りある。

陸奥守、武蔵守、甲斐守、伊勢守といった例に見られる受領的官位には、その名称からも判るように地域性が窺われる。これは、徳川幕府から評価された武士が『領地や勤務地や出生などにかかわる国名《こくめい》を付した官位を許される』ことを示していると考えがちだが、実際は決して堅苦しい大原則という訳でもなかったようだ。

少し時代を溯《さかのぼ》ってみれば、『越後』の守護上杉氏が相模守を、『河内紀伊』の守護畠山氏が尾張守を、『阿波』の守護細川氏が讃岐守をと、領地や在国と無関係な『位《くらい》』に就いている例が少なくない。かなり存在する。

では無傳一刀流の大道場の主《あるじ》である寺音肥前守武念は、真《まこと》の素姓は一体何者でその『位《くらい》』は誰から授けられたものなのか？

銀次郎は考えた。

（肥前と言やあ、外国との貿易で栄えている長崎を無視できねえ。ここはひとつ、頭の中で肥前守という位《くらい》について、ああだこうだと考え過ぎず、寺音武念に俺の方からそっと近付いてみるとするかえ。どうも君代の身が心配でならねえ。芳岡北善先生と落ち合う迄には、まだ充分に間《ま》があるしよう……）

よし、と決心して銀次郎は麴町・山元（現・平河町あたり）の自宅を出た。無傳一刀流の大道場がある神楽坂白銀町までは銀次郎の足で遠くはない。

北善先生と落ち合う予定があるから、銀次郎の足は急いだ。**無外流**笹岡道場で鍛えに鍛えて、**首席皆伝**の位《くらい》にまで昇りつめた銀次郎の四肢の筋力の強さは半端ではない。

番町の御厩谷《おんまやだに》通りを北へ抜け、譜代の名門である堀田家上屋敷の前を通り過ぎ、蛙原《かえるばら》広小路から大外濠（神田川）の四番町土手に出た銀次郎は、牛込御門橋を右の彼方に眺めつつ真新しい木橋を渡った。無名の幅四、五尺ほどの細い木橋で、明暦の未曾有の大火（明暦三年、一六五七）で多過ぎる犠牲者を出し大きな衝撃を受けた幕府は、このような無名の木橋を目立たないが少しずつ増やし出していた。幕府の基盤が盤石不動となったいま江戸城へ攻め寄せて来る敵《もの》なし、という自信が無名の木橋を市中に拵えさせているのだろう。但し、さすがに大勢が一気に渡れないような幅の狭さ、という用心深い工夫はなされている。

神楽坂を駆け上がった銀次郎は近道を選んで、大寺院仰願寺《ぎょうがんじ》の境内へと入っていった。

常緑高木の檜《ひのき》が鬱蒼《うっそう》と繁る広大な境内を北方向へ抜けると、白銀町だった。

銀次郎は今のところ仰願寺との交流はない。

境内を半ば過ぎると銀次郎の耳に、木剣の打ち合う音に混じって、竹刀《しない》で乱取りする乾いた音がエイッ、ヤアッという気合いと共に伝わってきた。

真竹をタテに四枚に割って柄の部分を白い鞣革《なめしがわ》の袋（柄革《つかがわ》という）で覆い、先端（切っ先）にも短い鞣革の袋（先革《さきがわ》という）をかぶせる本格的な竹刀の原点は（歴史は）案外に古い。大剣客柳生宗厳《むねよし》（石舟斎）の師である従四位下・上泉《こういずみ》伊勢守信綱は、竹を細く割って革で包み打撃力をやわらげた竹刀で思い切り修練をし、させた人であったから、柳生新陰流の稽古も袋韜《ふくろじない》での激しい乱取りを重視したとされている。

その厳しい修練を極めない限りはおそらく、真剣による稽古は許されなかったのであろう。そこに柳生新陰流の〝切れ味〟の凄さがある、と言えようか。

銀次郎は初めて仰願寺の境内を抜けて、白銀町に出た。

「ほほう……」

彼は思わず目を凝らした。無傳一刀流道場が大道場であることは幾度となく耳にしてきたが、いま目の前に現われた格子窓を多く持つ道場の構えは、彼の想像を遥かに超えていた。

「でかい……」

呟いて銀次郎は、激しい乱取りの音が漏れ伝わってくる道場の格子窓へゆっくりと近付いていった。この界隈、元禄に入る頃までは中小の武家屋敷が密集していたが、銀次郎の時代に入ると商家、町家の勢いが目立ち始めている。

無傳一刀流の道場は、その両側を商家に挟まれるかたちで、まるで武家屋敷のように立派な構えを見せていた。

その存在に気圧《けお》されてかどうか、商家、町家の街区であるというのに、大道場の前の通りは、市井の人人の往き来が極端に少なかった。

銀次郎は、幾つもある格子窓から差し込む光で明るい道場内を、そっと覗き込んだ。

旗本、御家人、藩臣などを含めて門弟の数、三百名前後という噂が銀次郎の耳へ幾度も入ってきていたが、彼がいま格子窓の向こうに認めたのは三十組ほどが打ち合っている光景であった。他に稽古着の身形で道場の端に姿勢を正して座り鋭い目つきで検《み》ている者五人がいる。門弟が三百名もいれば、道場がどれほど広くとも時間差稽古が必要になってこよう。午前・午後・夜間とかに分けて。

（ふむう……正統な実にいい打ち合いをしているなあ）

銀次郎はそう感じた。どの門弟も気迫に満ち、剣（木刀・竹刀）をスジの良さを見せて振るっている。表情も眼光も真剣そのものだった。

突如、

「やめいっ」

と、稽古中であった一人が大声を発した。年齢《とし》は三十七、八あたり。門弟頭《がしら》といったところか。

すると打ち合っていた門弟たちが速かに分かれて剣（木刀・竹刀）を引き、一礼し合うと道場の端で〝見学〟している目つき鋭い五人に加わって座った。

道場に残ったのは「やめいっ」を命じた門弟頭《がしら》と覚《おぼ》しき彼ひとりである。彼は静かに歩んで位置を道場中央に移すや、**『百尺竿頭《かんとう》一歩を進む』**と筆墨あざやかな掛軸の掛かった正面の指南台に対し、深深と平伏した。目つき鋭い五人、およびその位置に加わった門弟たちが、すかさずそれを見習って平伏。

但し、指南台に誰が座っている訳でもなかった。

無人である。座布団が敷かれているだけだ。

が、平伏した彼等は身じろぎ一つしない。

銀次郎は指南台の『百尺竿頭《かんとう》一歩を進む』の掛軸を真剣な表情で見続けた。間《ま》もなく指南台に誰かが座るのでは、という予感があった。当たり前なら道場主の寺音肥前守武念が座るのであろうが、余程にすぐれた師範を置いておれば、その者が指南台に座ることも考えられなくはない。

銀次郎がじっと見続ける筆墨見事な掛軸は……

『修練というものは、苦しみ抜いて**工夫《くふう》の上に工夫《くふう》を重ねない限り**、強くはなれない（望むべき頂点は目指せない）』ことを意味していた。

つまり百尺竿頭《かんとう》は、**長い**（百尺もの）**竿《さお》の先**、という表現の中に、**何としても極めるべき到達点**、という意味を含ませている。そして、**更にその先へ一歩進むべ**

し、と強く唱えているのだ。剣術の世界に対してのみならず、政治の世界に対しても、学問の世界に対しても、通じる格言であった。

この短い文章は中国の北宋《ほくそう》の時代に、蘇州承天寺の道原《どうげん》によって編纂《へんさん》された禅宗史書（三十巻）『景徳伝灯録』に記されているものである。

ただ、道原の出自は、もうひとつはっきりしていない。

七

「瞑想っ」

門弟頭《がしら》と思われる先程の人物が、平伏姿勢のまま再び気合いのこもった声を発し、上体を起こして目を閉じた。両手は軽く握って膝の上である。確りと拳をつくっていないから、軽く握っている、と見る者——銀次郎——には判る。

すると、板壁を背にして居並ぶ目つき鋭い五人および門弟たちも、すかさず門弟頭を見習った。膝の上に置いた拳も皆、軽い。おそらく、強く握りしめてはいけない、という無傳一刀流の教え（規則）なのであろう。

このとき、銀次郎の位置から見て指南台の直ぐ手前、板壁と一体的拵えとなっているため目立ち難《にく》い板戸が殆ど音を立てることもなく開いて、羽織袴《はかま》をきちんと着用した武士が現われた。長身だ。年齢《とし》は三十を一つ二つ出たあたりであろうか。髪は銀杏髷《いちょうまげ》で、顔はほんの少し酒を呑んだ後のようにうっすらと赤く、色白だった。剣客には不似合いと言ってもよい、色の白さだ。

しかも容姿端麗な人物であった。が、甘ったるさに満ちた気色悪い容姿端麗ではない。がっしりと肩幅広く、きりりと引き締まった男らしい顔立ちである。

（間違いない。あ奴が寺音肥前守武念だ……）

銀次郎はそう思った。

その人物は落ち着いた動きで指南台に座った。座布団の下で指南台の床がギッと小さく軋《きし》んだ。

けれども門弟たちは、師匠の気配を察している筈《はず》であるのに、誰ひとりとして瞑想を解かない。

「いやに熱心に見ているじゃねえか兄《あん》ちゃんよ」

不意に銀次郎の左耳の後ろあたりで囁《ささや》きが生じた。

近寄ってくる人の気配を油断なく察していた銀次郎であったが、笑顔で振り返った。

頰に生生しい刃傷のあとがある四十男の顔が間近にあった。とても全《まっと》うな仕事に就いている者の顔ではなかった。

「べつに熱心という訳でもねえんだが……」

銀次郎は笑顔を崩さず愛想よく応じて、視線をまた道場内へ戻した。

四十男の刃傷のあとがある顔が、ゆっくりと格子窓に近付いて銀次郎の顔と並んだ。

「あの指南台に座った男にゃあ気を付けた方がいいぜ兄《あん》ちゃん」

四十男が道場内を見たまま、再び囁いた。

「ほう……どういう理由で？」

銀次郎は男の横顔へチラリと視線を向けたが、直ぐに道場へ戻した。

「一度怒り出したら半狂乱てえやつさ。やっとう（剣術）の腕がとにかく凄いんで誰にも止められねえ。それに指南台の野郎の下には、これまた大変《てえへん》な凄腕野郎が何人か揃ってやがってよう」

「ふうん……」

　道場内に注意を向けたまま、銀次郎は言葉短く応じた。

「うちの親分の神田川《かんだがわ》 善兵《のぜんべえ》も若頭の雷 門 強介《かみなりもんのきょうすけ》もあの野郎に膾《なます》斬りにされちまってよ。その際、一緒にいた子分六人も殺《や》られちまったもんで、神田川一家は潰れちまったい……くそっ」

　聞いて銀次郎は、男の方へ姿勢を改めた。

「指南台に座ったあの剣術使いと、何ぞ深刻な諍《いさか》いでもありやしたか」

「料理屋でよ。中庭を挟んだ座敷でお互いに何人かで酒を呑んでいた訳よ。そのうち剣術野郎たちが、うるさい静かに呑め、とか何とか言い出しやがってよ」

「神田川《かんだがわ》 善兵《のぜんべえ》さんと言やあ、幼い孤児《みなしご》を積極的に養育し、十三歳になったら商家や様様な職人頭《がしら》の家へ仕事見習いに出している、という話を、親しい置屋の妓《こ》(君代)から聞いたことがありやす」

「え？　何て置屋の妓《こ》だえ？」

「いや、まあ、それは……」

「うんそうだい。その神田川善兵親分よ。一家を張っていなさる人にしては珍しく心やさしい一面のある御人でよ。だから、うるさい静かに呑め、と俺《おい》らたちの座敷へ酔って怒鳴り込んできた道場の若い門弟に、うるさいのはそちらです、と親分が注意をし、腕力ある若頭が其奴を廊下へ抓《つま》み出したってえ訳よ……あ、いけねえ。指南台の野郎がこっちを睨んでいやがる」

「こわいこわい。行きやしょう……」

銀次郎は頬傷の四十男を促すようにして、格子窓から離れた。

「で、双方入り乱れての大喧嘩《おおげんか》になったってえ訳ですね」

「いや、その場はそれで収まった……と俺たちは思い込んでいたんだがよ。そうはいかなかった」

「待ち伏せされた？」

「その通り。月が雲に入ったり出たりの柳原土手でよ、牙《きば》を研《と》いで待ち構えていやがった」

「一家の者《もん》は長脇差《ながどす》を腰に帯びていたんですかえ」

「いや、親分も若頭も長脇差《ながどす》は身にお付けなさらねえ。だから、この俺とあと若い子分二人が長脇差《ながどす》を帯びて用心棒を引き受けていたんだが……」

「頬に見られる傷あとは、その時の乱闘で受けた傷でござんすね」

「まあな。なさけねえ事に俺は震えあがっちまった。だから逃げた。親分や若頭や子分たちの悲鳴を背中で聞きながらよう」

「そのとき月は出ていた？」

「出ていたと思う」

「じゃあ、相手に顔を覚えられているかもねえ。この界隈は余りうろつかねえ方がよござんすよ」

「そうはいかねえやな」

「と、いうと？」

「親分や若頭の仇《かたき》を討たなきゃあ気が済まねえ。それが一家の掟《おきて》よ」

「仇討ちに、一緒について来てくれる者は？」

「いねえ。俺ひとりだけよ。俺の名は、甲斐小文吾《かいのこぶんご》。俺は乱闘現場から怖くて逃げ出しちまった。その償いを何としても、しなくちゃあならねえ」

「何者とも判らねえ私《あっし》に、そのようなことを打ち明けてもいいのかねえ」

「構わねえさ。誰かに打ち明けておきたい気分だったということよ。仲間を捨てて逃げ出した、という罪の意識ってえのかねえ。無傳一刀流道場へ告げに行っても、べつに構わねえぜ。行きたきゃあ、行きな。……じゃあ、この辺で別れようかえ」

四十男はそう言うと、銀次郎からさっさと離れていった。

八

夕七ツ頃（午後四時頃）に銀次郎が、奇妙なほど明るい空の下を蘭医芳岡北善と落ち合う場所、極楽橋付近まで行ってみると、ちょうど朱塗りの橋を渡ってきた二挺の駕籠が控柱《ひかえばしら》を背にするかたちで下ろされたのが見えた。芳岡診療所からだと、極楽橋の向こう側から手前側（こちら側）へ来る道程《みちのり》の方が近道であることを、銀次郎は承知している。

二挺の駕籠の一つから、薬箱らしいものを手にした北善が下り立って、ほんの少しよろめいた。年齢《とし》が寄ると、駕籠は脚腰にとってさほど楽なものでもない。

薬箱を持たぬ方の北善の手が、小さくよろめいた体を立て直すようにして傍の控柱《ひかえばしら》に軽く触れた。

仕合川《しあわせがわ》に架かっている朱塗りの極楽橋は、その欄干《らんかん》に擬宝子《ぎぼし》を被《かぶ》る親柱《おやばしら》と控《ひかえ》柱《ばしら》を持っている。

流れの（川の）位置から眺めて、親柱は欄干の手前側（川側）に、控柱は欄干の向こう側（陸《おか》側）に適宜の間を保って立っているのが普通だ。

擬宝子《ぎぼし》は、親柱、控柱が雨雪《うせつ》を浴びることで先端から傷み出すのを防ぐ目的があるが、装飾的な意味合を帯びてもいた。

素材としては瓦粘土《かわらねんど》、金属、木などと色色あり、平城京二条大路の橋跡付近からは七百年代（養老律令、万葉集の時代あたり）のものと推測される瓦製擬宝珠が、発掘調査によって見つかっている。

銀次郎は歩みを急がせて、こちらに背中を見せ〝地蔵林〟の方を眺めている北善に近付いていった。江戸の男たちは、〝地蔵林〟のことを、〝夜鷹の森〟とも呼んでいる。これは、いただけない、と銀次郎は思っていた。

「先生……」

銀次郎に声を掛けられて、北善は振り返った。

「こちらから無理なお願いをしておきながら、先生よりも遅れてしまいやして申し訳ござんせん」

「お、来たか……」

銀次郎は丁寧に腰を折った。

「おい銀次郎。いやさ、銀次郎君よ。私の前では、その耳障《ざわ》りなべらんめえ調はいい加減に止しなさい。先日も言ったではないか」

「どうしても、いけやせんか、先生」

「似合っとらん。お前さんにはな。同じことを何度も言わせないでくれ」

「…………」

「それに今日は、幼子がいる病人の前での話になる。ひょいとトゲが飛び出しかねないべらんめえ調は、控えた方がよいと医者の私は思うがな」

「は、はあ……判りました。北善先生の御言葉に従います」

「うむ。それで宜しい。では、行こうか」

「今日は先生、お一人で参られたのでしょうか。いつも助手をつとめる医生は？」

「私ひとりでは不満だと言うのかね」

「め、滅相も……」

と、銀次郎は顔の前で片手を小さく振って苦笑し、

「駕籠が二挺あるものですから」

と付け加えた。

「もう一つの駕籠は念のための用意だよ。銀次郎君から聞かされた話では、診療所へ運んで確りと診療し治療した方がいい場合もありそうなのでな」

「そこまでお考え下さいましたか先生、申し訳ございません。有り難うございます」

「とにかく行こう……」

「はい。その雑木林の獣道のようなところへ入って行かねばなりません」

「ちゃんと出来とるではないか。ちゃんと……」

「は？」

「ちゃんと喋れておるではないか、と言っておるのだ。べらんめえ調でなくともな」

「これはまた……」

銀次郎は頭の後ろに手をやって、また苦笑した。この先生には、体のあちらこちらに受けた切った張ったの重い傷を、幾度縫い合わされたか知れない。蘭方などと称してもこの時代、器具用具も医術自体もまだまだ満足なものではない。

それでも常に研究熱心な北善は医師としての身命を賭《と》して銀次郎に対し、渾身の治療をしてきた。

銀次郎にとっては大恩人である。頭が上がる筈がない。

「すまぬが持っておくれ」

「はい」

銀次郎は差し出された薬箱を受け取った。かなり重い。

北善は銀次郎をその場に残し、獣道へさっさと近付いていった。

銀次郎は漸く四人の駕籠舁《かごか》きの方へ、向き直った。いずれも顔見知った仲だ。

「どしたんだい銀ちゃん。名医で知られた北善先生がこのような場所へ……」

「驚いたぜえ」

「本当《ほんと》によう」

などと囁き囁き銀次郎の傍《そば》に、四人は顔を揃えた。

「俺と北善先生との話は聞こえていただろうが。病人の治療だよ、病人の。すまねえがな、川下へ幾らも行かねえ所に飯屋《めしや》があるのを知っているだろう。そこで脚腰砕けねえ程度に一杯やって待っていてくんねえ。脚腰砕けねえ程度にだぜ」

銀次郎はそう言うと、袂に片手を引っ込めて取り出した元禄一分金一枚（鋳造期間、元禄八年・一六九五〜宝永七年・一七一〇）を、四人の内の一人に手渡した。

「お、すまねえ。こんなに貰っていいのかえ」

「いいから行きな」

銀次郎がそう言って頷いた時、獣道へと入っていった北善が前を向いたまま

「これ、銀次郎君よ。急ぎなさい」と大声を発した。

「はい、ただいま……」

銀次郎は身を翻すようにして、北善の後を小駆けに追った。

と、雑木林（地蔵林、夜鷹の森とも）の中へ踏み入った北善が、幾らも進まぬうちに歩みを止めた。小駆けに後ろから追って行った銀次郎には、北善の背が「お……」という具合に少し反ったように見えた。

「どうなさいました先生」

狭い獣道を北善の後ろから近付いた銀次郎は、小枝を払いのけながら北善と肩を並べた。

「この子が突然目の前に現われてね」

「あ、お京……」

その通り、まぎれもなくお京が、今にも泣き出しそうな顔で目の前に立っていた。

おまけに裸足《はだし》ではないか。

慌てて〝小屋〟を飛び出してきたのであろうか。

足元には冬枯れのしない雑草が短く繁ってはいたが、昨日の雪で地面は湿って冷え込んでいる。

「どうした。裸足《はだし》じゃあねえか」

と、銀次郎はお京に近付くや抱き上げて、真っ赤になっている小さな足を着物の袖で拭いてやった。

「銀次郎のおじさんの名前が聞こえてきたので、助けて貰おうと思って飛び出してきました」

「お母さんか小母様ってえ女性《ひと》の調子が悪くなったのかえ」

「小母様の息が苦しそうで……」

「よし判った、行こう。どっちだえ」

「真っ直ぐに行った、すぐ其処です」

と、お京が雑木林の奥を指差した。

「北善先生、お願い致します」

振り向いて言った銀次郎は、お京を抱いたまま湿った雑草の上を、小枝の下を潜るようにして駆け出した。

が、幾らも走らぬ内に、「ここです……」とお京が黄色い声を張り上げた。

見ると獣道から左手へ、ほんの数歩入った所に木の枝をなかなか上手に組み合せて編んだ小さな小屋――まさに小さな小屋としか言いようのない――があった。

感心なのは、屋根をススキを束ねたひもで三層に確りと葺《ふ》いていることだった。

この小屋の貧しい主《あるじ》は若《も》しかして、山深い雪国の村の出でもあるのだろうか。

そうと思わせる小屋の組み様《よう》だ。

その小屋の中から、激しい咳込みと、「しっかりして下さい、お豊殿《とよ》」という女性の声が聞こえてきた。

「銀次郎君、ちょっと横へ退《ど》いてくれ給《たま》え」

お京を抱いている銀次郎を、北善が右の肩で押し退《の》けるようにして、「医者の芳岡北善じゃ」と言いながら小屋の中へ入っていった。

銀次郎は右腕でお京を抱き、左腕の袖の中へお京の小さな両足を入れてやった。

「どうだ。足、大丈夫か」

「はい。とても温か……」

「そうか……」

こんなに純な小さな子に苦しみを与えやがって神も仏も一体《いってえ》何を怠《なま》けていやがるんでい、と思わず怒鳴りたくなるのを、ぐっと堪えた銀次郎だった。

幾らも経たぬ内に北善が深刻な表情で出てきた。

「銀次郎君、病人を……お豊というのじゃが、駕籠まで運んでやってくれんか。ここでは手に負えない」

「そんなに悪いのですか」

「早く……急いでくれ」

「判りました。それじゃあ先生、この子を確りと抱いててやって下さいますか」

「うん」

銀次郎はお京を北善の手に預けると、小屋の中へ入っていった。

畳二枚ほどの広さに筵《むしろ》が敷かれていて、その上で横たわり激しく咳込んでいる痩せ細った女の背を、もう一人、若い方の女——二十四、五くらいの——が一生懸命に撫でていた。

灯火《あかり》には鰯《いわし》の油を用いているな、と銀次郎は小屋の外に漏れてくる臭いで判っていた。小屋の中へ入るとその臭いは更に強烈となり、しかも煤《すす》が多く出ていた。それに暗くて、少し大袈裟に言うとお互いの顔がよく見えない程だ。

他に菜種油《なたねゆ》などもあるのだが高価で、鰯の油が最も安く、然《しか》し最も臭い。蠟燭《ろうそく》になると、もう贅沢品《ぜいたくひん》であり下下《しもじも》の者には全く手が出ない。

「さ、おぶってあげやしょう。遠慮はいらねえ。さあ……」

銀次郎は、咳込んでいるお豊とかの前に後ろ向きで腰を低く下ろすと、やさしい調子で促した。

若い方の女が「有り難うございます」と礼を言い、咳き込む女の背を支えるようにしてゆっくりと起こした。

九

こんなに強い臭いや煤《すす》が狭い小屋に充満していると、お豊が芳岡診療所から戻って来たとしても元《もと》の木阿弥《もくあみ》だと思った銀次郎は、親しくしている神田の油屋にまで飛んで行き、手代の助けを得て五升《しょう》の菜種油《なたねゆ》を買ってきた。

いま、その油壺《あぶらつぼ》が小屋の隅に置かれてあり、煤も臭いも大きく改善された中で、銀次郎とお京と、お京の母親——美咲——の三人は向き合っていた。

銀次郎は目の前の美咲からはまだ、私《わたくし》の名前は美咲でございます、程度のことしか聞かされていない。また銀次郎もそれ以上に立ち入って、あれこれと訊く積もりはなかった。

「とにかくこのまま、冷え込んだ小屋の中で寝起きしておりやすと、幼いお京の、いや、お京ちゃんの健康によくねえやな。外はすっかり暗くなってしまいやしたが、これからでも私《あっし》が親しく致しておりやす寺へ移ったらいかがでござんす?」

「でも、路銀が底をつき寒さと空腹で極楽橋の上で倒れていた私ども母子を救って下されたお豊殿のお留守の間に他所《よそ》へ移るなどは作法に反しますゆえ……」

「芳岡北善先生から耳打ちされたんだがね、この小屋の主《あるじ》お豊とかは三月や四月で戻ってこれないかも知れないよ」

「え……」

「江戸では名医と評判高い北善先生が仰っていなさるんだ。患者に接した瞬間、これはかなりまずいと見抜かれたに相違ねえやな。で、美咲殿の今の体調はどうなんでい」

銀次郎の口調は終始、やわらかく穏やかであった。目の前のこの女《ひと》、どうやら町人ではねえな、という思いがいよいよ強まっていた。

「私は熱も下がり咳も鎮まりましたけれど、立ち上がりますと少しまだふらつきます」

「そいつあおそらく陸《ろく》なものを食べていないからに違《ちげ》えねえ。かと言って寒い中、幼いお京ちゃんに物貰いの真似なんかさせちゃあ、いけねえやな。お天道様がお怒りなさいますぜ」

「も、申し訳ございません。母として恥じ入るばかりでございます」

すると、横合《よこあい》からお京の幼子とは思えない、きつい声が入った。

「銀次郎おじさん、母を叱らないで下さい。母は何も知りません。私が勝手にやったことですから」

銀次郎は思わず呼吸《いき》を止めた。十二、三歳の子でもすらすらとは言えないことを、お京はビシリとした調子で言い切ったのだ。

銀次郎は頷いて、思い切り柔和な表情を拵えた。

「判ったよ、お京……ちゃん」

「お京、でいいです」

「お……そうか」

聞いていた美咲の口元に、ひっそりとした笑みが浮かんで消えた。

「とにかくよ美咲殿。お豊が芳岡診療所に入院している間、私《あっし》のよく知っている小寺に移って、体力を取り戻さねえかえ。母親が元気に動けねえことには、お京に負担が掛かるばかりだあな。違うかえ」

「仰る通りでございます。でも私《わたくし》には……あのう」

「世話になる寺へ御礼をする余力が無い、と仰りてえことは、よく判っていまさあ。とにかく謝礼だの御礼などはこの銀次郎に全て任せておきなせえ」

「失礼ですけれど、銀次郎殿は何を生業《なりわい》となさっているのでございましょうか」

「勝手に世話を買って出る私《あっし》が信頼できる男かどうか心配するのは、尤《もっと》もだわな。当然よ、うん。先ず言わせて貰いやすが、私《あっし》は北善先生とは非常に親しい間柄である上、男の巷《ちまた》で苦労を背負って生き蠢《うごめ》く女たち大勢にも知られているのでござんすよ」

「ま、では女誑《おんなたら》し……」

「ち、違う違う」

「では女の生き血を吸うヒモとか……」

「違うってえの。どうして私《あっし》の顔をまじまじと見つめながら、そんな言葉しか出てこねえんでい？……ええい、私《あっし》の仕事の話はまた別の機会にしまさあ」

　顔の前で懸命に掌を横に振った銀次郎の様子が余程におかしかったのか、幼いお京がクククッと小さな肩を震わせて笑いを堪《こら》えた。

「美咲殿。お前《めえ》さん、上品で綺麗な顔をしていなさるのに、案外きびしい事をズバッと言いなさるねえ。びっくりした」

「申し訳ございません。江戸までの旅の間に金子《きんす》を騙し取られたり、この身に危うい事が降りかかったり、甘言で迫ってくる男たちが絶えなかったので、故郷《くに》の長崎を出て以来、気の休まることがなかったものですゆえ」

長崎と聞き、銀次郎の両眼《まなこ》が瞳の奥深くで、ギラリと凄みを放った。

「長崎から江戸へ出て来なすったのかえ」

「はい。不安な怖い旅でございました」

「遠いわさ。長崎ってえのは」

「銀次郎殿は長崎をよく御存知なのですか？」

「いいや。行ったことは一度もねえが、幕府にとっちゃあ大事《でえじ》な直轄領だってえ事ぐらいなら知ってらあな。けどよ、そのような遠い所から、どうして母子だけで江戸へ出てきたんだえ。さぞや大変《てえへん》だったろうが」

「…………」

「おっと、これは立ち入ったことを訊《き》いてしまったか。勘弁しておくんない」

「…………」

「で、どうするね。ここを出て寺へ身を移す件だがよ」

「それを決めまする前に……あのう、銀次郎殿。この江戸では銀次郎殿は、表社会に対しても裏社会に対してもかなり顔が広いのでございましょうか」

「うーん、まあ、狭くはねえと思っていやすがね」

「厚かましく御願い申し上げます。私《わたくし》ども母子《おやこ》にお力をお借し下さいませぬか」

「と言うことは、何ぞ目的を持って江戸へ出て来なすったね」

「はい。この江戸に潜伏しているという、かなり確かな情報を得て、長崎から決死の覚悟で出て参りました。私《わたくし》の嫁ぎ先の義父《ちち》と夫を殺害した卑劣な**仇敵**《かたき》を追って……」

「なんと……てえことは、お前《めえ》さんは矢張り私《あっし》が若《も》しやと想像した通り、武家の奥方でござんしたのか」

「いいえ、真《まこと》の武家ではなく、長崎とその近郷で知られた**旧族郷士**《ごうし》の家柄でございます」

「旧族郷士ってえと?」

「私の嫁ぎ先である**貴原**《きはら》家は、徳川様の世となる以前は長崎きっての**豪商の立場**

で、長崎周辺七か村および天草を監理する**郷司**《ごうじ》の地位を与えられてございました」

「**郷司**《ごうじ》ってのは確か時代の流れと共に次第にその力を落としてゆく地方の行政官、つまり**郡司**《ぐんじ》と同じ立場だってえことは、ちょいとした耳学問で知っておりやす。が、次第に力を落としてゆくとは言っても、九州では郡司の勢力はいつ迄も強かったんではねえですかい？」

「はい。その通りでございます。銀次郎殿よくご存知でいらっしゃいますこと。あなた様は一体……」

「ともかく話の先を続けておくんない。ここじゃあ寒くて体の芯《しん》がよ、凍《こお》り始めてきやがったぜい」

「申し訳ありません。ともかく徳川様の世となって長崎奉行の組織が本格的に機能し出すと、貴原家は武士と同格の地位であった郷司《ごうじ》の職を解かれ郷士《ごうし》の身分に落とされたのでございます。これこそを旧族郷士と申すのでございます」

「なるほど。で、先程、貴原家は豪商であると言いやしたが……」

「義父《ちち》と夫が健在である間は、豪商貴原家の勢いはそれほど衰えませんでしたけれど、巨額の貸付金の取り立てに絡んで義父《ちち》と夫が斬殺され、悲歎《ひたん》した義母《はは》が自害いたしましてからは、貴原家の商《あきな》いは急速に傾いてしまいました」

「豪商と言われるくらいの商いをしていたのならよ、有能な奉公人が幾人もいたんじゃやねえの？」

「義父《ちち》と夫が殺害されるや、有能と言われておりました大番頭と番頭と手代頭《がしら》の三人が、金蔵のお金をごっそりと持ち逃げ致しまして……」

「なんてえ奴らだ。そ奴らの行方《ゆくえ》は、判っちゃあいねえのかい」

「はい。全く判っておりません」

「他の奉公人は？」

「家財や書画骨董《こっとう》や刀剣などを金子《きんす》に変えまして、残った奉公人たちに手渡し、それぞれの故郷《くに》へ帰って貰いました」

「で、巨額の貸付金てのは、誰に貸したんだえ。つまり其奴が仇敵《かたき》ってえ訳だな。一体《いってえ》どんな野郎なんだ」

「その手前の話と致しまして銀次郎殿……延宝一年（一六七三）五月二十五日、英国《エゲレス》船リターン号が日英通商再開を求めて長崎港に入港したことについては、ご存知でいらっしゃいますか」

「いや、知らねえな……うう、寒《さぶ》い」

旗本塾できちんと学んで知っていた銀次郎ではあったが、肩をすぼめ首を横に小さく振ってみせた。

「幕府との協議でこのリターン号は長崎港に数か月に亘って碇泊《ていはく》いたしておりました。実は、この数か月というのが、貴原家への災《わざわ》いへとつながっていくのでございます」

そう言って、目がしらを抑え肩を落とす貴原美咲であった。

十

「何十年も昔に長崎へ入港した英国船《エゲレス》リターン号が、一体どういうかたちで美咲殿の仇討《かたきう》ちにつながっていると仰いやすので？」

「はい。順を追ってお話し申し上げます。銀次郎殿はご存知かも知れませぬが、当時も現在《いま》も長崎奉行は二人制でございまして、一人は交替要員として江戸で待機のお勤め、もう一人が長崎にて奉行職に就き、一年交替となってございます」

「その通りでござんすね。その程度のことまでなら知っておりやす」

「長崎奉行を発令された御方様《おかたさま》は、家中の者たち（家老、用人、近習の者たち、その他配下の者たち）を従えて赴任いたす訳ですが、長崎業務全てを差配するには、これだけの員数では、とうてい足りませぬ」

「だろうねい。長崎へは頻繁に外国船が入港しやすからね。貿易実務がある上に、不良外国船員が決して少なくござんせんでしょうから……その上、訳の判らねえ伝染病が国内に持ち込まれることにも厳しく目を光らせなきゃあなりやせん」

「仰る通りでございます。不良外国船員問題以上に未知の恐ろしい伝染病が持ち込まれることを国の責任として恐れなければなりませぬ。それらに対し相当先を見た鋭い危機対処意識で以《も》って先手先手と手を打ってゆかねばなりませぬから」

「真《まこと》にその通りです、へい。そのために権力者ってえのは高い禄《ろく》（収入）を得ておりやす。脳天気《のうてんき》にポカーンとしてちゃあなりやせん。下下《しもじも》（一般庶民）のために権力者ってえのは、己《おの》れの身を犠牲《ぎせい》にしてでも働く立場にあるのでござんす」

「銀次郎殿にそのように言って戴きますと、何だかホッと致します」

「長崎奉行は、長崎業務に対処する人員不足を、一体《いってぇ》どのようにして補っておりやすので？」

「現地採用（地下人採用《じげにんさいよう》）、つまり長崎とその周辺から不足人員を補うほかに手はありませぬ。この不足人員を補うため、また長崎地下人の就業対策費として、江戸幕府から七万両が長崎奉行所に給付されてございます」

「なにっ。長崎奉行所に七万両……」

聞いて銀次郎は思わず目を見張った。地方官庁への幕府からの業務対策給付金としては巨額である。

美咲は眉をひそめて言葉を続けた。お京はいつの間にか母親の脇に体を丸めるようにして横たわり、居眠りを始めている。

早くこの子を暖かな部屋で眠らせてやらなくては、と思いながら銀次郎は美咲の言葉に耳を傾けた。

菜種油がジジジ……と小さく鳴る音が物悲しい。

「幕府から長崎奉行所に対する七万両というその業務対策給付金でございますけれども、新井白石様と申されるお偉い御方《おかた》様が、かなり激しく反対なされておられたようです」

「ほう……新井白石と仰る偉い御方《おかた》が反対を……」

銀次郎はさらりと応じて、小さく頷いてみせた。

「新井様は、地方の官庁へそのような大金を給付すると不正が生じるのでは、と心配なされたと、私は亡き義父《ちち》から聞きました」

「なるほど……」

「そしてそれは現実のものとなったのでございます。郷士でありながら豪商であった義父《ちち》は長崎地下人によく知られ信頼を集めた存在でございまして、色色な相談にも乗って参りました。その義父《ちち》が、幕府からの給付金七万両が長崎地下人のために殆ど活用されていないことに気付いたのでございます」

「矢張り〝長崎権力〟の中で不正が生じやしたかい……」

「義父《ちち》は長崎奉行所の財務担当で剣の達者としても知られる筆頭与力**倉毛修之助**《くらげしゅうのすけ》**様**に、その件についてお伺いを立てたのでございまする」

「すると？……」

「はい。倉毛修之助様は義父に対し実ににこやかに、待ったなしの不審外国船対策に二万五千両もの大金を活用してしまったせいだ。すまぬが次期給付金の七万両の内から必ず返すから次の給付日が訪れる迄の半年の間二万五千両を用立ててほしい、と懇願したのでございます」

「ところが相手は期日が来ても弁済してくれなかった？」

「その通りでございます。義父の催促は数度に及びましたけれど倉毛様は梨の礫《つぶて》。痺れを切らした義父は意を決して江戸の幕府宛てに訴状を認《したた》めたのでございます」

「長崎奉行に直訴しても同じ穴の貉《むじな》、と読みやしたね」

「はい」

「で、江戸の誰宛てに訴状を認《したた》めやした。いかに長崎の高名な郷士であり豪商と雖《いえど》も、実力ある中央の幕僚に対する直訴ってえのは、ちょいと危険ですがねい」

「存じております。けれど二万五千両もの未弁済金を抱えた義父は、豪商とは申せかなり追い詰められておりました」

「そうだろうねい。二万五千両は大きい。いや、大き過ぎる。で、誰宛てに訴状を？」

「現役老中を圧するほど強大な力を有していらっしゃると噂されてございました、前《さき》の老中首座で幕翁《ばくおう》の異名を持つとかの大津河安芸守忠助《おおつがわあきのかみただすけ》様（東近江国湖東藩十二万石藩主）宛てでございます」

「おお、江戸では下下にまで知られた権力者だい」

物静かに応じた銀次郎であったが、瞳の奥で一瞬凄みが蠢《うごめ》いていた。

「それから半月ほど経ってからです。何者とも知れぬ者に義父と夫が夜道で殺害されましたのは」

「何者とも知れぬ者？　いいや、下手人は……長崎奉行所の財務担当与力で、剣の達者とかいう倉毛修之助、と決まったようなものではござんせんか」

「ですが倉毛様を下手人と決めつける決定的な証拠は何一つ見つかっておりません。それに義父も夫も、斬殺された、と見るには不自然な殺害のされ方でございました」

「どういう意味でござんす？」

「役人の手で貴原家へ運ばれて参りました二人の遺体には、左胸の数か所に集中した突き傷がございました」

「突き傷？……」

「遺体を検分なさった年輩のお役人が申しますには、忍びの武器に棒状手裏剣《ぼうじょうしゅりけん》というのがあるらしく、菱形、角箸形、紡錘形、筆形、針形などの種類のうち、針形手裏剣を浴びるとこのような傷痕《きずあと》になるのではないか、と自信なさそうに言っておられました」

「その役人、若しや忍びのような印象？」

「いいえ、小柄な真面目そうで気の弱そうな印象の方《かた》でございました。まかり間違っても忍びにはとても見えませぬ」

「うむ……ところで美咲殿、そろそろ英国船《エゲレス》リターン号に話を戻して戴きとうござんすが……」

「申し訳ありません。長話になり過ぎました」

「いや、いいんでさあ。美咲殿という女性《ひと》がよっく判ってきやしたから……」

「延宝一年（一六七三）五月二十五日に長崎へ入港し数か月に亘って碇泊《ていはく》したリターン号に、一等航海士の職に就いていたジオーン・ロイ・ブーネンという人物がいたのですけれど……」

「ジオーン・ロイ・ブーネン……なんだか強そうな名前でござんすねえ」

「大変有能な航海士だったそうでございます。そして、西洋剣術《フェンシング》にも優れた人物だったらしく、数か月に亘る碇泊《ていはく》中、長崎奉行所の与力、同心や郷士の希望者に対し、西洋剣術や英国語《エゲレスご》を熱心に教えたそうでございます」

「ふうん、英国《エゲレス》は余程日本と交易の再開をしたかったんだな。ジオーン・ロイ・ブーネンの動き様《よう》は長崎奉行所に対する懐柔政策の一つでもあったんだろうぜ」

「そうだったのでございましょう。そうこうするうち、貴原家よりも格が上で、歴代の長崎奉行と緊密な間柄を保ち続けた交易商であり郷士であった長永《おさなが》家のひとり娘と密かに結ばれたらしいのでございます。実に密かに」

「するてえと、そのひとり娘はおそらく身籠りやしたね」

「でも、そうとはっきり判る前に、ジオーン・ロイ・ブーネンは長崎を襲いました流行病《はやりやまい》で呆気なく亡くなったのでございます」

「それはまた……」

　このとき母親の側で小さな体を丸めて眠っているお京が、寝返りを打った。

「ちょいと失礼いたしやすぜ」

銀次郎は座った姿勢のまま着流しを脱ぐと、お京の上にふわりとかぶせてやった。上着（着流し）を脱いだからといって、美咲が小慌てに視線を逸らすといったことにはならない。身形だけはいつもきちんとしている銀次郎である。着流しの下にもそれに劣らぬ生地のものをきちんと着込んでいる。

「申し訳ありませぬ」

美咲が小声で言い頭を少し下げた。

「で、一等航海士のジオーン・ロイ・ブーネンが呆気なく亡くなったあと、高級郷士長永《おさなが》家とかのひとり娘はどうなりやした」

「それが……ジオーン・ロイ・ブーネンとの恋仲についての噂が広がらぬ内に、倉毛家に嫁いだのでございます」

「ん？」

「長崎奉行所の財務担当で剣術の達者な筆頭与力倉毛修之助様です。この御方もジオーン・ロイ・ブーネンから西洋剣術《フェンシング》と英国語《エゲレスご》を習い、短い間にみるみる頭角を表わしたそうにございます」

「ちょ、ちょっと待ちなせえ美咲殿。筆頭与力の倉毛修之助ってえ人物は、現在の長崎奉行所の財務担当与力でござんすよね」

「はい」

「長崎奉行は一年交替でござんすから、その際には倉毛も当然、江戸へ帰参する筈。だけど美咲さんの話を聞いておりやすと、その倉毛という人物はリターン号が長崎へ入港した延宝一年（一六七三）五月当時にも長崎奉行所与力として居たように取れやすが」

「その通りです。居たのでございます」

「なんですってい。……一体《いってえ》現在《いま》の長崎奉行所の倉毛ってえのは何歳でござんすか？」

「三十四、五歳だと思います」

「え？……ますます判らねえな。判り易いようスパッとまとめて言っておくんない。お京ちゃんを早く寺へ連れていってやりてえんで」

「交易財務の仕事にすぐれる倉毛修之助様は、リターン号入港当初より、長崎止置《とどめおき》世襲《せしゅう》旗本《はたもと》の立場で、一年交替で赴任して参ります長崎奉行の筆頭与力を務めあげていた、と亡き義父《ちち》より教えられてございます」

「止置世襲旗本《とどめおきせしゅうはたもと》……なあるほど。するてえと現在の倉毛修之助ってえのは……」

「亡き義父の話では倉毛家の三代目だそうです」

「つまり倉毛家の嫡男たる者は、むずかしい交易財務と倉毛修之助という名前を引き継いできた。そういう訳でござんすね」

「いいえ。現在の（三代目の）倉毛修之助様は、二代目の次男として生まれたのでございます」

「世襲職を次男が引き継いだ？　するてえと、長男は病気か何かで亡くなりやしたので？」

「そうではありませぬ。その長男は余りにも日本男子らしくない美し過ぎる容姿に恵まれていたため、**剣客という別の道**を歩んだのでございます」

「剣客という別の道？……美咲殿、若しやその長男こそが、リターン号の一等航海士ジオーン・ロイ・ブーネンと、上級郷士**長永家**《おさなが》のひとり娘との間に生まれたつまり西洋の血を受けた子じゃねえですかい」

「その通りでございます。そして、背丈に恵まれたこの美しい男こそが義父と夫を殺害した下手人なのでございます。屋台を営む年寄りの目撃証言も得ております。悲しいことに、この年寄りも後日、何者かに斬殺されましたけれど……」

「美男とかの其奴に違いねえよ。口封じだな。で、その美しい男の名は倉毛なんて言うんだえ」

「倉毛姓は名乗ってはおりませぬ。**長永家**《おさなが》の有り余る財力を後ろ盾と致しまして官位を得て別家を立ち上げ、寺音《じおん》肥前守武念《ぶねん》と名乗ってございます」

あ奴だ、と銀次郎の脳裏で、音を立てて稲妻が走った。

十一

大名・大身旗本家の中屋敷あるいは下屋敷が少なくないことで知られる黄昏坂上《かみ》一丁目から、黄昏坂下《しも》二丁目にかけて、石畳が綺麗に整然と敷かれた緩やかな下りの黄昏富士見坂がある。この坂道を下るとき正面の彼方に、天気が多少悪くとも霊峰富士がくっきりと望めた。

坂道の名はそこからきているのだが、江戸の人人は富士見を略して単に**黄昏坂**と称した。

江戸には富士見坂が多いから（代表的なのは現、法政大学の南側）、遠慮したのかどうかは判らない。

この長さ一町《ちょう》半（百六十メートル余）ほどの緩やかな下りを見せる黄昏坂、その両側を武家屋敷の高い土塀――鬱蒼たる樹木の枝葉が伸び出た――で挟まれているため月が出ない夜は漆黒の闇となる。したがって人通りは絶えるが、日中《にっちゅう》は日当たりも見晴らしもいいことから、老若男女の往き来が少なくない。

この黄昏坂でこの夜、まさに銀次郎と美咲が地蔵林の夜鷹小屋で話し合っている刻限、血の雨が吹き乱れたのである。

坂下の二丁目直ぐの所に良質な蓮根《はす》がとれる富士見池があって、その池の南側に大料亭『加倉』があった。料亭という表現が巷に普及するには時代の流れをもう少し待つ必要があったが、この『加倉』ではすでに表看板にその表現を用いていた。経営者《あるじ》の先見の明《せんけんのめい》（将来どうなるかを見抜くすぐれた見識・洞察力）とでも言うのであろうか。

為政者（政治権力者）に絶対不可欠なそれ――先見の明――を、『加倉』の主人《あるじ》が持っているとするなら、一体どのような人物なのであろうか。

因《ちな》に、『加倉』の評判の料理は、趣を凝らした様様な蓮根《はす》料理であった。蓮根《はす》は鎌倉時代からすでに食されていた。

今から千三百年以上も古い時代、おそらく天平《てんぴょう》文化の時代（奈良時代）には、日本に蓮根《はす》は存在したが、その後、国の外から入ってきた蓮根《はす》と交わって、次第に大変おいしい食用の蓮根《はす》（これを食用バスという）になっていったと思われる。

瀟洒《しょうしゃ》な拵えの切妻《きりづま》式萱門《かやもん》を持つ『加倉』は、今宵《こよい》も満室だった。

一流と評判高い料理屋だけあって、さすがにどんちゃん騒ぎの嬌声などはなく、ときおり三味線《しゃみせん》の音《ね》が控えめに漏れ伝わってくる程度だ。

この『加倉』で最高の客室が、蓮根池《はすいけ》に面した十六畳の床の間付き座敷〈桃山〉だった。

蓮根池《はすいけ》は風船玉が縦に二つ――座敷から眺めて――くっ付いたようになっていて、手前側――座敷側――が夏に大きな紅色の花を咲かせる、いわゆる**花バスの池**――花を観賞する池――で、奥側が食バス（食用バス）の池となっていた。

「寺音先生はどうして妻を娶《めと》らないのでございますか。我我門弟から見ましても非の打ち所が無いまさに完璧にして最高の先生でいらっしゃいますのに、妻を娶ることに関心をお持ちでないのが不思議でなりませぬ」

「おい仲井戸、恩師に対して無礼なことを言うな。いくら小天狗と高く評価されておる最年少のお前と雖も、過ぎたる無礼は許さんぞ」

「いいえ、私は寺音先生を崇拝し心の底から敬っているからこそ、申し上げているのです。これまでに、小野小町《おののこまち》（美貌の平安期女流歌人）か楊貴妃《ようきひ》（中国・唐第六代皇帝玄《げん》宗《そう》の美貌の妃《きさき》）かとまで言われた美しい女性が、一体幾人先生に恋焦がれて近付き、泣き泣き去っていったことでしょうか。私は羨《うらや》ましくて仕方がありません。羨ましくて」

「こ奴。酒を飲むといつもこれだ。いつも本音を吐きやがって……」

幾人かが、どっと笑った。どの顔も酒で朱に染まっている。

「申し訳ございません先生。この年若い小天狗を許してやって下さい。酔いが覚めましたら、よく言って聞かせますゆえ」

言われてそれまで黙っていた先生なる人物が、漸く穏やかに口を開いた。

「なあに構わぬ。それよりも、こ奴の嫁を私より先に、誰か世話してやってくれぬか。酒席の度にうるさくてかなわん」

また数人が、どっと崩れた。

「それにしても先生。今宵は黒羽織の君代姐さんの登場が、いやに遅いですね」

「私好みの注文を……衣装や髪形や化粧の注文を色色と出しておるのだ。焦らなくとも、そろそろ来るだろう」

先生と呼ばれている人物は、床の間を背にして、物静かな表情で座っていた。

その先生から見て左右、縦《たて》に三人ずつが座り、合わせて七人の酒宴であった。

先生と呼ばれている人物は、羽織袴を小さな乱れもなくきちんと着用し、彫りが深く容姿端麗だった。三十の歳《とし》を明らかにこえた人物に見える。

その彫りの深さは、日本人の特徴からは遠かった。

ひと目で混血と判る美男武士である。

この混血武士こそ、貴原美咲が義父と夫の仇敵《かたき》とする寺音《じおん》肥前守武念《ぶねん》であった。実の父で、英国《エゲレス》船リターン号の亡き一等航海士ジオーン・ロイ・ブーネンの名から、漢字を起こしたものであろう。

先生を囲む六名は、**無傳一刀流道場**の**六天狗**と言われている門弟たちだ。

小天狗**仲井戸**が酒顔いっぱいに笑みを広げて、尚も言った。

「我が尊敬する先生、ひょっとして先生には好きな女性《ひと》がすでにいらっしゃるのではありませんか。それも片想いの」

「おい仲井戸、もう止さぬか」

門弟仲間が小慌てに制止したとき、先生はすでに立ち上がって床の間の刀架けに横たわった大刀を、むんずと摑んでいた。

門弟たちの表情がサッと強張った。

「その通りだ仲井戸。私には惚《ほ》れ抜《ぬ》いた女がいる。が、妻として迎えることが出来ぬ事情を抱えた女なのだ」

寺音武念は、徳利と盃を手に見上げる小天狗仲井戸を睨みつけて言い、仁王立ちだった。目が光っていた。

「申し訳ありません先生。言い過ぎました。お許し下さい」

さすがに小天狗は徳利と盃を膳に戻して謝った。

「いいのだ。だがな仲井戸。私はその女を妻に迎え入れることは出来ぬが、そのふくよかな美しい肉体《からだ》は必ず自由にしてみせる……おい、今宵はこれまでだ」

寺音武念は皆を促すと、座敷からさっさと出ていった。

「おい仲井戸、遠慮というものを少しは心がけろ。十九歳のお前の成長を誰よりも期待なさっている先生でなければ、お前の首は今頃胴から切り離されていたところだぞ」

立ち上がって怖い顔つきで言ったのは、門弟頭《がしら》の**根平耕四郎**《ねひらこうしろう》という人物だった。

この寺音武念道場は、背後に長崎の豪商にして上級郷士の長永《おさなが》家が控えているため、道場の運営資金に全く困っていない。

それに積極的に旗本の子弟を受け入れる〝商売上手〟であることから、それら旗本家からの支援も馬鹿にならない。

「さ、道場まで先生のお供をするのだ。行くぞ」

門弟頭**根平耕四郎**が促し、皆が慌ただしく動いた。

七人が『加倉』の主人《あるじ》や仲居たちに見送られて外に出た時、彼らの目の前に辻駕籠が下ろされた。

駕籠の中から、満月の明り降る中へ現われたのは、黒羽織の姐さん君代だった。

「あら、もうお帰りでございますの先生」

驚いた様子の君代であったが、七人は憮然として一言も発せず、君代の横を足早に過ぎていった。

黄昏坂下《しも》から黄昏坂上《かみ》へ向けて緩やかな勾配を、ほんの半町《ちょう》ばかり（五十メートルほど）上がった所に、武家屋敷の高い土塀がコの字状に凹《へこ》んでいるさして広くはない一画がある。

古くからある富士見稲荷社に遠慮して、武家屋敷の土塀が迂回《うかい》するかたちで築造されているのだ。

古き時代の人人ほど、田畑の神、漁業の神、商業の神、としての稲荷社を大切にしてきた。現在の神社本庁（宗教法人）にかかわる（所属する）神社の数はおよそ八万社と推量され、この内の三万社ほどが稲荷（社）であるらしいからその数の多さに驚かされる。

その三万社の稲荷（社）の頂点に君臨するのが、和銅四年（七一一）に山城国《やましろのくに》の豪族秦公伊呂具《はたのきみいろぐ》によって創建された、神階正一位の位《くらい》を有する伏見稲荷大社《ふしみいなりたいしゃ》（京都市伏見区）だ。応仁の乱によって一時荒れたが、明応八年（一四九九）には立ち直り、天正十七年（一五八九）には関白豊臣秀吉から百六石を授けられている。

話が少し脇へ寄ってしまったが、満月の明り降る富士見稲荷の社の陰で今、二人の男が長脇差《ながどす》の柄に手をかけて息を殺していた。

「来ますかねえ兄貴」

「必ず来る。この黄昏坂を上がって右へ折れると、野郎の無傳一刀流道場に近え《ちけ》んだ」

「正直言って俺、少し怖いです」

「なら、抜けてもいいんだぜ。無理に俺に付き合って貰う必要はねえやな。堅気《かたぎ》のお前《めえ》の方から、加えてくれ、と言ってきたから、有り難えと思っただけのことよ。いいから抜けな」

「いいや、怖いが抜けません。孤児《みなしご》だった俺を十三歳まで育ててくれた神田川善兵親分なんだ。若頭の雷門強介《かみなりもんのきょうすけ》兄貴にも、実の弟のように可愛がって貰いました。茶問屋の手代にまでなれたのも、お二人の御蔭《おかげ》ですから」

「お前《めえ》が加わるってえから、長脇差《ながどす》を都合してやったがよ。お前《めえ》、本当にそいつを鞘《さや》から抜けるのかえ」

「兄貴……」

「ん？……」

「実は兄貴に打ち明けていないことが一つあります」

「打ち明けていないこと？……聞こうじゃねえか、言ってみな」

「俺、神田川善兵親分に何かあった時に備えて、茶問屋へ奉公に出された年の秋から近くの剣術道場に月に四度通っていました」

「な、なにい……ひと一倍おとなしかったお前《めえ》が剣術道場へか」

「ひと一倍おとなしい性格でも、練習は出来ますから……」

「茶問屋の主人《あるじ》や番頭は、よく許して下さったのう」

「お店に何か騒動が起きた際に備えて、という意味のことを熱心に伝えたら、旦那様も番頭さんも根負《こんま》けして許して下さいました」

「それも、お前《めえ》の後ろに親分が控えていらっしゃったからと思いな。で、お前《めえ》、強《つえ》えのかえ？」

「いえ、弱いです」

「なんでえ、それは……ま、いいやな。いいか、何度も言ってきたように狙いはでっけえ体つきの野郎だ。他の奴なんぞ気にしなくっていい。そのでっけえ野郎に二人して、低い姿勢で風のように突き掛かるんだ。判ったかえ」

「は、はい」

「しっ……来やがったぜい」

二人は社の陰で体を小さく潜めて沈黙した。

坂の下の方から笑い声が聞こえてくる。

「料亭《みせ》の門前で出会った今宵の黒羽織の君代姐さんの妖しさには、思わずゾクリときましたね寺音先生」

「おい仲井戸。お前は女を見ると、いつもゾクリときているではないか。今宵に限ったことではあるまい」

笑いが月夜しじまに広がった。

「それにしても寺音先生は今宵は、短い間にかなり呑まれましたね」

「いつもは早くに来て用意万端の君代が、いつになく遅かったのでな。ついイラついてしまったのだ。ま、髪型に少し注文をつけ過ぎたので仕方がないのう」

「先生によく見て貰いたい一心で髪型にも化粧にもいつもの倍は念入りだったのでございましょう」

「うむ……まあな」

「最近の君代姐さん、実に妖艶になって来ましたねえ。ふっくらとした豊かな体が今にも弾けそうではございませぬか」

月明り降る稲荷の社《やしろ》の陰では、真近に迫ってきた数人の話し声に顔を強張らせながらも、長脇差《ながどす》を抜き放った博徒と茶問屋手代の二人であった。

「行くぜ」

「はい兄貴」

兄貴の小声は震え、茶問屋手代の眼に怯《おび》えが走った。

十二

夜のうちに美咲・お京母子《おやこ》を懇意にしている浄土宗の小寺に預けた銀次郎は、まんじりともせずに桜伊家五百石屋敷で早い朝を迎えた。近頃ときどき泊まりがけで訪ねて来ては、風呂焚きだ、食事の用意だ、掃除洗濯だと世話をやいてくれる曾《かつ》ての奉公人飛市《とびいち》とイヨも昨日《きのう》から亀島川河口の住居《すまい》へと戻っている。

桜伊家に居続けると、とにかく自分で仕事を見つけてはよく働く二人であったが、なにしろ老体だ。

疲れがたまることを心配した銀次郎が、幾日かごとに無理にも帰らせていた。

銀次郎はイヨが作り置きの味噌汁を温《あたた》め、冷や飯にそれをぶっかけて手早く二杯を食し、朝餉とした。

彼は、神田・子泣き坂下の芳岡北善診療所へ預けた、美咲・お京母子《おやこ》の恩人お豊のことが気になっていた。

美咲・お京については懇意にしている住職が、「確りと引き受けましょう。任せておきなされ」と言ってくれたので、心配の比重はいまお豊の方へと移っている。

「夜鷹生活じゃあ、おそらく碌《ろく》な滋養をとっていねえだろうしな……」

朝餉のあとの渋茶を味わいながら、飛市の手で綺麗に清掃が行き届いた朝日のよく当たっている庭を眺めて呟いた銀次郎だった。刻は朝五ツ過ぎ頃（午前八時過ぎ頃）だった。

駕籠に乗せるために背負ったお豊の、枯竹のような軽さが銀次郎の背にまだはっきりと残っている。

「診療所を訪ねてみるか……」

銀次郎は湯呑みを膳に戻して、ゆっくりと腰を上げた。美咲・お京の今朝の様子も自分の目で確かめねば、という意思がゆるやかに働き始めてもいた。

彼は落ち着いた紫檀《したん》色の着流しに、菱繋《ひしつな》ぎ文様《もんよう》の広帯を締めて屋敷を後にした。

菱繋ぎ文様は古来より、富《ふ》が繋がる吉祥文様とされており、吉祥とは、よいこと、めでたいこと、という意味を含んでいる。

銀次郎の足は急いだ。お豊に対する心配が次第に、尋常でない膨らみを見せ始めていた。心の臓の下あたりが、ざわつき出している。

「よ、銀ちゃん、朝仕事かえ」

道具箱を肩にした馴染みの大工、天助《てんすけ》が、向こう角から現われ片手を軽く上げながら、近付いてきた。天助は正真正銘、親が付けた名だ。銀次郎が夜仕事の多い『拵屋稼業』であることをよく知っている。が、武士である真《まこと》の素姓は知らない。

「おう、天助。芳岡北善診療所へ、ちょいとな」

「見舞いかえ。ご苦労さん」

「お前《めえ》もな。気い付けて頑張りねえ」

「有《あ》り難《がと》よ。そのうち一杯……」

「承知した」

二人は擦れ違った。通りは既に人の往き来で活気付いている。

足を急がせ、銀次郎は大工天助が現われた角を折れた。

様様な店が居並んでいる通りの正面に、まるで両手を広げるようにして東西に長い大和棟《やまとむね》を持つ大きな置屋があった。

もと女盗賊の、粋な黒羽織姐さん**君代**が円熟の身を置く『ふゆこ』であった。

その店の名の通り、主人《あるじ》の女将の名は冬子である。気立てやさしい鉄火女で知られていた。

『ふゆこ』の朝は遅い。表戸はまだ閉ざされている。

その『ふゆこ』の四半町《ちょう》ばかり（二十数メートル）手前の、刀屋の前で銀次郎の足は止まった。

刀剣屋と白抜きされた大きな暖簾が下がっている。

銀次郎は神田の刀鍛冶奈茂造《なもぞう》と付き合いが長いが、『刀剣屋』を店の名としている主人《あるじ》の張右衛門《ちょうえもん》とも長く交流を重ねている。

銀次郎はちょっと思案する様子を見せてから、『刀剣屋』の暖簾を潜った。

「おやおや、これは銀次郎さん、お久し振り……」

銀次郎と目が合った帳場に座っていた白髪の六十男が、よっこらしょといった感じで腰を上げた。

張右衛門《ちょうえもん》である。人の善さそうな面立ちだ。

銀次郎が片手を軽く上げ小さく頷いてみせると、こちらへ……といった風に張右衛門が左手を泳がせた。

銀次郎は細長い土間の左の方へと寄っていって、常連さんの席となっている結界に囲まれた（帳場格子に囲まれた）小上がりに腰を落ち着けた。

表口付近の土間では、刀の目利きにすぐれる若くない手代たちが、浪人ひとり、御家人風ふたり、明らかに博徒ひとりを相手に、商談をしている。

「二、三か月振りですかな銀次郎さん……」

そう言いながら笑顔で銀次郎と向き合って座った張右衛門は、すでに茶の用意を調えていた。銀次郎を相手とするとき、いつもこの呼吸を忘れない。

張右衛門は銀次郎を御家人だろうと捉えて、それ以上のことは訊かないし、知りたがらない。したがって、住居《すまい》も知ろうとはしない。銀次郎の気性を気に入っているからだ。

「ちょいとよ、無理を頼みてえんだがね、張右衛門さん」

と、べらんめえ調の銀次郎には、張右衛門はすでに馴れ切っている。

「お受けしましょ。なんでも」

「有り難え。切れ味のいい剛刀を一本、貸して貰いてえんだ。むろん金は支払うからよ」

銀次郎は辺りを憚《はばか》り、小声で言った。

「いつ？」

「いま……この場でよ」

「何に使いなさる……争い事ですかな」

「祝い事でねえことは、確かだ」

「非《ひ》はどちらにありなさるので？」

「むろん、相手にある」

「判りました。ま、茶でも飲んで、少し待っていて下され」

「刀の選別に時間が、かかりそうかえ」

「それ程のものを持参しましょう。ま、任せておきなされ」

「そうか……恩にきやす」

銀次郎は言葉に似合わず、丁寧に頭を下げた。

座をはずした張右衛門を、銀次郎は茶を味わいながら、手代や客の様子を眺めて待った。

銀次郎は張右衛門を、元武士ではないか、と思っている。刀剣について、あれこれと一方的に希望を伝えることの多い自分に対して、「この客は一体何者だろう……」という目を向けることがないからだ。いつ来ても「これはこれは銀次郎さん」と笑顔で迎えてくれる態度に、全く変化がない。

広い板床の店座敷《たな》と、奥へと続いている廊下との間に下がっている長い暖簾をかき分けるようにして、張右衛門が現われた。それほど、時間を要していない。

右の手に風呂敷に包まれた細長い物を持っている。おそらく刀だろう。

「これをお持ちなされ」

そう小声で告げながら、張右衛門は腰を下ろし、更に付け加えた。

「白木の箱に納まっていたのですが、箱は邪魔になりましょう。他人目《ひとめ》を引かぬよう、わざと古い風呂敷に包みましたから、このままお持ち下され」

「かたじけねえ。拝見させて貰いやすぜ」

「どうぞ、じっくりと……」

銀次郎は手渡された古い風呂敷包みを解いて、取り出したずしりと重い刀の鞘を払った。

刃にじっと視線を流してゆく銀次郎の双眸が、瞳の奥で穏やかな光を放ち出した。

（この無骨な野太い刃の特徴は……同田貫上野介《どうだぬきこうずけのすけ》。茎《なかご》を改めるまでもねえ）

銀次郎は胸の内で確信した。茎《なかご》とは、刀の柄意匠《つかいしょう》（柄巻《つかまき》など）の下に隠された鋼《はがね》の部分を指し、通常この部分に**同田貫上野介**などと銘が刻まれる（正しくは、**銘を切る**、という）。

張右衛門が口元に微かな笑みを浮かべ、物静かな調子で言った。

「同田貫上野介でございますよ」

「うむ、まちがいねえ。有り難《あがと》よ張右衛門さん」

「なあに、他ならぬ銀次郎さんに頼まれれば、秘蔵の刀をお出し致さないと……が、此度はいささか心配です。余計なことを一つ二つ今回だけは訊かせて下さいませんか」

「心配とかの外側を撫でる程度の問いなら構わねえが……」

「この刀を必要とする相手は、いなさるのでしたね」

「ああ、そうだ。いる……」

「幾人を相手になさいますので？」

「狙いは一人だがよ、恐らく……五、六匹の手強い虫が付いてこような。恐らくな」

「では、一人で六、七人を相手に？」

「たぶん……」

「判りました。その同田貫上野介、お役に立ちましょう。どうぞお使い下さい。それから、ちょっとお待ちを……」

「なんでえ。もう一度待たされるのかえ。このあと、ちょいと急いで行きてえ所があるんだが……」

「すぐに終わりますから」

張右衛門は立ち上がって長暖簾の向こうに続く廊下へ姿を消したが、なるほど直ぐに戻ってきた。脇差を手にしている。彼の次の出方を読んで銀次郎は同田貫上野介を脇に置いた。

「銀次郎さん、同田貫上野介に万が一ということは無いでしょうが、念のためです。この脇差《わきざし》も腰に帯びていって下され。粟田口吉光《あわたぐちよしみつ》です」

「ほほう、これが……」

と、差し出された脇差を受け取った銀次郎は、静かに鞘を払った。

「なるほど。さすが粟田口吉光……凄い」

名流**粟田口一門**は、鎌倉初期から南北朝初期にかけて大隆盛した一門で、いわゆる『山城伝』と称される伝統を生むことに貢献した秀《すぐ》れた一派だ。平安朝に現われた『山城鍛冶』の開祖的位置にある名家中の名家**三条小鍛冶宗近**と並べてよい実力刀匠団と言っても言い過ぎではない。むろん諸説はあり、その何《いず》れもが説得力を有してはいる。

なかでも粟田口吉光は、安土桃山文化（安土桃山時代）以降において、越中国郷義弘、相州伝五郎入道正宗と共に『天下の三名匠』に数えられ、刀匠列位の首位にあげられる人物だ。

「で、借用する代金だがね張右衛門さん……」

店土間《たなどま》の客たちを憚って銀次郎が声低く切り出すと、その言葉が終わるか終わらぬかの間に張右衛門は頭《かぶり》を小さく振った。

「いりませんよ。遠慮のう、お使い下さい」

「だがよ、刀身に傷を付けてしまう恐れがある……」

「傷が付いたって銀次郎さん、私はこう見えても神田の刀鍛冶奈茂造さんに劣らぬ職人の積もりですから」

「こいつあ参った……つまらねえことを言っちまったい」

銀次郎はそれまでの真顔を緩めて、少し苦笑した。

「六、七人も相手にして、勝てそうですか銀次郎さん」

「判らねえな。なにしろ相手にするかも知れねえ数が六、七人だ」

「では……これまでお訊きしたことはありませんが、お住居《すまい》を教えて下さいますか」

「どうしても知りてえか？」

「いいえ、お貸しした大小刀を、お返し戴くために手代を遣わしたいだけのことでございます」

「ははあ、俺が深手を負って此処へ大小刀を返しに来れなくなるかも……そう読んでいなさるね張右衛門さんよ」

「はい、その通りでございます」

「張右衛門さんよ」

「はい」

「かなりの付き合いになるが、この俺をどう見ていなさるね。小声で率直に聞かせておくんない」

店土間の方へチラリと視線を流して、銀次郎は囁いた。

「御家人と見て参りました……が、最近は、若しや御旗本の次男坊か三男坊では？　などと疑い出しております」

「ふっ……」

と小さな笑いを漏らしてから、銀次郎は付け足した。

「俺の名は桜伊銀次郎だ」

「桜伊銀次郎様。男らしい、いい御名でございます」

「此処には商いの性質上、旗本武鑑が揃っておりやしょう。それで調べておくんない。全旗本で桜伊って名は、一軒しかない筈だからよ」

「畏《かしこ》まりました」

旗本と聞いてもべつだん、顔色ひとつ変えない張右衛門だった。

このあと銀次郎は粟田口吉光を腰に帯び、同田貫上野介を古風呂敷にくるんで『刀剣屋』をあとにした。

十三

四半町ばかり先に置屋『ふゆこ』が見えていた。その『ふゆこ』の前で通りは右と左に分かれている。右の角が小間物屋で、左の角が品の良い甘さで売っている老舗《しにせ》の菓子舗だ。店内に『ぜんざい　しるこ』の甘味処を置いているから、女性客が引きも切らない大店である。

銀次郎が右へ折れようとして、小間物屋へと近付いていくと、『いろいろ店』の暖簾を掻き分けて、元女盗賊の黒羽織姐さん君代が、しゃなりと腰をおよがせて現われた。

ほんのちょいとばかし胸元をはだけた紋付の腰高模様に、前帯だ。色っぽい。小さめな平桶に手拭いと糠袋を入れ、ほてった顔の色をしている。

「あら、銀ちゃん……」

「よ、君代。これはまた、えれえ早風呂じゃあねえか。朝っぱらから色っぽい胸元が妖しくほてってるぜい」

「その胸元をひと撫《な》でしてゆかない。ねえ?」

「馬鹿。俺が客《きゃくおんな》女に手出ししねえのは、先刻承知《せんこくしょうち》の助《すけ》だろうが。どれほどお前《めえ》が可愛くともよ」

「だから、いらついちゃうのさ、もう……」

「今日は忙しいんでい。すまねえが行かせて貰うぜ」

「帯に脇差を通し、そして手にした風呂敷包みは間違いなく大刀。やっぱし銀ちゃんお侍だったのね」

「おい、人が往き来してんでい。余り大きな声を出すんじゃねえ。これは訳あっての借り物に過ぎねえよ」

「ま、銀ちゃんがお侍でも町人でも、君代姐さんにとってはどうでもいいこと。あたしが欲しいのは、銀ちゃんの掌《てのひら》だけ。その掌で私の……」

「ああ、わかった、わかった。行くぜ、んもう……」

「上物の簪《かんざし》と羽織、いつ買ってくれるの?」

「そんなこと言ったか?」

「言った」

「じゃあ、もう少し待て。必ず買ってやる。必ずな」

「うん、わかった。素直に待つから。それから今日またね、明るい内から寺音肥前守武念の座敷に呼ばれてんの。二日続きでさ……」

「なにっ」

「あ、怖い顔……」

「場所は何処の料亭だ。教えてくれ」

「どうしたの銀ちゃん。目が光ってる」

「教えろ……」

「加倉よ、蓮根池《はすいけ》料亭で知られた有名な」

「黄昏《たそがれ》坂を下りた所の、あれか。で、幾人くらいでやるんだ。　見当つかねえか」

「酒の席へ呼ばれているんだから、そんなの初めから判ってるわよ。全部がお侍様で七人」

「やはり……七人か」

「ねえ銀ちゃん、一体さあどうしたのよう。聞かせて頂戴」

「寺音肥前守武念の酒の席ってえのは、何刻ぐらいで終るか見当がつかねえか」

「判るわよ。寺音様とは、この君代姐さんよりも古い付き合いの妓《こ》たちもいるから、その妓たちの話をも合わせて考えると、だいたい一刻（二時間）くらいかしら」

「なんでえ。随分と早く切り上げるじゃねえか」

「噂では、寺音様には囲《かこ》い女《もの》がいるらしいの。酒の勢いで、その女の所へ下半身を震わせながら行くとかよ。これまでに何人もの女を囲っては捨て、囲っては捨てを繰り返してきたらしいわよ。自死した女《ひと》もかなりいるとかの噂も付いていてさあ」

「寺音を恨《うら》みに恨《うら》んでの自死だな」

「ところが、そうではないらしいの。一度でも寺音様の掌《て》で可愛がられたら、心の底から惚れ抜いて身も心も溶《と》けるほどに好きになってしまうというのよ。だから捨てられた女たちは、寺音様、寺音様と烈しく追い求めた末に半ば恍惚《こうこつ》状態で死ぬらしいのよ」

「なんでえ、それは。まるで下手な三文芝居の気色悪い筋書《すじが》きじゃねえか。鳥肌立ってくるぜ。ところでおい君代、お前《めえ》まさか既に寺音の掌で可愛がられちまったんじゃねえだろうな」

「ふふふっ……心配？」

「おうよ。心配だわさ。お前《めえ》の躰《からだ》は結構むっちりしていて、男に生唾をゴクリと飲ませるからよ」

「大丈夫。私の躰に掌を這《は》わせることが出来るのはこの世にたった一人……いま目の前にいる」

「わかった、わかった。そのうち這わせるからよ。それよりも言っておきてえ。今日の寺音の酒席だがよ。女の妓は終わったら、必ずさっさと帰りねえ。決して夜道を送っていったりするんじゃねえぞ」

「寺音は案外にケチだから、夜道の付き合いなんぞ誘われてもしないわよ。皆、さらりとはぐらかして、帰っちゃう」

「それでいい、じゃあ俺、これから急いで行かなくちゃあならねえ所があるから、またな」

「何処へ行くの？」

「風呂敷で包んだこの刀と腰の脇差を返しによ」

「ふーん……」

「じゃな。かわいい君代姐さんよ」

銀次郎は君代の横を擦り抜けるようにして、離れていった。

「ふん、銀次郎め。そのうち私《あたし》の胸に抱きしめて、びしょびしょに濡らしてやる」

君代の呟く捨て台詞《ぜりふ》が、足速に離れていく銀次郎の耳に届く筈もないのに、その彼がぴたりと歩みを止めて振り向き、ニッと目を細めた。

なんと君代姐さんが、カッと顔を赤らめた。

十四

神田・子泣き坂下の芳岡北善診療所の近くまで来て、銀次郎の表情が（おや？……）となって歩みが止まった。

診療所の前が只事ではない。町奉行所同心――真山仁一郎ではない――と判る羽織袴に二本差しが、目明かしや下っ引きに何事かを告げ、右往左往の光景だった。

しかも診療所の前に大八車が二台、縦に並んで止まっている。

（一体《いってえ》何事だ……）

と思った銀次郎であったが、手に大刀と見当がつく風呂敷包みを持ち腰に脇差を帯びた自分の身形を考え、大きな並樹の陰に身を潜めた。

が、向こうはよく見えていた。

やがて診療所から戸板に乗せられたものが続けて二度運び出され、大八車へ丁重に移された。

診療所から戸板で運び出されたとなると、骸《なきがら》しか考えられない。

なるほど戸板ごと大八車に移されたそれは、筵《むしろ》で覆われている。

木陰で見守っていた銀次郎は、二台の大八車が下っ引きたちに引かれて診療所の前を離れ、南の方へ見えなくなるのを待って、歩き出した。

診療所の前では医生が、南の方へ視線を向けたまま立ち竦《すく》んでいる。

銀次郎が足速に近付いてゆくと、気配に気付いたからであろう、医生が操り人形のようにゆっくりと首を振った。

「や、銀次郎さん……」

「いま送り出したのは骸じゃあねえの？」

「ええ、まあ……」

「入院患者が亡くなったのかえ」

「いえ、博徒ですよ。何処そのお侍と激しく遣《や》り合《あ》ったらしくて」

「それでバッサリと斬られたかあ」

「はい。一人は左腕を肩の下から斬り落とされ、もう一人は心の臓を一撃で刺し貫かれておりました」

「なにっ。心の臓を一撃で？」

「はい。剣術には全く素人の私も、不思議な殺《や》られ方だなと思わず首をひねりました」

「ここへ運び込まれてきた時はよ、既に二人とも息は無かったのかえ」

「いいえ、左腕を斬り落とされた博徒は、まだ自分の名前を言えるくらいの息はしておりましたし多少の話も出来ました。とぎれとぎれでしたが。北善先生は懸命に手術なさったのですが、夜九ツ半頃(午前一時頃)に息を引き取りまして」

「北善先生にお会いしてえんだが……」

「少し疲れていらっしゃるようで、応接室で休んでいらっしゃいます。銀次郎さんなら宜しいでしょう。どうぞ、いらっして下さい」

「うん、朝の患者はすると……」

「はい、医生二人で診察します。余程むつかしい場合を除いては、今朝は北善先生にご負担はかけません」

「教え厳しい北善先生に任されるくれえだからよ、医生も腕を上げたんだねえ」

「すぐれた師の下《もと》では、若手よく育つ……ですよ銀次郎さん」

「全くその通りだえ。全くよ……頭の腐《くさ》った師の下《もと》では、糞《くそ》ひとつ生まれてこねえやな。じゃ、ちょいと応接室へ行かせて貰うぜ」

「はい」

銀次郎は診療所の門を潜った。

医生は銀次郎が手にする細長い風呂敷包みにチラリと視線を走らせはしたが、それだけのことであった。すでにこの診療所では北善先生も医生たちも『軽快にべらんめえ調を放つ銀次郎ではあるが、町人ではない』と確信して見ている。

銀次郎が音を立てぬよう気遣って、そっと応接室の引き戸を開けると、腰高の卓(応接テーブル)を前にした芳岡北善は燦燦《さんさん》と日が当たっている南側の障子窓を背にして、腕組をし目を閉じていた。

銀次郎はそおっと、北善先生と向き合って醬油樽《しょうゆだる》――椅子がわりの――に腰を下ろし、風呂敷に包まれた大刀を膝の上に横たえた。

北善先生は、軽い寝息を立てていた。博徒の手術が余程に大変だったのであろ

うか。それに、かんばしくない体調の、夜鷹お豊の治療もあった筈である。その
お豊の容態が気になって、訪ねて来た銀次郎であった。

「はい次、八平さあん……」

「へえい……」

診察室の方から、医生の声と患者の返事が聞こえてくる。

銀次郎は、北善先生が目を覚ましてくれるのを待った。

だが待つ程もなく、それは訪れた。

床板を鳴らす慌立だしい足音が近付いてきたかと思うと、「先生、先生……」

という声と共に引き戸が荒荒しく開けられた。

応接室に飛び込んできたのは、銀次郎もよく知っている若い女の医生好乃《よしの》だった。

十五

「先生、北善先生、お豊さんが……」

女医生《おんな》好乃の切羽詰《せっぱつ》まった金切声が終わるか終わらぬ内に、寝息を立てていた筈の北善先生は座っていた醤油樽の椅子を蹴り倒す勢いで、応接室を飛び出していた。

そのあとに、女医生、銀次郎と続く。

夜鷹のお豊が病身を預けていたのは、日当たりの良い障子窓を持つ、六畳大ほどの板床の病室だった。しかも寝床は膝高で、枕元近くに醤油樽が一つ備わっていた。診《み》る側や介護する側の体に負担がかからぬように、また、より機能的に患者を診れるように、と北善先生が考えたのであろう。この点は明らかに西洋医学の考えだ。

お豊の病室に駆け込んだ北善先生は上を向いたままの彼女の様子に、「ああ……」と絶望的な呻きを発して直ぐさま首すじに掌を触れた。そして、次に手首にも。

「駄目だ……」

がっくりと肩を落として、北善先生は醤油樽に腰を落とし、うなだれた。

「きっと無理を続けてきたのです……余程に悪かったのですよ」

銀次郎がそっとした調子で声をかけると、北善先生は力なく面《おもて》を上げた。

「お……来ていたのか銀次郎君」

と、弱弱しい口調の北善先生だった。

「はい。今朝になって、お豊のことが妙に気になりまして……」

「あの母と子はまだ地蔵林の小屋にいるのかね」

「いいえ。昨夜の内に、懇意にしている寺の御住職に預けました。大丈夫です」

「そうか。よく面倒を見てやってくれたな」

「あのまま地蔵林の小屋に置いておけば、母子《おやこ》ともお豊の二《に》の舞《まい》になっていたでしょうから」

「うむ……」

「先生、昨夜は侍と喧嘩《けんか》して斬られた博徒の治療にも追われたんですってね」

「ああ。町人《まちびと》の手で担《かつ》ぎ込まれてきた二人を診たが、一人は既に絶命していたよ。苦しい息の下から〝甲斐小文吾〟と名乗った博打《ばくち》うちを手術したのだが……駄目だった」

「甲斐小文吾……」

「ん？　知っているのか」

「いえ、知りません。博徒らしい名前だ、と思っただけのことで……」

「お豊が亡くなったことは、銀次郎君から母子に伝えてやってくれないか」

「承知いたしました。お豊の骸《なきがら》は如何なさいますか」

「さきほど博徒たちの骸を、一応の調べを済ませねば、と役人たちが引き取っていったのだが、その役人の耳へ入れるくらいのことはしておこう」

「左様ですか。私に手伝えることがあれば、遠慮なく仰って下さい」

「なあに、人の生き死にを扱うのは医者の務めだ。後始末は私がきちんとする。任せておきなさい」

「判りました。宜しくお願い致します。じゃあ私は、これで失礼させて戴きます。母子を訪ねて、お豊が亡くなったことを伝えなければなりませんので」

「うむ。ひとつ頼む」

「はい」

銀次郎は一礼すると、北善先生に背を向けようとしたが、それよりも先に「ちょっと待ちなさい……まだ話が」と先生の重い声が飛んだ。

「腰に脇差を帯びておるな。それに、その古い風呂敷で包んだものは大刀であろう。また、いざこざかね。そろそろ精神《こころ》を落ち着けなされ」

「いざこざではありません。脇差も大刀も研ぎに出しに行こうかと思いまして」

「本当か」

「はい。本当です。誓って……」

誓って、という言葉を吐いたところで、銀次郎の良心はチクリと痛んだ。

「そうか……信じよう。それからのう銀次郎君。話さないでおこうと思ったのだが、矢張り打ち明けておこう」

「打ち明ける?……何をでございましょうか」

「お豊のことだ。昨夜、この診療所へ移した直後に、彼女の口から聞かされたことなんだがね」

「身状《みじょう》のこと……などですか」

「お豊の里は、江戸より遥かに遠い長崎だそうだ」

「え……長崎」

銀次郎は、驚きが音を立てて背すじを流れるのを覚えたが、丹田《たんでん》にぐっと力を込めて平静さを装った。

「うん、長崎でな、親譲りの小料理屋を、真面目を絵に描いたような入婿の板前とやっていたそうだ」

「そうでしたか……」

「よく繁盛していた店だったらしい。夫婦仲も良かったらしくてな……ところがそこへ、西洋の血と日本人の血を受けた端整な侍が、客として現われるようになった」

「まさか、お豊はその端整な侍と……」

「その通りだ。身も心も溶《と》けるような甘言《かんげん》に攻めに攻められ、とうとう真面目な夫を裏切ってしまったというのだ」

（あの野郎だ、間違いねえ……）

銀次郎はそう思って、胸の内でギリギリと歯を嚙み鳴らした。

眉をひそめて北善先生が言った。

「その端整な混血侍の手練手管でお豊の体は毎夜、炎《ひ》のように燃えさかり油の如く溶けに溶けたという……要するに女誑《おんなたら》しに食い付かれたということだ」

「それで？……」

「お豊は飽きられて捨てられ、女誑《おんなたら》しの美しい混血侍は江戸へと消え去ったというのだ」

「では、お豊はその混血侍がどうしても忘れることが出来ずに……」

「後を追って江戸へ……そして身を持ち崩してしまったという訳らしい」

「なんてえ事だ……真面目な板前の亭主に詫びを入れ、小料理屋へ戻ればよかったものを」

「ところが、そうは行かなかった。お豊を奪われたと知った板前の亭主は、庖丁を懐にして混血侍の住居《すまい》へ乗り込んだ……」

「そいつあ危ない」

「亭主は一刀のもとに殺られ、そして美しい混血侍は江戸へと旅立った……という訳だ」

「許せない女誑《めたら》し侍ですね、先生」

「長崎で其奴の毒牙《どくが》にかかって不幸になった女は、両手の指の数では済まない、とお豊はくやしそうに言っていたよ」

「なんてえ奴だ……」

「おい銀次郎君、今の話は君には関係のないことだ。其奴の行方を探しまくる、というようなことは、まかり間違ってもしなさんなよ」

「むろんです。お約束いたします」

「よろしい……」

北善先生は漸く少し表情を緩めて、こっくりと頷いた。

先生は気付かなかった。

すでに銀次郎の瞳の奥で、〝凄み〟が炎を放ち出していることを。

十六

北善先生の診療所を出た銀次郎の足は、人の往き来で活気付いている通りを、黄昏坂へと向かっていた。

彼の歩みは力強かったが、しかし気持には大きな迷いがあった。迷いを背負いながら、黄昏坂へと足を向けているのだった。厭《いや》な迷いだ、と自分でも判っている。

はじめは、美咲とお京の世話を頼んだ寺を先に訪ね、美咲の出方次第では彼女と二人で黄昏坂へ向かう積もりだった。お京を御住職に預けておいて。

出来うる事なら美咲が手にする仇討ちの刃を寺音肥前守武念の肉体に斬り込ませてやりたい、そう願っていた銀次郎である。

だが、万が一失敗して美咲が返り討ちとなった場合、幼いお京がこの世にひとり残されることとなる。あの母思《おや》いの可愛いお京が。

それだけは防がねば、と迷い悩むうちに「それじゃあ世のため人のため俺ひとりの手で……」という覚悟が腹の底から湧きあがってきたのだ。

だが相手は七人。いずれもが大変な手練と判っている。

さすがに「間違いなく絶対に勝てる」という確信が持てない、いつもらしくない銀次郎だった。

そのため黄昏坂へ力強く足を向けつつも、彼はまだ迷っていた。美咲に打ち明けず勝手にひとり黄昏坂へ行こうとしていることを迷っているのではない。勝てるかどうか判らない小さな怯えが、彼の闘いへの覚悟を抑《おさ》え込みかけているのだ。

また、他人事であるのに度の過ぎた御節介であるかも、という気持が無くもなかった。他人事という意識が妙に消えないのも、いつもの彼ではなかった。なにしろ知り合ったばかりの、美咲・お京母子《おやこ》なのだ。母子の素姓の全てを知り尽くしている訳ではない。

これが黒羽織の君代姐さんの災難であったなら、炎《ひ》のように燃えあがっていたかも知れないと思ったりするのだ。

「俺も次第に日和見男になってきやがったか……」

自嘲的に呟いて思わず顔を顰《しか》めた銀次郎は、舌を打ち鳴らした。

人が往き来する中を、向こうから鮮魚商『魚留《うおとめ》』の留吉《とめきち》(三十一歳)がやってきた。平桶天秤棒《ひらおけてんびんぼう》を担いでいる。親父の留吾郎のあとを継いで、この界隈《かいわい》では名の知れた『魚留《うおとめ》』をますます繁盛させている若旦那だ。

「よう留《とめ》……」

「あ、銀ちゃん、久し振りじゃねえの」

「若旦那自ら配達かえ」

「店《うち》を可愛がって下さっている旗本家の御嫡男様に男の御子《おこ》がお生れになったん

でよ。俺《おれ》自ら大鯛五尾《び》を届けるところよ」

「大鯛五尾とはまた豪勢な」

「銀ちゃん、旨え魚が二本入ったんでい。明日にでも店《うち》で一杯やらねえかい」

「二本、と数《かぞ》えたところをみると、釣り魚かえ」

「おうよ。ゆうべ俺が磯《いそ》で釣り上げた大物でよ。店《うち》の生簀《いけす》でまだ飛び跳ねてらあ」

「判った。じゃあ明日、夕暮れ時に遠慮《えんりょ》のう寄らせて貰わあ」

「待ってるぜ。腕ふるうからよ」

「じゃあ、気をつけて行っといで。殿様にきちんと挨拶を忘れるんじゃねえぜ。店をますます大きくするためにもな」

「心配ねえよ。毎日新しい覚悟で頑張ってらあな。じゃあな……」

そう言い残して威勢よく遠ざかっていく、『魚留』の留吉だった。

「毎日新しい覚悟……かあ。面打ち一本を喰《くら》った感じだぜ」

呟いて銀次郎は、晴れわたった空を仰いでから、歩き出した。

ふっ切れたような表情になっていた。

人の往き来で賑わう大通りを暫く行って、馴染《なじ》みの酒問屋『灘屋《なだや》』の角を西へ折れると、急にひっそりとした通りになる。

御目見《おめみえ》以下、百石から百五十石程度の小旗本屋敷が、通りの左手に沿って肩を寄せ合うようにして建ち並んでいた。屋敷地は二百坪から三百坪程度といったところか。禄高だけを見れば上層の御家人といったところであるが、歴とした旗本だった。

市井の人人はこの通りを『小旗本通り』と呼んで、本来の通りの名はすっかり忘れてしまっている。事実、道案内などでは『小旗本通り』と言った方が判り易く便利なのだった。

通りの右手は、小さな寺や神社が目立ち、それらに挟まれるかたちで大店《おおだな》の寮などがひっそりと息を殺したようにして、幾棟も建っていた。そういった大店の寮の方が、小旗本屋敷よりは立派に見えているため、小旗本たちの覇気《はき》はともすれば消沈しがちだった。

そうと承知をしている銀次郎は、この通りへと入っていった。

黄昏坂までは、近い。

『灘屋』から半町《ちょう》ばかり（五十メートル余）進んだ右手に、青青と繁る竹林があった。真竹《まだけ》（多年性常緑竹）の林である。国の外から入ってきたとの説がある一方で、日本自生説も根強い。はっきりとは判っていない。

五、六月には筍《たけのこ》を芽吹かせるが、やや苦味があるものの食べられる。

銀次郎は歩みを休めて、その真竹の林を眺めた。

かつては天奏宗源柳寺《げんりゅうじ》という小寺があったのだが、修行僧同士の争いで火事を起こして全焼し、僧侶たちは皆江戸を追放されていた。

跡地は寺社奉行所の管理下にあるが、荒れ放題で真竹が繁茂するに任せている。

朽ち汚れて傾いた三門と、その奥、竹林に向かって伸びている石畳は辛うじてまだ残っていた。

何を思ってか銀次郎が、朽ちて傾いた三門を潜り、欠けや割れが目立つ石畳伝いに竹林へと歩み出した。

それだけではない。古い風呂敷を解いて取り出した同田貫上野介を、腰へ帯びたのだ。

目つきが険しくなっていた。

彼の足が真竹の林へ、ゆっくりと踏み込む。

積もった竹の葉が、足の裏でガサガサと乾いた音を立てた。

竹の一本一本をまるで見定めるようにして、銀次郎は竹林の奥へと入っていった。奥とは言っても、小寺の敷地跡だ。境内を含めてもその広さは知れている。

銀次郎の歩みが止まった。

「毎日新しい覚悟か……耳に痛《いて》え言葉を吐きやがったな留《とめ》(留吉)よ……」

呟いて銀次郎は、自分を取り囲むようにしている真竹を、見回した。

一度だけではなかった。二度、三度と繰り返した。

そして(よしっ……)といった感じで頷く。己れに対しての頷きだった。

息を深深と吸い込んだあと、彼の呼吸は静止した。

一本の真竹をじっと見つめる両眼《まなこ》が、次第に光り出す。

左脚がゆっくりと退がって腰が沈み、左の掌《て》は大刀の鞘口に触れていた。

右の掌《て》はまだ、だらりと下がったままだ。

眦《まなじり》がぐいっと吊り上がり、彼は自分の動きの全てを封鎖した。そう、まさに封鎖したのだった。

呼吸《いき》もまだ鎮《しず》めた状態《まま》を続けている。
左掌の親指が軽く鍔《つば》を押し、鎺《はばき》が鞘からピシッと微かな音と共に滑り出て止まった。
鎺《はばき》とは鎺金《はばきがね》のことである。
刃と鍔が接する部分に嵌《は》まる金具を指している。
この鎺金《はばきがね》によって、刀身が鞘から不用意に滑り出ることを防いでいた。
刃が鞘の内面に触れ過ぎることをも抑えている。
「ふううっ」
銀次郎が胸の内に溜めていた息を、静かに吐き出した。
それに合わせるようにして、右の掌が柄へと運ばれ、そして確りと握った。
腰が更に少し沈む。
眦の吊り上がった両眼が捉えているのは、目の前四、五尺ほど離れた一本の青竹。
稈《かん》（幹《みき》）太く、高さおよそ五丈（十五メートル余）。よく育っている。
白足袋の中で彼の両足の指十本が、くの字に曲がって雪駄を嚙んだ。

その雪駄の裏で、積もって枯れた竹の葉が鳴った。

刹那。

目の前直ぐの青竹に銀次郎は、頭から突っ込んでいた。

いや、突っ込んだように見えただけであった。

退いていた左脚に左肩を乗せ、思い切り前へ繰り出しながら、閃光のような居合いを放っていた。

片手抜刀の刃に烈しく打たれて、稈《かん》は微かに揺れたが、音一つ立てない。

銀次郎の右脚が積もった竹葉を蹴り飛ばし、目にも止まらぬ速さで移動しながら、二本の青竹を下から上へと掬《すく》い斬った。

その勢いをかって腰を反転。

三本目の竹を袈裟斬った。木洩れ日を吸った刃が、キラリと光る。

このときすでに、彼の左手は腰の粟田口吉光を抜き放っていた。

空気が裂かれて、ヒヨッと唸った。

三本目と並んだ四本目の青竹が、根元近くで刺し貫かれていた。

銀次郎の左腕の筋《きん》のすじが膨れあがった瞬間、一回転した粟田口吉光によって稈《かん》は割裂《かつれつ》され、枝葉をザザアッと鳴らせて倒れた。

それに合わせるようにして、三本目、二本目、一本目の順で、竹林を鳴り響かせながら高さ五丈余の稈が次次と地に沈んだ。

「四本が……一閃討ちの限界か」

唸るようにして呟いた荒い息の銀次郎の目が、獣のようにギラついていた。

十七

日が深く傾き出した。空一面を覆っているのは紅《べに》を濃く溶《と》き流したような夕焼だった。

銀次郎は黄昏坂を、ゆっくりと下りていった。いつもなら正面彼方《かなた》に見えている富士の山が、紅色に染まった雲で隠されている。

石組の坂道の左手に、コの字状に凹《へこ》んで在《あ》る稲荷社が見え出した。

北善先生の診療所から運び出された二つの骸、博徒と茶問屋の手代の二人が、その稲荷社に潜んで寺音肥前守武念らを待ち構えていたことを、銀次郎は知らない。

その稲荷社の前まで来ると、石組の階段、緩く左へ曲がっている先に蓮根池料亭『加倉』の、妻飾《つまかざり》に千鳥破風を持つ贅沢な大屋根が見えていた。

全身を朱色に染めて黄昏坂をゆっくりと下りる銀次郎の動きが、稲荷社の前で止まった。

彼は『加倉』の大屋根を眺めながら、袂から例の古風呂敷を取り出した。

それを裂いて二本の細紐《ひも》に仕上げる間も、銀次郎は油断のない視線を『加倉』の大屋根へ注いだ。

微かにだが、三味線の音《ね》が坂の下から伝わってくる。

銀次郎は古風呂敷でつくった二本の細紐を、きりりと襷掛《たすきがけ》にした。

妖怪にして恐怖の敵であった床滑七四郎《ゆかなめりななしろう》に対してさえ、襷掛をしなかった銀次郎がである。

彼は内心恐れていた。寺音肥前守武念の〝**剣術が見えない**〟のであった。寺音が日本剣法の手練なら、たとえどれほど強くとも怖くはなかった。銀次郎に〝**見えていない**〟のは、寺音が得意としているらしい西洋剣術《フェンシング》だった。

銀次郎はその西洋剣術《フェンシング》と闘ったことが無ければ、むろん自分の目で見たこともない。

彼はよく出来た小さな稲荷鳥居（台輪鳥居とも）の下を潜って稲荷社へと入っていった。

赤い社《やしろ》の前まで来たが、べつに掌を合わせなかった。剣を手にしての闘いに、神頼み仏頼みをする気など、毛頭なかった。

銀次郎は再び古風呂敷で細紐をつくると、それで雪駄の花緒《はなお》と足首とを確りと結び合わせた。

はじめは七人相手に、裸足《はだし》で対決する積もりだった。

だが黄昏坂に来て改めて石段をよく検《み》ると、濃い夕焼けの下でも割れや欠けが目立っていて、鋭く尖《とが》った箇所が少なくないと判ったのだ。

日常的によく知った坂道に、油断しなかった点はさすが銀次郎だった。

彼は稲荷社の前に腰を下ろし、胡座《あぐら》を組んだ。大刀の鞘の鐺《こじり》——鞘の末端保護のために嵌まっている金具——が地面にコツンと触れていたが、刀は腰からとらなかった。

やや空腹を覚えていたが、これは闘いに備えてのためである。真剣勝負の前に腹に食い物を入れると気が緩む、これは無外流の戒めであり、北善先生からも医学的見地に立って二、三度そのように聞かされていた。

赤黒い空が少しずつ墨《すみ》の色を濃くしてゆくなか、空の一部が底が抜けたように明るい青さを覗かせている。

銀次郎は己れの〝気〟が、次第に冴《さ》えてゆくのを捉えていた。

間《ま》もなく黄昏坂に、いつもの老爺が訪れることを、銀次郎は承知している。

と、カチン、カチンと拍子木を打ち鳴らす音が、坂の上から聞こえてきた。

「えー、稲荷火《いなりび》でございます。えー、稲荷火でございます」

ゆるやかな歌い調子で唱える年寄りの声が、拍子木の音に調子を合わせていた。

銀次郎は立ち上がると、社《やしろ》の後ろへ身を潜めた。

黄昏坂は、その両側に小さな石灯籠を五灯ずつ等間隔で備えていた。

信心深い老爺はその小さな石灯籠へ、明りを点す役割を当番制で負っていた。

夜間に黄昏坂を登り下りする人のための、明りではない。

人人に一日の平和を授けられたお狐様に日暮れ時に感謝するための、ささやかな明りだった。

だからその明りは、半刻（一時間）もしないうちに消えて、黄昏坂は月が出ていないと真っ暗闇と化す。

銀次郎が社《やしろ》の陰から見守るなかを、足許を照らす小提灯を両の腰からさげた老爺が、拍子木を打ちながら坂道を下りていった。

老爺が腰からさげた小提灯が、小さな石灯籠の稲荷火の火種になる。

坂を下り切ったのであろう、老爺の声も拍子木の音も聞こえなくなった。

銀次郎は雪駄の紐の具合が確りとしているのを確かめ、社の陰から出て正面へ回り向き合った。

「許してくれ。おそらく血の雨が降ることになる」

銀次郎は詫《わ》びの積もりでそう告げたが、頭を下げることも両の手を合わせることもしなかった。どうせ許してくれる筈がない、と覚悟している。

彼は石組の階段に出て、小さな石灯籠が点点と明りを点しているのを確かめると、「よし……」と頷いた。

すでに両の掌から、手脂と汗がじわりと滲み出ているのが判った。

これも、いつもの銀次郎らしくなかった。手脂、手汗をかくとは……。

銀次郎は大小刀の柄にその手脂と汗を滑り止めに丹念にこすり付けると、両足で一度ずつ階段を打ち叩いて、社の敷地へとさがった。

あとは、恐るべき手練ども七人を待つだけだ。

石灯籠の明りが消えない間に七人はおそらく現われる。銀次郎はそう読んでいた。

微かに夕焼を残す空には月が出ていたが、薄雲がかかっており、月明りは当てに出来そうにない。

坂の下から、女たちの笑い声が伝わってきた。

続いて、男どもの野太い笑い声。

「終わったな……」

銀次郎は呟いて、心細い月明りの中で同田貫上野介の鞘を払った。

彼は刃の縁《ふち》（刃縁《はぶち》）に人差し指先の腹をやさしく這わせた。

あくまで念の為であった。

四本もの青竹を切りはしたが、刃に異常は生じていなかった。

このとき再び男と女の笑い声が聞こえてきた。

坂の方へ移動してきた、と銀次郎には判った。

先程とは違って、男女の笑い声は明らかに、坂道の下あたりから伝わってきている。

銀次郎は同田貫上野介を静かに鞘に通し、鎺金で止まってから、ぐいっと押し込んだ。

バチンと鍔が鳴った。

そのあと銀次郎は粟田口吉光の小柄櫃《こづかびつ》に納まっている**副子**《そえこ》を左手で抜き取り、帯にそっと指し通した。左手で指し通したのであるから当然、**副子**《そえこ》の小柄《こづか》は左手で抜き取り易い角度となっていた。

副子とは補助武器として刀の鞘に副《そ》えられている小さな小刀《こがたな》のことを言っている。小さな小刀《こがたな》と表現したのは、大小刀《だいしょうとう》の小刀《しょうとう》（脇差）では決してないからだ。まさに小さな小刀《こがたな》であって、忍《しのび》が持つ棒状手裏剣の一つにやや似ている、と言えば判り易いであろうか。

この**副子**（小さな小刀）の中茎《なかご》の外側が覆われた部分を**小柄**《こづか》と称している。いわゆる大小刀で言うところの柄《つか》の部分だ。小さな小刀《こがたな》の柄《つか》だから小柄《こづか》、と理解しておけばよい。銀次郎時代は小柄は『銅』で覆われているが、室町期以前は『木製』であったようだ。

「寺音先生、また近い内に御出下《おいで》さいませねえ」

甲高い女の声が坂の下から聞こえてきたが、銀次郎には君代の声ではないと直ぐに判った。

「小天狗の仲井戸様も必ず御出下さいましよう」

別の女の甲高い声であった。

「おう、行くとも。明晩にでも行くかも知れぬぞ。覚悟して体を洗い流しておけえ。俺も褌《ふんどし》を新しくしてくらあ」

寺音先生は応じず無言であったが、小天狗とやらは酔った声を張りあげた。

男たちがどっと笑い飛ばして、そのざわつきが黄昏坂の石段を上がりつつあると銀次郎は捉えた。

彼は稲荷社の敷地と坂道の境目《さかいめ》に移り、夜空を仰いだ。

月明りの邪魔をしていた薄雲が流れて、月がくっきりと顔を見せるところだった。

坂の下で見送っていた女たちは、去ったのであろうか。銀次郎の聴覚が捉えるのは次第に近付いてくる男どもの気配だけだった。

月明りが皓皓と降り出した。

「いい月夜となりましたよ寺音先生。私はもう一、二軒お付き合いできますよう」

小天狗の仲井戸様とかの声であった。

いよいよ近付いてくる。

銀次郎は胸の内で（ちっ……）と舌を打ち鳴らした。

「まだ呑みたけりゃあ、一人で岡場所へでも行ってこい仲井戸」

誰かが応じた。寺音の声なのかどうかは、銀次郎には判断がつかない。

が、其奴が吐いた〝岡場所〟が、夜鷹お豊の寂しく悲しい死に様《ざま》を銀次郎に思い出させ、彼の瞳の奥で炎《ひ》が走った。

黄昏坂は稲荷社の前あたりが最も幅広く、一間《けん》半はある。

それが坂道の上、下へと進むにしたがって、細くなってゆく。

銀次郎が、カリッと奥歯を噛み鳴らした。

いよいよであった。

彼は稲荷社の敷地からのっそりとした調子で出てくると、坂下に向かって石段の中央に立った。

月明りの下を上がって来つつあった七人の侍どもが、ぴたりと動きを止めた。

双方の間はおよそ七、八間《けん》。

銀次郎はたじろぎ無く、穏やかな歩みで石段を下り出した。

獲物《えもの》を見つけた、爛爛たる目つきだ。

床滑七四郎と向き合った時も、こうだった。

寺音道場の主人《あるじ》と門弟六人は、襷掛けの銀次郎の突然の出現にさすがに驚いて、石段を一斉に二、三段下がったが、さすが其処《そこ》でぴたりと動きを止めた。

「なに奴……」

一人が一歩を踏み出し怒りの表情で威圧的な声を放った。

が、銀次郎は無言。すでに胃袋のあたりが、沸騰していた。

徒《いたずら》に言葉を発すれば、その沸騰の音も熱も、冷えてしまう不安があった。無意識の不安だ。意識しての不安ではない。

「名乗れっ」

其奴が再び問うたが、銀次郎は無言を貫いて、相手との間を用心深く詰め、そして「ふうっ」と一息吐いて歩みを止めた。

その視線は、ひときわ身の丈すぐれた美男侍に射るが如く注がれていた。

その男こそ、寺音肥前守武念だ。腰に帯びているのは、日本刀の大小だった。西洋の剣には見えない。だが、中身《なかみ》はどうか。

「どうやら、この私が狙いか」

美男侍、というよりは美貌の侍が、はじめて野太い声を出し、唇の端でニヤリと笑った。何事についても自信あり、というようなニヤリだった。

答えず銀次郎は、左脚を静かにさげて膝を軽く『逆くの字』に折りつつ、左手を大刀の鞘口に当てた。必然的に右の膝も浅く『くの字』となる。

緩い勾配の黄昏坂とはいえ、坂上に身を置いて坂下の相手にこの構えをとることは、決してやさしくはない。

構えの――体の――重心が前方へ崩れ易い。

しかし、その構えでぴたりと静止した銀次郎に、男たちは漸くのこと尋常ならざるものを感じ、寺音を除いて一斉に抜刀した。

何《いず》れも寺音道場の練達の六剣士だ。揃って見事な正眼の構えだった。

それまで銀次郎の胸前で浮いていた右手が、同田貫上野介の柄へと下がっていく。

寺音は全く動かない。

彼の門弟六名の内の五名が、ジリと扇状に分かれ、銀次郎との間を詰め出した。

銀次郎の右手が同田貫上野介の柄を摑む。渾身の力で両の足十本の指を鉤《かぎ》状に曲げて雪駄を嚙んだ。

そのせいかどうか、雪駄の裏で小石が打ち合うような、カチッという音がした。

門弟五名が、更に銀次郎を囲む輪を詰め出した。

銀次郎の右の肩が、前方へ落ちるかに思われるほど沈む。

次の瞬間。

門弟五名の輪が、花が窄《すぼ》むようにして一気に縮んだ。激しく縮んだ。

「うぬっ……」

唇をぐいっとへの字に噛んだ銀次郎が、右肩を深く沈めたままの姿勢で、大きくさげていた左脚を右斜め方向へ振りざま、その上に乗った左肩を同時に捩《ねじ》る。

閃光のような勢いに引っ張られて、彼の右手が同田貫を抜刀。

ズン。

ドン。

骨肉を断つ鈍い音がふたつ生じ、銀次郎に斬り掛かった門弟二人が、脇腹を裂かれ、左腕を断ち飛ばされて、ぶつかり合い石段に叩きつけられた。

それは弾み上がって坂道を転がり落ちたが、銀次郎は見ていない。

この時にはもう、彼の右脚は腰と共に左方向へ強烈に回転し、同田貫が地から天へ、更に返す刀で天から地へと迸《ほとばし》っていた。まさに迸っていた。

ぶん、と唸る半身《はんみ》。

門弟一人が腹を鳩尾《みぞおち》から胸にかけて胸骨《きょうこつ》と共にざっくりと割られ、もう一人が右肩から斜めに斬り下ろされて、もんどり打って横転。

銀次郎の目の前にまで迫った彼らの刃は、月空に届くほどに舞い上がったあと、石段に落下してガチンと音を立て火花を散らした。

圧倒的な、まさに寸陰の内に始まって終わった『一閃四人討《いっせんう》ち』であった。これが妖怪床滑七四郎を倒した銀次郎の実力であり、この凄まじい実力に彼自身まだ充分気付いていていない。

このとき銀次郎はもう、同田貫を鞘に戻して、右肩を深く下げた初めの構えに戻っていた。

さすがに、肩で大きく息をしている。

が、小天狗仲井戸および無傷のもう一人の門弟は、思わず構えを解いて退がり茫然と立ち尽くした。二人には、舞うようにして激烈に回転した銀次郎の一閃刀法が殆ど見えていなかった。

けれども寺音肥前守武念の表情に、変化はなかった。目つきも険しくはなっていない。

「おのれっ」

小天狗仲井戸が、我を取り戻した。

「其奴《そやつ》を殺せ、仲井戸」

銀次郎の前で寺音がはじめて声を出した。言葉にたどたどしさも訛《なま》りも無かった。

ただ、殺せの言葉に、はっきりと非情の、いや、冷酷と置き変えてもよい響きがあった。

「むろんです、先生」

と、小天狗仲井戸が応じて正眼の構えで、用心深く銀次郎の右手へと回り出した。

寺音がもう一人の門弟の背中を促したが、銀次郎を凝視する其奴の表情からは、もはや闘う気力は失せ、怯えが広がっていた。

「お前も行かぬか」

「行かぬか前塚《まえつか》」

寺音が其奴の背中を再び促したが、前塚とかの門弟は返答すら忘れて棒立ちのままであった。

前塚の悲劇は突然、訪れた。

無表情のまま脇差を抜刀した寺音が、前塚の後ろへ迫るや、いきなりひと太刀《たち》浴びせたのだ。

悲鳴をあげる間もなく、前塚はその場に、ぐにゃりと崩れ倒れた。

その残酷な異常事態を予想し待ち構えていたかの如く、銀次郎が飛燕《ひえん》の行動に移ったのは次の一瞬だった。

帯に指し通してあった副子《そえこ》（小さな小刀）を左手で抜くや否《いな》や、頭上から振り下ろすようにして、烈しく投げていた。

ヴンッという夜気を震わせる響き。

月明りを吸った副子《そえこ》が、鋭い一条の光の尾を引いて直ぐ目の先、小天狗の顔面を狙った。

なんとこのとき、銀次郎は飛翔する副子《そえこ》の後を追うようにして、脱兎の如く石段を蹴っていた。右肩を深く沈めた居合抜刀の姿勢は、微塵も崩していない。

放たれた矢となって飛んだのは、副子《そえこ》よりもむしろ彼の全肉体だった。

副子《そえこ》が、躱《かわ》す間《ま》も与えず、小天狗の頰に深深と命中。この時すでに銀次郎が炎《ひ》となって肉迫していた。

「あっ」

頰に副子を浴びた小天狗がよろめいた刹那、彼の股間へ左足をぐいっと踏み込ませた銀次郎が、同田貫を右下から左斜め上へと痛烈に跳ね上げた。ヒヨッという衣《きぬ》を裂くような音。

小天狗が、銀次郎に一太刀《ひとたち》も打ち込めぬ内に、下顎から前頭部にかけて顔半分を割られ、坂道を烈しい勢いで転がり落ちた。

無外流の荒業《あらわざ》『面割《めんわり》』である。皆伝者のみに許されている至難の業《わざ》だ。

くるくると宙高く舞い上がった小天狗の顔半分が、血玉を銀次郎の頭から顔にかけて撒《ま》き散らしながら、鈍い音を立てて彼の足許に落下。

「参れええっ、寺音……貴様だけは許せん」

銀次郎が、はじめて咆哮した。眦を吊り上げ血玉を浴びた顔で咆哮した。脳裏に美咲母子と夜鷹お豊の顔が浮かんでいた。

しかし、最も大事に育ててきた若き天才的剣士、仲井戸こと小天狗を一撃のもとに倒された寺音もまた、激怒してぶるぶると全身を震わせた。

月明りを背に銀次郎は血刀を荒荒しく引っ提げ、無造作に寺音との間を詰めた。

寺音が月明りを顔に浴び、青い目に凄みを漲らせる。

およそ一間（一・八二メートル）の間を置いて、銀次郎は正眼に身構えた。

乱れた息遣《いきづか》いはまだ鎮まっていない。

寺音がゆっくりと腰を沈めつつ、刀の柄に右手をかけて左脚を引いた。

銀次郎の視線は、寺音の刀の柄に突き刺さっていた。外見は全く日本刀にしか見えない。

その日本刀を、どのような西洋剣術の業《わざ》に乗せて向けてくるのか、銀次郎は見当もつかなかった。なにしろ、これ迄に一度として西洋剣術を身近に検《み》たことがない上、闘ったこともないのだ。

銀次郎が更に、ジリッと間を詰める。

「せいやっ」

一発の誘《さそ》いの気合いと共に、彼は同田貫を大上段に振り上げた。

が、この誘い、まずかった。

寺音に抜刀を許したのだ。それも当たり前の抜刀業《わざ》ではなかった。

姿勢低く突っ込んでの抜刀が一条の、それこそ糸のような光と化して銀次郎に突き掛かったのだ。しかもその一条の光が銀次郎には殆ど視《み》えていなかった。

銀次郎は大きくよろめいた。早くも腹部左に激しい痛みを覚えていた。

彼は我が目を疑った。寺音が元の位置に何事もなかったようにして身構えている。

冷然たる表情の中で、青い美しい目が光っていた。そしてその手にあるのは、異様な日本刀だった。鍔と柄は日本刀のそれであったが、刀身は先端に向けて急に細くなっており、日本刀で言うところの切っ先はまるでよく磨《みが》かれて銀色に輝く針金《はりがね》だった。

（ううう……痛え）

痛みが腹部全体に広がり出し、銀次郎は身構えを崩さず素早く後退《あとずさ》った。

寺音が迫った。

銀次郎が更に退がる。

己れの後退の跡を示すかのようにして石段に描かれた赤いすじ──出血──を銀次郎は認めた。

片手構えで退がりつつ左腹《ひだりばら》に手を触れてみると、掌《てのひら》が指先から手首近くまで血に染まった。

このときになって銀次郎の背に、恐怖が走った。相手の突き業《わざ》が全く視《み》えていなかったから、その恐怖は小さくない。

後退《あとずさ》ったまま彼は稲荷社の敷地――狭い境内――へと身を移した。

ここは平坦だ。勾配は無い。

後退《あとずさ》りを彼に命じたのは〝本能〟であった。床滑七四郎との激烈な闘いを生《い》き延《の》びてきた銀次郎の本能は、先程の突き業《わざ》が視《み》えなかったのは〝坂〟という高低差のせい、と読んでいた。

稲荷社境内の入口まできた寺音が立ち止まり、赤い社《やしろ》を背に立っている銀次郎を見て笑った。妖しく美しい、と表現していいゾクリとする笑いだった。

相手のその笑いの中に銀次郎は、西洋の血を引いた傲慢《ごうまん》な優越感が音立てているのを知った。

銀次郎の身の丈は五尺七寸（約百七十三センチ）、相手はおそらく六尺余（百八十センチ以上）。圧倒的な体力差だった。

血糊で刀身真っ赤となった同田貫を、着物の袖で清めた銀次郎は、それを鞘へ戻した。表情を変えず落ち着いた様《さま》を相手に見せていたが、（うむ……痛え）と胸の内で呟いていた。

左腹から垂れる血が、彼の足許に血だまりを次第に広げてゆく。

「さ、来なせえ。女誑《おんなたら》しの西洋侍《せいようざむらい》さんよ。遠慮はいらねえ」

銀次郎がべらんめえ調を放ち、左手で粟田口吉光を抜刀して、腰を沈めた。そして粟田口吉光は、心の臓の前あたりに垂直に立てる。相手に対する恐怖が、心の臓を守らせていた。

右の手は同田貫の柄だ。左腹《ひだりばら》からは血がしたたり落ちている。

一見異様に見える銀次郎のその構えに、寺音の面《おもて》に凄みが走った。

闘いの血泡《ちあわ》を沸騰させたのであろう。

「どうした。来なせえ。怖くなったかえ」

「………」

「先程のお前《めえ》さんの突き業《わざ》なんざあ、下手《へた》な鉄砲《てっぽ》も数撃《かずう》ちゃあ当たるって奴さ。なんなら、もう一度試してみねえ。女誑《おんなたら》し野郎が」

「うぬ……」

寺音の唇の端から怒りが漏れた。傲慢な優越感が傷つけられた証《あかし》であった。

彼はずかずかと銀次郎との間を詰めた。月明りはいよいよ皓皓として降り続いていた。

「貴様。女誑しと言うたな。切り刻んでやる」

「言うたがどうした。へん、誇りが傷つきやしたかえ。笑わせちゃあいけねえよ。それにお前《めえ》さんの剣《つるぎ》じゃあ、突くことは出来ても、切り刻むことなんか出来めえが」

「こ、こ奴……西洋剣法の凄さを知らぬ、無知者めが」

「ぐだぐだ言わずに、早く突っ掛かってきなせえ、馬鹿野郎が」

銀次郎の左手にあった粟田口吉光はこのとき、心の臓を更に護るかのようにして左胸にぴたりと張り付いていた。

「来やがれ」

銀次郎が雪駄の裏で地面をダンと打つ。

寺音の頰がピクッと反応して、青い目に怒りが走った。

来る、と読んだ銀次郎が、一気に青竹の林まで退がる。

寺音が追った。剣の柄に手をかけて追った。その怒りの形相は既に抜刀していた。

月の木洩れ日あふれる竹林の中で、銀次郎は振り向いた。

猛然と追いつきざま、寺音が抜刀。一本の太い青竹の手前から、目にも止まらぬ早業《はやわざ》で〝突き〟を繰り出した。

銀次郎は竹を盾として移動し、その〝突き〟を三度、四度と避けた。

うまく避けている、という確信があった。相手のフェンシング業《わざ》が次第によく見え出してもいた。

が、五度目。

ヒヨッと夜気を裂いて襲いかかってきた寺音のその一撃は、真っ向から青竹を貫いていた。

その鋭い剣先を不覚にも左腰に浴びた銀次郎が横転。余りの激痛に彼の喉が声もなく反《そ》った。

「うんぬ」

寺音が突く、また突く、更に突く。

猛烈に転がり避けながら銀次郎は激痛に耐え、(あと一本……)と胸の内で呻いた。

寺音の巨体が、目の前に大きく伸《の》し掛《か》かってくる。

「くたばれ下郎……」

形相凄まじく寺音が馬乗りになるかのようにして、剣を突き出した。殴りつけるような、フェンシングの突き業《わざ》だった。

これまで、と銀次郎は腹筋に頼って跳ね飛び、ひときわ太い青竹の向こうへと逃れた。激痛が脳天で炸裂《さくれつ》した。

左腹の傷口から噴出した鮮血が前の太い青竹に当たってビシャッと音を立てる。

一条の光と化して繰り出された寺音の突き業《わざ》が、その青竹を金属的な音を立てて貫いた。

横転したままの銀次郎の同田貫が、こちら側へ鮮《あざ》やかに徹《とお》った西洋剣を、下から上へと打った。渾身の打撃であった。

鈍《にぶ》い音を発して西洋剣の先端から一尺ばかりが断ち切られ、青竹に沿って高高と宙に舞い上がる。

次の刹那、横転した状態の銀次郎の右片手にある同田貫は、青竹の根元から上、二尺あたりを、豪快な半円を描いて切断していた。

「があああっ……」

寺音肥前守武念の断末魔の悲鳴であった。腹部を右から左へとざっくり割られていた。

太い青竹が枝葉をザアッと鳴らせながら寺音に覆いかぶさって倒れ、ようやく静けさが訪れた。まさに一瞬の決着《けっちゃく》だった。

「痛え……痛え……西洋剣ってのは、刺されるとこんなに……痛えのけ」

銀次郎は密生する竹の枝葉の向こうから覗いている月を眺めながら顔をしかめた。

尋常でない出血、と判っていた。体がぐんぐん軽くなっていく気がして、それと共に意識が薄れていくのが判った。

「銀ちゃん……何処?……銀ちゃん、答えて」

なんと君代の甲高い声が次第に近付いてくるではないか。

思い切り上等な羽織と簪《かんざし》を買ってやらなきゃならねえな、と改めて思いつつ、銀次郎は真っ暗闇の中へ落ち込んでいった。

ひとこと「痛え……」と呻きながら。


（完）

悠《ゆう》と宗次《そうじ》の初恋旅《はつこいたび》

一

「宗次《そうじ》先生、それでは悠《ゆう》のことを、くれぐれも宜《よろ》しく御願い致します」

「心配しねえでおくんなさい。しっかりと面倒を見させて戴《いただ》きやす」

秋の終りの朝六ツ半（午前七時頃）、宿「東山《ひがしやま》」の横手小路を入って直《す》ぐのところにある勝手口の前では、宗次と宿の御内儀節《せつ》とが顔を近付け小声で話し合っていた。

二人の傍《そば》では節のひとり娘悠がさも嬉しそうに、にこにこ顔で立っている。

節が腰をやや屈《かが》め、娘の顔を覗《のぞ》き込むようにして言った。

「宜しいですね、旅の途中では宗次先生の仰《おっしゃ》ることをよく守って、決して勝手な行動をとってはいけませんよ」

「はい。約束します」

　顔中を笑《え》みとしている悠であったが、なかなか神妙な返答だった。早く発《た》ちたくて仕方がないのか、小さく足踏みをしている。節が「もう、仕方のない……」というような表情を拵《こしら》えて屈めていた腰を伸ばし、宗次へ視線を戻した。

「では先生、江戸までの長旅、ご無事であることを、お祈り致しております」

「有り難うござんす。途中恐ろしい所が幾つもありやすが充分に用心いたしやす。じゃあ、発《た》たせて戴きやす。行こうかい、悠よ」

「うん」

途中恐ろしい所が幾つも、と聞いてさすがに悠の表情が少しばかり硬くなった。

「うん、ではなく宗次先生には何事も、はい、だと教えたでしょう」

すかさず節が叱って、悠は首をすくめたが、ぺろりと舌を出すようなことはしない。

宗次は節に黙って頷《うなず》いてみせると、さっさとした足取りで歩き出した。

すると、どうしたことか、悠が「お母さん……」と今にも泣き出しそうになった。急に心細くなったのであろうか。

「旅発ちが怖くなったの？……なんなら止《よ》してもいいのですよ」

「いいえ、お母さん。江戸に着いたら宗次先生の立派なお嫁さんになって、また京《みやこ》に戻ってきます。そしてお母さんに親孝行をします」

「ま、一人前なことを言って、この子は……そうね。立派なお嫁さんになって、また戻ってきておくれ」

「はい、子供を四、五人産んでからね……」

「これ、そのようなことを、いま考えてはなりません」

節の表情が少し慌《あわ》てた。悠が四、五人もの子供を連れて自分のもとへ帰ってきた光景でも想像したのであろうか。

ゆっくりとした足取りで宿「東山」の勝手口から離れてゆく宗次が前を向いたまま、母子の話に思わず顔に笑みを広げた。「くっくっくっ……」と肩を小さく波打たせている。

「さ、早く先生と肩を並べなさい。長旅ゆえ迷子にならぬよう、先生の袖口《そでぐち》を確《しっか》りと摑《つか》んで歩くのですよ」

「迷子になんか、なりません。宗次先生と手をつなぐから」

「手をつなぐのではなく、袖口でいいのです、袖口で」

「心配しないで、お母さん。綺麗《きれい》なお嫁さんに必ずなって戻ってきます」

「この子はもう……」

悠は母親に向かって丁寧《ていねい》に御辞儀をすると、宗次の背中を小駆けで追った。それが子を思う母親の本能とでもいうのであろうか、節が引っ張られるようにして悠の後を二、三歩追った。そして、その目にたちまち大粒の涙を浮かべたではないか。京《きょう》（三条大橋《さんじょうおおはし》）から江戸（日本橋）への長旅は一二六里《り》六町《ちょう》一間《けん》（約四九五キロメートル）に及ぶ。この東海道五十三次の旅の起点は、江戸者《えどもん》にとっては日本橋であるが、京人《みやこびと》にとっては三条大橋だ。いや、御所様《ごしょ》（天皇）の在《お》わす京《みやこ》の三条大橋こそが、「東海道五十三次の本来の起点」、という意識が京人《みやこびと》にはある。世の中の中心というのは決して江戸城（徳川《とくがわ》将軍家）ではなく、御所（天皇）であるというのが京人《みやこびと》の揺るがぬ考え方であった。

悠が宗次と肩を並べた。十三歳にしては、すらりとした背丈に恵まれている悠ではあったが、五尺七寸余の宗次と並べば他人目《ひとめ》には父子《おやこ》と映ってもおかしくはない。

「手をつないで宜しいですか、先生」

「おう、構わねえぞ。つなぎねえ」

「はい」

手ではなく袖口にしなさい、と母親から言われていることなど、最早《もはや》忘れさっている悠であった。宗次の左の手を確りと握って悠は振り向いた。母が肩のあたりで小さく手を振っていた。仕方のない子だこと、という諦《あきら》めの表情の中にやさしい笑みを浮かべている。

「お母様……」

悠は初めて〝様〟を付して母親を呼び、空いている方の手を振ってみた。すると急に悲しみが込み上げてきて、目の前が涙で翳《かす》んだ。ひょっとしたら、もう二度と京《きょう》へは戻って来られないかも知れない、と思った。江戸の宗次先生の住居《すまい》は、神田鎌倉河岸《かんだかまくらがし》とかの古くて汚い八軒長屋と聞いている。その薄暗く小さな部屋で病《やまい》の床につき、コホンコホンと咳《せき》をしている哀れな自分の姿が脳裏《のうり》を過《よ》ぎった。宗次先生は絵仕事で日本中を飛び回り、殆《ほとん》ど家を留守にしているという。

「どしたい悠よ、心細くなったかえ。今なら母親のもとへ戻れるぞ」

宗次は歩みを緩《ゆる》めて、少しうなだれた様子の悠に言った。

「いいえ、悠《うち》は先生のお嫁さんになると決めたのです。江戸へ行きます」

悠はたちまち気力を取り戻したかのように前方を見て、かたちよい下唇を噛んだ。

「そうかい。じゃあ元気を出して歩きねえ。京を発つ前に先《ま》ず、挨拶《あいさつ》を済ませておきてえ所が二、三ある。ついでに悠のことも紹介しておこうかい。いいな」

「はい、紹介して下さい。先生のお嫁さんになるのですから」

「よしよし」

ほほえましい二人旅の始まりであった。そしてそれは、悠の初恋旅でもあった。古宿「東山」で生まれ育ち、出入りはげしい旅の客と、朝早くから夜遅くまで立ち働く母や奉公人たちを眺めることが、悠のこれまでの「世の中」だった。

そこへ突如《とつじょ》として現われた役者絵のような浮世絵師宗次。この男の香りと姿、そして鋭いキレとやさしさという二つの響きを併せ持つ話し言葉に、十三歳の美しい少女は目眩《めまい》を覚えていた。宗次の何もかもが、強烈に新鮮であった。

二人の足は宿「東山」の横手小路を西へと向かい、鴨川《かもがわ》沿いに南北に走っている建仁寺通《けんにんじどおり》に出て、北（三条大橋方向）へと進んだ。

「ねえ先生、先ず最初に何処《どこ》を訪ねるのか悠《ゆう》に教えて下さい」

それまで自分のことを「悠《うち》」と言っていた悠が、何を思ってかそれを「悠《ゆう》」と改めたではないか。

宗次はその小さな変わり様《よう》を非常に瑞瑞《みずみず》しく感じた。こうして幼い娘というのは少しずつ少しずつ成熟した心身へと向かっていくのであろうか、と思った。長く絵師の仕事を続け数え切れぬほど美人画を描いてきたというのに、宗次にとっては初めて眺める胸打つ経験だった。その意味では宗次にとっても、幼く美しい「悠」の出現はまさに「初恋に似た香り」であるとも言えた。

「先ずはじめに二条城そばの刀剣商を訪ねようと思っているんだい。刀剣商って判るかい」

「判ります。刀屋《かたなや》さんです。刀身をつくるため鉄を熱して叩くところから始まって、それを納める鞘《さや》までを拵《こしら》えます。刀を売っているだけの店も刀剣商ですけど、京《みやこ》では少ないです」

「ほほう、よく知っているねえ。感心だい」

「二条城のそばには刀剣商が何軒もあります。若《も》しかして『浪花屋《なにわや》』ではありませんか先生」

「えっ……」

宗次は驚いて思わず歩みを少し緩《ゆる》めた。

「あっ、さては当たりですね。だって先生には何だか判らないけれど『浪花屋』しか似合わないような気がしましたもん」

「まさか行ったことがある、とまで言うんじゃあねえだろうなあ悠よ」

「そのまさかです、『浪花屋』のお峯《みね》おばさんは、悠のお母さんとは仲がいいのです。だから時時、お母さんに連れられて『浪花屋』へは行きます」

「仲がいいってえと、お峯さんもひょっとすると石秀《せきしゅう》流《りゅう》茶道を嗜《たしな》んでいるのかえ」

「はい、そうです。お峯おばさんも、お母さんも、京《みやこ》における石秀流茶道の〝三《さん》姫《ひめ》〟とか言われています」

「ほう……〝三姫〟ねえ。まったく、なんてえこってえ。ま、いいわさ。とにかく『浪花屋』へ急ごうかい」

悠が口にした〝三姫〟にコツンと触れるものを覚えた宗次ではあったが、そこから先の話へは踏み込まないようにした。

二人の歩みが速まった。

「お峯おばさんに、先生のお嫁さんになるため江戸へ旅するんだ、と打ち明けてもいいですか」

「二人とも、改まったこの旅姿なんでえ。口先を誤魔化《ごまか》したりしちゃあ、かえって怪しまれっからよ。カラッと正直に言っちゃいない、カラッと」

「カラッと?」

「そう、明るくカラッとよ」

「はい判りました。でも江戸から京《きょう》へ来た先生がなぜ、あの美人のお峯おばさんを知っているのですか。昔、付き合っていたりしたのですか」

「はばかりながら、悠に〝昔〟ってえ言われるほど、この宗次は年寄りじゃあござんせんぜい」

そう応じて、参《まい》ったなあ、という感じで苦笑《にがわら》いをこぼす宗次であった。

悠が「うふふっ……」と首をすくめた。無邪気な中に、不思議な色気を覗《のぞ》かせてもいる。幼くもなく大人っぽくもない、さわやかな青空色の不思議な色気とでもいうのだろうか。

　宗次の表情が、ふっと改まった。

「重ねて、もう一度言わせて貰《もら》うがなあ、悠よ」

「江戸までの旅のことですか」

「うむ、そうだい」

「大変な長旅であり、険《けわ》しい山を越え、荒れた海や大きな川を渡るところもあり、女の出入りに大変厳しい関所もあるというのは聞かせて下さいましたよ先生」

「雨が長引くと何日も旅籠《はたご》の相部屋に足止めとなることも話したかえ」

「はい、聞きました。足止めによって路銀が尽き、時には旅籠の下働きをしなければならなくなる、とも」

「その通りだえ。だがよ、実はまだ話していねえ大事なことがある」

「恐ろしいこと？」

「そうよ、恐ろしいことよ」

「箱根《はこね》の山には山賊がしばしば出る、とはお母さんから聞いています」

「じゃあ、浜名湖《はまなこ》ってえのは、知っているかえ」

「鰻《うなぎ》がよく獲《と》れる湖だと、お母さんから昨日《きのう》、教えられました」

「その浜名湖は遠州灘《えんしゅうなだ》ってえ海のそばにあってな、湖と海とは狭く細い陸地で仕切られていたんだい。何となくその景色が頭の中で想像できるかえ？」

「できます。はっきりと……」

「ところがよ。今から百八十年ばかり昔、明応《めいおう》七年（一四九八）にな、大地震が起こって大津波が襲いかかり、湖と海とを仕切っていた狭く細い陸地を、あっという間に押し流してしまったんだい」

「ええっ、それじゃあ先生、湖と海とがつながってしまったの？」

「その通りなんだい。だから今じゃあ、手前の宿場から向こうの宿場まで、確りと造られた船でしか渡れねえときている」

「わあっ、素敵でございますね先生。悠《ゆう》は一度も海を見たことがありませんし船に乗ったこともありません」

「何が素敵なものかい。その海にはな悠よ。全長が五、六丈《じょう》はありそうな妖怪蛸《ようかいだこ》ってえのが棲《す》んでいてよ、船に乗っている女たちに長い脚を次次と巻き付けて海へ引きずり込み、食っちまうらしいんだい」

「ええっ、本当ですか」

悠の顔からたちまち血の気が失せて、十三歳の体を宗次の腕にしがみ付かせた。

このとき先の四つ辻の向こうに、刀剣商「浪花屋」が見え出した。

(ちょいと冗談がきつ過ぎたかえ……)

と宗次は苦笑しつつ、「なあに大丈夫だい、悠にはこの宗次先生が付いてっから」と、悠に気付かれぬよう少し肩を竦《すく》めてみせた。

二

「浪花屋」の前で箒《ほうき》を使っていた小僧が近付いてくる宗次と悠に気付いて、「あ……」と小さく叫び店に駆け込んだ。

宗次は悠にしがみ付かれている腕をふりほどいて、十三歳の肩を抱いてやった。

「妖怪蛸なんぞ、悠に近寄らせねえから安心しな。しっかりと宗次先生が守ってやっからよ。さ、元気を出しねえ。お峯おばさんが出てくるぜい」

「はい、元気を出します」

すらりとした身の丈《たけ》五尺七寸の宗次を仰《あお》いだ悠が、今にも泣き出しそうな顔に必死で笑みを浮かべた。宗次は「言い過ぎた……」と、本気で反省した。ところどころ大人びたところを見せ、ときにどきりとする艶《つや》っぽい流し目を見せる悠ではあったが、まだまだ精神《こころ》は子供なのだと。

店の奥から峯が現われた。小僧から宗次が来るとだけしか聞かされなかったらしく、悠を見て「まあっ……」と大層な驚き様《よう》を見せた。それはそうであろう。江戸者《えどもん》である宗次の旅立ち拵えは頷けるとしても、悠までが長旅の身形《みなり》なのだ。

「お悠ちゃん、あなた一体……」

峯はそこで言葉を切って、宗次へ視線を移した。

「その形《なり》は江戸へお戻りなのでございましょう、宗次先生」

「ええ、宿『東山』には色色と世話になりやした。その縁もあって悠と一緒に江戸へ戻ることになりやした。それで京《きょう》を発つ前にご挨拶をと思いまして」

「丸腰のその形で江戸までの一二六里を超える旅をなさると仰るのでございますか」

「へい。旅の途中のあちらこちらに怖い連中がうようよ潜《ひそ》んでいることについちゃあ、悠も母親の節さんから念押しされ、それなりに覚悟しておりやす」

峯の視線が悠へ戻った。

「お悠ちゃん、宗次先生と一緒に江戸へ行ったからといって、女のあなたが立派な絵師になれるとは限らないのよ。節さんも、よく江戸行きを許したものねえ」

「峯おばさん、悠《ゆう》は絵師になど、なる積もりはありません」

「え？」

「悠は宗次先生のお嫁さんになるために江戸へ参ります。お母さんも許してくれました」

峯は意味がよく判らないのか、口を薄く開けて茫然《ぼうぜん》たる顔つきだった。

「ま、そういう訳なんでござんすよ。責任の重い旅でありやして……」

「そうだったのですか。それにしても丸腰では旅の途中が余りにも危のうございます。ま、先生、ちょっと店土間《たなどま》へお入り下さりませ」

「そうですねい。大番頭の御池仁右衛門《おいけにえもん》さんにも挨拶させて戴きたいと思っておりやす」

「さ、先生、どうぞ……」

促されて宗次は「ちょっと此処《ここ》で待っていねえ」と悠に告げ、峯の後に従って「浪花屋」へと入っていった。するとである、どうした訳か峯が宗次の脇をすり抜けるようにして再び外に出て、「ところでお悠ちゃん……」と話を始めている。

店の中では大番頭の御池仁右衛門が、板の間に姿勢正しくきちんと正座をしてにこやかに宗次を待っていた。それはまさに宗次が訪れるのを知っていた者の、にこやかな表情だった。

「これは御殿様。ようこそ御出《おいで》なされませ」

仁右衛門は先ず板床に両手をついて丁寧に頭を下げてから、表情を真顔《まがお》に改めた。

「いよいよ京《みやこ》を発たれはりますのですなあ御殿様。この仁右衛門なんだか無性《むしょう》に淋しゅうてなりまへんですわ」

しんみりとした仁右衛門の口調であった。

「私《あっし》もこの『浪花屋』との縁の深さを知って、後ろ髪を引かれる思いでござんすよ。江戸へ戻りやしたら浅草《あさくさ》の『対馬屋《つしまや》』を訪ね、『浪花屋』さんとの此度《こたび》の縁について詳しく報告させて貰いやす」

「またこの京《みやこ》へどうぞ来ておくれやす。御殿様のお仕事に欠かせぬ絵の材料は有り余るほどにある町ですよってに」

「そうですね。はい、必ずまた参りやす。お約束いたしやすよ仁右衛門さん」

「それにしても御殿様。お嬢の（峯の）旦《だん》さん（旦那さん）やった貴代造《きよぞう》はんが、二年前の雪降る十二月二十七日の夕方、五条《ごじょう》大橋で斬り殺されて奪われた三百両相当の新刀の大小刀を、よくぞ取り戻してくれはりました。この通り感謝申し上げます」

仁右衛門はもう一度、深深と頭を下げた。今や宗次の身状《みじょう》のかなりの部分を知る立場である大番頭の仁右衛門であったが、「一体どのような手段で取り戻してくれはりましたので?」と踏み込んで訊《き》くようなことはしなかった。この有能な大番頭は既にその辺の呼吸について、峯と同様に心得ていた。「この御殿様は自分などが何でも彼《か》でも易易《やすやす》と話し掛けられるような御身分の御方ではない」と察し始めていたということであろうか。若しも尾張《おわり》大納言の血を分けた子、とまで知れば腰を抜かすに相違ない。

「ところで仁右衛門さん……」

「はい」

頭を下げて微動《びどう》だにしなかった仁右衛門が面《おもて》を上げ、宗次と目を合わせた。

「円奥《まどか》様と徳之助《とくのすけ》様にもひと言御挨拶をと思っておりやすが、如何《いかが》なもんでござ いやしょう」

「それが御殿様。お二人とも昨夜《ゆうべ》あたりから、また風邪みたいな咳《せき》をしておりますよってに、これから若い娘を連れての長旅ですから感染《うつ》してはなりまへん。お二人へはこの仁右衛門から宜しゅうに伝えておきますさかいに」

なんと仁右衛門は宗次のこれからの旅に、悠が伴うと承知しているらしいではないか。

「さいですか。じゃあお言葉に甘えさせて戴きやす」

「それから御殿様。私が精魂込めて仕上げましたこの仁右衛門新刀を、どうぞ江戸への旅の供とさせてやっておくんなはれ。お願い致します」

そう言って傍にあった「白柄《しらつか》・一分《いちぶ》刻黒漆塗鞘《きざみくろうるしぬりざや》」の大小刀を、うやうやしく宗次に差し出した。

「え、この名刀を私《あっし》に？……」

「名刀、と言うてくれはりましたですか御殿様。この仁右衛門、大変名誉に思います。御殿様のような御方に名刀の折紙を戴きましたら、刀匠として勇気百倍ですわ。有り難うございます」

「仁右衛門さん、今だから、ちょいと囁《ささや》かせて戴きやしょう。お借り致しやしたこの仁右衛門新刀で、お峯さんの旦那さんの仇《かたき》を討つため相当な数を相手と致しやした。それでもこの仁右衛門新刀は、びくとも致しやせんでした。真《まこと》に天晴《あっぱれ》なる天下の名刀。存分に使わせて貰いやしたこの私《あっし》が確《しっか》りと『名刀である』と保証いたしやす。金《かね》に換算《かんざん》できねえくらいの目が眩《くら》むような名刀でござんすよ」

宗次は決して御世辞を言っているのではなかった。本心から、そう思っていたのである。

「それならば御殿様。この仁右衛門新刀を、終生にわたり御身《おんみ》の御傍《おそば》に置いてやっておくんなさいまし」

「本当に宜しいので？」

「はい。この仁右衛門もこの新刀も、心からそう望んでおります」

そう言った大番頭御池仁右衛門の手から、宗次は漸《ようや》くのことで大小刀を受け取り腰に帯びた。

「この機会です御殿様。この仁右衛門新刀にどうぞ名前を付して下されませ」

「それはもう、ずばり天下の名刀『御池仁右衛門』以外にはありやせん。うん、これがいい」

「有り難うございます。『御池仁右衛門』頂戴しました。でも小さな不満が一つございます。はじめてこの刀をお使いになった大事な御方の名を戴きとうございます」

「え？……私《あっし》の名を……ですかい」

「はい。是非とも頂戴いたしたく」

「うーん……では『仁右衛門宗次《にえもんむねつぐ》』でどうでござんすか。宗次《そうじ》と付けて宗次《むねつぐ》と呼んでやっておくんなさい」

「決まりました。『浪花屋《うち》』の重要刀剣台帳に『仁右衛門宗次《にえもんむねつぐ》』で正式に登録させて戴きまする。で、少しばかり出しゃばらせて下され御殿様。相当な激闘があったのでございましょう。小さな刃毀《はこぼ》れが二つ三つございました。これについては、この年寄りが御殿様の御身を護《まも》る覚悟で念には念を入れて、直しを加えてございます。おそらく二、三十人を相手にしても、刃はびくとも致しませぬでしょう」

「それは安心……お心配り有り難うござんす」

「では御殿様。よいお旅を……」

「次にお会い出来るまで、仁右衛門殿もくれぐれも御身お大切に」

「はい、元気にして御殿様の御出をお待ちしています」

「それじゃあ……」

宗次は深く腰を折って頭を下げ、名刀匠御池仁右衛門に背を向けた。

三

「それじゃあ、お悠ちゃん。宗次先生の言うことをよく聞いて立派な花嫁修業をするのよ。江戸が嫌になったなら我慢しないで直ぐに戻っていらっしゃい」

峯にそう言って見送られ「浪花屋」を後にした宗次と悠であった。

「ね、次は何処を訪ねるのですか」

「次もな綺麗な女性《ひと》だい。悠ほどの美しさとまではいかねえ綺麗さだけどな、『菫茶房《すみれさぼう》』ってえ上品な茶寮《さりょう》の女主人で上品この上もない女性《ひと》だい」

「あ、悠、知っていますよ。今は亡き従四位下近衛中将八坂小路冬彦《じゅしいのげこのえのちゅうじょうやさかのこうじふゆひこ》様の茶屋敷別荘を相続なされました、お嬢様の宮上《みやの》様ですね」

「これは参った。実に色色な人や言葉を知っているんだねい悠は。いや、驚いたよ悠。それにしても従四位下近衛中将だの相続だのと、すらすらと口からよく出てくるもんだい」

「だって宮上お嬢様もお茶をなさることで知られた御方ですから悠はお母さんと一緒に幾度も『菫茶房』を訪ねています」

「なるほど、そうだったのかい。いやはや、次次と驚かせてくれるねい悠は」

「お母さんも悠も、そして宿『東山』も京《みやこ》では結構顔が利《き》くのですよ先生」

「はい、判りました」

「ですから絵仕事で京《きょう》を訪ねたときは、妻の実家である宿『東山』を軽く見てはいけません。必ず泊まって下さいね」

「はいはい、判りました」

「うふふ……一度言ってみたかったのです。とても気持がいいです」

「何が？」

「宗次先生に向かって、妻の実家である宿『東山』ってことを……」

「ははは、そんなにいい気分かい」

「はい、いい気分です。本当に先生の妻になった気がします」

「そうか、そいつあよかった、うん」

悠がつないでいる宗次の手を大きく振った。この様子あたりはまだ幼い、と宗次は思うのであった。

堀川通《ほりかわどおり》に出た二人は、目の前直ぐの堀川に架かった木橋を渡って油小路通《あぶらのこうじどおり》へと入っていった。

「宗次先生は江戸の御人《おひと》なのに何故、お峯おばさんや宮上お嬢様を知っているんですか」

「あ、そのことかい。実は江戸の浅草ってえ所に『対馬屋』ってえ立派な刀剣商があるんだがねい。この『対馬屋』には私《あっし》も色色と世話になっているところへもってきて、『対馬屋』と『浪花屋』が刀剣商同士の深い付き合いがあるんだわさ」

「へえ……不思議な縁ですねえ先生」

「そう、偶然すぎるくらいに偶然すぎてよう。まったく不思議な縁だわさ」

「先生と悠との縁もそうですね」

「うむ、これは不思議とか偶然とかよりも、強引とでもいうか……」

「え？」

「いやなに。不思議な強引さだってえ気がしたりしてな」

「？……先生の言うこと、ときどき難しくて判らない」

「ほら、悠よ見ない。『菫茶房』が見えてきたい」

「宮上お嬢様とは、どのような知り合いなのですか」

「絵仕事だよ絵仕事」

「宮上お嬢様の姿絵を描いてあげるのですか」

「いや、悠が言ったように宮上さんは従四位下近衛中将家の、つまり公家のお姫様だい。自分の姿絵を描いて欲しいなんてえことは仰らねえ。私《あっし》が描きたいのは『菫茶房』という茶寮の光景なんだい。それで何度か茶房を訪れているんだがねい」

「確かに麗《うるわ》しい光景ですよね。池あり築山《つきやま》あり茶室ありで紅葉も美しく……」

「ほほう、十三歳の悠が麗しいという言葉を知っているのかね」

「先生」

「ん？」

「先生は私を少し子供扱いし過ぎています。悲しいです。私はもう赤ちゃんだって産めます」

「わ、悪かった。決して子供扱いしている積もりはねえんだが」

「今夜泊まる御宿では、悠は先生の背中をお流しします。そう決心しました」

「そ、そうかえ。楽しみだあな。だがよ、ここは往来《おうらい》だあな。そういうことはもう少し小声でな。さあ、『菫茶房』だ」

よく手入れされた青竹の林の中を、奥に見えている小体《こてい》な冠木門《かぶきもん》に向かって石畳の小径《こみち》が十間《けん》ばかり続いている。

「悠が先にお行き」

「はい」

悠が頷き、しっかりとつないでいた宗次の手を放して、石畳の小径を先に歩き出した。

宗次はどういう訳か、わざとらしいゆっくりした足取りで悠の後を歩いてゆく。

悠の後ろ姿が冠木門を潜《くぐ》って、宗次の視界から消えさった。それでも宗次は急がない。

「あら、『東山』のお悠ちゃんではありませぬか」

「宮上様、すっかりごぶさた致しております」

「と、仰るほどでもありませんでしょう。『菫茶房』の茶会でお母様と一緒にお会いしたのは先月でございますよ」

耳に届いた宮上と悠の会話に、宗次は「くくっ……」と笑いをこらえた。悠が母親から日頃教えられている挨拶言葉を、〝実践《じっせん》〟に用いたことは明らかだった。

「今日はお一人で来たのですか、お悠ちゃん」

「いいえ、許婚《いいなずけ》と一緒に参りました」

「ま……」

驚いたらしい宮上の言葉の後、二人の会話が途切れたので宗次は表情を改めて歩みを急がせた。

宗次が冠木門を過ぎると、宮上と悠はまるで姉妹のように向き合ってにこやかに話し合っていた。悠は十三歳の割には背丈がある。したがって宮上とは年の差がそれほど無いような姉妹に見える。宮上は「……許婚と一緒に参りました」と悠から告げられて「ま……」と驚いた割には、美しくやさしい笑顔であった。

宗次と宮上の目が合った。

「やあ、今日は江戸への戻り旅なもんで、ご挨拶に参りやした」

「やはり江戸へお戻りになってしまわれるのでございますか。淋しくなってしまいまする」

「なあに、また必ず参らせて戴きやす。次に来た時はこの茶房のいずれかの茶室に墨で一筆描かせておくんなさい」

「え、真《まこと》でございましょうか先生」

「はい、お約束させて戴きやす」

「有り難うございます。あ、お悠ちゃん、宗次先生に茶菓の御用意を、と、奥へ伝えて来て下さい。そう申せば判るようになっておりますから」

「承知いたしました宮上様」

悠が中堅旗本の隠居宅を思わせる質素な、茅葺《かやぶき》の入母屋造《いりもやづくり》へと小急ぎで消えていった。その場馴《ばな》れた様子がなるほど、この茶房へ幾度となく訪れて馴れていることを思わせた。

宗次を見る宮上の美しい表情が改まった。そして、淑《しと》やかに深深と腰を折った。

「この度は我が八坂小路家の家宝の脇差《わきざし》『夢扇《ゆめおうぎ》』を取り戻して下さいまして、心から御礼を申し上げまする」

「鞘傷や刃毀れがなくて、よござんした。粟田口国友《あわたぐちくにとも》が手がけた最高の作でござんすから、他人目《ひとめ》につかぬよう大事になさいやすように」

「はい。大切の上にも大切に致します」

宗次も宮上も申し合わせたように小声の遣《や》り取《と》りであった。

「宗次先生が『夢扇』を持参下さいまして驚きましたる翌日朝のこと、京都所司代《だい》次席西条九郎信綱《さいじょうくろうのぶつな》様がお見え下さいまして『家宝の名刀夢扇を取り戻して下された江戸の名浮世絵師宗次先生にあれこれと立ち入って訊き過ぎるようなことがあってはならぬ』と強く申し渡されてございます。それゆえ宮上と致しましては、有り難うございます、と申し上げて頭を下げることしか出来ませぬ。どうか御容赦《ようしゃ》下さりませ」

「なあに、それでよござんすよ。所司代次席の言葉を余り深く気に掛けないでおくんなさい」

「作法と致しまして、本当にそれで宜しゅうございましょうか」

「へい、それで結構でござんす。お互い、次に出会える日まで元気でいやしょう」

「はい。先生の次の御出を宮上は心からお待ち申し上げております」

そう言って目を細めるこの宮上もまた、悠が口にした「……許婚と一緒に参りました」を全く気にしていないかのような様子であった。

四

「そうですか。江戸へお戻りになるんですか。残念やなあ。亡くなった倅《せがれ》によう似《に》ているんで、もっともっとお付き合いさせて貰《もら》う積もりでいましたんや。本当に残念なことや」

「申し訳ござんせん。江戸には残してきた仕事が沢山《たくさん》ございやすので、それが気に掛かりやして」

「仕事は大事にしなはれ。男は仕事が第一やよってになあ」

「旦那様もどうかお体を大切になさいやして、これからも長くこの美しい京《みやこ》の治安維持にお努《つと》め下さいやすように」

「うん。京《みやこ》はこの次郎長《じろちょう》の命でもあるよってにな。儂《わし》の目が黒い内は、この美しい町に騒動は起こさせまへん。安心しなはれ」

「それはもう……」

「それにしても宗次はん。この世の中には不思議な力があるもんや。神の力とでも言うんやろかな。さしものこの次郎長も驚いてしもた」

「と、仰いやすと？」

「若い綺麗な娘はんが後ろに座ってはりますよってに、あんまり露骨な表現は出来まへんけどな。宗次はんも御存知のように儂《わし》の倅《せがれ》と手下の三人が、鹿ケ谷《ししがたに》の竹林で無念の生涯を終えてしまいましたやろ」

「はい。そのお話を聞いた時は私《あっし》も思わず体が震えやしたが……」

「ところが宗次はん。昨日京都所司代次席の西条九郎信綱様と配下の与力同心の方方《かたがた》が突然お見えになりましてな。然《さ》る御人《おひと》が、然《さ》る場所において、無念の生涯を終えた倅と手下三人の仇《かたき》を見事に討って下すった、と仰るんですわ。儂《わし》も家内も驚いてその訳を訊《たず》ねましたけど、『間違いなく悪の種《たね》は消えた。安心してよい。そしてこの件については今日を限りとして必ず忘れるように』と言い残して帰りはったんですわ」

「そうですかい。然《さ》る御人《おひと》が、然《さ》る場所において、ですかい。でも京都所司代のお偉い御方と与力同心の方方がそう仰るんでしたら、息子さんの仇は神様が間違いなく討って下すったんでございやしょう。きっと信じてよござんすよ、そのお話」

「宗次はんも、そう思いますか?」

「そう思うことが、息子さんと手下の三人のためになると考えとうござんすねえ」

「判りました。倅によう似ている宗次はんに、そう言うて貰えると、儂《わし》の胸もすっきりしましたわ。すっきりとな」

京《きょう》の裏社会で絶大な力を有し、また裏社会で汗にまみれて真っ正直に活動する大親分「六波羅《ろくはら》の次郎長」が、このとき指先で目尻をそっと拭《ぬぐ》った。

この次郎長の左側には、娘時代はさぞや、と思われる目鼻立ちのすっきりと整った老妻与根《よね》が、やさしい眼差《まなざ》しを宗次に向けて座っていた。穏《おだ》やかな表情である。次郎長のように涙は見せていない。心の内は老いたりといえども、〝鉄火〟なのであろうか。

いや、次郎長・与根の左右に、河内《かわち》生まれの梅三《うめぞう》をはじめとする主だった屈強の手下が神妙に控えていることから、〝頭《かしら》に立つ夫がしんみりとしてしまったなら妻はビシッと〟を当たり前として心得ているのだろう。ましてや亡くなった倅によく似た宗次の面前である。強い母でいたいのかも知れない。

「さ、お前たちはこれで別間に下がっておくれ。その可愛いお嬢も一緒にお連れして」

与根が傍《そば》の梅三と目を合わせて言った。

「承知しました。それでは……」

「お嬢には美味《おい》しいお菓子を沢山《たんと》な。余ったら持ち歩きできるよう包んでおあげなさい」

「心得ております」

梅三が立ち上がると、屈強の皆が一斉《いっせい》に腰を上げた。

悠は怖がる様子も見せずに、梅三たちと別間へと移っていった。なんと言っても、まだ十三歳だ。美味しいお菓子、に心を揺さぶられたのかも知れない。

座敷には、宗次、次郎長、与根の三人だけとなった。

与根が脇に置いてあった風呂敷の包みを手に取った。厚さのある包みではない。

「これは亡き伜が着ていた羽織《はおり》袴《はかま》と小袖に、この年寄りが母としての針を通させて貰い少し手直しをしたものです。江戸までは大変な長旅。重い物ではありまへんから、是非お持ちになって下さい。きっと役に立ちますやろから」

「有り難う存じやす。図図《ずうずう》しく嬉しく頂戴《ちょうだい》いたしやす」

宗次はそう言って下唇を嚙んだ。尾張大納言の血を引く母の愛を知らぬ宗次であった。与根が口にした〝……母としての針を……〟が胸にずしんと響いていた。

「それからな、これは儂《わし》からの餞別《せんべつ》や。路銀の足しにしてんか」

そう言って次郎長が宗次の膝前へ静かに滑《すべ》らせたものは、二十五両はあると容易に推測できる袱紗《ふくさ》の包みであった。大金である。

「こ、こんなにして戴きやしては……」

「ええんや宗次はん。儂《わし》の好きなようにさせてんか。気持よう納めてくれたら亡き倅も手下三人も喜んでくれる。な、持っていったって」

「は、はい。では、お言葉に甘えさせて戴きやす」

宗次は畳に両手をついて頭を下げた。目に涙が滲《にじ》んでいた。そして、宗次は確信した。目の前の老夫婦は、息子と手下三人を斬殺した〝巨大な力〟をこの宗次が皆殺しにしたことに気付いている……と。

なにしろ「あの会話」を交《か》わした間柄なのだ。

「なあ宗次はん。下手人が誰であろうと、この六波羅の次郎長が本気で怒ったときの非情を、そのうち必ず下手人に見せつけて震えあがらせたる積もりだす。ぞっとするような仕打ちでなあ」

「旦那様、それはいけやせん。ここまで大きくした六波羅組の力を復讐に用いれば、所司代や奉行所は黙っちゃあいやせん。全てを旦那様の手から取り上げてしまいやしょう。どうか、じっと耐えておくんなさいやし」

「だがな宗次はん……」

「その竹林を出た所に本邸を構えているとかの公家の名を、差し支えなけりゃあ私《あっし》に教えておくんなさいやし」

「聞いてどうしなさる」

「無性《むしょう》に知っておきとうござんす。ただ無性に……」

「無性になあ……うん、ま、よろしやろ、言いまひょ。その名門公家の名は従三《じゅさん》位中納言御仙院忠直《みせんいんただなお》や」

これだけの会話を交わしておいて、社会の「裏」も「表」も知り尽くす六波羅の次郎長が、巨悪の核であった名門公家とその一党の全滅の真相に気付かぬ筈《はず》がない、と思う宗次であった。

宗次が言った。与根と視線を合わせていた。

「早速でござんすが、無作法承知で頂戴いたしやした羽織袴と小袖に着替えさせて戴きやす。よござんすか」

「まあまあ、着てくれはりますか。この年寄りが母としての針を通した甲斐《かい》があります。おおきに、おおきに」

「じゃあ、隣の部屋で着替えなはれ。儂《わし》も見てみたいわい」

次郎長が笑顔で言った。

「はい。それでは隣の座敷を厚かましくお借り致しやす」

宗次は座敷から廊下へと下がると、丁寧に腰を折ってからそっと障子を閉じた。

次郎長が与根に向かって言った。

「母としての針を通した、と言うたな。宗次はんの体の寸法、目計《めばか》りで自信あるのんか」

老妻に対し、労《いたわ》りを込めたような次郎長の喋《しゃべ》り様《よう》であった。

「今ごろ何を言うてますのや。旦那様にこれまで縫うて差し上げた衣裳で寸法誤りはありましたか。皆、目計りですよ」

「うむ、そやったな。お前の裁縫の腕は確かに天下一や」

次郎長がそう言ったとき、少し離れているなと判る部屋から、どっと笑い声が生じて、その中でひときわ高い黄色い笑い声が、次郎長と与根の耳にはっきりと届いた。

だが、まだ幼さを少し残しているその黄色い笑い声に、次郎長も与根も格別の関心を払わなかった。まるで「何もかも承知している」かのように。

「失礼いたしやす」

そう断わってから静かに障子を開けて、着替えた宗次が座敷に戻ってきた。

「なんとまあ……」

与根の顔にたちまち喜びが広がった。我が子を見る、老いた母の喜びの顔であった。

五

「びっくりしたかえ」

「うん。びっくりした。宗次先生があんなに凄《すご》い人たちを知っているとは思わなかった。ちょっと怖かった。でも、着替えをして本当の侍みたいになった先生を見て、もっとびっくりしました。凄く似合っているので」

「この京《みやこ》で顔の広い〝お悠ねえさん〟も、さすがに六波羅の次郎長親分さんとは交流がなかったんだねい」

「名前だけは知っていました。京《きょう》では有名な人ですから。でも、雲の上の人のように感じていた人です。だって何百人も子分を持っていて、京都所司代とか奉行所とかに出入りが自由な人と聞いていたから」

「でも別れるとき、親分さんが目を細めてやさしく悠の頭を撫《な》でてくれたじゃねえか」

「うん、あのお爺さんがかなり好きになってしまったよ。お婆さんも、お菓子を沢山包んでくれたから大好き」

「はははは。やっぱり悠はまだ、女の子だい」

「女の子ではありません。間もなく先生の妻となる娘です。赤ちゃんも直ぐに産むのです。ね、そうでしょ、そうですよね」

「おい悠よ見ねえ。東海道五十三次の旅の、始まりでもあり終点でもある三条大橋に着いたぜい。いよいよ鬼も天狗《てんぐ》も人攫《ひとさら》いも出る恐怖の旅の始まりでえ。覚悟はいいかえ」

「夫となる宗次先生と一緒の旅なら、鬼も天狗も人攫いも怖くなんかありません」

一瞬だが、晴れわたった空を仰いだ宗次の顔が（参ったな……）となった。

悠が、つないでいる宗次の左手を大きく振り揺さぶって、自分から一歩先に三条大橋の上を目指して歩いてゆく。

（この調子だと、間違《まちげ》えなくこの十三歳の美しい娘は……二、三年後《のち》に私《あっし》の女房になるぜい）

そう考えて思わず息苦しそうに苦笑する宗次であった。

二人は鴨川に架かった三条大橋を渡った。いよいよ悠が言う江戸への「許婚旅」の始まりである。

と、このときであった。三条大橋を今まさに渡り切ろうとする宗次と悠の後ろ姿を、橋の西袂《にしたもと》の松の木陰から顔を覗かせるようにして、心配そうな眼差《まなざ》しで追う四つの目があった。

いや、ひょっとするとそれは、宗次と悠には関係なかったのかも知れない。なぜなら、その四つの目は直ぐに松の木陰から消えさったからである。

鴨川を渡った宗次と悠は俗に三条寺町通《てらまちどおり》と称されている通りへと入っていった。大津《おおつ》街道（三条通とも）が正しい通りの名であったが、三条大橋を渡るや否《いな》や法林寺《ほうりんじ》、心光寺《しんこうじ》、正栄寺《しょうえいじ》、金台寺《こんたいじ》、西願寺《さいがんじ》、大蔵寺《だいぞうじ》、などの寺寺が建ち並んで寺町を成しているからだ。

「この辺りはよく知っています。刀で有名な粟田口《あわたぐち》の村へ通じている通りです。南禅寺《なんぜんじ》の脇を通り抜けていきます」

「その通りだい。山は段段と深く険《けわ》しくなり次第次第に京《みやこ》から離れてゆくが心の臓はしっかりと動いているかえ」

「動いています。平気です。今日は何処で泊まるのですか」

「そうよなあ。山科《やましな》の里を抜けて大津に入り、第一日目は其処《そこ》で泊まろうかい。大津ってえ宿場町の名を聞いたことがあるかい？」

「あります。でも行ったことはありません。悠は京の外へ出たことがありません。だから大津の宿に先生と一緒に泊まるのがとても楽しみです」

「大津は、ま、京《きょう》の東玄関と言ってもいい宿場町だい。湖（琵琶湖《びわこ》）とか川とかを利用して大小の船で近江米《おうみまい》や特産物を運ぶのが盛んな町でな」

かい」

「大津の宿場町には色色な名所があるから、明日は二人でその名所を観て回ろう

「ふうん」

「早く大津に着きたいです。大津までは、どれくらい歩くのですか」

「京《きょう》の三条大橋からだと大体、三里ってえとこかな。見当つくかえ、三里ってえ道程《みちのり》がよ」

「見当つきます。悠は一度も会ったことがない人だけど、宿『東山』をつくった悠のお祖父《じい》さんお祖母《ばあ》さんに当たる人のお墓が鞍馬寺《くらまでら》にあり、命日には必ずお母さんと訪ねます。この鞍馬寺までが凡《およ》そ三里とお母さんから教わっています」

鞍馬寺と聞いて、宗次の目が然《さ》り気なくだが光った。

「ふうん。悠の祖父母の墓は、鞍馬寺にあるのかい」

「はい、そうです。悠のお祖父《じい》さんお祖母《ばあ》さんの、そのまた上のお祖父さんお祖母さん（曾祖父・曾祖母）のお墓も隣に並んでいます。番頭の与助《よすけ》さんや手代の三吉《さんきち》さんも一緒にお参りすることがあります」

「鞍馬寺って言やあ悠よ。今より九百年以上も昔に大和国《やまとのくに》に唐招提寺《とうしょうだいじ》ってえ立

派な寺を創りなすった鑑真《がんじん》という偉いお坊さんの高弟、鑑禎《がんてい》が創建しなすった大変な名刹《めいさつ》だい。高弟とか創建とか名刹ってえ言葉を使っちまったが判るかえ？」

「先生」

「ん？」

「余りこの悠を馬鹿にしないで下さい」

「おっとっと……決して馬鹿になんてえ、しちゃあいねえよ」

「悠は京《きょう》で生まれ京《きょう》で育った十三歳の娘です。もう子供だって産める体です。神社仏閣の事なら先生より詳しいです。神社仏閣の意味、先生判りますか」

「判る。うん、何とか判る。悠が余りに美しく可愛くてあどけない顔立ちをしているものだからつい、先生は悠にあれこれと世話をやき過ぎるんだい。すまねえ」

「なら、許してあげます」

宗次と顔を合わせた悠がニッと目を細めて、つないでいる宗次の手を大きく振った。嬉しそうだ。宗次が口にした「……余りに美しく可愛くてあどけない顔立ち……」が気に入ったのであろうか。

「鞍馬寺は昔から、朝廷とか貴族の信仰が厚いのですよ先生」

「そ、そうらしいなあ」

「寿永《じゅえい》二年（一一八三）には後白河《ごしらかわ》法皇がお参り（御幸《ごこう》）なさっておられます」

「ふむう、後白河法皇がか……」

「はい。また建久《けんきゅう》六年（一一九五）には源《みなもとの》頼朝《よりとも》が信仰を誓って剣《つるぎ》を奉納なさいました」

「足利《あしかが》将軍家の信仰も大変厚かったと聞いたことがあるなあ」

「そうです。天正《てんしょう》十三年（一五八五）には豊臣秀吉《とよとみひでよし》公が矢張り信仰を誓って、鞍馬寺に対し三十三石を御加増なさいました」

「錚錚《そうそう》たる人物……あ、いや、立派な人達が鞍馬……」

「錚錚たるの意味、知っています」

「そうだろうとも、うん。まさに錚錚たる人達がかかわってきた名刹なんだねい。鞍馬寺ってえのは」

「里帰りした時にでも、子供たちの手を引いて鞍馬寺に夫婦でお参りしましょうね先生」

「しましょう、しましょう。ご先祖様は大切にしなければなあ」

晴れわたった気持のよい空に向かって、悠に気付かれぬよう苦笑《にがわら》いを放った宗次の表情が、ふっと改まった。

「ところで悠よ、ひとつ正直に教えて欲しいことがあるんだがねい」

「正直にって?」

「悠は町人かえ。つまり、ごく普通の市井《しせい》の民かえ?」

「今度は意味がよく判らないですよう先生。どうしてそのような妙なことを訊《き》くのですか」

「悠のことを何だか、もっともっと深く知りてえのさ。じゃあ訊《き》き方を少し変えてみようかえ。そうよな、直接的にではなく、ちょいとばかし回《まわ》り諄《くど》い訊《き》き方をさせておくれ。鞍馬寺にある悠の祖父母、曾祖父母の墓だけどよ、墓石に色色な文字が彫《ほ》り刻まれていると思うんだけど、徳川とか足利とか豊臣とかいったような名字《みょうじ》は刻まれていないかえ」

「祖父母のお墓にはありませんけれど……」

そこまで言って悠の歩みが止まった。思い出そうとでもしているのか、それとも言うべきかどうかと迷っているのか、自分の足元を見つめている。

だが、それはほんの短い間であった。

「曾祖父母のお墓には、少し読み難《にく》いけど『織田《おだ》』とあります。悠には読めなかったけど、お母さんから『織田』と読むのだと教わりました」

「織田……」

呟《つぶや》いた宗次の顔色が、僅《わず》かにではあったが変わっていた。

悠が再び歩き出した。もう明るい表情に戻っていた。天真爛漫《てんしんらんまん》な気性なのだ。

宗次はいつだったか四条通《しじょうどおり》を祇園《ぎおん》へ向かう途中で京都所司代次席、西条九郎信綱と交わした会話を切《き》れ切《ぎ》れにだが思い出した。

「宗次先生、実は有楽斎《うらくさい》（織田有楽斎、天文《てんぶん》十六年・一五四七〜元和《げんな》七年・一六二一）の門弟には非常にすぐれた美貌の茶人が一人いたと伝えられておりまして……」

「美貌……女でござんすね」

「左様《さよう》。父親は裕福でない下級武士の出であったらしいのですが、とにかく礼式・作法《さほう》をよく心得、茶道についても有楽斎に迫るほどの極みに達していたとか」

「それはまた……」

「それで先生。その美貌の茶人の完璧《かんぺき》すぎるほどやさし気な人間性が、有楽斎は俗世にまみれ過ぎることを恐れ、小屋敷と下働きの小女二、三人を与えて住まわせたと伝えられておるのです。この住居《すまい》で一心に更なる研鑽《けんさん》に励み、茶道の極みに一層近付くようにと」

「その小屋敷というのが、若《も》しかしてあの『東山』でござんすか」

「私はそう思っております……」

「よしんば、有楽斎とそのすぐれた女性茶人との間に、男女の深い香りが漂《ただよ》っていたと致しやしても、宜しいではありやせんか……」

宗次は悠にしっかりと摑まれている手を大きく揺さぶられて、はっと現実に引き戻された。並んで歩く悠に、下から顔を覗き込まれていた。

「ねえ先生、どうしたんですよう。何だかぼんやりと遠くの方を眺めているみたいな顔をして……」

「あ、いや、すまねえ。江戸までの二人旅で、路銀が足りるかなあって少し懐《ふところ》が心配になってきたんでい」

「それなら大丈夫。『東山《うち》』を出る際、番頭の与助さんから『内緒だよ……』って二十両を貰ってきたから」

「ええっ……そんな大金を」

宗次は驚き、次いで呆《あき》れてしまった。だが、宿「東山」の人たちの気性をよく知るまでになっている宗次は、不快な気はしなかった。悠は誰にも彼にも可愛がられているのだと、改めて思うばかりであった。それにその二十両も、番頭の与助の懐から出たものではなく、悠の母親の節に頼まれて、ということもある。

「二十両、先生が持っていて下さいますか」

「いいや、自分で持っていなせえ。大金を持って旅する不安てえのも、勉強になる」

「不安になんか、なっていませんよう。だって夫になる先生と旅をしているのですから」

「そのうち妖怪など鬼など天狗などが金を狙《ねら》って現われると不安になるさ」

「本当に現われるのですかあ」

「心配はいらねえ。織田悠の体には、この先生は指一本触れさせねえから」

宗次は肚《はら》の底から本気になって喋っている自分に気付いて、思わず胸の内で苦《にが》笑《わら》いを漏らした。

悠が、織田信長《のぶなが》の実弟で、武将でありながら茶道有楽流の開祖でもある織田有楽斎の血すじの者である可能性が出てきたのである。つまり悠の母親節も、そうであるということになってくる。

大和国山《やま》辺郡《べごおり》の三万石の領主として、人生後半を茶道に打ち込んだ千利休《せんのりきゅう》の高弟七人の内の一人・織田有楽斎。十三歳の悠がその血すじの者だとすれば、好むと好まざるとにかかわらず宗次の責任は一層のこと重くなってこよう。つまり此《こ》度《たび》の江戸への二人旅は、のちの歴史にもかかわってくる旅でもある訳だ。有楽斎はすぐれた茶人である前に武将でもあった訳だから、もちろん江戸幕府（慶長《けいちょう》八年・一六〇三、開府）とも無関係ではない（織田有楽斎の江戸屋敷跡は、長い時を経て「有楽町《ゆうらくちょう》」という地名誕生へとつながってゆき、そして大ヒット名歌「有楽町《ゆうらくちょう》で逢《あ》いましょう」を生んでいくのである）。

「なあ悠よ……」

「はい先生」

「悠はお母さんから、自分の血すじについて詳しく聞かされたことはないかえ」

「ありません。『お前は平凡な町人の子ですからね。それを忘れてはいけません』と、やさしく時時言われますけど」

「やさしく時時言われる？」

「お母さんがそう言う時、決まって凄くやさしいのです。喋《しゃべ》り方《かた》だけではなくて、表情も」

「ふうん……決まって凄くやさしい？」

「はい。決まって凄くやさしいです。だから先生、悠はこのごろ自分は若しや何処かのお大名の隠し子で、宿『東山』へ預けられているのではないか、と想像したりするのです」

「はははは。まったく豊かな想像力を持っているねい悠はよ。しかし多分、それはないねえ、うん」

「どうしてですかあ」

「だってよ、悠の整った目鼻立ちはよ、悠のお母さんである節さんにそっくりじゃねえかい。美人の節さんによう」

「あ、そうかあ。そうですよね。悠とお母さんは顔立ちがよく似ているんだった」

悠は「ふふふっ」と笑って首をすくめた。

「よく喋って歩き続けたせいか、腹が空《す》いてきたなあ」

「先生、彼処《あそこ》にお寺があります」

「よし。あの寺の境内《けいだい》で弁当を開こうかい」

「食べましょう、食べましょう」

はしゃぐ悠が宗次の腕にしがみ付いた。まだ熟し切っていない、しかし案外に豊かな悠の胸の膨《ふく》らみを肘のあたりに感じて、宗次は何故か美雪《みゆき》の顔を再び脳裏に思い浮かべるのだった。

六

二人が東海道五十三番目の宿（江戸から数えて）大津へと入ったのは、秋の夜が忍び寄ってくる申《さる》ノ刻過ぎであった。

悠の安全を考えて大津一の旅籠《はたご》として知られ湯屋（銭湯）を付属させた「からは

し」の一番良い客室での一泊を、宗次は選んだ。悠に対して宗次は路銀が心細いことを冗談半分に告げはしたが、院（後水尾《ごみずのお》上皇・法皇）にお目に掛かったほどの今や〝天下の浮世絵師〟である。路銀に困ろう筈《はず》がない。

「うわあ素敵なお部屋……」

八畳に六畳という二間続きの二階の角部屋に通されて悠は喜んだ。奥の六畳の間は刀架けがある床の間付きだ。

「窓の障子を開けますと、琵琶湖で夜釣りをする沢山の提灯船の明りが綺麗ですよ。日が落ちたら障子を開けて見はったら宜しいわ。いま、お茶をお持ちしますよってに」

客間へ案内した中年の女中が愛想《あいそ》よく言って、下がっていった。

宗次は腰に帯びた仁右衛門新刀の大小刀を奥六畳の、床の間の刀架けに横たえた。

「宗次先生、悠はこの素敵な二階のお部屋で二、三日泊まりたいです」

「おいおい、宿『東山』の娘が何を無茶なことを言ってんだい。旅人が旅籠に泊まれるのは、お定めにより一泊と決まってんだ。それ以上泊まる場合は、その理由を宿場役人へ届け出て詮議を仰がなくちゃあなんねえ」

「なんだあ。つまらないですね」

「知らなかったのかえ」

うん、と悠は頷いた。宿「東山」では庶務を手伝うという程には手伝わされずに、大事に大事に育てられてきたのであろう、お嬢さんなのだ。しかもである。織田有楽斎の血すじである可能性が出てきた。

「この『からはし』ってえ旅籠は大津でも一流所だが、他に木賃宿《きちんやど》ってえのもある。知っているかえ木賃宿」

「知っています。木賃宿は客が食料を持ち込んで泊まり、煮炊《にた》きをするので薪代《まきだい》を取られますが、泊まり賃は安いです。木賃とは薪代のことでしょう」

「そうだい。木賃宿の泊まり賃は、旅籠の二割か三割くらいかねい。次の草津宿では木賃宿にしてみるかえ。勉強になるぜい、相部屋になると思うがねい」

「相部屋は嫌《いや》です。先生と二人だけのお部屋がいい」

「判った。じゃあこれからも、なるべく宿場一の旅籠を選ぼうかい」

「あ、先生、窓の障子が何だか赤く染まってきたみたいですよ」

「琵琶湖が夕焼け空を映して輝いているんだろ。障子を開けてみな」

「はい」

悠が窓に近付いて障子を両手で左右に開いた。

宗次の言った通りであった。湖上を低く覆《おお》っていた灰色の雲がかなりの速さで流され、高層に広がっている白い雲が、あざやかな朱《しゅ》の色に染まり出していた。その雲を映す琵琶湖の水面《みなも》が、友禅《ゆうぜん》染《ぞ》めの絹布《けんぷ》のように揺れている。

「わあっ、綺麗……」

悠が目を見張って窓辺に腰を下ろし、たちまちうっとりとなってゆく。

「これは美しい琵琶湖だ……」と、宗次も感嘆して悠と向き合い、窓辺に腰を下げた。

琵琶湖は（世界最大のカスピ海や世界最深のバイカル湖と並んで）世界有数の古い湖である。この湖名はその形が楽器の琵琶にどことなく似ているところから来ているが、古くは「鳰《にお》の海《うみ》」あるいは「淡海《あわのうみ》」などと、たおやかに呼ばれた。鳰《にお》とは、カイツブリの古称で、池の畔《ほとり》などで見かけることの多い鴨《かも》によく似た水鳥である。

宗次が、そういったことについて話して聞かせると、悠は次第に朱の色を濃くしてゆく湖面を眺めながら黙って頷くのだった。

「悠よ。湖の上を流れてくる風が少し冷てえや。風邪を引いちゃあならねえから、もう障子を閉めようかい」

「はい先生……」

二人が窓辺から離れて障子を閉めたとき、「茶菓をお持ち致しました」と、先程の女中の声が廊下でした。

「どうぞ……」

と宗次が応じるよりも僅かに先に廊下との間を仕切っている障子が開き、盆に茶菓を載《の》せて、女中がにこやかに入ってきた。

「宇治《うじ》茶でございます。お召し上がり下さい」

女中はそう言いながら、大き目の膳に茶菓を置いた。

「少し暗くなってきましたから、明りを灯《とも》しましょう」

「お願い致します」と、悠が応じた。

「あ、それから……」

と、女中が悠と目を合わせ、言葉を続けた。

「階段を降りて廊下を左へ行きはりましたら突き当たりに、この客間のお客様だけが入れる家族風呂がありますよって、お入りになって下さい。手拭《てぬぐ》いも浴衣《ゆかた》も調《ととの》えてあります。間もなく沸きあがりますさかいに」

「えっ、家族風呂というのがあるのですか」

「へえ。旅籠も新しい考えが必要になってくる時代が来る、言うて旦那はんが思いついたんですけど、御蔭様でえらい人気でして」

それは古宿「東山」の娘である悠の意表を衝《つ》いた、女中の言葉であった。

もちろん「東山」には家族風呂などは無いし、その思いつきさえも表に現われてはいない。

悠が驚き感心している間に女中は大きな燭台《しょくだい》と小型の行灯《あんどん》を灯して、廊下へと出た。

「お風呂をお上がりになる頃を見計らって、夕食の膳を用意しときますよってにな。お嬢はんもたまには、お父はんと一緒にお風呂へ入ってお背中でも流してあげなはれ。親孝行になりますよってに」

女中はそう言うと障子を閉め、忙しそうに足音を遠ざけていった。

宗次と悠は、顔を見合わせた。「お父はんと一緒にお風呂へ」、「お背中でも流して」、「親孝行になります」、などと言われた二人である。

悠が堪《こら》え切れなくなったのか、宗次よりも先にぷっと吹き出した。そして自分の膝のあたりを両手の拳でトントンと叩いた。顔中で笑っていた。おかしくて仕方がない、という様子だが、笑い声を立てることは必死で我慢している。

そして、あどけない顔をくしゃくしゃにしたまま、宗次を真っ直ぐに指差した。

「あの女中さん、先生を……先生を悠のお父さんだと思っているのですよう」

「仕方のねえ女中さんだあな。この私《あっし》が、悠の父親だと思われる程に、年寄りに見えますかってんだ」

「見えませんよう。せいぜい、お兄さんですよう先生」

「だよな。まったく、がっかりとさせてくれるぜい。ちょいと気晴らしに家族風呂とかへ行ってくらあな」

宗次は羽織を脱いで衣桁《いこう》に掛け、大事そうに皺《しわ》を伸ばすと、「行ってくるぜい悠」と、座敷を出た。

懐に、ずしりとした重い手応えのものを潜めたままであった。路銀だ。

七

思っていたよりも大きな矩形《くけい》（長方形）の浴槽だった。大人四人ほどが楽に入れるだろうか。ただ、深さはそれほどでもない。腰深くしゃがんで湯面はようやく大人の胸あたりである。水量が多いと沸かすのが大変だからだろう。薪代《まきだい》も馬鹿にならない。感心するほどよく出来ている真鍮《しんちゅう》製の「湯屋行灯《ゆやあんどん》」が五つも備わっていて、浴室内はかなり明るい。

宗次は両脚を投げ出すようにして、湯の中へ体を沈めた。檜《ひのき》の香りが浴室に満ちていた。櫺子窓《れんじまど》の向こうに、石灯籠の明りが何処となく幽玄《ゆうげん》な坪庭《つぼにわ》が窺《うかが》える。

なるほど大津宿では一番の贅沢《ぜいたく》宿だ、と宗次には頷けた。小綺麗な脱衣室には鍵付きの脱衣箱がちゃんと五人分も備わっていて、その鍵にくっ付いている家族風呂と書かれた鍵板（いわゆるkey ring）が、浴室の格子戸の内側にある鉤形《かぎがた》の〝引っ掛け〟に、ぶら下げられていた。

盗人《ぬすっと》対策も、一応は取られているのだ。迂闊《うかつ》に脱衣室へ入ろうと板戸を開けると、同時にチリンチリンと鈴が鳴る工夫もされている。

先ずは安心して、ゆったりと入れる家族風呂であった。

「悠が入るときは、それでも廊下で見張っていてやるか」

宗次は呟いて、ひとり「うん」と頷いてみせた。櫺子窓から、すうっと忍び込んでくる秋風が心地よい。

一泊二食付の旅籠「からはし」であったが、夕食は「松」「竹」「梅」「笹」の四段階があって、「松」には伏見《ふしみ》の銘酒三本（徳利《とっくり》）が付いてくるらしい。

「今夜は悠に楽しく酌《しゃく》でもして貰うかえ」

宗次は「はい先生、どうぞ……」などと流し目で酌をしてくれる悠の様子を想像して、「いい子だ、幸せになって貰いてえ」と、目を細めた。

宗次にとっては、久しぶりに味わう、いい湯であった。檜の香りが、なんともすがすがしい。

だが宗次は、気付いていなかった。宗次ほどの剣客が気付いていなかった。

おそろしい事態が、迫りつつあったのだ。衝撃的な事態が迫りつつあったのだ。

「さてと、あったまったな。有り難や有り難や」

宗次は本気とも冗談ともつかぬ顔つきで、湯の中で合掌《がっしょう》してみせた。

今世においては、市井の者にとって風呂あるいは湯屋（銭湯）は、まだまだ特別な存在だった（戦後の日本においてさえ、各家庭に自家風呂が普及するのは時代がかなりくだってからである）。

鎌倉河岸の八軒長屋のような貧乏長屋に風呂の備えが無いことは当たり前だが、多少豊かな町人の一戸建やそこそこ大きな商家でも、風呂の備えが無い場合が多い。そもそも自分の家で風呂に入るという発想そのものが未発達な時代なのだ。

旅籠でも「からはし」のように、有料銭湯（大衆浴場）を付属させている一流所は別として、普通は風呂の設備のない宿が多い。だから泊まり客に行ってもらう湯屋が必要ということになってくる。市井の者にとって湯屋は日常生活の中に取り込まれた「応接間」みたいなもので、色色な人に出会って色色な話が出来る場である。つまり楽しい場所——社交場——なのだ。

自家風呂を備えるには、充分な水がいる。その水を確保するには井戸（掘抜井戸《ほりぬきいど》）が必要となってくる。湯を沸かすには釜（いわゆる風呂釜）も薪もいるし、充分な防火対策も必要になってくる。何やかやと金が掛かるのだ。市井の者には、とても手が出ない。

　有料の湯屋においてさえ、だから建築費とか諸経費が嵩《かさ》む男女別別の浴槽など、とんでもない。一七〇〇年代後半まで湯屋は男女混浴が当たり前で、したがって男たちは湯屋から出るとき、ぎっくり腰を患《わずら》ったかのように、たいてい腰を引いた前屈《まえかが》みの姿勢で、体の〝変化〟を隠そうとしたと真しやかに伝えられている。

「さあて……」

　宗次は湯から、洗い場へと上がった。檜《ひのき》の板壁に固定されて並んでいる鉤形《かぎがた》の〝引っ掛け〟には、真新しいと判る大き目の糠袋《ぬかぶくろ》がずらりとぶら下がっていた。これで体をこすり洗いするのである（当時の石鹼《せっけん》に代わるもの）。

　宗次が、その糠袋の一つに手を伸ばした時であった。チリンという鈴の音《ね》が一つ鳴った。

「ん?」と思った宗次であったが、聞き間違えるような鍛錬《たんれん》はしていない。それでも糠袋に手を伸ばした姿勢のまま聴覚を研《と》ぎ澄ましていると、直ぐに二つ目がチリンと鳴った。確かにそろりとした感じで鳴った。

　どうやら、鈴の音にめげることなく、脱衣室の板戸を何者かがゆっくりと開けにかかっているようだ。

宗次は、ハッとなった。不吉な予感が背中を走った。その予感に備えるため、宗次は湯桶《ゆおけ》を蹴り飛ばさないように注意を払いつつ後退《あとずさ》り、湯音を立てぬよう三つ目のチリンに背を向けるかたちで浴槽に体を沈めた。

四つ目、五つ目のチリンが鳴り、そのあと脱衣室の床板が微《かす》かに軋《きし》んだのを、宗次は捉《とら》えた。重い体重の者によって圧《お》された軋みではない、と宗次には判った。

宗次は湯で煙る天井を仰《あお》いだ。「あーあ」という困ったような顔つきになっていた。

やがて再びチリンが鳴った。今度は続け様《ざま》に鳴ったから、たじろぐことなく閉めたのであろう。受け柱に当たって、板戸がピシャッと音を立てた。

次いで、帯を解く衣擦れの音。この音にも、宗次は侵入者のたじろぎを感じなかった。いや、むしろ大胆さが加わっていると判った。

「仕方がねえな……」

と、宗次が舌を打ち鳴らす。

やがて浴室の格子戸が開く音と閉める音があって、ぽちゃっと湯音がした。まだ大人になり切っていない足が湯に浸《つか》った音、と宗次に判らぬ筈《はず》がない。

「ふふふっ。先生、お背中を流してあげます」

悠の声が後ろであって、その両の掌《てのひら》が宗次の背に触れた。さすがの宗次もゾクッとなった。

「背中は自分で洗えるさ悠よ。余計なことはしなさんな」

宗次は幾分冷たく言い放って、少し怖い顔を拵え、勢いをつけて振り向いた。

悠が首すじ近くまで、湯の中に体を沈めているだろうという、判断だった。

だが、その判断は外れていた。宗次にしては珍しい判断の誤りだった。

悠は立っていた。十三歳の少女《おとめ》の馨《かぐわ》しい部分も、かたちよく膨らんだ〝青い〟乳房も、湯に隠されてはいなかった。

馨しい部分は、まるで赤ん坊のように、すべすべとして真っ白な肌だった。

宗次は想像を覆《くつが》えされたような美し過ぎる現実に、衝撃を受けた。

悠の肉体《からだ》は、まだ子供から脱し切れてはいなかったのだ。背丈と精神《こころ》と〝青い〟乳房は大人の世界へと一歩なり二歩なり踏み入ってはいたが、肉体《からだ》の殆《ほとん》どはまだ香り高い子供であったのだ。

宗次は下から掬《すく》い上げるようにして、悠を両手で横抱きに抱え上げた。

「きゃっ」と悠の表情が弾《はじ》けて、両手が宗次の首にまわった。

「悠よ、この宗次先生が悠の背中を綺麗に洗ってやるぜい」

「本当《ほんと》？」

「ああ、本当《ほんと》。嫌《いや》かえ？」

「嬉しい」

「ようし決まった……」

目を細めて、これも嬉しそうに頷いた宗次が、悠を横抱きにしたままザアッと湯音を立て洗い場へと上がった。そして自分の体が悠の目にとまらないよう、軽軽と悠の肉体《からだ》を檜《ひのき》製の小体《こてい》な尻《しり》載《の》せ台の上へ向こう向きに座らせた。まだ未成熟な悠のかわいい尻であった。

宗次は湯桶で悠の肩から湯をやさしくかけてやってから、目の前の〝引っ掛け〟にぶら下がっている糠袋を二つ、手に取った。

「さ、これで体の前は悠が自分で洗いねえ」

宗次は糠袋の一つを悠に手渡した。悠が「はい」と受け取る。

「今日の旅はどうだったえ。疲れたかえ」

「少し疲れたけど、でも楽しかったです。いい思い出になります」

「いい思い出？」

意外な表現だ、と宗次は思った。単純な旅気分になってしまったのかと。

しかし違った。悠の気持は変わっていなかった。

「はい。いい思い出です。先生の妻になり、先生にそっくりな子供を四人も五人も産んで、笑いが絶えない家庭を築けて、年を取っていくにしたがって、いい思い出になります」

「うむ、そうだねい……確かにいい思い出になる」

四人も五人も子供を産む積もりなのか、と宗次の気持はたまらなく和《なご》んだ。

八

夕餉《ゆうげ》は八畳の間に膳が調《ととの》えられたが、その膳が調えられる前に件《くだん》の女中が床の間付きの奥六畳の間に二人分の布団をさっさと敷き並べた。

「お風呂ではお父さんのお背中をやさしく流しはりましたか、お嬢ちゃん」

「はい、流してあげました」

「いいお嬢ちゃんを持たれて、お父さんも幸せですなあ。親孝行はどんなにして差し上げても、し過ぎるという事はありまへんのですえ。判りはりましたかお嬢ちゃん」

「はい、判りました」

「まあ、素直なお嬢ちゃんやこと。この子はきっと、ええお嫁さんになりはるわ」

寝床を敷き敷き悠と話を交わしていた件《くだん》の女中であったが、敷き終えると「ほんなら直ぐに夕餉を持ってこさせますよってに……」と、下がっていった。

手馴れた客あしらいの上手な女中の話しぶりであったが、宿「東山」の大事なひとり娘である筈の悠にとっては、新鮮な会話であったようだ。

女中の姿が廊下へと消えると、くすくすと笑い出した。

「悠は、ええお嫁さんになりはるわ、と言われましたよ先生」

「うん、言われたなあ。大《てぇ》したもんだ。悠は美人で第一印象がいいからよう」

「先生も悪い気はしないでしょう」

「しねえな。うん、しねえよ。気分がいいやな」

「あの女中さん、先生と悠をまだ親子と思っているみたいですよ。寝床を二つも敷いたりしてえ」

「ははは、全くなあ」

「悠は先生の寝床で寝ますよ。ね、いいでしょう」

「構わねえ、構わねえ。ちゃんと抱っこして寝てやるから、安心して眠りねえ」

「有り難うございます」

宗次と悠が、ああだこうだと雑談を交わしているところへ、先程とは違った若い女中三人が夕餉を載せた盆を運んできて大き目な膳の上に置き並べ、何も言わず笑顔だけを残して下がっていった。

「凄い御馳走ですよ先生」

「琵琶湖のそばの大津宿だからよ、魚介の類《たぐい》は豊富にとれるわな。見ろよ悠、蜆《しじみ》たっぷりの味噌汁の匂いがたまんねえわ。さあ、食べようかい」

「徳利が三本も付いていますよ先生。お酒を先に召しあがれ」

「おっと、酒、酒……あれ、徳利に何か文字が書いてあるなあ」

「本当ですね、徳利三本全部に伏見夕霧《ふしみゆうぎり》と書いてあります。これ、有名なお酒です先生」

殆ど反射的に宗次の表情が「あっ……」となった。思い出さぬ筈がない伏見の銘酒であった。宗次の眼差しが、ほんの一瞬であったが空を泳ぐ。

あれはいつであったか。宗次が京《みやこ》の北東、清流高野川《たかのがわ》に架かった御蔭橋《みかげばし》を渡って直ぐの賀茂御祖神社《かもみおや》（下鴨神社《しもがも》）の森のそばにある粗末な宿に泊まろうとした時のことだった。宿の夕餉が調う迄の間に「どうぞ……」と言って宿の老爺が出してくれた酒が、伏見の夕霧だった。

「こうした宿仕事に入るまでは伏見の銘酒で知られた『夕霧』の酒蔵で長いこと杜氏《とうじ》をしておりましてのう……」

老爺のその言葉を思い出した宗次である。

「どうしたのですか先生、突然ぼんやりとして」

「あ、いやなに、夕霧ってえ酒の名を何処かで聞いたような気がしてなあ」

「それはそうですよう。京《きょう》では一番のお酒ですから。さ、どうぞ召しあがれ」

悠は徳利を取り上げると、少し小首を傾げる仕種《しぐさ》を見せて差し出した。

宗次が「うん」と頷いて盃を徳利の注ぎ口へと持っていく。

悠が徳利を傾ける。そして盃になみなみと注いだところで、ひょいと落ち着いて徳利の口を上げた。

「へぇえ。見事な注ぎ技《わざ》じゃあねえの悠よ」

「ふふふっ。ときどき『東山』でお母さんと一緒に、お客さんを相手に練習をしましたから」

「そうだろうとも。そうでなきゃあ、こう上手《うま》くは注げねえやな」

宗次はニッと笑って一息に呑み干した。二杯目を悠が注ぎながら言った。

「悠も呑みたいよう先生」

「駄目だ。それはなんねえ、絶対に」

「どうしても？」

「どうしてもだ。悠が奥さんとか、女房とかの座に就《つ》ける日まで辛棒《しんぼう》しねえ。幼い体の心の臓とか肝の臓とかには酒は毒と同じだあな。特に女の**五臓六腑**《ごぞうろっぷ》（**五臓→**肺臓、心臓、脾臓《ひぞう》、肝臓、腎臓。**六腑→**大腸、小腸、胆、胃、三焦《さんしょう》、膀胱《ぼうこう》）の酒毒に対する耐力《たいりょく》ってえのは、漢方医学では男の三分の一しかねえって言われてるんでい」

「耐力って？」

「酒毒に抗《あらが》う力、とでも覚えておきねえ。これを確りと覚えときゃあ、大人になっても酒で過《あやま》ちを起こす心配はなくなる。判ったかえ」

「過ちって？」

「男の問題で失敗しねえってことだわさ。つまり男の毒牙《どくが》にはかからねえってこと」

「男の毒牙……あ、それ、お母さんから二度も三度も聞かされました」

「聞かされたあ？……いつでえ」

と訊きながら、二杯目をぐいっと宗次は呷《あお》った。

「旅立つ日の前の晩に」

「かはっ」

宗次は天井を仰いで、呷ったばかりの酒を危《あや》うく吹き出しかけた。

（そんなに心配なら、旅に出さなきゃあいいんだよ、まったく……）

頭の中でぶつぶつ言いながら、懸命に呼吸《いき》を整えねばならない宗次であった。

「先生、もう酔ったのですか。顔が真っ赤ですよう」

「これは酔ったとは言わねえんだい。普通は噎《む》せたって言うんだい」

「ふうーん……」

こりゃあ江戸までは、こちらの心の臓がとても持たねえかも知れねえ、と宗次は思った。

それでも、なごやかに楽しく笑顔を絶やさず夕餉を済ませた。

すると悠はたちまち眠気を訴え出した。やはりまだ幼さを残している体に、旅の疲れがかなり溜まっているのだろう。とは言っても、まだ一日目だ。

宗次は悠を励まし励まし抱くようにして一階まで降りて、家族風呂の手前の洗面台で歯を清めさせ、また抱くようにして二階へと上がった。

階段を上がる時に宗次は件《くだん》の女中とばったり顔を合わせたが、女中はにこにこしているだけだった。宗次が二人分の総楊枝《ふさようじ》と塩袋を左の手にしているものだから、父娘《おやこ》そろって歯みがきを済ませたところ、とでも思っているのだろう。

宗次は悠を自分の隣の寝床に寝かせ、肩まで薄手の掻《か》い巻《ま》きを掛けてやった。

それから八畳の間の燭台《しょくだい》の明りを消し、行灯《あんどん》の明りだけをそのままとした。

香の物ひと切れさえも残さなかった夕餉の盆が載っている膳を、宗次は八畳の間の一隅へと動かしてから、静かに奥六畳の床に就いた。

膳を動かしたのは、鍛え抜かれた宗次の〝習慣〟とでもいうものだった。

八畳の間の中央に膳があっては、不意の騒動への対処に、邪魔になるからだ。地震の際にも、火事の際にもそうである。織田有楽斎の血を引く姫君かも知れない大事な娘を預かっているのだ。その清らかな美しい体に、小さな傷一つさえ負わせてはならない。

宗次は〝徳利三本のいい気分〟であったが、決して酔ってはいなかった。

手枕で半刻ばかり悠の微かな寝息を聞いていた宗次だったが、やがて目を閉じた。さわやかな睡魔がゆっくりとした足音で訪れていた。

宗次はその睡魔に抗わなかった。身を任《まか》せ、闇の中へと心地《ここち》よく連れてゆかれた。

熟睡が、宗次を覆った。

宗次は夢を見た。真っ黒な夢だった。ただ「黒い色」いや「黒い闇」だけが広がって何一つ見えない夢だった。まるで「無《む》」のような夢のように虚《むな》しい。

そして、息苦しさがあった。

九

どれほど眠ったであろうか。宗次は、それこそ針の先ほどの微かな〝異常〟を感じて目を覚ました。熟睡してはいるが熟睡していない。ここに揚真流《ようしんりゅう》剣法を極めた宗次の凄み、というものがあった。

宗次は隣の寝床で眠っている悠を見た。よく眠っている。

寝床の上に起き上がった宗次は、腰の帯を手早く締め直した。八畳の間から差し込んでくる行灯のほの明りが、悠の寝床の上にぼんやりと宗次の薄い影をつくっている。

宗次は寝床から出て間近な床の間の刀架けに横たわっている銘刀仁右衛門宗次（仁右衛門新刀）の大小刀を、腰に帯びた。

とたん、階下で「ぎゃっ」と、それこそ断末魔《だんまつま》と判る悲鳴が生じた。

よく眠っていた筈の悠が、バネ人形のように跳ね起きた。自分でも何故目を覚ましたのか判らないらしく、眠そうに目をこすりながらまわりを眺めている。

「あ、先生……」

「悠、心配いらねえから此処で熟《じ》っとしていな。動いちゃあなんねえ」

「どうして刀を帯びているのですか。もう朝なのですか」

「いや、まだ真夜中だい」

宗次が、そう言った刹那《せつな》、階下で再び「わあっ」「ぎゃあっ」と続け様に叫びが生じた。悠の顔が、たちまち強張《こわば》る。

「先生、今の、今のは何ですか」

「判らねえ。が、此処で熟《じ》っとしているんだ。悠のことはこの宗次先生が確りと護《まも》ってやっからな」

「怖いよう、先生……」

「とにかく、此処にいねえ」

宗次は悠の頬を両手でやさしく挟んでやると、「いいな」と言い残して八畳の間へと移り、六畳の間との仕切り襖《ぶすま》を閉じた。

「何をするか下郎《げろう》。くらえっ……うわあっ」

武士か浪人か判らなかったが怒声と共に抵抗したらしく、しかし直ぐに悲鳴に変わった。

それを境《さかい》として、戸外《こがい》から階下の土間へと多数が雪崩《なだれ》込んだらしい気配があった。

土足で――と判る――廊下を踏み鳴らす音。抵抗する武士の宿泊客もいたようで、たちまち刃と刃の打ち合う音が響きわたった。

次次と生じる男女の叫び。そして命乞《いのちご》いの声。

宗次は、チッと舌を打ち鳴らした。だが、動かなかった。いや、動けなかった。織田有楽斎の血を引いていると思われる悠を預かった身としては、大きな責任がある。階下へは行けなかった。大津宿で一番の規模を誇る旅籠「からはし」で特別室に当たるこの客間へは、階下から専用の階段がある。つまり二階の他の部屋へは、別の階段で上がっていくこととなる。

剣戟《けんげき》の響きが次第に小さくなっていくにしたがい、逆に逃げまどう足音と悲鳴が高まった。

「先生……」

襖の向こうで悠の今にも泣き出しそうな声。

「此処にいる。安心しねえ。この宗次先生が付いている」

「離れちゃあ、いやですよう先生」

「ああ、離れねえ。どこまでも悠と一緒だい」

悠はついに、襖の向こうでシクシクと泣き出したようであった。

「次は二階や。二階を綺麗にしさらせ」

「おうっ」

階下で侵入者どもの野太い声がした。

宗次は行灯に近付いて吹き消し、窓の障子を左右に開いてから、六畳の間との境を仕切っている襖を背にして立った。

障子を開いた窓から、湖上で輝く月の皓皓《こうこう》たる明りが、座敷に差し込んでくる。

遂に複数の者と判る足音が、階段を駆け上がってきた。

「なんじゃい、この階段を上がったところの広い廊下は。見てみい、一部屋《ひとへや》の前で行き止まりやないけ」

「廊下が広いところを見たら特別な人の客間なんやろ。金をたっぷり持ってるぜ」

「貰《もろ》ちゃろ、貰《もろ》ちゃろ、若い女がいたらそれも貰《もろ》ちゃろ、いひひひっ」

下卑《げび》た賊どもの声が、次第に廊下を近付いてくる中で、八畳の間の宗次はまだ抜刀もせず立ったままであった。

泊まり客の侍たちに立ち向かった賊であることを考えると、浪人と下郎の混成集団とも考えられる。

「先生……」

宗次の直ぐ後ろで、悠の泣き声があった。

「静かにしていな。先生が『いい……』というまでは襖を開けちゃあならねえ」

「は、はい……怖いよう」

「心配するねい」

宗次が囁き終えたとき、障子が左右に開いて、窓から差し込む月明りの中へ三人の賊がヌラッと入ってきた。三人とも汗の臭いを放つ髭面《ひげづら》の下郎であった。いずれも右の手に血刀を下げている。汗の臭いと血の臭いがたちまち部屋に広がった。

「なんや、青瓢簞《あおびょうたん》みたいな二本差しがひとり立っとるだけやないけ」

ひとりの賊がそう言ったとき、宗次が当たり前な様子で三人にすうっと近寄った。

とたん、三人が悲鳴を発した。

三人が三人とも長脇差《ながどす》を持つ利き腕を斬り飛ばされると同時に、膝頭《ひざがしら》を仁右衛門宗次の峰《みね》で打ち砕かれ、畳の上に叩きつけられていた。

畳が大太鼓のようにドドーンと鳴る。まさに一瞬の決着だった。

「どうした、寛三《かんぞう》、正介《しょうすけ》、権次《ごんじ》」

階下で野太い声があって、またしても何人かが階段を駆け上がってくる。

宗次は廊下に出た。仁右衛門宗次は鞘《さや》に戻っていた。

階段を踏み鳴らして駆け上がってきたのは、浪人態《てい》の三人であった。もちろん三人の目には、八畳の間で悶絶《もんぜつ》する仲間が垣間《かいま》見える。

「あ、こんの野郎。よくも権次たちを……」

廊下の一番前にいた浪人に皆まで言わせぬ内に、ほんの少し腰を沈めた宗次の体はこのとき既に二番手の浪人の脇に達していた。

宗次の右手が仁右衛門宗次を抜刀したのは、まさにその瞬間だった。薄暗がりの中で鈍い光が一閃《いっせん》したとき、三人の賊徒は矢張り利き腕の肘から下を斬り落とされ、向こう臑《ずね》を切っ先三寸で激しく突き抉《えぐ》られ、もんどり打って叩きつけられていた。まさに段違いの、圧倒的な力量の差だった。

宗次は長めの階段をゆっくりと下り出した。

階下は賊どもが灯したのか、幾つかの掛け行灯で明るかった。

その明りの中に凄惨《せいさん》な光景が広がっていた。大津一の旅籠であるだけに、旅の侍も多く泊まっていたらしく、血の海の中にその骸《むくろ》が三つ四つ沈んでいるのが判った。戦国の世が去って太平な世の中で育った侍たちの、「いざ鎌倉《かまくら》」への対処能力の弱さが幕閣でも問題となっている昨今である。その証《あかし》が今、宗次の足元、階段の下に累累《るいるい》としてあった。

外から一歩入ったところの広広とした土間に、待ち構えるようにして四人の浪人が立ち、階段をゆっくりと下りてくる宗次を見上げている。

こ奴らの身形は、浪人とは判るが、かなり良い。さしずめ賊徒らの幹部というところか。

宗次が階段を下り切った。そして口を開いた。

「賊どもは手前《てめえ》ら四人で終《しま》いかえ。それとも震えながら小便でも漏らして何処ぞに四人や五人隠れているのかえ」

「お前はどうやら江戸者《もん》やな」

「答えねえかい。賊どもは手前《てめえ》ら四人で終《しま》いか、と訊いているんでい」

「おう、儂《わし》らで終いや。四人が四人とも一刀流を極めた怖い儂《わし》らでなあ」

浪人のひとりが言い、あとの三人がせせら笑った。

「それだけ聞きゃあ充分でい」

宗次は上がり框《かまち》から土間へと下りた。余りにも力《りき》みのない当たり前の様子に見えたのを気持悪いとでも感じたのか、「一刀流を極めた怖い四人」が、さあっと後退《あとずさ》って宿の外へと出、月明りを浴びた。

土間へ下りた宗次も、月夜の外へと出た。

そのあと宗次は驚くべき動きを取った。月下で、塞《ふさ》ぐようにして立ち並んでいる四人に対し、またしても当たり前な様子で、すうっと間を詰めていったのだ。

「こ、こ奴……」

怖い一刀流の四人を前にすれば怯《ひる》むに相違ない、と思い込んでいたのであろう。四人は慌て気味に抜刀した。

しかし、このとき相手に迫りつつ宗次は腰を一気に落としざま、仁右衛門宗次の柄《つか》に手を掛けていた。

その刃が、まるで稲妻《いなずま》のような輝きを放って、月下に楕円《だえん》を四度描いた。刃と刃が打ち合う音は無かった。その楕円の稲妻に呑み込まれた四人が張り倒されるように横転。ドンと地面を震わせた。強烈な打撃力だ。まるで勝負にならない。

ひと呼吸を置いてから、刀を手にした敗者の利き腕四本が、鋭い音を立てて地面に落下した。

十

翌朝、旅籠「からはし」の前は騒然となった。

京都からは、所司代次席西条九郎信綱と配下の与力同心たちが、そして西条の指示を受けた京都町奉行所（東・西）からも同じく与力同心たちがそれぞれ、騎馬で駆けつけた。

所司代へ早馬を飛ばしたのは、「宗次という私の名を告げて、これこれしかじかと申し上げれば所司代次席西条九郎信綱様は必ず駆けつけてくれます」と宗次に強く言われた、若い宿場役人であった。宗次の言葉を信じて早馬を飛ばした機転が誉《ほ》められる。

また騒動を知って驚いた大津譜代六万石膳所《ぜぜ》藩の四代目藩主本多康慶《ほんだやすよし》（正保《しょうほう》四年・一六四七〜享保《きょうほう》三年・一七一八）も、所司代西条次席の下へ組み入れられることを承知の上で、家臣など三十余名を現場へと差し向けた。

宗次は悠の肩を抱き寄せるようにして、少し離れた位置から、役人たちの出入りが激しい旅籠「からはし」を見守った。

さきほどまで、ぶるぶると震えていた悠の体が、ようやく鎮《しず》まった。宗次が、そっと囁きかける。

「大丈夫かえ悠」

「うん……あ、はい。でも怖かったです」

「こんなことが江戸までの旅の間に、何度生じるか知れたもんじゃあねえ」

「先生が一人で賊を倒したのですか」

「大勢の泊まり客が助け合って、皆の力でやっつけたんでい」

宗次は、英雄にならないように、と小さな嘘をついた。

「着ているものに、血が飛び散っています」

「なあに、模様だと思えば、なんてことはねえ」

宗次と悠が〝父子のように〟寄り添って囁き合っている後ろへ、そうっと近付く者があった。

今朝は快晴である。血なまぐさい朝とは思えぬ、すがすがしい日差しを降らせる朝陽《あさひ》が、そうっと近付く者の影を宗次と悠の目の前に細長くつくった。

宗次はその人影——影のかたちが女と判る——に気付いても、何故か振り向かなかった。

悠が、地面の人影が三つに増えているのに気付いて漸く振り返った。

「あっ」

「悠……」

「お母さん」

宗次を突き飛ばすようにして離れた悠が、母親節の胸にむしゃぶり付くなり「えっえっ……」と泣き出した。

宗次は苦笑した。節と視線を合わせて小さく頷いてみせると、役人が出たり入ったりの「からはし」の表口の方へと歩き出した。六尺棒を手にして表口の張り番をしている宿場役人配下の小者《こもの》が、近付いてくる宗次に向かって一礼をした。

「からはし」の表口から出てきた西条信綱が宗次に気付いて「お……」という表情になる。

宗次は西条信綱が近付いてくるのを待って、表口からまた少し離れた。

「賊たちの具合は如何《いかが》でござんすか。逃げられねえ程度に手傷を負わせた積もりでござんすが」

「とは申せ先生。並の者が負わせた手傷ではございませせぬゆえ」

「息を引き取った者がおりやしたかえ」

「ええ、首領格の者がひとり……自業自得《じごうじとく》、天罰というものでございますよ」

「旅籠の主人家族や奉公人たちは？」

「抵抗しようとした男の奉公人ばかりが四人と、泊まり客の武士が七人殺《や》られまして
ございます」

「なんと、武士が七人も……」

「うち二人は台所口から逃げ出そうとしたところを、背後から斬られたようで」

「そうですかい。私《あっし》は悠の身が心配で、賊を倒したあとはずっと悠を抱きしめておりやしたもので……あわせて十一人も犠牲になったとまでは判りやせんでした」

「よく倒して下さいました先生。此度の賊どもは大坂、京、大和《やまと》他を荒らし回っていた浪人と博徒の凶悪な混成団でございまして、剣の腕の立つ者が多く、各地の奉行所も恐れをなしておりました。お礼を申し上げまする」

「ところで悠ですがねい、信綱様。あの娘《こ》は織田有楽斎の血を引いているんじゃあござんせんかい」

「さては、お墓の話を耳になされましたか」

「じゃあ信綱様も？」

「はい。実は私も京都西町奉行所の古参与力からお墓のことを聞かされまして、

非常に驚いております。そのうち鞍馬寺を訪ねて私なりに検証致しまして、江戸へ着かれた頃にその結果をお知らせするように致します」

「お待ち致しておりやす」

「それから宗次先生……あ、これは矢張り口にするのは止しましょう」

「何でござんすか」

「ある上流公家の屋敷で、所司代や奉行所がどうしても手をつけられなかった恐るべき組織が……あ、いや、これは宗次先生に関係ございませぬでしょうから、お話し申し上げるのは止しましょう。失礼しました。申し訳ありませぬ」

「そうですかい」

「それから悠は今、何処に？」

「ほれ、あそこで母親の胸にしがみついて泣いておりやすよ」

「そりゃあ怖かったでしょう。実際に賊が現われて、血の雨が降ったのですから」

「あの子には、いい勉強になった事でございやしょう」

「あ、先生。節の後ろの方を然り気なくご覧になって下さい。少し離れて侍の身形の五十年輩が目に止まりましょう」

「ほほう……なるほど」

「あの御人が、節の茶道師範で、若しや悠の父親ではないか、と私が勝手に想像致しておる人物です」

「いや、その想像は多分当たっておりやすよ。四つの目が私《あっし》と悠のあとを、ずっとつけておりやしたし、また節さんとは、草津《くさつ》の宿で悠をお返しする手筈《てはず》になっておりやしたから」

「左様でございましたか。では一宿《ひとじゅく》、早くお返しできましたね」

「さあ、どうですかねい。悠が『もう帰る……』と言ってくれりゃあ助かりやすが」

「きっと帰りましょう。実は少し前の日に見回りついでに宿『東山』へ立ち寄った際、『あの子はきっと大津か草津あたりで帰ると言い出しましょう。母親だから判るのです』と節から耳打ちされておりましたのです」

「なんでえ。信綱様と節さんとは、すでに意思の疎通てえのがあったんですかえ」

「が、まあ、私としては余り立ち入らぬ方が、と控えておりました。先生の動きなさることでございますゆえ」

「有り難うござんす。そのお気配り、私《あっし》にとっちゃあ何よりです」

「では先生。細細《こまごま》とした手配りが残っておりまするゆえ、私は旅籠の中へ戻らせて戴きます」

「私《あっし》はこれで、江戸へと向かわせて戴きやすが、よござんすか」

「はい。どうかお気を付けなされまして。それからあのう先生……」

「なんでござんす？」

「江戸へ戻られましたら、美雪のこと、ひとつ何かと宜しくお願い申し上げまする」

「もちろん、その積もりでおりやす」

「おお、左様でございましたか。では私は、これにて……」

「信綱様も体に気を付けて頑張りなせえ」

「おそれいります」

信綱は丁寧に一礼して、宗次に背中を向けた。その様子を、いぶかし気に眺める宿場役人たちもいた。

なにしろ所司代次席といえば、怖いもの無しの地位である。

その所司代次席が、血しぶきを着ているものに浴びている宗次に向かって、うやうやしく頭を下げたのであったから。

宗次は節・悠の母子に近寄っていった。少し離れた位置に立っている五十年輩の侍が宗次に頭を下げた。宗次が軽く頷き返す。悠はまだ、母親にしがみついていたが、さすがに泣き声は鎮《しず》まっていた。

「悠よ」

宗次が悠の後ろから両手を肩に触れると、悠の肩が怯えたようにビクッとなった。

「先生は色色と予定を抱えているので、江戸へ急がなきゃあなんねえ。どうするねい?……一緒に行くかえ」

宗次がそう言うと、悠は母親の袖口を確りと摑んだまま振り返った。

「先生、ごめんなさい」

「ん?……どしたい」

「江戸へは、もう少し大人になってから行きます」

「大人ってえと？」

「判らないですけど、もっと大人になってからです。それ迄はお母さんの傍《そば》にいます」

必死で訴えている目の色であった。母親が何故、この場に突然現われたのかという、不思議な現象には余り関心がないようだった。少し離れた位置の五十年輩の侍にも気付いていない。

「やっぱり宗次先生よりも、お母さんの方が好きかえ」

「いいえ、好きなのは両方とも同じです。でもお母さんの傍で、もう暫《しばら》く親孝行をさせて下さい」

「そうか。よく言った悠。親孝行は大事だ。忘れてはなんねえぞ」

「うん。あ、はい……」

節が思わず噴き出しかけた。けれども、その目には小さな涙の粒があった。

悠の初恋の旅はいま終って、再び母の胸へと戻ったのだ。

「よしよし、いい子だ……」

宗次は悠の頭をひと撫《な》でると、背を向けて歩き出した。思わず追いすがろうと二、三歩を踏み出した悠の足が、ぐっと踏み止《とど》まった。

宗次の頭からは、五十年輩の侍の存在は既に消え去っていた。

頭上で野鳥の綺麗な囀《さえず》りがあった。

全く振り返る様子のない宗次の背に向かって、悠が呟く。

「先生の馬鹿……」

また野鳥が囀った。

思案橋《しあんばし》　浮舟崩《うきぶねくず》し

一

江戸の師走《しわす》はここ数日、空風《からっかぜ》が吹くことも旋毛風《つむじ》が渦《うず》を巻き上げることも無く、まるで春の訪れのような陽気だった。

浮世絵師宗次《そうじ》が湯島《ゆしま》三丁目の柴野南州《しばのなんしゅう》診療所を、心地よい絵仕事疲れと共に後にしたのは、暮れ七ツ半（午後五時）に少し前の頃であろうか。

柴野南州は蘭方《らんぽう》（オランダ医術）の名医として江戸では広く知られた存在であり、「白口髭《しろくちひげ》の蘭方先生」と地域の人人から呼ばれて信頼されてきた。

この柴野南州が敷地内に小児専門診療所の建設を計画したのは一昨年秋のことで、その清貧にして人徳すぐれたる人柄が敬《うやま》われていることもあって、浄財たちまちにして集まり、半月《はんつき》ほど前に小児診察室と小児入院棟の完成を見たのだった。

その小児診察室の東側と西側の白壁一面に、宗次は柴野南州の求めに応じて渾《こん》身《しん》の大作「浦島竜宮物語《うらしまりゅうぐうものがたり》」を描き上げたのである。とくに幼児《おさなご》に解《わか》り易くするため十四枚の絵から成る物語であり、誰が誰に何を語りかけているかは子供の頭で自由に想像させる工夫がこらされていた。検討に一か月、描き上げるのに四か月を要し、今日の昼八ツ半頃（午後三時頃）ようやく絵筆を措《お》いたのだ。

「あら先生。俯《うつむ》き加減に歩いてどうしたのさ。似合ってないよ。寄ってきなさいな」

不意に左の頰に聞き馴《な》れた黄色い声が当たったので、確かに俯き加減に歩いていた宗次は「え？」と、顔を上げた。

軒から赤提灯が三つ下がっている居酒屋の前で、女将《おかみ》らしい身形《みなり》の若くはないと判る女が、「さけ、あわもり」と書かれた白提灯を軒に掛けようと、背のびの姿勢を取っていた。右手に白提灯、左手に小蠟燭《ころうそく》を手にしているから足元が定まっていない。背すじが泳いでいる。

「任せな、八重《やえ》女将……」

宗次は女に近付いていくと、すらりと背丈に恵まれているから、訳もなく白提灯を軒下に吊るし小蠟燭で明りを点してやった。

「ありがと先生。ちょいと寄ってきなよ。職人の仕事仕舞《じまい》の七ツ半がそろそろだから、間もなく元気のよい鳶《とび》や大工、左官たちが、どっと押し寄せてうるさくなるよ。今ならまだひとりも客は無し。だから、誰にも内緒で思い切り奢《おご》ったげる」

宗次はふっと苦笑したあと小さく頷《うなず》くと、「さ……」と促す女将の後について暖簾《のれん》を潜り、煮魚《にざかな》の匂いが満ちている店の中へと入った。

「よっ、宗次先生、久し振りじゃあねえの」

白髪の目立つ頭半分を隠すほどに白手拭《てぬぐ》いを巻きつけた主人《あるじ》の源六《げんろく》が、調理場から甲高い声を威勢よく放った。湯島界隈《かいわい》では一等人気のこの居酒屋「げんろく」は馴染み易《やす》い店の名前と、親父の威勢の良さと、魚介料理の旨さで気の荒い職人客が引きも切らない。

「父ちゃん、今夜は宗次先生に大盤振舞《おおばんぶるまい》してやっとくれ。父ちゃん持ちでさ」

「よしきた母ちゃん、任せときねえ」

まさに阿吽《あうん》の呼吸の夫婦だった。源六も八重も浮世絵師宗次が大好きなのだ。

「何をそんな所に突っ立ってんのさ。今に飛び込んで来る鳶の兄《あん》ちゃん達に突き飛ばされちゃうよ。さ、こっちへ来なよ先生」

店に二、三歩入ったところに佇《たたず》んだままの宗次の腕《かいな》を八重女将はむんずと摑《つか》むと、調理場と向き合った席へ、肩を押さえ込むようにして座らせた。

そこは店土間《たなどま》（客土間）に向かって、調理場が二間《けん》半ばかりの間口を開《あ》けており、その間口の端から端へ一尺半幅の板を渡してある席（今で言うカウンター席）であった。

「先ず先生。熱燗《あつかん》にしなさるかえ、冷酒《ひや》にしなさるかえ」

「何を言ってんだよ父ちゃん。今宵の先生は何だか疲れてなさるんだ。こんな時こそ父ちゃんが手際《てぎわ》よく、ぱっぱっぱっと次から次に出すんだよう。先生は好き嫌いの無い御人《おひと》だから」

「判ったよ母ちゃん。手際よく、ぱっぱっぱだな」

宗次は確かに疲れてはいたが、思わず低い笑い声を口から漏らしてしまった。

この夫婦の明るさにひかれて、住居《すまい》がある八軒長屋そばの居酒屋「しのぶ」の次に暖簾を潜ることが多い宗次だ。

「今日入った薩摩《さつま》泡盛《あわもり》の新酒だい。先ず味見してみな先生よ」

源六が宗次の目の前に、風船のように丸い大きめな徳利と、ぐい呑み盃を音立てて置いた。

「ほう……薩摩泡盛ときたか」

宗次は目を細め、表情を和《やわ》らげた。

琉球では応永二十七年（一四二〇）にシャム（タイ王国）との交易で焼酎《しょうちゅう》の輸入が始まっていたことから、明応年間（十五世紀末頃）には独自手法で生産されるようになり、これが「琉球泡盛」と呼ばれた。

この「琉球泡盛」は時を空けずして薩摩国《さつまのくに》の島津《しまづ》公に献上され、それを契機として薩摩領内の庶民にまでたちまち普及していったのである。そしてこれは「薩摩泡盛」と名付けられた。

「旨いねえ。いい味の泡盛だい。親父さんにはこれほど旨い『薩摩泡盛』が手に入る確かな仕入先があるのかい」

「おうよ。よっく訊《き》いてくれたい。江戸に出てきて早、二十五年になるが、古里の薩摩では炎《ひ》の山桜島《やまさくらじま》を海の直ぐ向こうに見てよ、二つ年上の兄貴が今も手広く酒屋を営《や》っているんでい」

「ほう、それで泡盛の旨いのが時たま手に入るのかい。しかし、そいつあ、はじめて聞く話だなあ。私《あっし》は親父さんはてっきり江戸者《えどもん》だと思っていやした。早口のべらんめえ調がなかなかに見事だしよ」

「へへへっ、大好きな宗次先生よ。これまで通り江戸者《えどもん》にしておいておくんない。ずうっとそれで押し通してきやしたから、今さら男度胸の薩摩生まれだ、なんてえ胸張り難《にく》いやな」

「ははは。心得たよ親父さん。いいねえ炎《ひ》の国の男ってえのは心《しん》が太くって温《あった》かでよう。ますます親父さんが気に入ったい」

「ええい、くそっ。こうなったら先生に、大鯛《おおだい》を一匹塩焼きで捧《ささ》げらあな。いいな、母ちゃん」

「あいよ。大鯛でも鯨《くじら》でも宗次先生に捧げとくれ」

「よしきた」

「おいおい親父さん、それじゃあ商《あきな》いにならねえぜ」

「なあに。商いなんぞ糞《くそ》くらえ、だい」

言うなり源六は、まぎれもない大鯛を俎《まないた》の上にのせ、庖丁を手に手際よく鱗《うろこ》を落とし始めた。

そこへ、まるで申し合わせていたかのように、鳶、左官、大工をはじめとする職人衆が、道具箱を肩に担いだり脇に抱えたりして、一斉に店に飛び込んできた。飛び込んできた、という表現そのままな元気の良さだ。

「よう宗次先生、今日はまた早いじゃねえですかい」

「絵仕事の帰りに、ちょいと喉《のど》が渇いたもんでな……」

「南州先生ん所《ち》の『浦島竜宮物語』はいつ完成なさいやすんで」

「おや、何を描いていたかは伏せていた積もりなんだが、知っていたのかえ」

「当たり前だあな先生。この大江戸の職人野郎共は皆、先生が大好きなんでい。先生が、いつ、どこで、どのような絵仕事に一生懸命打ち込んでいなさるかなんぞ、大江戸の職人野郎共には直ぐに伝わりまさあ」

「ははは、怖いな、そいつあ」

「儂《あっし》ら職人野郎共は、先生の絵仕事をそれとなく守って差し上げよう、と申し合わせているんでい。ほらさあ、先生よ。少し前に江戸大工の長老的存在である大《だい》棟梁《とうりょう》東屋《あずまや》甚《じん》右衛門《えもん》(八十二歳)さんの神田屋敷の襖《ふすま》四枚の端から端にかけてよ、一年近くも絵筆を持って『働いて明日』と題した職人たちの働き動く大作を描いて下すったじゃねえですかい」

「ああ、あれねえ……」

「あの大作を観せて貰《もら》うため、職人たちは現在《いま》も大棟梁の神田屋敷に押し寄せていまさあ。あの大作でよう宗次先生。先生は儂《あっし》ら職人野郎共の生き神様みたいになったんでい」

ひとりが喋《しゃべ》り続けた言葉ではなかった。四、五人の鳶や大工たちが、先に喋った者の後に続くかたちで、次次と宗次に話しかけてくる。

「ありがとう、皆《みんな》……」

宗次は立ち上がって深深と頭を下げた。宗次にとって実は、この大江戸における職人たちの繋《つな》がりとか組織は、何かが生じた場合の強力な情報網《じょうほうもう》となっている。

宗次は八重女将と顔を合わせた。職人たちの言葉に胸打たれたのか女将の目が赤くなっている。

「女将よ、実は南州先生ん所《ち》の『浦島竜宮物語』は、今日で全て終わったんだ」

「あら、出来上がったのかえ先生」

「ああ、そういうことだい。なんとか上手く完成だ。だからよ、今夜は私《あっし》の奢《おご》りだい。兄《あに》さん達に思いっ切り呑ませてやっておくんない」

「あいよ、判った」

職人たちの間から、「わあっ」と歓声があがった。万歳をする者もいる。

「私《あっし》の奢りだい」という宗次の声が店の外、夜陰に響き渡った訳でもあるまいが、職人たちが更に次から次と訪れ、いつの間にか鳥追女《とりおいおんな》も混《ま》じって、三味線が鳴り出した。

「凄《すご》いね、宗次先生の人気は、やっぱ……」

大鯛の鱗を剝《は》ぎ落として三枚におろし終えた主人の源六が、首を振り振り苦笑をこぼした。

宗次は小声で訊ねた。

「それを皆よ、塩焼きにするのかえ」

「冗談じゃねえやな先生。塩焼きは勢い言葉だあな。ま、ともかく料理は心配しねえで、儂《あっし》に任せておくんない」

「うん、そうだな」

宗次が頷いた時であった。店口《たなぐち》の方へ何気なしの視線を向けた源六の表情が止まった。

そうと気付いて、宗次も店口《たなぐち》の方へ顔を振って、「あ……」と小声を漏らした。

暖簾の端を右手で少し開けて、顔半分を覗《のぞ》かせている者があった。

その視線——鋭い——に捉えられていると判った宗次は、そろりと腰を上げた。

「すまねえな親父さん、また来《く》らあ。職人の兄《あに》さん達には充分に呑ませてやっておくんない。『浦島竜宮物語』の完成祝いだからよ」

宗次の小声に、「うんそうだな。そうするから」と矢張り声低く応じる源六であった。

三味線と軽快な小唄と手拍子の喧噪《けんそう》の中を、宗次が然《さ》り気《げ》なくゆっくりとした足取りで店口《たなぐち》の方へ歩き出すと、暖簾の端から覗いていた顔が引っ込んだ。

誰かが宗次の絵を話題にでもしているのか、「浦島竜宮物語」という言葉が騒がしい中、宗次の背中を追ってくる。

宗次が此度描《えが》いた「浦島竜宮物語」の源《みなもと》は、京都の与謝《よさ》郡伊根《いね》村（現・伊根町）にある浦嶋神社《うらしまじんじゃ》（正しくは、宇良《うら》神社）に納められている絵巻物（一巻）「浦島明神縁《みょうじんえん》起《ぎ》」（重要文化財）にあった。

この絵巻物は「古代」から語り継がれてきた浦島伝説を、詞書《ことばがき》（対話文とか説明文など）の無い十四連の絵で筋が運ばれているものである。

『伊根村の善良な漁師が与謝の海で亀を釣り、実は美しい仙女であるこの亀に誘われて海の底の竜宮を訪れ、きらびやかな楽しい生活に年月をすっかり忘れるが、やがて故郷に帰る日がやってきて仙女からお土産に玉手箱を貰い、年若い姿形のまま陸に戻って漁師が植えた老松の下でその玉手箱の蓋《ふた》を開けると白い煙りが立ちのぼりたちまち白髪白髭の年寄りになってしまった』という件《くだり》は古代から変わっていない。

浦嶋神社のこの絵巻物には右の物語絵に加えて、田楽《でんがく》や相撲《すもう》、流鏑馬《やぶさめ》、競馬《くらべうま》などの祭礼の様子が巧みな絵筆で描き足されている。

だが、画家の名は判っておらず、鎌倉時代末期から室町初期にかけての作ではないか、と見られていた。

この「浦島明神縁起」を無論のことよく学び知っている宗次は、自分が南州診療所の小児診察室に描いた絵を見た子供たちが、「時」という「空間」の大切さについて思いが及ぶよう、工夫に工夫を重ねて描いた積もりだった。

それはとも角、居酒屋「げんろく」の外に出た宗次を待ち構えていたのは、紫の房付き十手を帯に通した目つき鋭い御用聞き（目明し）であった。言わずと知れた、春日町の平造《へいぞう》親分である。

辣腕《らつわん》親分として江戸庶民で知らぬ者なし、とまで言われている平造親分は、度重なる手柄によって北町奉行島田出雲守守政《しまだいずものかみもりまさ》（実在）から紫の房付き十手を下賜されていた。この「紫の房」には、武家屋敷を除いて「江戸市中どこでも御免」の大きな権限が付与されている。

更に「社寺まで踏み込み可」という老中決裁まで得ているから凄い。

また、御用聞きの十手は後ろ腰に差し通すことが原則、とされていたが、「紫の房」付き十手は、脇腰通し（両刀差しの位置）が許されていた。

しかしながら、与えられている権限行動範囲が大きく広いということは、平造親分の御役目にはそれだけの危険が伴う、ということにもなる。

「厳しい顔つきですね親分。何かありやしたね」

宗次と平造親分は気心が知れ合った仲だ。親分の妻子の姿絵を無代《ただ》で描いていたく感動されたこともあり、よく酒も酌《く》み交わす。

「ほんの少し前《めえ》に、また殺《や》られたよ先生……」

「えっ」

「今度は三代目浮舟《うきぶね》だい」

「なんと……」

宗次は茫然《ぼうぜん》となった。

「畜生め。これで浮舟殺しは二人目になっちまった。二代目浮舟に続いてよ」

「現場は？……」

「それもまた思案橋を渡って直ぐの所でさあ。一人目と同じく一刀のもとに袈裟《けさ》斬《ぎ》りだあな」

「酷《むご》いことを……下手人は侍《さむれえ》で決まりだな」

「あの斬り口は、そう見て間違いねえ。三代目浮舟の住居《すまい》も二代目浮舟と同じ湯島の『五丁町長屋《ごちょうまちながや》』だというんで行ってみたら、五、六歳の女の子が熱を出して臥《ふ》せっていたのでよ、柴野南州先生に事情を話して預けてきたところだい」

「子供がいたかあ……」

「一人な……親無しっ子になっちまったい。許せねえ」

「その子の熱の方は大丈夫ですかい」

「南州先生が『心配ない。任せておけ』と言って下すったい。それに、宗次先生が『浦島竜宮物語』を仕上げて診療所を後にしたところだ、と聞いたんで、こうして追ってきたんだ」

「下手人の探索、手伝いやすぜ。何でも言っておくんない」

「有り難《あがて》え。先生は大江戸の職人達に好かれていなさる。そこから漏れ伝わってくる情報量は凄《すげ》えと思うんで、ひとつ頼みまさあ」

「心得た。今宵も『げんろく』は職人達で既に混《こ》んでいやすが、ま、今夜は思い切り呑ませてやって、あれこれに関しちゃあ明日からにさせておくんない親分」

「承知合点。じゃあ、ひとつこの通り……」

と、平造親分は宗次に対し、謙虚に腰を折り頭を下げてみせた。

「水臭《みずくせ》え真似《まね》はお止《よ》しなせえ親分。それよりも下手人は凄腕の侍《さむれえ》らしい、と来ているんだい。探索《たんさく》は充分の上にも充分に用心して下せえよ」

「ああ。俺《おれ》にも大事《でえじ》な女房と幼子がいるからよ」

「親分は竹内流小太刀の業《わざ》や十手捕縄術《じってとりなわじゅつ》に長《た》けていなさるから、余程じゃねえと心配は無《ね》えとは思いやすがね……」

「が、油断は禁物だい。じゃあ先生、今夜のところはこれでな……」

「そのうちまた、盃を交わしやしょう」

「おう。事件の目処《めど》がついたらよ」

凄腕の平造親分は、そう言い残して闇の中を走り去った。与力同心旦那の指示を受けて、今宵は下手人《げしゅにん》を追って江戸市中を駆けずり回る事になるのであろう。

宗次は、月が雲間《くもま》から出たり隠れたりしている夜空を仰ぎながら「こいつあ……黙っちゃあおれねえなあ」と呟《つぶや》いた。

小さな溜息《ためいき》を漏らした宗次は、腕組をして平造親分が走り去った方角とは真逆の方へ足早に歩き出した。

行き先は既に肚《はら》の内で決まっていた。「五丁町《ごちょうまち》」である。これは浅草（千束《せんぞく》界隈）にある幕府公許の遊廓《ゆうかく》「新吉原《しんよしわら》」を指していた。

吉原遊廓は明暦三年（一六五七）の未曾有《みぞう》の大火（振袖《ふりそで》火事とも）までは日本橋葺屋《ふきや》町《ちょう》（現・人形町界隈）にあったが、大火によって幕命《ばくめい》により浅草へ強制的に移転させられ、以来、焼失した日本橋吉原を詞《ことば》とする際は「元吉原」、強制移転後の浅草吉原を「新吉原」と称した。

この両吉原のことを、吉原権力を枕としている名主《なぬし》たちは「吉原」などとは口に出さず「五丁町《ごちょうまち》」と言うことが多かった（単に「丁《ちょう》」とも）。

その理由《わけ》は「元吉原」内に江戸町《えどちょう》一丁目、江戸町二丁目、京町《きょうまち》一丁目、京町二丁目、そして角町《すみちょう》の「五町」が存在したことによる。

強制移転後の「新吉原」はその広さ凡《およ》そ二万坪余（東京ドームの約一・六倍）に規模が拡大し、したがって町数も増えはしたが、吉原権力すじの「五丁町《ごちょうまち》」という表現の仕方は変わらなかった。

ただ凡下《ぼんげ》の者（一般市井の民）たちは、「新吉原」が江戸の北方に位置したこともあって誰言うとなく、「北里《ほくり》」あるいは「北国《ほっこく》」など、何処となく哀切な調べで呼んだりした。

師走の夜だというのに、まるで春を思わせる陽気の中、宗次は少し汗ばんで「新吉原」を目の前とする五十間道《ごじっけんみち》を進み、右手に高札場、左手に大きな柳の木を見て大門《おおもん》口の少し手前で佇《たたず》んだ。大門の内側からは三味線の音《ね》が流れてくるし、その内外は、「入り客」と「去り客」で活況を呈している。侍の姿も少なくない。

「あれ？」

顔に冷《つめ》たいものが一粒二粒と当たり出したので、宗次は夜空を仰いだ。「げんろく」の店前《たなまえ》では見えていた筈《はず》の月も星屑《ほしくず》も、いつの間にか全く見えなくなっていた。それどころか冬雷様《ふゆかみなりさま》が遠くの方で鳴り出している。

「浮舟の無念の涙雨かねえ……」

呟いた宗次は、首にも当たり始めた冷たいもので、肩を窄《すぼ》めて大門を潜ろうとした。

「おや、宗次先生ではございませんか」

不意に背後から声を掛けられて、前に足を踏み出しかけていた宗次の上体が、おっとっとっとっと泳いだ。

振り向いた宗次の顔が少し緩んだ。

「これは親父《おやじ》殿。いま、お訪ねしようと思っておりやした」

「それはそれは。じゃあ立ち話もなんですから、とも角も参りましょう。ぽつりぽつりと冷たいものも頬に当たりますよってに」

宗次に穏やかな声を掛けたのは二人の若い衆を後ろに従えた、にこやかな表情の杖《つえ》を右手にした身形《みなり》よい白髪の老人であった。この新吉原の「総名主」の地位（筆頭名主）にある庄司《しょうじ》又左衛門《またざえもん》（実在）で、此処では誰彼から「親父」と呼ばれている。日本橋の「元吉原」から始まるこの絢爛《けんらん》たる「遊廓」は、小田原北条家の元家臣であった（と伝えられる）庄司《しょうじ》甚右衛門《じんえもん》（実在）と志《こころざし》を同じくする仲間たちの尽力によって「幕府の許可を得た遊廓」として二代様（徳川秀忠）の時代、元和四年（一六一八）に開業したものである（歴史的事実）。

正式許可が下りたのは前年の元和三年（一六一七）のことであった。

そしてその当初から庄司家は、吉原五町の名主を束ねる「総名主」つまり「親父」の地位にあって、いま宗次と肩を並べて歩く老人は、三代目の親父たる総名主である。

ここで大事なことは、「遊廓」とは幕府公認唯一の銘柄（ブランド）であって、たとえば品川遊廓とか新橋遊廓とか神楽坂《かぐらざか》遊廓などは存在しないし「遊廓」と表現してはいけないということだ（京・二条柳町《にじょうやなぎまち》および大坂・新町《しんまち》も豊臣秀吉許可の「遊廓」ではある）。

したがって「遊女」とは「遊廓」の女性《にょしょう》のみを指す銘柄と心得ておくべきで、東海道五十三次の宿《しゅく》などが抱えるいわゆる飯盛《めしもり》女郎は「遊女」とは言わないし、少しは格が高いとか言われている深川の女郎でも「遊女」ではないのであった。

「足腰の調子は如何《いかが》でござんすか親父殿」

「いやあ先生。もう、いけませぬわ。私も年が明ければ七十歳です。そろそろお迎えが参りましょう」

「何を縁起でもないことを……医者へはきちんと通うておられやすね」

「はい。今も鍼灸《しんきゅう》の先生に診て貰《もろ》うての帰りですが、次第に効かぬようになって参りましたわい。あと一年くらいの命ですかのう」

「お止しなされ。五丁町を束ねる地位にありやす御方《おかた》が、往来で弱音《よわね》はなりやせん」

「ははは……大好きな宗次先生に叱られてしもうた」

力なく笑って総名主又左衛門は大門口の真下で立ち止まった。

板葺き屋根付きの大門（冠木門）には大小沢山の提灯が下がっており、その向こうに真っ直ぐに伸びた「吉原目抜き」と呼ばれている仲《なか》の町《ちょう》の大通りの左右には、俗に「七軒」と称されている二階建の引手茶屋（大茶屋）がずらりと軒を並べ、その二階の軒下からも数え切れない程の提灯が下がっている。

此処はまさしく、不夜城であった。どの障子窓にも明りが点《とも》って三味線の音《ね》に合わせたくるくるとした舞い姿が映ったりしている。控えめな遊女の笑い声も聞こえてくる。

「いつまで、この美しい五丁町の夜景が見られることやら……のう先生」

「まだまだ十年も二十年も平気でござんすよ。雨粒が大きくなって参りやした。さ、親父殿……」

「うん」

宗次に促されて目を細めて頷いた又左衛門が、その一瞬の後《のち》ガラリと表情を変えて大門の内へ一歩を踏み入れた。目つきが鋭くなっている。

総名主の目つきだ。

大門を入って直ぐ左手に町奉行所同心の詰所として面番所《めんばんしょ》（治安警護所）があり、右手直ぐが四郎兵衛会所（女の出入りの監察）であった。

吉原・京町の妓楼「三浦屋」の傭人《ようにん》である四郎兵衛という人物がこの会所の責

任者（監視人）として初めて詰めて以来、この会所自体が「四郎兵衛会所」と呼ばれるようになっていた。

「親父殿。ちょいと先に面番所へ行かせておくんなさいやし」

「承知しました。今宵は一杯付き合っておくれだね宗次先生」

「へい。親父殿の体調に差し障りが無《ね》え程度にならなら……」

「はい」

頷いて又左衛門はすたすたと歩き出した。二、三年前からの足腰の痛みがかなりある筈であるのに、この不夜城に一歩踏み込んだら凜《りん》とした姿勢を忘れない。

「直ぐに参りやす。兄《あに》さん、親父殿の足元をな……」

「へい。心得てござんす。お早く御出《おいで》を先生」

「直ぐに済ませっから」

「そいじゃ……」

又左衛門に付き従っていた用心棒風情《ふぜい》の若い衆と短く囁《ささや》き交わした宗次は、同心詰所である面番所へと急いだ。と、言っても目の前だ。

粒雨が少し勢いを増し始めた。

「入らせて戴《いただ》きやす。開けてよございますか」

障子の引き手に手を掛けて、宗次は中へ声を掛けた。

「誰でい」

と、まるで、はぐれ者《もん》のような返事が返ってきた。野太い声だ。

「宗次……浮世絵師の宗次でござんす」

「おう、宗次先生ですかい。構わねえから、入んねえ」

と、侍言葉には程遠い。

「失礼致しやす」

宗次は、大門の内外が見渡せるようになっている滑りの余りよくない格子窓付の木戸を、静かに開けて番所に入った。

中では奉行所三廻り役の一《ひとつ》である隠密廻り同心（奉行に直属）二人と三人の下っ引きが、せかせかと旨そうに皆、御重《おじゅう》を食らっていた。冬場に限っての徳利が一人に一本ずつ付いている。御重は吉原の町費による毎度の差し入れであった。

この面番所は下っ引きを伴った隠密廻り同心が、昼夜二人ずつ交替で詰めることになっている。

忙しそうに箸《はし》を動かしている同心、下っ引き共に、宗次の顔見知りであった。「おい」「お前」の仲ほどは親しくないが、それでも居酒屋などで顔を合わせることがあると徳利と盃を持ち寄ったりはする。

「どしたんでい宗次先生。こんな刻限に『五丁町』で絵仕事でもありますめえ」

そう言いながら箸を置いて、手早く盃に酒を満たし宗次に差し出したのは、白髪まじりの古参同心、浅河仁三郎《あさかわにさぶろう》四十五歳であった。

宗次は顔の前で右手を横に小さく振った。

「いや、申し訳ありやせんが今宵は遠慮させて戴きやす。それよりも浅河様、少し前に思案橋近くで、今度は三代目浮舟が殺《や》られやした」

「なんだと……」

「平造親分の話じゃあ、一刀のもとに袈裟斬りだとか……」

同心二人、下っ引き三人の箸が動きを止めた。五人が五人とも衝撃を受け、呼吸《いき》をするのを忘れて目を大きく見開いている。

「私も平造親分から聞いて、急ぎ此処へ駆けつけたんでさ。なにしろ浮舟と言やあ、たとえ年季明けで引退した遊女と雖《いえど》もこの『五丁町』では、天女と騒がれている美貌《びぼう》の名妓・高尾《たかお》の上をゆく最高位でござんす。万が一、現役の浮舟に何かあっちゃあいけねえと思いやして、お知らせに……」

「それにしても惨《むご》い。引退した浮舟を何故に二代目、三代目と次次に……」

「判りやせん。ともかく大門の出入りの様子には、油断ないようにしておくんなせえ」

「判った。よく知らせて下すったい先生」

「私《あっし》はこれから、親父殿の耳へも入れに行って参《めえ》りやす」

宗次はそう言い残して、面番所を出た。いつの間にか雨は止んでいた。

と、四、五歩も行かぬ所で宗次の右の頬に「あっ」という声が当たった。当たったという表現そのままの、余りにも間近だった。

そして、顔を横に振った宗次も同じように「あっ」と驚きの声を返した。

なんと住居《すまい》がある鎌倉河岸は八軒長屋の住人、屋根葺職人久平《きゅうへい》が目をむいて、額が触れる程の近くに立っているではないか。

「なんでえ、久《きゅう》さんじゃあねえかい」

「せ、先生。吉原で隠れ遊びをなさってたんですねい」

「おいおい、変な言い方は止してくんねえ。私《あっし》は大事《でえじ》な絵仕事の打ち合わせで来たんだ。それよりも久さんこそ隠れ遊びじゃねえのかえ」

「冗談じゃねえぜ先生。いくら腕のよい職人の俺だって、吉原遊びをする余裕なんざあねえやな。妓楼の屋根の葺き替えを頼まれてよ。昼間は仕事でびっしり詰まってるもんで、これから見積り仕事だわ」

「そうだったのかい。さすが神の手で知られた久さんの職人業《わざ》っちゅうのは、吉原にまで知られているんだねい。たいしたもんだい」

「ところがよ先生。女房《かかあ》がきらびやかな吉原仕事だと聞いて心配し、鼻息荒く付いて来ているんだわさ」

「え、どこ?……」

「あそこ……」

久平が振り返って指差した方を見て、宗次は思わず苦笑した。大門の真下に久平の女房チヨが、不機嫌そうな顔を提灯の明り色に染めて立っていた。いらいらしている様子が、こちらにまで伝わってくる。

吉原遊廓は、男は入門を「自由に御免」であったが、婦女子はそうはいかない。

「久さん。ちょいと待ってな」

宗次は久平の肩を軽く叩くと、小駆けにチヨに近付いていった。

「ふん、先生も矢《や》っ張《ぱ》り、こういう所で遊んでいたんだね。長屋じゃあ私《あたし》のおっぱいを大きいだの綺麗《きれい》な形だの柔らかそうだの、なんてえ言っておきながら……」

チヨは囁き声で言うと、ぷいっと顔をそむけてしまった。

「私《あっし》は遊びじゃねえ。絵仕事《えしごと》で来てんだよ。ちょいと待ってなチヨさん……」

そう言い置いて宗次は、大門の直前傍《そば》の編笠茶屋（五十間道に立ち並ぶ一服茶屋には編笠も売っていたことから）に、小さな下がり暖簾《のれん》の間から顔を突っ込んだ。

「あら、宗次先生、今夜はお遊び？　珍しいわねえ」

初老の女将らしいのが掛け行灯《あんどん》の心細い明りの下で、ニッと笑った。

「絵仕事だあな。すまねえが女将、切手を一枚おくんない」

「先生だからいいけど。身上は大丈夫だね」

「心配ねえ。私《あっし》の姉さんみてえな女《ひと》だい」

「わかった。ちょいと待っとくれ」

頷いた女将が奥へ引っ込んだ。婦女子が吉原大門を出入りするには「通り切手」が要《い》った。四郎兵衛会所の割印が捺《お》された半紙型三ツ切の「通り切手」を、交付権限と共に編笠茶屋が預かっている。したがって編笠茶屋のことを、切手茶屋とも称した。

女将が戻ってきて「はいよ、一枚」と、店の屋号を書き記した「通り切手」を宗次に手渡した。普通は、こうは簡単にいかない。

「ありがとよ、女将」

「ありがとよ、はいいけど先生。いつだったか約束した芝居見物、いつ連れていってくれるのさあ」

「すまねえ。次から次と絵仕事が舞い込むもんでよ」

「宗次先生ほどの忙しい大家《たいか》に、そう簡単に連れて行って貰えるとは、こちらも思っていないし、甘える積もりもないけどさあ」

「女将なら幾ら甘えてくれたって構わねえよ。それまでは何処《どこ》ぞでよ、これで旨い料理と酒でも楽しんで、もうちいと我慢していておくんない」

宗次はそう言うと、女将の手に一分金（四枚で一両）を一枚摑ませるなり外へ飛び出した。のんびりはしておれない、今宵の宗次である。「こんなことしなくったって先生え……」と、女将の煙草枯れした嗄《しわが》れ声が困惑したように背中を追ってきたが、宗次は構わず笑顔でチヨに駆け寄った。

「さ、チヨさん。これを持って大門を潜りない」

「なにこれ？」

「通り切手、というやつさ。これがなけりゃあ、婦女子は吉原大門を潜れねえんだ」

「私《あたし》が吉原大門を潜ってどうすんのさあ。いくら大きくて綺麗な胸《おっぱい》をしているからって、太夫になる気なんぞはないよう先生」

「いや、あの、太夫にはそう簡単には……まあ、いいやな。ともかくよ、仲のいい職人夫婦が見積り仕事で訪ねるとね。吉原の名主旦那というのは歓迎してくれるもんなのさ。久さんと一緒に頑張って見積り仕事をしてきな。いい結果が出るからよ」

「え、本当《ほんと》？」

「ああ、本当《ほんと》」

宗次が笑って頷いたとき、四郎兵衛会所から出てきた顔つきにどことなく凄《すご》みのある四十男が、宗次に気付いて「お……」という表情を拵《こしら》えてから、丁寧に腰を折った。

宗次は軽く右手を上げて応じてから声を潜めて、「さ、あの怖そうな顔の男に切手を見せて久さんに飛びついてきなせえ」と促した。

「大丈夫？」

「もちろん大丈夫……もし廓内《くるわない》で怪し気な誰彼に濁声《だみごえ》なんぞで呼び止められるようなことがあったら『浮世絵師宗次の姉です……』とでも言っときねえ。それで吉原大門の内側は充分に通じるからよ」

「うん、そいじゃあ……」

「見積り仕事、頑張りねえよ」

宗次はチヨの背中をやさしく押してやった。

自信なさそうに大門を潜ったチヨに、凄みある四十男が笑みを浮かべて自分の方から近寄っていった。当たり前の者なら、怯《ひる》んでしまいそうな四十男の凄み漂う笑みだった。

二

春の陽気を思わせていた吉原の夜は、急に厳しく冷え出していた。

吉原遊廓を出た宗次の足は、明暦の大火まで「元吉原」があった日本橋葺屋町にほど近い思案橋へと急いでいた。日本橋川に注ぐ掘割を跨《また》いで、小網町《こあみちょう》一丁目と二丁目を繋《つな》いでいる橋が思案橋である。

吉原（新吉原）の総名主である親父殿（庄司又左衛門）に浮舟三代目の悲報を告げ終えたなら「一杯盃《いっぱいさかずき》」を交わしただけで直ぐに辞する積もりの宗次であったが、聞いて悲嘆にくれる老いた親父殿に「つき合《お》うてくれ……」と盃を次次に勧められると断われなかった。

深酒こそしなかったが、吉原江戸町一丁目木戸の左角にある親父殿の店（妓楼「西田屋」・実在）を辞すのに、一刻ばかりを費《つい》やさざるを得なかった宗次である。

妓楼「三浦屋」の名妓・高尾を遥かに超える浮舟の藝術的《げいじゅってき》なまでの育成にこれまで心血を注いできた親父殿だけに、悲報で受けた衝撃は大きかった。年季明けで既に引退の初代浮舟からはじまって、「今浮舟《いま》」（現役の五代目浮舟十七歳）までの五人を、それこそ我が娘《こ》のように可愛がってきた親父殿だ。

とりわけ美貌のみならず、ずば抜けて頭も良かった三代目浮舟と親父殿とは歌道（和歌）、書道、茶道、花道を通じての師弟関係でもあっただけに、親父殿はそれこそ声を押し殺すようにして噎《むせ》び泣いた。

傾城屋《けいせいや》（妓楼の意）の楼主らしからぬ豊かな教養を身につけていた親父殿である。

「あ……」

足元がすうっと明るくなり出したので、宗次は立ち止まって夜空を仰いでみた。雲が流れ切って月が顔を出したところだった。無数の星屑《ほしくず》も見えている。

その明りの中を落ちてきた白いものが宗次の額に触れた。冷《つめ》たい。

「なんとまあ……」

思わず初雪とでも言いたくなる師走の雪であった。ほんの、もう数日も後ならば、本物の初雪だ（江戸時代は新年の最初の雪が初雪）。宗次は首をすくめて掘割沿いに足を急がせた。「雪の息」のようなうっすらとした靄《もや》が何処からともなく漂い出している。夕餉《ゆうげ》支度《じたく》のけむりか？　いや、その刻限ならもう過ぎている。

思案橋は薄明るくなった夜の向こうに、ぼんやりと見え始めていた。その手前にある親父橋《おやじばし》へも間もなく手が届きそうだった。

いま宗次が足を急がせている掘割沿いから「元吉原」のあった位置までは、目と鼻の先の近場だ。二十年以上も昔、明暦三年の大火で「元吉原」が浅草へと幕命で強制的に移転させられてから、その跡地は万治、寛文、と過ぎて延宝の現在《いま》、新和泉町《しんいずみちょう》、高砂町《たかさごちょう》、住吉町《すみよしちょう》、難波町《なにわちょう》などに名を変えて、さまざまな商売の店《たな》が軒を並べる形態的な町家筋《まちやすじ》として力強く発展していた。

その意味では、大きな犠牲を伴った酷いという他ない明暦の大火は、江戸の町構造に大改革を促して、均整の取れた巨大都市化を加速させたのだった。決して焦土↓貧民街化とならなかったところに、四代将軍徳川家綱と有能な幕府重臣たちによる政治の成功があったと言っても過言ではない。「何もせん様」などと市井での意地悪な陰口が決して少なくなかった今将軍（徳川家綱）であったが、「過ぎてみれば名宰相」の囁きが現在《いま》はある。

明暦の大火の時はまだ十六、七歳の若さであった徳川家綱。日日における政治《まつりごと》への決断力は人目につかぬところで、おそらく鋭利であったのだろう。

「おっと……」

小声を出して、急いでいた宗次の足が、町家の陰へと素早く滑り込んだ。

まだ小雪ではあったが、降り方が勢いを増し始めている。

宗次は町家の塀の角から、そっと顔半分を出した。

思案橋を小網町一丁目から二丁目へと渡って直ぐの左側に、明暦の大火で焼け残った柳の巨木が一本ある。

「元吉原」を目指した遊客たちは、なぜか決まって橋の途中で「行こうか、戻ろうか、どうしようか」と迷い、そして遊び過ぎを反省して「やっぱり戻ろ」と決意した者は一応は橋を渡って、柳の巨木をひと回りし、それでも迷い迷いしながら橋を戻ったものであった。そこで、いつの頃からかこの橋が「思案橋」となったのである。

そして柳の木は誰言うとなく「迷い柳」となった。この「迷い柳」が、新吉原においては大門口に通じる五十間道左手に見られる「見返り柳」だった。

しっぽりと濡れ合《お》うた美しい遊女に見送られた遊客が、ここで振り返り振り返り「ああ、うるわしのお前よ……」と、涙ぐむのだ。金《かね》の都合がつけば明日また必ず来るからねえ、と叫んだとか叫ばなかったとか。

叫ぶと必ず「見返り柳」が大枝小枝をふるふると震わせたという。

宗次は「迷い柳」の巨木を、じっと見続けた。小柄な女ならばその姿を充分に隠してしまいそうな「迷い柳」の巨木の向こう陰に、誰かがいる、と捉えたのだ。

雪は止《や》みそうにない。にもかかわらず、夜空の月は輝きを強めている。

「チッ」

一体《いってえ》なんでい不気味な、と宗次は夜空を仰いで舌をそっと打ち鳴らした。

と、「迷い柳」の向こう陰から人がふらりと姿を現わした。雪女《ゆきおんな》か？

いや、違った。親父橋の手前の此処からでも、身形《みなり》ひどく貧しく黒髪乱れた、と判る女であった。女の姿絵を描くことが多い宗次の目には、横顔しか見せていないその女が、（年増のようだが何と美しい……）と映った。

宗次の脳裏に、平造親分が言った「それもまた思案橋を渡って直ぐでさあ」が甦《よみがえ》った。

宗次は、雪降る中いま女が佇んでいる場所が、浮舟二代目、三代目が袈裟斬りされた場所ではないか、と思った。

それをまるで暗示するかのようにして、女は雪に打たれながら身じろぎひとつせず、自分の足元を食い入るように見つめている。

宗次は女の周囲《まわり》に何者かが潜んではいないか、と注意を払ってから、町家の陰からするりと出た。町家筋が地面に拵えている濃い月影から食《は》み出《だ》さないように用心しつつ、宗次はじりじりと女に近付いていった。

親父橋を過ぎると、宗次の眺める位置（角度）が女のやや後ろからとなって、その横顔が判り難《にく》くなった。

代わって女の背中が、はっきりと窺《うかが》える。剣術で暗視訓練を積み重ねてきた宗次の目は極めてよい。

「ん？」

宗次の目つき、表情が不意に険しくなった。

（あれは……血？）

胸の内で宗次が呟く。女の背中の左肩下に、そう大きくはない広がりを見せているものを、宗次は、血、と読んだ。血はたとえ新鮮血であっても、光の加減や質でその色が変わることを、揚真流《ようしんりゅう》を極め尽くしている宗次は、むろんのこと承知している。

宗次は尚も女に近付いていった。

すると女が思案橋を渡り出した。既に橋板の上を、女の足跡が残るほどに雪がうっすらとだが降り染めている。

渡り終えた直ぐその場で、女はまたしても自分の足元を食い入るように眺め始めた。宗次にも、女の背中の様子から、容易にそうと判った。

宗次は遂に「迷い柳」の陰に身を潜めた。たとえ女が急に振り返ったとしても向こう陰となる位置であったから、見つかり難《にく》い。

それに、勢いを弱めそうにない雪が、いささか視界を遮ってくれてもいる。宗次のすぐれた視力《め》に何ら差し支えない程にだが。

(寒い……一段と冷えてきやがった)

宗次は声なく呟いた。こいつあ新年真っ白な雪正月になるかも知れねえ、と思った。

女が地面――足元の――に向かって合掌したのは、このときだった。背中の様子が、まぎれもなく合掌、と物語っている。

そして、女は振り返り思案橋を戻り出した。

「迷い柳」から片目を覗かせていた宗次は次の瞬間大きな衝撃を受け、愕然《がくぜん》となって背すじを反らせていた。

危うく「お夕《ゆう》……」と、声を出すところだった。

女――お夕――が、橋の中ほどでよろめき、欄干《らんかん》に手をかけて体を支えた。雪で足元を滑らせたようではなかった。宗次には、お夕が精根尽き果てているように見えた。げっそりとやつれ、見る影もない。加えて、信じられないような着乱れた身形ではないか。

宗次は「迷い柳」の陰から出た。

橋の上で旋毛風《つむじかぜ》が生じ月明りを浴びた雪が大きな渦を巻くかたちで無数の硝子《ガラス》粒《つぶ》のように輝き乱れたのはこの時であった。お夕の姿が一瞬、見え難《にく》くなる（日本での最初の硝子製造は古墳時代）。

「お夕……」

宗次は声を掛け雪に顔を打たれながら、ゆっくりと思案橋に近付いた。

お夕が、ハッとした様子でこちらを見た。が、渦巻く雪のために宗次が誰であるか判別し難《にく》いのであろう。怯えたように、欄干に掴まりながら退がり出した。

「お夕、私《あっし》だ……」

「来ないで……来ないで……」

悲痛な、しかし響き弱弱しい叫びであった。

宗次は構わず思案橋を渡り始め「私《あっし》だ……浮世絵師の宗次だ」と名乗った。

「え……」と、お夕の動きが止まる。

「どうした、何があった」と、宗次は尚も構わず橋の上をお夕に向かって進んだ。

「あ、宗次先生」

「何があったか知らねえが、もう心配はいらねえ。さ、これで……」

宗次は着流しの上に着ていた羽織を素早く脱ぐや、お夕の着乱れた着物の上からしっかりとくるんでやった。

「先生、私《あたくし》……」

「話はあとだ。歩けるかい」

「はい。先生とご一緒なら、何とか……」

「うん」と頷いて、宗次は辺りを見まわした。

「元吉原」が不夜城の時はこの界隈の居酒屋、飯屋、饂飩蕎麦屋《うどんそばや》も夜遅くまで商いをやっていた。

しかし現在《いま》は、とくに冬場は店じまいが早い。ましてや今夜は雪が降り出している。

「よし。少し歩くが頑張りねえ。冷えて足が痺《しび》れ出したら、おぶってやるからよ」

「大丈夫……でも嬉しい」

雪月夜という不気味な薄明りの中で、お夕は宗次の顔を見つめながら大粒の涙をポロポロと両の目からこぼした。

「泣くんじゃねえ。この私《あっし》がこうして傍《そば》に居るんでい。安心しな」

宗次は両の手の親指をそろりと滑らせて、お夕の頬の涙を拭ってやった。

このお夕こそ、初代「浮舟」の名で知られた、かつての吉原（新吉原）最高遊女であった。たぐいまれな美貌、深い教養学問、そして幅広い一級の常識作法などを身につけたこの初代「浮舟」は、世が世なら番町新道《ばんちょうしんみち》に千百坪の拝領屋敷を構えていた千八百石大身旗本名輪《なわ》家の姫君だった。身性《みじょう》の名は、優《ゆう》。つまり優姫である。

そして吉原の親父殿(庄司又左衛門)の教養の幅を著しく育《はぐく》んだ師匠こそが誰あろう、このお夕であったのだ。

宗次はお夕の肩を抱くようにして思案橋を渡り、雪降る中を日本橋川に沿って歩き、荒布橋《あらめばし》の直ぐ先、地曳《じびき》河岸で足を止めた。

「あの店だ。もう表口は閉まっているが、なあに何とかなる」

そう言って宗次が顎の先を小さく振ってみせたそこには、この界隈では老舗《しにせ》の看板を掲《かか》げても許されるかなり大きな店構えの船宿「元船《もとふね》」が在《あ》った。よく知っている船宿なのか宗次は裏手の路地へと、お夕の肩を抱いて廻り込んだ。

「足、痺れちゃあいねえかい」

「はい」

「ちょいと待っていねえ」

宗次はお夕から離れると——とは言っても、ほんの二、三歩——船宿「元船」の勝手口脇にある小造りな櫺子窓《れんじまど》に手を伸ばし、格子を拳の裏——指丘《しきゅう》で——軽く四、五度叩いた。実は二、三度ではないところに意味があった。

「あいよ」

と檽子窓の向こうで野太い声の返事があって格子がごく僅《わず》かに開き、行灯の一条の明りが外へと漏れ出た。それだけで外にいるのが誰だと判ったのか、「あ、宗次先生じゃないですかい」と野太い声の調子が改まって、すぐに勝手口の木戸が滑りよく開いた。

「このような刻限に申し訳ねえ」

「なにを水臭《みずくせ》え。さ……」

背丈は宗次の顎のあたりまでしかないが、肩幅ひろく首の太い如何にも屈強そうな男であった。野盗を思わせる程に揉《も》み上げが長く濃く、年齢《とし》は三十半ばくらいであろうか。

男の目はチラリと宗次の後ろにいるお夕を認めはしたが、それだけのことで表情は殆《ほとん》ど関心を示さない。

「お夕、入らせて貰いねえ。この船宿の主人《あるじ》、典平《てんべえ》どんだ」

宗次が体を横に開いて促すとお夕は黙って頷き、心細そうに勝手口を一歩入ってから、野盗のような船宿の男――典平――に深深と頭を下げた。

男は「うん」と小声で応じてから宗次と視線を合わせると、「熱い葱饂飩《ねぎうどん》に生《なま》卵《たまご》を一つ落としたのを二つ作らせて持って行かせっからよ」と、無愛想に言った。

「すまねえ、恩にきる」

「何をしゃらくせえ……『竹《たけ》の間《ま》』を使いねえ。炭火も直ぐに持ってくから」

男は口元に少し照れたような笑みを見せたが直ぐに消して、薄暗い掛け行灯の明りが揺れている左手の調理場へと入ってゆき、奥へ向かって「お金《きん》……」と濁《だみ》声《ごえ》を放った。「はいよ……」と打てば響くかの如く甲高《かんだか》い声が返ってくる。

宗次は勝手口の外に一度出て辺りに用心深く目を凝《こ》らしてから、勝手口を戻って木戸に確《しっか》りと閂《かんぬき》をした。

いま宗次とお夕のいる位置は、船宿の正面入口から見ると一番奥に当たる。そして、野盗のような男が口にした「竹の間」とは、調理場からは近い、この船宿では最も良い二間続きの部屋だった。

宗次は、その体から容易に怯えを消さないお夕の手を引いて、「竹の間」へと入っていった。

炭火の入っていない長火鉢《ながひばち》が二間続きの手前の座敷に備わっていたから、二人はそれを挟んで向き合った。お夕の両手は、肩に乗った宗次の羽織を摑んで離さない。

「お夕、ひどいやつれ様《よう》じゃあねえかい。一体《いってえ》どうしたというんでい」

「先生、私《あたくし》怖い……此処は大丈夫な所？」

「先程の野盗面典平どんはなあ、お夕よ。親不孝して博徒に走りやがったのだが、両親《ふたおや》が流行病《はやりやまい》で相次ぎ亡くなってからは真面目にこの船宿を継いでいるんだい。それよりもお夕、ぶるぶると体を震わせているのは、寒いというよりも、むしろ恐ろしい目に遭《あ》ったから、とでも言うのかえ？」

「恐ろしい以上の、恐ろしさでございます先生。どうか……どうかお救い下さいまし」

「若《も》しかして……浮舟二代目、三代目の殺しに絡んでいるのじゃあねえだろうな」

「は、はい」

お夕は、はっきりと頷いたあと、宗次の羽織で隠した痩《や》せ細った両の肩をぶるっと、ひと震わせさせた。

「矢っ張りそうかえ。お夕よ、本来ならお前《めえ》は、将軍の幕僚として若年寄御支配下にある御使番、名輪出雲守芳行《なわいずものかみよしゆき》様をお父上とする姫君なんでい。だが、奥方を急な病《やまい》で亡くされた空閨《くうけい》を満たさんとして、お前《めえ》のお父上は新橋の小料理屋の女将で美貌の人妻に心を走らせてしまったい。そして想いが通じねえと判ると激怒し、その美貌の女将の首を斬り落とすという大罪を犯した」

「………」

「その挙《あ》げ句《く》、名門で知られた大身旗本名輪家はお取り潰《つぶ》しに……親戚《しんせき》筋から白い目で見られるようになった名輪家で一人っ娘《こ》のお前には行き場が無く、結局自ら吉原（新吉原）の妓楼『西田屋』へと駆け込み、親父殿に気に入られたちまち吉原一の遊女へと……そうだったな」

「その通りでございます。けれども口の堅《かた》い親父様は私《あたくし》の身上を哀れに思うて下さいまして、大身旗本家の娘であった身分はひた隠しとし、伊豆は天城《あまぎ》の貧しい樵《きこり》の娘として売り出して下さいました」

「うむ。そうだったい。この私《あっし》もお前《めえ》の真《まこと》の身分を知ったのは、絵仕事で何《なに》かと付き合いのあった親父殿から、『西田屋』の大名広間《だいみょうひろま》（大名や大身武家の遊興《ゆうきょう》に使用される座敷）の襖に、お前の姿絵を描くよう依頼されたときだったたい。親父殿から、絶対に口外せぬようにと強く念を押されて聞かされた話にゃあ、私《あっし》も背筋を寒くしちまった」

「余りにも悲しく恥ずかしい我が父の不祥事でございました。私《あたくし》にとりましては、その襖絵のときが宗次先生との初めてのそして嬉しい出会いでございました」

「私《あっし》が何故いま、名輪家の悪夢をわざわざ持ち出したか判りますかえ。お前は他人様《ひとさま》の前では口に出来ぬ悲しい騒動の果てに名門であった家を取り潰される、というどん底の無念をすでに乗り越えてきたんだ。だからな、お夕。少しのことで怖がったり、びびったりしちゃあならねえ。凜《りん》とした姿勢、はっしとした心構えを見失っちゃあならねえ。判ったかえ」

「せ、先生……」

「年季明けの最高遊女のその後については、総名主および名主以外は知っちゃあならねえ、という厳しい掟《おきて》が吉原にはある。とくに年季明けの最高遊女のその後を追い調べることが出来る権限は、総名主である親父殿にしか与えられちゃあいねえ。そうだったな？」

「はい。左様でございます」

このとき障子の外で「ごめんなさいよ」と若くない女の声がして、お夕が慌て て涙で湿っている目尻を指先で拭った。

「どうぞ……世話になるねえ女将」

「なんの、なんの」

そう言いながら障子を開けたのは、野盗面亭主典平《てんべえ》の女房お金《きん》四十歳であった。亭主典平よりも四つ年上でよく肥えている。

人の善さそうな丸顔のお金《きん》は、十能《じゅうのう》にのせて運んできた真っ赤な炭火を、長火鉢の灰にてきぱきとした動作で入れると、猫板の上の鉄瓶《てつびん》（薬罐《やかん》）を二重顎の先で、くいっと差し示し「水は入ってっからね」と笑顔で言い残し出ていった。

宗次は炭火の上に薬罐をのせながら言った。

「今のはここの女将で、お金《きん》さんというんだ。亭主典平どんが博徒時代に身を置いていた組織の親分の妹とかでな……とにかく人の善い女将で誰彼に好かれていなさる」

「宗次先生は元博徒であったとかの典平さんと、どのようなことが契機《きっかけ》でお付き合いなさるようになられたのですか」

そう言うお夕の表情は、やはり不安そうだった。

「何の心配もいらねえから安心しねえ。典平どんとは、ふと立ち寄った居酒屋で知り合《お》うて妙に気が合い、盃《さかずき》付き合いを始めて一年近くも経ってから、博徒の親分の右腕だとか判ったのさ。少し驚いたが気性の立派な男でねい。しかも典平どんだって、私《あっし》のことを一年近くも浮世絵師とは知らないままだったい。お互い今でも思い出し笑いする仲よ」

「先生は誰にでも、お好かれなさいますから……」

「お夕、お前《めえ》だって初代浮舟の頃は、あちらこちらから何百両積んでも、の引《ひ》く手数多《てあまた》だったじゃねえかい。それを皆、頑《かたく》なに断わったのは一体《いってえ》どうした訳だったのだい」

「まだ現役の遊女でございましたし、実の娘のように大事にして下さいました親父様に、何よりも充分な恩返しがまだ出来ておりませんでしたもの……」

「それだけかい。誰か好きな男《ひと》（客）でも心の片隅に棲《す》み始めていたんじゃあねえのかい」

「たとえ棲み始めていたとしても申せませぬ。私《あたくし》にも元初代浮舟としての誇りがございますもの……寂しい誇りが……」

そう言って綺麗な姿勢で正座をしている膝の上に力なく視線を落とすお夕だった。

妓楼「西田屋」から出た最高遊女、初代浮舟お夕に続いて、二代目が浮舟お兆《ちょう》、三代目が浮舟お栄《えい》で、この二代目、三代目が何者かに斬られ命を落としたのだ。

そして四代目が浮舟お扇《せん》、五代目が現役の最高遊女浮舟お新《しん》、であった。

「さて、お夕よ。話を元へ戻してえ。このような刻限に何故、思案橋なんぞに佇んでいたんでい。雪降る中によう。いや、その前に吉原の掟を破って是非にも訊《き》きてえ。年季明けのお前《めえ》を、誰彼が黙って眺めている訳がねえ。どうしても私の懐へ、と望む大店の旦那の五人や十人、いた筈だ。さ、簡単にでいいから聞かせてくんねえ。年季が明けた後の、初代浮舟お夕の人生をよ」

「はい。年季明けが近付いてくる私に対しては呉服橋《ごふくばし》南すじの一丁目にある太物問屋『近江屋』の旦那様から後添《のちぞ》いに、と親父様のところへきちんとした手続きを経て、何度も申し入れがございました」

「太物問屋の『近江屋』と言やあ、江戸屈指の大店じゃあねえか。でその大店の御新造さんてえのは？」

「子供が出来ぬまま、若くして病《やまい》でお亡くなりになり、この点については親父様も確かなことであると確認して下さいました」

「その旦那様てえのは幾つだい」

「愛し愛された御新造さんを亡くされたあとはずっと独り身を通され、はじめて私《あたくし》の客となったときは四十一歳でございました。実直でやさしいご性格で、その後も私《あたくし》を御贔屓《ごひいき》にして下さいましたけれども、私《あたくし》の肌には一度として指先さえもお触れにはなりませんでした。ある夜、私《あたくし》がその理由について訊ねますと、『これがお前を大事とする私の遣《や》り方《かた》なのだ』と微笑まれて……」

「そうか……『近江屋』の旦那は、そう言いなすったかい」

「それで私《あたくし》は、この旦那様の元で幸せになろう、と心に決めました。親父様が『お夕にはきっと合っているよ』と言っても下さいましたから」

「それで、幸せを掴めたのかえ」

「はい」

「子は？」

「男の子がひとり出来ました。いま店の誰にも可愛がられて五歳でございます」

「そのお前《めえ》が、幸せを掴んだお前《めえ》が何故、雪の中、げっそりとやつれて思案橋に佇んでいたんでい。私《あっし》を信じ勇気を出して全てを打ち明けてしまいねえ。いま、此処にこうしているお前《めえ》の姿はやつれ過ぎて、とても幸せには見えねえからよ」

「はい。不幸は不意に私の前に訪れました。私《あたくし》は名輪家が父の不祥事でお取り潰しになったとは申せ、亡き母の月命日には欠かさず愛宕《あたご》下の菩提寺『月倫寺《げつりんじ》』へ独《ひと》りでひっそりとお参り致しておりました。遊女に身を落としてからも、きちんとした手続きを踏み親父様のお許しを戴いた上で欠かさずに」

「その愛宕下の菩提寺に突如不幸が舞い下りてきたとでも言うのかえ」

「その通りでございます。私《あたくし》の油断でございました。『月倫寺』が貴藤易次郎長《きとうやすじろうなが》良《よし》が時たま訪れる寺でもあったのです。つまり『月倫寺』は貴藤家の菩提寺でもございました」

「その貴藤《きとう》家てえのは？……余り聞かねえ名だが」

「あ、申し訳ございませぬ。感情が先走ってしまいました。貴藤家は小普請組《こぶしんぐみ》旗本（無役旗本の意）七百石で、易次郎長良《やすじろうながよし》はそこの二男でございまして、私《あたくし》が十代のはじめの頃までは親同士が言い交わした許婚《いいなずけ》の仲でございました」

「なに、許婚の仲と……」

「けれども次第に判って参ります易次郎長良《やすじろうながよし》の変質的な性格が恐ろしくなって、十六歳の時に父に幾度も申し入れてようやくのこと許婚誓約を解いて戴きました」

「変質的な性格、というと？」

「易次郎長良《やすじろうながよし》に強く求められ、また父にも『行け』と勧められて半ばいやいや散歩に出かけたり致しました時のこと、易次郎長良は訳もなくいきなり刀を振り回したり致します。それも抜き打ち的に……」

「なんとまあ……具体的に、どういう風にだえ」

「たとえば綺麗な花を咲かせている桜の枝を矢継ぎ早に切り落としたり……」

「その時の表情は？」

「目が吊り上がり、口元にゾッとする薄ら笑いを浮かべております」

「他には？」

「土塀の上に寝そべっている猫とか、目の前に飛んできた小鳥とか蝶とかに、いきなり斬りかかります」

「矢張り抜き打ち的に、かえ」

「は、はい。それも滅多に斬り損じることがありませぬから、私《あたくし》はもう怖くて怖くて……」

「うむ、気性は間違いなく当たり前《めえ》じゃあねえが、相当な凄腕ではあらあな。剣術《やっとう》の流儀は訊《き》いたことがあるのかえ」

「自分の方からさも誇らし気に、一刀流居合術及び夢双心眼流抜刀術の免許皆伝者である、と申しておりました。不祥事で家を潰してしまいました我が父も、実は夢双心眼流抜刀術を心得てございました」

「そうだったのかえ。で、貴藤家二男のその変質野郎を、其奴《そやつ》の父親や長兄は、叱ったり教育的指導をしたりはしなかったのかえ」

「無理でございました。家長である易之介定芳《やすのすけさだよし》様も、兄の易衛門時房《やすえもんときふさ》様も長く御病弱の身であられて床に就くことが多く、貴藤家は事実上、易次郎長良《やすじろうながよし》の意のままでございます」

「母親は?」

「兄弟が幼い頃に他界致しております」

「そうか……」

と、腕組をする宗次であった。そこへ船宿の女中が大盆に湯気《ゆげ》を立てている饂飩を二人分運んできて、猫板の上に大盆のまま置くと、一礼して黙って退《さ》がっていった。

「さ、お夕、冷めない内に美味しく戴きねえ」

「その前に……その前に先生」

「どうしたい」

「菩提寺『月倫寺』でばったり易次郎長良と出会《お》うてからの恐怖についてでございます」

「判った。一度にあれこれ聞いて、やつれたお前《めえ》に負担が掛かり過ぎては、と思ったんだが、聞こう」

「愛宕下『月倫寺』の竹林に囲まれた墓地で、易次郎長良にばったり出会った私《あたくし》は、脇差しで脅《おど》されて竹林に連れ込まれ、辱《はずかし》めを受けました」

「なにっ」

宗次の目つきが豹変《ひょうへん》したかのようにギラリと光った。お夕は、堪《こら》え切れずに大粒の涙をこぼした。

「いくら元遊女ではあっても、人間としての誇りまで失うものではありませぬ。ましてや大店《おおだな》の旦那様にひかれてその人の妻となったからには、我が身の清さを守るためには命を賭《か》けねばなりませぬ。しかし……しかし、剣術皆伝の狂者の前には、女の力は余りにも無力でございました……くやしゅうございます宗次先生」

「そのような事があったのけい。変質野郎のことだ。竹林の事だけでは済まなかったのじゃねえのか」

「午後《ひる》も遅く、人の姿が少なく目に止まらなかったことが私《あたくし》にとって不幸でございました。私《あたくし》は『騒げば竹林でのことを近江屋の誰彼に告げる』と脅され、小柄《こづか》（脇差添小刀《わきざしぞえこがたな》）を背中に当てられて貴藤家まで連れていかれ、土蔵に閉じ込められてしまったのでございます」

「一体《いってえ》、幾日閉じ込められていたんでい」

「今日で八日目になります。その間《かん》、易次郎長良はこの体を辱《はずかし》め続けました。もう私《あたくし》は『近江屋』へは二度と戻れませぬ。それに易次郎長良は逃げ出した私《あたくし》を探し出して、きっと斬り殺しましょう」

「土蔵から、どのようにして脱《ぬ》け出して来たのだ。鍵は掛かっていたんじゃねえのかえ」

「夕刻少し前、土蔵に入ってきた易次郎長良は、酒にひどく酔った上で私《あたくし》を辱《はずかし》め続け満足したかのようにそのまま眠ってしまいました」

「なるほど……」

「先生、易次郎長良は酒の勢いも手伝って、激しい口調で申しておりました。私《あたくし》に対する復讐《ふくしゅう》のために、浮舟二代目、三代目の栖《すみか》や行動を執拗《しつよう》に調べあげて、思案橋の参り口と戻り口とで斬り殺してやった、と」

「酷いことだが、事実だ。私《あっし》も目明かしの平造親分からそのように聞いている」

お夕は、「ああ……」と両手で顔を覆い肩を激しく震わせ、嗚咽《おえつ》を漏らした。

「お夕、辛《つれ》えだろうが話してくれ。湯島の『五丁町長屋』に住んでいた浮舟の二代目、三代目は二人揃って何故、思案橋そばで斬られなきゃあならねえんでい」

「二代目は参り口近くの小料理の女将に三味線と小唄を、三代目は戻り口そばの料理茶屋の女将と娘さんに、舞踊を教えておりましたから……」

震え声で言い言い涙顔《なみだがお》を上げたお夕であった。

「そうだったのかえ。年季が明けた元最高遊女も、世の中に溶け込んで一生懸命に生きていたんだねい。その命を馬鹿旗本がよくも……見逃せねえ」

「五丁町長屋は、『西田屋』の浮舟とか『三浦屋』の高尾とかの最高遊女が、年季が明けて世の中に出、その歩みに失敗した場合に限って入居することが認められている長屋でございます先生」

「まさしく、浮舟二代目も三代目も、歯を食いしばって懸命に生きていたんだねい」

「私《あたくし》がこうして貴藤家の土蔵から逃げ出した以上、易次郎長良は次の標的を求めて刃《やいば》を振るうに相違ありませぬ。あるいは『近江屋』近辺に潜み、私が戻って来るのを待ち構えているとか……」

「次の標的てえと……」

「舞いの美しさが天下一と言われました四代目浮舟お扇《せん》さんが恐らく危ないのではないかと思いまする。現役の五代目浮舟お新さんは、吉原という手強い組織で守られてございますし、侍と雖《いえど》も吉原で遊ぶ以上は腰の両刀を我が身から手放して頂かねばなりませぬゆえ」

「その四代目浮舟お扇《せん》も『五丁町長屋』に住んでいるのかえ」

「いいえ。お扇《せん》さんは今では掘割そば瀬戸物町《せともものちょう》に在《あ》ります瀬戸物問屋の御新造として、若旦那と幸せいっぱいに暮らしております。確か、間もなくはじめての子が産まれる筈でございます」

「掘割そば瀬戸物町で若旦那の代になっている瀬戸物問屋と言やあ確か……」

「稲荷神社横の『京屋』でございます。大店《おおだな》という程の規模ではございませぬけれど」

「うん、そう。『京屋』だい。よし、お夕。お前《めえ》は私《あっし》がお前《めえ》の身の女全を確認するまで此処を動いちゃあならねえ。外に出てもならねえ。いいな」

「はい。そう致します」

「私《あっし》はちょいと出かける。温《あったか》い饂飩《うどん》を食べて、私《あっし》を信じ此処で待っていねえ。必ずお前《めえ》を『近江屋』へ戻してやっからよ」

「先生…… 私《あたくし》、先生のことを……」

「いいか。『近江屋』の旦那と子供を大事に大事にするんでい。それがお前《めえ》にとっての大きな幸せであることを決して忘れちゃあならねえ」

「………」

宗次は長火鉢越《ご》しに両手の指先でお夕の涙跡を清めてやると、立ち上がった。

「どうかお気を付けください、先生」

宗次はそれには答えず座敷を出て障子をしっかりと閉じた。勝手口土間と調理場とを仕切っている長暖簾の間から典平《てんべえ》が顔を覗かせている。

宗次は土間に下りて典平に近付いてゆくと、その肩を押すようにして調理場へ入った。幸い、お金《きん》や手伝い女の姿はない。

宗次は典平《てんべえ》の耳元で囁いた。

「確か長脇差《ながどす》を今も大事《でえじ》に持っていなすったよな。頼む、貸しておくんなせい」

一瞬、典平は驚きの目で宗次を見たが、そのあと黙って小さく頷いてから調理場奥の部屋へ入っていった。

出て来た典平の手には、布袋に納められた細長いものがあった。

「博徒だった俺の長脇差《ながどす》はこれだがいいかえ」

小声で言って布袋から長脇差を取り出し宗次に手渡す典平だった。

「すまねえ。恩に着る」

「なあに……関市兵衛孫六《せきのいちべえまごろく》の業物《わざもの》だ」

「うむ、大事にさせて貰う。それと、連れ（お夕）を暫《しばら》く頂かっておくんない」

「心得た」

「ありがてえ」

宗次は典平の肩に軽く手をやってから、勝手口より外に出た。

雪は真《ま》っ直《す》ぐに深深《しんしん》と降り続いていた。夜空の月はまだ皓皓と輝いている。人の通り絶えた師走の夜の通りであったから、すでに雪で真っ白に染まって足跡ひとつ無い。

その白い夜道を、宗次は長脇差《ながどす》を腰にして荒布橋まで戻って掘割沿いの道を北へ向け韋駄天《いだてん》の如く駆けた。

瀬戸物問屋「京屋」がある掘割そば瀬戸物町までは、全くたいした道程《みちのり》ではない近さだ。しかも宗次にとっては、表道も裏小路も勝手知ったる日本橋の町町《まちまち》である。

だが、どの町家《まちや》も商家も連続した元遊女殺しを恐れてか、確りと表を閉じて一条の明りさえ漏らしていない。宗次が頼れる明りは月明りと雪明りだ。

掘割沿いの道を道浄橋《どうじょうばし》近くまで来たとき、宗次の足が止まった。

雪降る向こう——道浄橋の上——に、ひとりの人の姿があった。

編笠をかぶった二本差しだ。

宗次は雪を避けるようにして町家《まちや》の軒下を伝い、板壁に張り付くかたちで、そろりと道浄橋へと近付いていった。若し相手が変質狂者の馬鹿旗本、貴藤易次郎長良であるとすれば、一刀流居合術、夢双心眼流抜刀術の免許皆伝だ。針の先ほどの油断もならない。

(それにしても、平気で元遊女を斬り殺し、あるいは犯すなんざあこの世には置いておけねえ屑《くず》野郎だあな。そんな野郎によくもまあ、剣術の先生がたは免許皆伝をお与えになったものだ。あきれるぜい)

胸の内で呟いて舌を打ち鳴らす宗次であった。一刀流居合術も夢双心眼流抜刀術も伝統ある一角《ひとかど》の流儀だ。

雪は降る。音無きやさしい音を立てて、深深と降る。

宗次と相手との間が次第に縮まっていった。

どこかで野良犬であろうか、狼のような遠吠《ぼ》えを放っている。

行きはぐれた子犬でも探しているのか、悲し気な遠吠えであった。

宗次の動きが止まった。橋上《きょうじょう》中程の相手との隔たりは凡そ四半町《しはんちょう》ばかり（二十七、八メートル）。

町家《まちや》の濃い影の中で宗次の左手の親指が、静かに鯉口へ力を加えた。

おそらく典平は博徒の足を洗ってからも手入れを欠かしていないのであろう。音も何らの抵抗も無く切れた鯉口であった。

橋上の二本差しは、ある一点を凝視しているかの如く身じろぎひとつしない。

その凝視し続ける方向に、瀬戸物問屋「京屋」があることを宗次は知っている。

さほど規模が大きくない「京屋」の店構えが、防犯の観点では極めて不充分な構造――とくに裏口あたり――の建物であることも、宗次はよく承知していた。

橋上の二本差しが、肩に降りかかっている雪を手で払い落とし、そして手前方向──宗次の方──へと足を運び出した。ゆっくりと。

宗次は遂に雪の中に出た。そして自分から相手に向かっていきながら、

「おい……」

と、抑え気味に声を掛けた。相手がビクンとして立ち止まったのは、ちょうど欄干端《らんかんはし》の親柱《おやばしら》の辺りだった。どうやら相手は、宗次に見られていたのに気付いていなかったようだ。

宗次は、関市兵衛孫六《せきのいちべえまごろく》をゆるゆると抜いて無造作に下げた。

相手が五、六歩を退がった。油断を見せない完璧《かんぺき》とも言えるその退がり様《よう》に、

「こいつあ出来る……」と宗次は捉えた。

雪が降る降る月下に降る。いつの間にか大粒となってまるで紋白蝶《もんしろちょう》が舞うかのようにして降る。忍び足のような音を、ひさひさひさと立てて降る。

その雪に打たれて、宗次は歩みを緩めずに進めた。

相手がまたも退がって、道浄橋の中程にまで戻り、左手を鯉口に触れた。

「お前《めえ》だな。一生懸命に生きている元遊女二人を斬りやがったなあ。おい、変質

野郎の馬鹿侍《ざむれえ》の貴藤易次郎長良よ。いまさら編笠で顔を隠すこともあるめい。その獣面《けものづら》を見せろい」

「…………」

「次は『京屋』の女将で、元最高遊女の四代目浮舟お扇《せん》を狙っていやがるんだろうが、そうは問屋がおろさねえ」

仰え気味な低い声で言う宗次の足が、道浄橋の欄干親柱を左として止まった。

相手が刀を静かに抜き、宗次と同じように無造作にだらりと下げた。そして編笠を取り、掘割へ投げ捨てた。

宗次が「おっ……」と、思わず我が目を疑う。

月明りできらきらと輝きながら降る雪の向こうにある顔は、獣面《けものづら》どころではなかった。お夕から聞いている「恐怖の印象」どころではなかった。

（なんてえことだ……）

と、宗次が胸の内で呻《うめ》く。それは大きな衝撃の呻きでもあった。

宗次と対峙するその侍は、女性《にょしょう》のような、どう眺めてもまさしく女性《にょしょう》のような美貌の侍であった。しかもその端整さには気品があふれており、いま降る雪に合わせて白総縫の綸子《りんず》を着せ、髪をおまた返しに結い改めれば、これはもう絶世《ぜっせい》の美女と言う他ない。

(き、綺麗過ぎる……)

と、宗次は息を止めて相手を見続けた。稀代の天才浮世絵師を茫然とさせる、相手の美貌だった。

相手もじっと宗次を見つめた。刀は右の手にだらりと下げたままだ。

「お前《めえ》……間違《まちげ》えなく、貴藤易……」

宗次が余りに美しい相手に確かめようと、そこまで言ったときであった。「ふふっ」とかたちよい相手の唇から含み笑いが漏れた。

それは、十七、八の美少女を思わせるかのような、瑞瑞しく澄んだ可憐な含み笑いであった。しかし、宗次ほどの天才的な絵師の感性を酩酊《めいてい》させたのは、そこまでだった。

相手の次のひと言で、雪降る寒ささえ厭《いと》わない宗次の背筋はたちまち凍りついた。

「気に入りました。私は其方《そなた》が気に入りました。抗《あらが》わずに大人しくこちらへ来なさい。さあ、こちらへ来なさい。其方《そなた》を食べさせておくれ。元遊女浮舟お扇を食べる前に、其方《そなた》を切り刻んで味わいたい。ぐふふふ……」

がらりと変わった野太い濁声《だみごえ》だった。痰《たん》を咽頭のあたりで躍らせている「ぐふふ……」だった。それだけではない。ニタリと笑った口が三日月形となって
「耳までか？」と見紛《みまが》うほどに裂け広がってゆく。

吊り上がった眦《まなじり》はもはや、当たり前な人の目ではなくなっていた。

ようやくのこと、囚《とら》われの身であったお夕の恐怖が、理解できた宗次だった。

「化物《ばけもの》め……」

宗次は吐き捨てるように呟いて、関市兵衛孫六《せきのいちべえまごろく》を正眼に身構えた。

相手の化物面《ばけものづら》が火に水をかけたように、すうっと鎮《しず》まって強張《こわば》ってゆく。

貴藤易次郎長良が一刀流居合術、夢双心眼流抜刀術の免許皆伝であるなら、実戦剣法揚真流を極め尽くした宗次の身構えが、容易ならざるものと気付いた筈である。

「其方《そなた》、剣をやるのか……」

「…………」

「ますます気に入りましたぞ。切り刻んで切り刻んで食らい尽くしてくれましょうぞ」

「…………」

答えぬ無言の宗次は、肚《はら》の内でめらめらと怒りを激しく燃え上がらせていた。目の前の狂気侍に、将来あるまだ若く美しい命を耐え難き恐怖の中で奪われたお兆とお栄の哀れを思うと、歯がギリッと嚙み鳴った。

「殺す」

それは宗次らしくない、凄みを込めた宣戦であった。

易次郎長良が、ようやく下段に身構える。

「その構え程度で皆伝と言うかあっ」

宗次の怒声が雪降る町に響き渡った。その烈火の怒声と同時に、正眼構えの刃を反転させた宗次は、橋床を蹴っていた。

雪の中を、一条の光が走った。

三

六日後の呉服橋南すじ一丁目「近江屋」。

明るい庭――小春日和が戻ったような――に面した居間で、宗次は手代《てだい》に勧められた床の間を背とする上座を辞し、下座の位置に姿勢正しく座って主人善佐重《あるじぜんざえ》門《もん》四十九歳が現われるのを待っていた。別間で先客の応接をしているということであった。

宗次の膝前には、一本の掛け軸がきちんと巻かれた状態で置かれている。どうやら真新しい。

廊下に急いでいると判る足音があって、それが次第に近付いてきた。

すると、何としたことであろうか、宗次がゆっくりと平伏した。

障子に人影が映って、「失礼いたします」と声が掛かった。

宗次は答えなかった。この座敷にとって、自分は他人の立場だ。

障子が遠慮がちに開いて、やさしい顔立ちをした、しかし教養をきちんと積んだ印象の人物が入ってきた。善佐重門である。

「こ、これは宗次先生。どうぞ座る位置をお替え下さりませ」

「いえ、この位置で結構でございます。今日はお詫びで参上いたしました」

「先生どうぞお手をお上げください。手代《てだい》から宗次先生がお見えと聞かされ驚きましてございます。先生とは初対面でございまするが、それはもう御高名をよく存じあげ、『近江屋』の不忍池《しのばずのいけ》そばの寮に是非とも先生の襖絵を、と望んでもおりました次第でございます」

「襖絵のことならば、如何《いか》ようにも御引き受け致します。本日はひたすらお詫びを申し上げたくて参りました」

と、日頃のべらんめえ調はすっかり影をひそめている宗次だった。

「あの、先生。お詫びと申しますと……先ずどうぞ、お手をお上げ下さいませ先生」

「はい、それでは……」

と宗次は顔を上げて善佐重門の顔と合わせた。そして、その表情を「暗い……」と宗次は感じた。おそらく夜も眠れぬ程に行方を絶った妻のことを案じているのであろう。

「私《わたくし》のお詫びと申しますのは、実は当『近江屋』の御新造お夕様に関してのことでございます」

「えっ」

妻の名が宗次の口から出るなどは予想だにしていなかった善佐重門であろう。その顔に驚きが走り、すぐさま期待の色に変わった。

「宗次先生。実は妻お夕の行方が知れないのでございます。もう幾日になるでございましょうか。町奉行所へも届けましたけれども、いまだに手がかり一つ摑めませず」

「この宗次、そのお夕様のことで心からのお詫びに参ったのでございます」

宗次はそう言うと、膝前に置いてあった一本の掛け軸の巻き紐《ひも》を解《と》き、「失礼」と小声で告げ、畳の上を慎重にころがした。

「こ、これは……」

解《と》かれた掛け軸を見て善佐重門は目を見張った。極彩色の婦人画が描かれているではないか。息を呑む美しさだ。

「お夕だ……お夕でございますね宗次先生。そっくりです、そうでございましょう」

「はい。まぎれもなく、御新造お夕様でございます」

「先生は……先生はお夕の行方を御存知でいらっしゃいますのでしょうか」

「むろんよく存じております。ご無事でいらっしゃいますし、かすり傷ひとつ受けてはいらっしゃいません。あ、いや、着物のどこぞに絵具《えのぐ》の小さな飛び汚れくらいは付いているかも知れませぬが」

「と、申しますと、この掛け軸画は……」

「お夕様のご協力がなければ、とてもここまでは描き切れませんでした。近頃の私《わたくし》は美人画の描き方で行き詰まりを感じ、何としても新しい息吹《いぶ》きを得たいものと、神社仏閣を巡り歩いて祈る毎日でございました」

「先生ほどの御方《おかた》でも、そのような御苦しみを背負われることがあるとは、驚きでございます」

「いえいえ、苦しみは日常茶飯事でございます。で、その救いの神としてお夕様とばったり出会ったのでございますよ。愛宕下の『月倫寺』境内で」

「左様でございましたか。『月倫寺』はお夕の生家《さと》の菩提寺でございますことから、母親の月命日は必ず訪れております。私も共に参りたいのでございますが、お夕がどうしても一人静かに亡き母と語り合いたい、と強く申すものですから」

「お夕様を『月倫寺』境内で見かけた私《わたくし》は、このひとの美しさこそ今の私を行き詰まりから解き放ってくれる、と確信したのでございます。そこでこの機会を逃してはならじ、と土下座に土下座を重ね、格式ある料理旅籠《はたご》の離れ座敷に閉じこもりこの掛け軸画を描かせて戴きました」

「お夕に対し土下座に土下座を重ねてでございまするか。先生ほどの御大家が」

「行き詰まった絵描きのわがままなんぞと申しますのは、斯様《かよう》に一方的で恥知らずなものでございます。どうかどうかお許しくだされ。この通りです」

　宗次は再び畳に額が触れる程に平伏した。

「先生、お詫びなさることなどありませぬ。今や京《みやこ》の御所様（天皇）からさえお声が掛かるとかの噂があられる程の宗次先生。お夕はその先生のお役に立てたのでございます。これはお夕にとって、いいえ、この『近江屋』にとって大きな、誠に大きな誇りでございます。さ、先生、どうかお手をお上げ下さい。そしてこの掛け軸の値を仰って下さいまし。この近江屋善佐重門、金蔵を空にしてでも御支払い申し上げます」

「とんでもございませぬ」

と、宗次は面《おもて》を上げた。

「この掛け軸は差し上げまする。お夕様に御協力戴いて、新しい息吹きを得ることの出来た謝礼の意味と、非常識にも無断のまま長くお夕様をお借り致しましたお詫びの意味を込めまして」

「ですが先生。先生の掛け軸画ともなりまするとは今や……」

「どうか、そこまでにしてやって下さいませ。それよりも長の留守をしたお夕様を決して叱らないと、この宗次にお約束くださいませぬか」

「叱るものですか先生。叱りませぬ。それよりも御高名過ぎるほど御高名な宗次先生のために、勇気を出して長の留守をしたことを褒《ほ》めてやりとうございます」

「ありがとうございます。今の寛大なる御言葉、この浮世絵師宗次の宝とさせて戴きまする。本当にありがとうございます」

宗次はそう言うと、すっくと立ち上がり障子を開けて廊下から広縁へと出た。

座敷を出て直ぐの五尺幅が廊下、その向こう六尺幅が広縁で、廊下と広縁の間には雨戸の敷居が走っている。

ちょうど庭の向こう真っ正面に、小造りだが堅牢そうな切妻造りの萱門《かやもん》（茅門とも）が見えている。

これが「近江屋」の通用門で、家族だけは此処から出入りすることになっていた。宗次は表通りの店口から訪ねたのであったが、応対してくれた手代の手によって雪駄は広縁足元下の踏み石の上へすでに移されている。

宗次はその雪駄を履くと花壇に沿って庭を横切り、萱門の前へと近付いていき、立ち止まった。

座敷の方を振り向くと善佐重門が広縁まで出て正座をし、固唾《かたず》を吞んだ顔つきでこちらを眺めている。

宗次は小閂《こかんぬき》を横に滑らせて、両開き木戸の片側だけを引き開いた。

お夕と、それにもう一人、職人風な小綺麗な身形をした白髪の老爺《ろうや》が、肩を並べて立っていた。背丈が宗次ほどもあるだろうか。

「さ、入んねえ。なんの心配もいらねえからよ」

と、宗次がやさしく囁き、見違えるばかりにふっくらと色艶のよくなったお夕の端整な表情が「先生……」と今にも泣き出しそうになった。

「泣いちゃあならねえ……約束だろ」

「は、はい」

「頼みます、爺《と》っつあん」

宗次が職人風の老爺と目を見合わせると、老爺は「任せときねえ」と小声で応じ頷いた。

二人が、広縁に向かって歩き出し、広縁の善佐重門が「おお……戻って来たかお夕」と立ちあがって顔をくしゃくしゃにした。

広縁の前で老爺が切り出した。すらすらとした軽快な喋り様に、善佐重門は座り直した。

「初対面の挨拶をさせて戴きやす『近江屋』の旦那さん。私《あっし》は神田で宗次先生の美人画の掛け軸をもう幾年にも亘って一手に引き受けておりやす経師屋《きょうじや》三郎兵衛と申しやす」

「おお、経師仕事では江戸一番とか言われていなさる、あの三郎兵衛さん。名前はよく耳にしています」

「江戸一番かどうか知りやせんが宗次先生の美人画の経師仕事ってえのはどれ程に急いだとしても七、八日は戴きてえんでさ。それが今回に限って何とも急がされて一晩でやってくれと先生は無茶を言いなさる」

「はあ……そ、それは大変なことでございましたね」

「いやあ、もう必死でござんしたよ。ですからねえ『近江屋』の旦那さん。宗次先生から受け取りなさいやした掛け軸は、宝物以上に大切にしておくんなさいよ。私《あっし》も懸命に職人業《わざ》を打ち込んだんでさ。向こう数日は日に当たらぬようにして、なるたけ陰干しにしておくんない。早乾きの糊を用いてはおりやすが、まだ充分に乾いちゃあおりやせんから」

「は、はい。注意致しますですよ」

「それからね『近江屋』の旦那さん。今回の掛け軸でござんすが、ありゃあ五百両が千両でも買いてえ、という御大尽が今に現われましょうぜ」

「ひえっ、千両……」

近江屋善佐重門は目をむいた。商人らしく腹の内で計算していた額よりも遥かに高額だ。比較にならぬ程に。

「せ、先生……」

善佐重門が中腰となって、背丈ある経師屋三郎兵衛の頭の向こうに宗次の姿を認めようとしたが、その姿はすでに消えていた。

「お夕や、宗次先生に丁重に御礼を言いましたかえ。早く追いかけて、もう一度丁寧に御礼の言葉をのべてきなさい。丁寧に……」

「はい、旦那様」

お夕は通用門へ小駆けに急いだ。

「最上級の掛け軸を扱う大事について、三つ四つ申し上げやすとね『近江屋』の旦那さん」

自分が手がけた掛け軸について喋り出すと、止まらぬ経師屋三郎兵衛だった。

通用門を出て、お夕は急いだ。

宗次の後ろ姿が、表通りを左へ折れるところで振り向いた。

(先生……ご恩は生涯忘れませぬ……先生のお姿、この胸深くに……)

胸の内で呟き、胸の内で涙を流し、お夕は合掌した。

宗次が微笑んで頷き、そして町家の角を左に折れて見えなくなった。
こらえていたお夕の目尻から、涙がひとつぶこぼれ落ちた。

苦難《くなん》をこえて

一

「今日は朝から雲ひとつ無い快晴でようございましたな」

「日を浴びた海がまるで鏡のように輝いておりますこと。幾艘《いくそう》もの小船がのんびりとたゆたっているかに見える風景に、心が洗われて参りまする」

「こうして海を眺めるのは？」

「このように安らいだ気持で眺めるのは、生れて初めてのような気が致します」

そう答えて微笑《ほほえ》む美雪《みゆき》に、宗次《そうじ》はやさしく目を細めこっくりと頷《うなず》いてみせた。

今の美雪の返事の仕様《しよう》に微塵《みじん》の暗さも無いことを認めて、正直ほっとした宗次だった。

街道に沿って建ち並ぶ家家の切れ目切れ目から眩《まぶ》しい海原が眺められることで、

美雪の表情は生き生きとしていた。

駿河《するが》の譜代田賀《たが》藩四万石の重臣・御中老の地位にある廣澤《ひろさわ》家六百石に嫁いだことのある美雪だ。したがって西条《さいじょう》家の武者駕籠《むしゃかご》を用いての駿河への道行きではあっても、当然海は眺めている筈《はず》だった。

また藩内の権力抗争という美雪には無関係な騒乱を理由として、一方的に離縁され廣澤家の駕籠で江戸へと戻る途上でも、美雪は暗い気持で海を眺めたに相違ない。

けれども今朝早くに宗次と二人して江戸を発《た》った美雪の表情には、明るさとか気力とかが控え目にだが満ちていた。

多くのことについて常に控え目である、ということが、西条家の姫君として生まれた美雪の性質の美しさなのであろう。まさしく持って生まれた。

今日の美雪は、なんと町娘の身形《みなり》だった。西条家の奥を束ねている菊乃《きくの》の勧めに同意したのだという。父である西条山城守《さいじょうやましろのかみ》も異議を挟《さしはさ》まなかったらしい。

菊乃は、〝町人宗次〟と初めての旅をする美雪の内心を察して、「町娘の身形に……」と思いついたのであろうか。それとも「なるべく目立たぬように……」

と、用心のためであろうか。

宗次は西条家の御門前まで美雪を迎えに出掛け、その町娘の身形に、「なんと似合っていることか……」と大層驚かされた。絵師としての驚きでもあった。

「足は大丈夫でございますか。疲れてはいらっしゃいませんか」

労《いたわ》る宗次の言葉からは、日頃のべらんめえ調が消えていた。

「はい、大丈夫でございます」

「あと小半刻《こはんとき》と行かない内に、道の左手に柿木坂《かきのきざか》と言う緩《ゆる》やかな石組の階段が見えて参ります。階段の左右には白い土塀が長く続き、その土塀の内側に沿うかたちで三、四百本もの丈《たけ》の低い梅の木がずらりと植わっておりましてね。毎年二、三月の花の咲く頃には、それはもう馥郁《ふくいく》たる香りが階段を覆い尽くします」

「まあ、素敵ですこと。けれど、柿木坂《かきのきざか》なのに、梅の木なのでございますの？」

「はい。そのあたりの不思議さが謎《なぞ》となっておるのですが、地元の古老たちにもよく判らないいらしゅうございますよ。面倒臭いから考えるのは止《よ》そうとかで、五、六月にわんさか獲《と》れる梅の実には、とにかく階段界隈《かいわい》の人人はひたすら感謝感謝でございましてね」

美雪に対し、やわらかく丁寧に語り掛ける宗次の口調だった。

「柿木坂《かきのきざか》に梅の木、の謎が地元の古老たちにも判らないとなりますると、きっと梅の木は相当に古いのでございましょう」

「仰《おっしゃ》る通りです。丈《たけ》が低い割にどの幹も大層太うございますから、ひょっとすると百五十年や二百年は経っているのかも知れませんねえ」

「えっ、梅の木は、それほど長寿なのでございましょうか」

「私も考えるのが面倒なので適当に答えております。はははっ……」

「うふふ……」

宗次の笑いに誘われ美雪も肩をすぼめて、そっと笑った。

「ともかく、その柿木坂《かきのきざか》の倖明寺《こうみょうじ》と言う寺でこの弁当を頂戴いたしましょうか。其処《そこ》へ着く頃には、時分時《じぶんどき》でございましょうから」

宗次は右の手で中空に倖明寺と書いて見せてから、左の手に提《さ》げていた風呂敷《ふろしき》包みを、胸の高さにまで上げてみた。

それは宗次と美雪のために、西条家の膳部方《ぜんぶかた》（調理師）に菊乃が立ち入って、料理人（膳部）と共に作り上げた昼餉《ひるげ》の弁当だった。美雪のこととなると、とにかく菊乃は一生懸命だった。それをよく心得ている料理人であったから、自分の仕事場に菊乃が割って入って来ても、嫌な顔ひとつしない。協力的だった。

そうして作り上げられた弁当である。

「かなり重うございますよ。これは中身が期待できましょう」

「西条家の膳部方も菊乃も、料理の味につきましては、父がお酒を嗜《たしな》みますることから、日頃より屢《しばしば》意見を交わし合《お》うたり致しております」

「ならば、この弁当は一層のこと楽しみでございますねえ」

「はい。お箸《はし》を手にすれば、きっと自然に笑みがこぼれることでございましょう。先生も……私《わたくし》も」

「四日前の昼四ツ頃（午前十時頃）でございましたか。菊乃殿が私の貧乏長屋へ足を運んで下さいまして、大和国《やまとのくに》よりお祖母《ばば》様がいよいよ江戸入りなさいます、と告げられた時は、それはもう嬉《うれ》しゅうございました」

「旅の宿からお祖母《ばば》様が父宛《あ》てに早飛脚を走らせましたる手紙《ふみ》の中には、宗次先生に是非とも保土ヶ谷宿《ほどがやしゅく》でお目に掛かりたい、と記されてあったそうでございます」

「お祖母様《ばば》にそのように思って戴《いただ》けるなど、私にとってはこの上もなく名誉なことでございます」

「父の筆頭大番頭《おおばんがしら》のお役目もこのところ穏やかに進んでいるようでございます。お城の様子も何とのう妙に調和が取れた感じがあって、ぎすぎすした雰囲気が消えている、と先夜父が申しておりました」

「それは誠にようございました。お祖母様《ばば》を明るくさわやかな雰囲気の中へとお迎え致しとうございますから」

「仰《おお》せの通りでございます。今朝、父の書院へ出立の挨拶《あいさつ》に参りましたところ、宗次先生にはくれぐれも宜《よろ》しくお伝えしてほしい、とのことでございました」

「恐れ多いことです……」

「それから、出来るだけ早い内に大事なことで先生に一度お目に掛かることが出来れば、と申してもおりました」

「はて？……御殿様《おとのさま》は、出来るだけ早い内に大事なことで、と申されましたので？」

「左様でございます。私《わたくし》はその意味が判る立場にはございませんけれど、父の表情はにこやかで、ご機嫌でございました」

「そうですか。それを聞いて、少し安心いたしました。御殿様は幕府のご重役でいらっしゃいますから、油断のならない毎日であろうと存じます。実力のある立場というのは、本当に大変できついものでございますよ」

「私は筆頭大番頭《おおばんがしら》を父に持つ娘でありながら、父のお役目を充分に理解しているとは申せませぬ。菊乃の話によれば、亡き母は父の全てにわたって、それはそれはよく理解して内助の功にすぐれていたそうでございます」

「今の幕府には、いつ生じるか知れない新たな戦《いくさ》に備えましてね、強力な軍制組織が存在しているのですよ」

「ご老中ご支配下の大番と、若年寄ご支配下の書院番、小姓組番、小十人組、それに新番の五つの組織でございましょう」

「仰る通りです。総勢二千数百名からなる大戦闘集団である、と思ってください。このうち書院番と小姓組番を合わせて**番方両番勢力**と呼ばれております」

「番方両番勢力……」

「はい。この両番には家柄や文武の点において、選《え》り抜《ぬ》きの剣士たちが揃《そろ》っているのですよ」

「家柄や文武の点において、選り抜きの……でございますか」

「ですから、番士の誰もが非常に誇り高いと言われております。この両番勢力にご老中支配下にある大番が加わって、**番方三番勢力**と称されています。大番頭は職制上はご老中支配下に位置付けられておりますものの、実際は将軍直接のご支配下に置かれていると思うておいた方が宜しいでしょう。とくに筆頭大番頭には、将軍家の剣術師範である柳生《やぎゅう》家を超えて将軍近侍にあるという自覚が必要とか言われております」

「父からは、そのようなことについてこれまで一度も聞かされたことはございませんでした」

「御殿様は、いや、父上様は、まだ二十一（現在の満齢でいう二十歳《はたち》）と若い美雪様に、あれこれ負担や心配を掛けたくないと常に考えておられるのでしょう」

「そう言えば、父から聞かされたお話、打ち明けられたお話は、明るいこと嬉しいことが多いように思われます」

「亡くなられたお母様と同じ気苦労を、美雪様には掛けたくないと思うておられるに相違ありません」

「私《わたくし》に代わって、菊乃が奥を束ねる者として多くのことを引き受けてくれているのでしょうか」

「言葉とか顔には出さずとも、おそらくそうでしょう」

「これからは父のことを、いま以上に大切に見て差し上げなければなりませぬね」

「言葉や形に出さずとも、そのやさしいお気持は自然と父上様に通じるものです。ともかく大番組という組織は幕府の旗本諸職の中では最大にして且《か》つ非常に格式が高く、旗本諸家は最も由緒古いこの大番組に取り立てられることを何よりも名誉としておるのです」

「私《わたくし》は父のことを一層、誇りに思わねばなりませぬ。先生に色色とお教え戴いて改めてそう思いました」

「ご覧なさい。向こうに大きな銀杏《いちょう》の木が見えて参りましたでしょう。その銀杏の木の足元から、柿木坂《かきのきざか》が海側に向かって緩やかに下っていっております」

「この界隈は街道に沿って切れ目なく商家が続いておりまするので、海が眺められませぬ。柿木坂《かきのきざか》の階段口に立てば先生、海は見えましょうか」

「まあ、楽しみにしていなさい。失望はさせませぬよ」

「先生との此度の旅、とても素敵でございます」

美雪の端整な表情が華《はな》やいだ。宗次は、本当の美人というのはこの女性《ひと》を指して言うのであろう、と改めて思うのだった。

「ま、旅というほど、江戸から離れる訳ではありませんが……」

「けれども私《わたくし》にとって、西条の家から楽しい思いのままにこれほど遠く離れることなど、ございませぬもの」

「はははっ、そう言えば、そうですねえ。なにしろ、浅草《あさくさ》を案内して差し上げたときも、美雪様は今日のようにとても喜んで下さいましたから。あ、ほうら、着きましたよ」

大きな銀杏の木を二、三歩行き過ぎたところで宗次の足は止まった。

美雪は柿木坂《かきのきざか》の坂の下に広がる漁村の向こうに輝く海を眺めて、思わず眩しそうに目を小さく瞬《しばたた》いたが、

「なんと雄大なこと……海は本当に人の心を寛《ひろ》やかにしてくれると思います。ま

るで宗次先生のように……」

我れ知らずに呟《つぶや》いたのであろう。そしてそっと宗次の体に寄り添った美雪である。

「美雪様、階段を三十段ばかり降りた、ほら、左手に見えております小さな三門、あれが倖明寺です。小さな寺ですが、庫裏《くり》の広縁で弁当を頂戴しながら庭ごしに眺める海の景色は、それはもう天下一で……」

「此処《ここ》でこうして眺める海の景色よりも、なお素晴らしく見えるということなのでございますか」

「まあ、とにかく行ってみましょう」

「でも、お昼を戴くのに庫裏をお借りできるのでしょうか」

「さ、ついていらっしゃい。足元に気を付けて下さいよ」

「はい」

美雪の手が、風呂敷包みを提げている宗次の左腕の袖《そで》に遠慮がちに触れた。決して摑《つか》んではいなかった。触れているに過ぎなかった。それで充分に、美雪の気持は満たされていた。

この頃になると美雪は、宗次の両腕の自由度というものが、いざという場合に如何《いか》に大事かが理解できるようになっていた。宗次の稲妻のような剣術について父から詳細に聞かされたのは、出立前日の朝餉を共にした席においてであった。宗次の剣で危ないところを救われた父の話は、朝餉の場にはふさわしくないほど凄まじい内容だった。むろん語る口調はいつも通り重重しく物静かではあったが、

「……それはまさに稲妻のような……」という表現が父の口から出たとき、美雪はさすがに戦慄《せんりつ》を覚えた。

そして父はこう言い、美雪はそれに対して、こう答えたものであった。

「旅の途上で、宗次先生の両腕は常に自由であることが、お前の身の安全にとっても大事であるということを忘れてはならぬぞ。よいな……」

「はい。よく心得ております。大和国《やまとのくに》へ旅いたしましたことで、その点につきましてはよく学びましてございます」

「そうか。うむ」

頷《うなず》いて、やさしい目をした父の表情が、いま時おり瞼《まぶた》の裏に現われては消える

美雪だった。

「石組の階段ゆえ、滑らぬよう足元から気を抜かないように……私の袖を確《しっか》りとお持ちなさい」

「はい……」と微笑んで応じる美雪の気持には、余裕があった。

この柿木坂《かきのきざか》には、白く長い土塀にもたれるようなかたちで、ところどころに茶屋、しるこ・ぜんざい屋、菓子屋、飴《あめ》屋、うどん・そば屋、茶漬処《どころ》などの小商いが暖簾《のれん》を下げていた。宿もたったの一軒だがある。傾斜が長く続くため大店は構えにくい。古い小店《こだな》が柿木坂《かきのきざか》の下にまで歯が抜けたように並んで、その風情がまた海原と相俟《あいま》って一幅の清涼なる絵となっていた。雄大な……。

二

倖明寺の手前二軒目に、めし・そばと下手な字で書かれた赤提灯《あかちょうちん》を下げている小店《こだな》があった。

赤提灯だからおそらく酒も置いているのであろう。

と、案の定、赤い顔の浪人二人連れが、爪楊枝《つまようじ》でシイシイと小音を鳴らしながら、階段を上がってきた。二人とも肥満気味で大柄ですさんだ印象だ。ただ、着ているものは悪くないから、小金に不自由はしていないのであろうか。

「お、これはまた天女の如《ごと》き美形ではないか」

四十近くに見える髪の薄い方が、階段を下りてくる美雪を認めてニタリとした。

美雪は嫌な予感がしたから然《さ》り気《げ》ない足運びで、宗次の後ろへと回った。

双方の間は、たちまち二間《けん》ほどとなって、それもあっという間に縮まった。

「おい、品のある綺麗《きれい》な娘さんよ、俺達にちょいと付き合わねえかい。もう一軒、立ち寄りたいのでなあ」

四十近くに見える髪の薄い浪人が、宗次の存在を殆《ほとん》ど無視したかのように、その背側に身を潜めている美雪に矢庭《やにわ》に手を伸ばした。いや、伸ばそうとした、と表現を改める必要があったのかも知れない。

なぜならその瞬間、浪人は階段をかなりの勢いで転げ落ちていたからだ。

仲間のもう一人は、一体何が生じたのか判らず、茫然《ぼうぜん》とするばかりであった。

宗次は何事もなかったような顔つきで美雪を促《うなが》し、倖明寺の小さな三門を潜った。

それほど広くはない境内はやはり、梅の木で埋まっていた。

「あ、これはこれは宗次先生……」

竹箒《たけぼうき》で落ち葉を掃き清めていた寺男らしい老爺《ろうや》が宗次に気付いて、深深と腰を折った。

「仁造《にぞう》さん、久し振りでござんすね。相変わらずお元気そうで何よりでございやす」

べらんめえ調が、和《なご》んだ響きで戻っていた。老爺もにこやかだった。

「元気だけが取《と》り柄《え》でして……昨日《きのう》でしたか、和尚様が、近頃は宗次先生の訪れがないのう、と淋し気でございましたよ」

「絵仕事で忙しく致しておりやした。申し訳ござんせん。今日は弘念《こうねん》和尚様はいらっしゃいやすので？」

「はい。庫裏の方で書きものをなさっておられます。ですが、どうぞ……きっとお喜びなさいましょう」

「そうですか。じゃあ、少しお邪魔させて戴きやす」

「宗次先生、あのう……」

「え？」

「あのう、こちらの美しい御婦人は若《も》しや先生の……」

「あ、へい、私《あっし》の大事な御人《おひと》でござんす」

宗次はさらりと言い流して微笑むと、「そいじゃあ……」と美雪を促して歩き出した。美雪は老爺仁造に対して黙って、しかしにこやかに腰を折ると、宗次のあとに従った。浅くも深くもない美しい辞儀《じぎ》を向けられた仁造が「こ、これはどうも……」といささか慌て気味となって天女の背に辞儀を返した。

明らかに下位の者、と判っている相手に対してのこのあたりの美雪の綺麗な作法は、さすがに西条家の姫君ならでは、であった。

「ふうう……びっくりしたわい」

竹箒にしがみつくようにして茫然と突っ立ち、溜息《ためいき》を吐《つ》く仁造だった。

宗次と美雪は梅の木に挟まれたかたちで敷き詰められている石畳の小道を、奥へと向かった。隣の傾斜下に建っている柿木坂《かきのきざか》ではたった一軒の宿の屋根が邪魔になって、海はまだ望めない。

前を行く宗次が足を止めて振り向いたので、美雪は近寄って弁当を挟んで肩を並べた。
十四、五間《けん》先が、切妻造の小屋根をのせた小さな門で塞《ふさ》がれている。小屋根を葺《ふ》いてあるのは木の皮だと判るが、近寄らないことには檜皮《ひわだ》なのか杉皮なのか、はっきりしない。その小屋根を支えているのは自然のままの二本の丸太で、扉は竹編み格子の両開きだった。京《みやこ》の表千家《おもてせんけ》不審菴《ふしんあん》や一乗寺《いちじょうじ》詩仙堂《しせんどう》などに見られるのと同じ腕木門《うでぎもん》の一種で、梅見門《ばいけんもん》（梅軒門《ばいけんもん》とも）と呼ばれている。
「ご覧なさい美雪様、あの小さな門を」

「とても風雅な香りを漂わせている梅見門でございますこと。私《わたくし》には懐かしく思われてなりませぬ」

「梅見門と申されたからには、直ぐに結びついたのですね」

「左様でございます。宗次先生にはじめてお目に掛かりました浄善寺《じょうぜんじ》の茶庭にも、あれに見えます御門にそっくりな梅見門がございました」

「そうでしたね。浄善寺の茶室・霜夕庵《そうせきあん》の庭と、浄善寺の『宝樹《ほうじゅ》』とまで言われている花美しい霞桜《かすみざくら》の庭との間を、仕切るかたちで確かに梅見門が佇《たたず》んでおりました。目立つことなく、ひっそりと……」

「その霞桜の花が爛漫《らんまん》と咲き乱れまする季節の昼九ツ半頃、差し込む日の光が霞桜の枝枝を包み込んで、それはそれは息をのむ美しさである、という意味のことを先生からお伺い致しました」（光文社文庫『夢剣 霞ざくら』）

「ええ、覚えております」

「あの日、浄善寺で宗次先生にお目に掛かることがなければ、今日こうして先生と私《わたくし》とご一緒に旅をする機会は、おそらく訪れなかったことと存じます。先生と私《わたくし》との間に若《も》し僅《わず》かな擦れ違いがございましても、私《わたくし》は今日ここに立っていなかったに相違ございませぬ」

「うむ、そういう意味では確かに、出会いというのは人の運命にかかわってきますねえ」

「はい。私《わたくし》もそう思っております」

「さ、参りましょうか」

二人は十四、五間先の梅見門にゆっくりとした足取りで近付いていった。このとき美雪の右の手は、弁当を提げている宗次の左腕に軽くではあったが触れていた。袖にではなく腕に、であったから、宗次の腕の男らしい頑丈さが美雪の掌《てのひら》に伝わっていた。けれども美雪は、宗次の腕に着物の上から触れるというその行為を、意識してはいなかった。我れ知らぬうちごく自然に出来ていた。

かつて宗次に対して抱いていた、〝自分は夫を持つ身であった〟という悲しい引け目のようなもの、それが宗次の心の寛さによって消え始めている、ということなのであろうか。

梅見門を潜ったところで、「まあ……」と足を止めた美雪の顔にやさしい笑みが広がって、瞳が明るく輝いた。きらきらと眩しい海の展《ひろ》がりがこの上もなく雄大で、無数の船が浮かんでいた。まるで海面《うなも》で小蟻《あり》が戯れているかのように。

宗次が言った。

「あの沢山の小さな船は、漁師たちの船でしょうね。ほら、右手の方から左手の方へとかなりの速さで進んでいる大型の船、あれは下り酒を積んでいるのかも知れませぬよ」

「先生には積み荷までお判りになるのでございますの？」

「なあに、私はなにしろ酒が好きなものですから……」

宗次のいい加減な返答で、美雪がくすくすと笑った。このような瞬間の美雪の美しさには、絵師としての宗次も強く心を打たれる。

いずれ西条邸の大襖に、絵師として渾身《こんしん》の業《わざ》で美雪を描いてみたい、と思っている宗次である。

「父が申しておりました。宗次先生となるべく早い内に是非盃を交わしてみたいものだと」

「恐れ多いことです。日をお決め戴ければ、いつでも参上申し上げます、と御殿様にお伝え下さい」

「はい、そのご返事を聞けば父はきっと喜びましょう」

「さ、弘念《こうねん》和尚にお目に掛かりましょうか。いらっしゃい」

宗次に促されて、美雪は表情を改めて頷いた。

広い濡れ縁を持った庫裏は二人の左側に続いていた。

「一番奥が弘念和尚の居間ですよ」

宗次の右の手が、庫裏の奥を指差してみせながら、ここで〝弘念〟の字綴《つづ》りを美雪に伝えた。

「宗次先生とは古いお付き合いなのでございますの？」

「ええ……」

宗次は答える事を、そこで踏み止《とど》まった。亡き父、梁伊《やない》対馬守《つしまのかみ》との交流が深かった弘念和尚であったが、この場ではそこまで打ち明けなくともよかろう、という宗次の判断であった。打ち明ければ、余計な方向へと話が長くなりかねない。

二人は静かに、弘念和尚の座敷の前に立った。開け放たれた障子の奥まで日が射し込み、その日に包まれた文机《ふづくえ》の前で和尚は一心に筆を動かしていた。庭に宗次と美雪が佇《たたず》んでいることに全く気付かぬ程に。

二人は和尚の筆の動きが止まるのを待った。そして、その動きが止まって和尚の表情が緩んだ。

宗次は、やわらかに声を掛けた。

「和尚、ごぶさた致しております」

弘念和尚の面《かお》が上がった。眉《まゆ》も、豊かに長い顎《あご》の下の鬚《ひげ》も、真っ白だった。

「おお、宗次か。よく来た……」

和尚が和んだ表情で〝宗次〟と呼び捨てたことで、美雪は双方の付き合いが浅からぬことを推《お》し量《はか》れた。

よっこらしょ、と腰を上げて濡れ縁へと現われた和尚に対し、町娘の身形の美雪は綺麗な辞儀をしてみせた。和尚に対し、敬《うやま》いの気持をはっきりと見せて。

和尚は「ほほう……」と目を細めて美雪を眺めた視線を、宗次へと戻して訊ねた。

「宗次がこの儂《わし》に黙って身分高き家柄の女性《ひと》を嫁《よめ》に迎えたとは思えぬが、どちらの御人《ごじん》じゃな」

さすが梁伊対馬守と交流深かった弘念和尚であった。美雪をひと目見て、〝身分高き家柄の……〟と見事に見破った。いや、しかしそれは、少し言い過ぎというものであろう。なぜなら、美雪自身に持って生まれた豊かな稟性《ひんせい》の備わりが隠しようもなくあったからだ。いくら町娘の身形を繕っていようとも。

美雪は長めの辞儀を解いて姿勢を改めたが、視線は伏せ気味だった。

宗次が答えた。

「こちらは筆頭大番頭、西条山城守貞頼《さだより》様のご息女、美雪様でいらっしゃいます」

「なんと、あの文武の人として知られた西条山城守様のご息女であられましたか。このような貧乏寺へようこそお見えになられた。さ、傷みのひどい古い座敷じゃが、遠慮のう上がって下され。山城守様の御名は、江戸仏教界にも、それはようく知られておりまするぞ」

ゆったりとした口調で言う弘念和尚だった。

「有り難うございまする」

と、美雪は澄んだ声で丁重に応じたが、座敷へ上がるかどうかは、むろん宗次の応じ様を忘れる訳がない。

その宗次が答えた。

「和尚、美雪様と私は西条家と縁続きのある御人《おひと》を迎えるために、こうして日本橋《にほんばし》を発ちましたゆえ、余り刻の余裕を持ち合わせてはおりません。この広縁をお借りして海を眺めながら弁当を開くことを許して下さいませぬか」

「なんじゃ。久し振りに顔を見せたというのに、ゆるりとは出来んのか。ま、しかし、西条家と縁続きの御人《おひと》と申さば大事な御方に相違あるまい。いま、旨《うま》い塩茶を賄《まかな》いのスミに淹《い》れさせるでな、縁に腰を下ろして少し待っていなされ」

「申し訳ございません。近いうち必ず改めて訪ねて参りますゆえ……」

「うんうん、賄いのスミも宗次の訪れを気にかけておるでな。必ずまた二人して訪ねて来ておくれ。二人でじゃぞ」

弘念和尚はにこにことそう言い残して、次の間へと消えていった。次の間の向こうにも狭い中庭に面したぎしぎしと床鳴りのする廊下があって、台所へと続いていることを宗次は知っている。

このとき美雪の視線はある一点に向けられて止まっていた。

それこそ食い入るようにそれを見つめ、その美しい面《おもて》に感動を静かにひろげている。

宗次が、美雪のその様子に気付いて微笑んだ。

「あの大襖の『亀と童《わらべ》』は、私が弘念和尚の喜寿（七十七歳）を祝って昨年の今頃に描き上げたものですよ。和尚には大層、喜んで戴きました」

「こうして眺めているだけで、涙がこみあげて参ります程に、感動を覚えます。悪戯《いたずら》盛りのかわいい童《わらべ》が三人に後ろ足で立ち上がっている亀が三匹という構成に何とのう先生の意図を感じております」

「和尚はこの庫裏に三日に一度、この界隈の童たちを集めて、読み書きを教え、ときには生きている意味についてわかり易く説いています。その和尚の精神の柱というのが……」

宗次はそこで言葉を止めると、右手の人差し指で中空に、**匡正**《きょうせい》（じっくりと正しいことについて教え導くこと）、**協和**《きょうわ》（相手を理解し争いをせず協力し合い仲よくすること）、**憐愍**《れんびん》（弱い者や衰えてゆきつつある者への思いやりを忘れぬこと）と書き綴っていった。

その一つ一つを美雪は、反芻《はんすう》するかのように声に出さずに呟き、そして小さく頷いてみせた。

「昼餉のあとで美雪様、大襖に近付いてようくご覧になってみて下さい。今は日が大襖にまで射し込んでいないため、この位置からはよくは見えませんがね、三匹の亀の直ぐ前に、三匹の豆蟹《まめがに》（小粒な蟹）がいるのですよ」

「まあ、三匹の豆蟹が……」

「はい。それに気付いた亀たちが踏み潰してはいけないと、後ろ足で懸命に立っているのです」

「なんだかとても可愛《かわい》く感じられますこと。それに和尚様の精神の一つ、**憐愍**にもつながるのでは、という気が致します」

「仰る通りです。三匹の亀の豆蟹に対する配慮を評価した童たちが小枝を手に元気よく亀に近寄ろうとしていますね。あの小枝の先には、亀に与えようとする好物の餌《え》がくっついているのです」

「素敵でございますこと。それに童たちのとても愛らしい健気《けなげ》な心の動きが、こうして見ている者にまで伝わって参ります。これは和尚様の協和につながるもの、という判断を致してよろしいのでしょうか」

「ええ……あ、和尚様が戻っていらっしゃいましたよ」

次の間の、中庭に面した障子が開いて、宗次もよく知るスミという髪の白い老女を従えて弘念和尚が入ってきた。盆を手にし、ほんの少し腰の曲がったスミは近くの農家の女房で、もう長いこと倖明寺の台所を手伝っている。料理上手なそのスミが宗次と顔を合わせると、思いきり顔をくしゃくしゃにした。

「あらまあ宗次先生、久し振りに訪ねて見えたと思うたら、なんとまあ、こんなに天女様みてえに綺麗な嫁さんを貰《もろ》うたのかね。こりゃまあ驚いたわ。なんとまあ、なんとまあ、お美しい」

余りにあっけらかんとしたスミのいきなりな言葉に、美雪の頬《ほお》がたちまち朱に染まっていった。

宗次は苦笑しつつ、顔の前で手を横に振った。

「これこれスミや……」

和尚が、これも苦笑しながら、手振りでスミを窘《たしな》めた。

「宗次はまだ独り身じゃ。このお嬢様はな、大身のお武家の姫君じゃ。さ、さ、早う塩茶を二人にすすめなされ。宗次も美雪様も、遠慮のう縁側に上がって来なさるがよい」

そう和尚に促された宗次と美雪であったが、二人は大きな踏み石に上がって縁側の框《かまち》に腰を下ろした。スミが美雪の顔をにこにこと見つめながら、「ほんにお美しい……」と呟き、二人の前に塩茶を置いて退《さ》がってゆく。

「和尚も一緒に弁当をいかがですか」

「儂はもう昼は済ませた。二人で海を眺めながら、ゆっくりと食すがよい」

「左様ですか……」

宗次が弁当を包んだ風呂敷を開け始めると、和尚はやさしい笑みを二人に残して、スミの後を追うように次の間から出ていった。

「先生、桜の花びらが……」

塩茶を飲もうと湯呑みを手にした美雪が、澄んだ湯の中にたゆたう桜の花びらに気付いた。

風呂敷を解く宗次の手が休んで、答える。

「倖明寺名物の一つですよ。中庭に一本ある霞桜が毎年春に、大き目な花を立派に咲かせるのです。その花びらを和尚が手ずから摘み取り、塩に漬けるのです」

「霞桜の花びらを……」

「ええ、漬ける時の塩の塩梅《あんばい》がなかなかに難しいそうですよ」

「いま摘み取ったばかりのように、綺麗な花びらですこと……」

宗次と美雪を心温かく出会わせたのは、茶道石秀流《せきしゅうりゅう》の野点《のだて》が催された浄善寺の霞桜であった。その日のことを思い出したのであろうか、美雪はかたちよい唇に湯呑みを触れるのを忘れたかのように、湯の中にたゆたう花びらを熟《じ》っと眺め続けた。

宗次が開いた風呂敷の中から、二段の御重《おじゅう》が現われた。

菊乃が二人のために丹精込めてつくった弁当であったが、決して贅沢《ぜいたく》な中身ではなかった。

三

「空《から》の御重《おじゅう》は旅の手邪魔になろう。寺《ここ》へ預けてゆくがよい」

弘念和尚の勧めに甘えて、倖明寺を後にした宗次と美雪は、その日の日暮れ刻《どき》近く、日本橋《にほんばし》から八里ほどの位置にある保土《ほど》ヶ谷宿《がやしゅく》へと入っていた。

「漸《ようや》く保土ヶ谷宿に入りましたね美雪様。ほら、ご覧なさい。一町《ちょう》ばかり先の街道左手に、天を突くかのように聳《そび》え立っている大きな松の木が見えましょう。あの松の木と向き合っている質素な造りの冠木門、あれがこの保土ヶ谷宿でただ一軒の本陣（街道の宿に設けられた大名・上級大身武家の宿所）の表門に当たります」

「それでは明日、あの本陣でお祖母《ばば》様にお会いできるのですね」

「明日の何刻頃に本陣に到着なさるかは、おそらく既に本陣宛て、お祖母《ばば》様の早飛脚が届いておりましょう」

「大和国《やまとのくに》からの長旅で、お祖母様《ばば》のお体に重い疲れがたまっていなければ宜しいのですけれど……」

「大丈夫。芯が強く気力を充実なさっておられるあのお祖母様《ばば》には、疲れの方がきっと避けてくれましょう。あ、本陣の表門からいま三人ばかり出てきたようですね。霧靄《きりもや》が漂い出したので、かすんでよくは見えませぬが……」

宗次と美雪は丁度、街道脇に設けられた六尺高の大行灯《おおあんどん》（街灯）の明りの前を通り過ぎたところであった。

するると表門（冠木門）の前に立った三人が、宗次と美雪に向かってうやうやしく腰を折った。

すると美雪が言った。

「先生、あの規律の正しさと体つきは家臣の、戸端忠寛《とばたただひろ》、山浦涼之助《やまうらりょうのすけ》、土村小矢太《つちむらこやた》の三名に相違ございませぬ」

「おお、三人とも美雪様の大和国《やまとのくに》への旅に、警護の役目を背負って同行したのでありましたな」

「はい。あの旅では宗次先生にどれほどお助け戴きましたことでございましょうか」

「土村小矢太殿と腰元の佳奈《かな》殿は、般若《はんにゃ》の面の一党による襲撃で深手を負いましたねえ。その後手足の動きなどに不自由は生じておりませんか」

二人は控え目な声で話を交わしつつ、本陣へと近付いていった。

保土ヶ谷宿は、日暮れに差しかかって靄が漂い始めたというのに、街道すじは旅人や地元の者たちで大層な賑《にぎ》わいだった。

ここ東海道の宿場町、保土ヶ谷は慶長六年（一六〇一）に伝馬制度（馬による宿駅間の貨物逓送《ていそう》）が定められた時に宿駅（宿場）となってから、すでに八十年に迫る歴史がある。

鎌倉《かまくら》方面へと伸びている街道との分岐点に当たることから、日暮れ近くになっても人の往き来が絶えることなく賑やかだった。

選ばれた家臣の三名が西条山城守の命《めい》を受けて、ひと足先に保土ヶ谷宿で待機することになっている点については、宗次も美雪もむろん予《あらかじ》め聞かされ承知をしていた。しかし家臣の誰と誰が先に遣《つか》わされているのか、その姓名については二人とも聞かされてはいなかった。

山城守にしてみれば、旅発つ前にあれやこれやを言わず、宗次と美雪を二人だけでそっと送り出すことに、おそらく内心含むところがあったのであろう。美雪に宗次ひとりだけが付き添うことについては、山城守は何ら心配はしていない筈であった。宗次の剣の凄みと為人《ひととなり》については、既に承知をしている。

「お待ち申し上げておりました」

本陣冠木門（表門）の前に着いた宗次と美雪を出迎えたのは矢張り、戸端忠寛と一歩下がって忠寛を挟むかたちで控えている山浦涼之助と土村小矢太であった。

三人とも美雪の大和国《やまとのくに》への旅に同行した念流の皆伝者であって、忠寛は西条家の家老《かろう》戸端元子郎《げんしろう》の嫡男で、妻と男児二人がいる。涼之助は西条家用人《ようにん》山浦六兵衛《ろくべえ》の嫡男、そして小矢太は西条家足軽頭《あしがるがしら》土村利助《りすけ》の二男であった（光文社文庫『汝 薫るが如し』）。

「三人とも先遣のお役目ご苦労様でした。此処までの途中、宗次先生には大変お世話になりました」

美雪がやわらかな口調で述べ、しかし凜《りん》とした印象を三人の家臣に対し穏やかに放った。このあたりの美雪の持って生まれた清清《すがすが》しい気位とやさしい輝きには、これまでにも幾度か思わず唸《うな》ってきた宗次だった。

「大和国《やまとのくに》曾雅家《そがけ》の御使者が一刻《いっとき》ほど前に、ここ本陣に着かれまして、お祖母様《ばばさま》の旅は極めて順調で明日の昼九ツ（正午）までには本陣に着く予定であることを告げられまして、再び引き返されましてございまする」

「それは何よりなこと。安心いたしました」

戸端忠寛は先ず美雪との話を済ませ、次に宗次に一歩近付いて深深と頭を下げた。

山浦涼之助と土村小矢太の二人も忠寛との間を詰めて、さすがと思わせる辞儀を忘れなかった。

「大和国《やまとのくに》では先生には大変お世話になりました。改めまして心より深く感謝申し上げます」

そう言い終えてから、面《おもて》を上げた忠寛であり、涼之助も小矢太もそれを見習った。

宗次は微笑んで頷いただけで、言葉を口にすることはなかった。自分は西条家の姫君に付き従ってきた者、という立場を忘れていなかった。いや、忘れないようにしていた、と言い改めるべきかも知れない。西条家の家臣たちの前ではそれが大事、ということなのであろうか。

間《ま》もなく墨色に覆われるであろう空には、既に大きな月が浮かんでいる。

宗次と美雪は前後を忠寛たちに護られるようにして、本陣の屋根付き冠木門（表門）を潜って直ぐ広広とした大土間に入り、玄関式台へと足を向けた。表通りの賑わいに比し、表門を潜った本陣は思いのほか静かだった。ただ、大土間の四隅では篝火《かがりび》が焚《た》かれ、その赤赤とした炎がうるさ気であった。

美雪が前を行く忠寛の背に声を掛けた。

「忠寛。今宵この本陣のお世話になるのは、西条家の一行だけでありますのか」

「はい。左様でございます。一昨日は播磨国安志藩《はりまのくにあんじ》小笠原《おがさわら》家一万石が、その前日には摂津国麻田藩《せっつのくにあさだ》青木《あおき》家一万石が利用したようで、表門には大名家の家紋入りの幔幕《まんまく》が張られていたらしくございまする」

玄関式台が目の前に近付いてきたこともあり、忠寛は前を向いたまま答えた。主家《しゅか》の姫君に対し背を向けて答えるなどは、本来ならば叱責ものであったが、その場の事情や状況にもよる。

奥行き七、八間《けん》はありそうな長い玄関式台の向こうには、ひと目で十数畳はあると判る畳の間《ま》が控えていた。

間口の左右に大行灯を点すその「玄関の間《ま》」には、この本陣の亭主夫妻が宿役人と共に平伏をして本日の主客を待ち構えていた。亭主夫妻は六十半ばを過ぎているだろうか。

名を六左衛門《ろくざえもん》と富百《ふゆ》と言った。

式台へと上がった美雪は式台の右手板壁に御公儀御重役様と認《したた》められた、長さ二尺、幅五寸くらいの大きさの真新しい木札が掛け下げられているのに気付いた。すばらしく達筆な墨筆《ぼくひつ》だ。

「忠寛」

美雪は前を行く忠寛に声を掛けて、歩みを止めた。視線は木札に注がれている。宗次は美雪と肩を並べる位置にあって、矢張り木札を静かに眺めていた。このとき美雪が何と言わんとするか既に察していた宗次ではあったが、横から口を挟むようなことはしなかった。西条家家臣たちの面前ではあくまで、姫君に付き従ってきた者、に徹していた。

忠寛が「はい」と振り向いて、美雪の前まで歩みを戻した。

「今宵この本陣のお世話になるのは西条家の一行だけとすれば、あの木札は私共を指してのことであろうのう」

美雪の声を控えた問いに、忠寛は頷いた。

「左様でございます。本来ならば表門に御公儀御重役西条家宿と認《したた》めた関札《せきふだ》なる木札を下げねばなりませぬが、大和国《やまとのくに》への旅で色色とありましたことから、表門に関札を下げることは止《や》めるかわり、式台内部にあの木札を下げるよう、亭主に申し付けましてございまする」

「そうでしたか。忠寛の指示でやらせたことでしたか」

「はい。まずければ外しますが……」

「忠寛が承知の上でのことならば、木札は下げたままでも構いませぬ。さ、参りましょう」

美雪がやわらかな口調で言って、忠寛を促したとき本陣の亭主夫妻が恐る恐る平伏を解いて顔を上げた。西条山城守貞頼は娘美雪が大和国《やまとのくに》で出遭《でお》うた数数の事件を心配して、実は今回の小さな旅についても「宿となる本陣では西条家の宿とわかる関札を下げてはならぬ」と美雪に忠告をしていた。あくまで念のための忠告だった、騒ぎが生じて、再び宗次に負担をかけてはいかぬ、という配慮もあったのではと思われる。

見るからに実直そうな本陣の亭主夫妻の案内で、美雪と宗次の二人は篝火《かがりび》で赤赤と明るい奥庭に面した書院へと通された。「上段の間《ま》」と「下段の間《ま》」を備えた書院だった。

大行灯の明りが備わった書院の中央にある「上段の間」は八畳で、四辺の内の一方が「下段の間」に向いて掛《か》け簾《すだれ》が下がっており、残り三辺の内の二辺に障子が嵌まり、残り一辺が床の間《ま》と戸袋、という具合であった。

亭主の六左衛門が「上段の間」の掛け簾を巻き上げ、阿吽《あうん》の呼吸で「上段の間」へと入った老妻富百が備え付けの座布団その他に手抜かりがないかを確かめ、「上段の間」を出た。

二人とも馴れた手早い動きだった。

亭主六左衛門の方はすでに「下段の間」で平伏しているから老妻富百もその横に並んで平伏を見習った。

それがこの本陣の慣例《しきたり》でもあるのか、亭主夫妻は自分たちの方からは何一つ喋《しゃべ》らなかった。はじめから神妙だ。迂闊《うかつ》な一言が予期せざる問題となることを恐れでもしているのであろうか。

今世でいう本陣には何とのう、ものものしい響きがあるが、要するに宏壮な造りの民営の宿舎である。亭主には地元の名士（庄屋など）が多く見られるものの、本陣経営に失敗して「本陣株」なるものを他所者《よそもの》に譲渡する例もなくはない。

「ご苦労様でした。何かあればこちらから声を掛けまするゆえ、宜しく御願い致しますね」

美雪に声を掛けられた亭主夫妻は、「はい」と言葉で応じる代わりに一段と深く頭を下げてから、退がっていった。小慌てな動作でも怯《ひる》んだ様子でもないので、沈黙を原則とした応接にすっかり慣れているのだろう。そのせいか宗次も美雪も、亭主夫妻に対して不快な印象は抱かなかった。

「先生、お疲れではございませぬか。どうぞ、お寛《くつろ》ぎ下さりませ」

美雪が宗次に対し、「上段の間」へと促す小さな手振りを控え目に示した。このような時の美雪は、持って生まれた端麗な輝きを、決まって一瞬放って見せる。

ごく自然にだ。

「私は寛がねばならぬほど疲れてはいませんよ。明日お祖母様《ばば》に会わねばならぬ美雪様こそ大役。今のうちに心身を休めておきなされ」

「今宵、先生はどのお部屋で休まれるのでございましょう」

「左様なことは心配なされますな。戸端忠寛殿がきちんと手配《てくば》りを済ませておりましょう」

宗次はそう言うと、美雪の背中を軽く優しい手具合で「上段の間」の方へと押してやった。

主な街道の本陣は、表通り（街道）から見て、縦に長い平屋《ひらや》構造が多い点で共通している。

多くの場合、表通りに対しては、先ず屋根（瓦葺が多い）をのせた表門として、**冠木門**あるいは**棟門**《むねもん》（二本の柱だけで棟木、梁などを支えた門）が面し、また表門と並ぶかたちで**「広い板の間《ま》」**が、到着した大名の**荷物受入場**として設けられている（表門より位置を下げて設けられている場合もある）。

表門を入ると広広とした**大土間**《おおどま》があり、その先に**「玄関式台」「玄関の間《ま》」「控**

えの間《ま》」と直線的に続く点は主要街道の本陣で共通している。

縦に長い平屋構造の最も奥まった位置に、池泉庭園に接するかたちで「書院」が設けられている点も、主要街道の本陣では同じだ。

参勤交代という江戸時代で最も非生産的な任務の実施に当たらねばならぬ大名は本陣利用の数日前には**宿割役人**を先遣させ、諸手配や交渉を本陣側と終えておくのが普通である。

西条家が宗次と美雪の旅立ちに先立って、有力家臣の戸端忠寛、山浦涼之助、土村小矢太の三名を本陣へ遣わしたのも、その慣例によるものだった。

宗次は「書院」のまわりにある二、三の座敷を検《み》て回ったが、とくに不審と思われる点などは無かった。どの部屋も防火用行灯で明るく、また清潔に管理され、万が一、身分ある緊急の宿泊者が現われても、いつでも対応できるようになっていた。

宗次が「書院」へ静かな歩みで戻ってみると、美雪は一度は座った「上段の間」から出て、池泉庭園に面した広縁に移り、美しい姿勢で正座をしていた。広い庭には篝火の明りが満ちている。

宗次は「上段の間」の座布団を手にして、美雪の隣に腰を下ろした。

「脚を傷めてはなりませぬから、さ、座布団の上にお座りなさい」

「はい」

宗次の勧めに美雪は素直に頷いた。勧められてどことなく嬉し気であった。

美雪が座る直ぐ目の下には、庭先へ下りる巨大な踏み石が横たわっている。

庭を検《み》て回ろうと、宗次がその踏み石の上に調《ととの》えられている雪駄を履き庭先へと下りたとき、玄関式台の脇から板塀に沿って延びている矩形《くけい》の庭伝いに、宿役人に案内させるかたちで忠寛、涼之助、小矢太の三名が現われた。四人とも篝火の色に染まっている。

宗次が自分の方から四人に近付いて行くと、四人の足は立ち止まった。

忠寛が宿役人に何事かを言葉短く伝え、頷いた宿役人は引き退がって行った。

三人は宗次に揃って軽く頭を下げ、こちらを見ている美雪にも、やや深目に腰を折ってみせた。

宗次は忠寛と目を合わせ自分の方から口を開いた。静かな口調だった。

「忠寛殿。書院に近い幾つかの座敷を先ほど検《み》て回りましたが、とくに不審は覚えませなんだ」

「有り難うございます。先生にそのような御負担をお掛けしては申し訳ありませぬ。建物の内と外は我等家臣三名で寝ずの用心を致しますゆえ、どうか御ゆっくりとお寛ぎ下さい」

「ありがとう。そのお言葉に甘えましょう。が、書院およびその周囲《まわり》の座敷については、私が目を光らせます。安心して下さい」

「はっ。くれぐれも美雪様の身辺のこと、宜しくお願い致しまする」

頷いた宗次の視線が、忠寛から小矢太へと移った。

「お元気そうですが小矢太殿、大和国《やまとのくに》で受けた傷は、その後、四肢の動きに支障を残してはおりませぬか」

「ご心配をお掛け致し申し訳ございませぬ。幸いにして、剣士として全方位へ素早く動くことに全く支障はありませぬ」

「それはなにより。あの時は御女中（腰元）の佳奈殿もかなりの深手を負ったのでありましたな」

「幸いにして佳奈にも何ら後遺の症状は見られず、すこぶる元気に致しております。此度は佳奈もお祖母様《ばば》お出迎えの命《めい》を賜《たまわ》って幾人かの腰元を従え、ここ保土ケ谷より二里と九町（凡そ八・八キロメートル）隣の戸塚宿《とつかしゅく》へと遣わされてございまする」

「おお、左様でしたか。すると今頃はすでに、戸塚宿本陣（戸塚区役所の裏に跡地）でお祖母様《ばば》に出会《でお》うているかも知れませんな」

「あ、はい。おそらくは……」

「足を引き止めてしまいましたかな。それではこれで……」

宗次は軽く腰を折って、三人の西条家家臣から離れ、三人も表門の方へ引き返していった。

美雪が四代様（四代将軍家綱）の秘命《ひめい》を受けて旅した大和国《やまとのくに》では、凄まじい騒乱が連続して生じ、大勢が負傷していた（光文社文庫『汝 薫るが如し』）。

その騒乱により曾雅家では、下僕頭の義助《ぎすけ》をはじめとして男女八名が重軽傷を負った。また美雪の旅に付き従った西条家の者では土村小矢太および腰元の佳奈の二名が。

更《さら》に宗次自身も、地元大和の老蘭医、尾形関庵《おがたせきあん》の手によって顔を縫合される程の負傷を受けていた。その縫合あとは今も、〝端整なる凄み〟となって、うっすらと残っている。消えつつはあったのだが。

美雪の近くまで戻って、宗次は訊ねた。

「御女中の佳奈殿が幾人かを伴い、一つ西隣の戸塚宿の本陣で、お祖母《ばば》様のご到着に備えておるようです。ご存知でしたか」

「いいえ。私《わたくし》は父からも菊乃からも聞かされてはおりませぬけれど……」

美雪は少し驚いたようであった。

「そうでしたか。お父上も菊乃殿も、あまり細かい事を美雪様の耳へは入れないよう配慮なされたのでしょう。この刻限、佳奈殿はすでにお祖母《ばば》様を戸塚宿の本陣で出迎え済みであるかも知れませんな」

「佳奈ならば手抜かりなく、出迎えを調えてくれていましょう。気配りを細やかに出来まするから」

「庭を少し歩きませぬか」

「はい。歩きとうございます」

宗次は美雪が庭先へ下りるのを、手を差し出して助けてやった。

美雪は宗次の差し出された手に、素直に応じた。これまでの、控え目とか遠慮とか恥じらいとか言った、美雪だからこそ似合っていた美徳《びとく》は、影を薄《うす》めていた。しかも、そのことに美雪自身、気付いていないかのようだった。

二人は篝火で明るい泉水の畔《ほとり》を歩いた。泉水の水面《みなも》が、篝火の色に染まり、その中に月があざやかに浮かんでいた。

「あのう……先生……」

「はい」

「明日この本陣へ訪れますお祖母様《ばば》が、何か大きな事を持ち込むような気がして、少しばかり不安を覚えてございます」

「大きな事を?……たとえば、どのような」

「さあ、それがはっきりと見えないのでございます。でも予感とか直感などではなく、確かに何か大きな事を持って訪れる……という確信のようなものがございます」

「美雪様がいま申されたのは、〝大きな物〟ではなくて〝大きな事〟なのですね」

「大きな物、では決してない、という気が致しております」

「旅立つ前、お父上からそのようなことについて、何か聞かされてはいませぬのか」

「聞かされてはおりませぬ。ただ、お祖母《ばば》様を卒無《そつな》きよう大切に出迎えるようにと、二、三度念を押されましたけれど」

「卒無きよう大切に出迎える……うむ、そのお言葉の中に特に意味深い何かが隠されているとは思えませんねえ」

「先生は、遠い大和国から江戸へ参られるお祖母《ばば》様について、何か感じられることはございませぬでしょうか」

「感じていることはあります」

「え……」

「お祖母《ばば》様は、美雪様が可愛くてならないのですよ。また、二十一歳という若さで婚家《こんか》を出ることになった美雪様が不憫《ふびん》でならないのです。顔を見たくて、会いたくて仕方がないのでしょう。きっと」

「先生も、この美雪を不憫とお思いなのでしょうか」

「美雪様とはじめて出会《でお》うた頃、婚家を離れたという事情を知って、ちらりと不憫に思うたことはあります。ちらりとです」

「………」

「その小さな憐憫《れんびん》の情はしかし、すぐに吹き飛ばされてしまいました。吹き飛ばしてくれたのは美雪様ご自身の人間としての豊かさです。そう。なんとも言えぬ豊かさです。それには知性も含まれましょう。身に備わった輝かんばかりの教養、作法もそうです。茶華道を通じて窺《うかが》える芸術的視野の素晴らしい広さも含まれます。それらを基礎として美雪様は遂に自信に満ちた答えをご自分で出されたではありませんか」

「答えを？……」

「そうです。答えをです。しかも堂堂たる答え、と言ってもいい程のものを」

「あ……先生」

「お気付きになりましたね。ええ、それですよ。美雪様は自らの強い意志で、とうとう女性塾の開学にまで漕《こ》ぎ着けなさいました。塾舎の完成がやや遅れたことにより正式の開学は来春桜の咲く頃となりはしましたが……」

「先生や大勢の方方《かたがた》の御支援があったればこそでございます」

「美雪様の意志が強固で、その教育計画に優れた一貫性があったればこそ、大勢の人人の支援が集まったのですよ。道徳、教養、読み書き算盤、茶華道、芸術などの充実した授業科目は他に類を見ません。だからこそ、吉良上野介義央《きらこうずけのすけよしひさ》様の奥方富子《とみこ》様が塾頭を引き受けて下さり、また求学館《きゅうがくかん》『井華塾《せいか》』の塾名について老中会議の理解と承認が得られたのです」

「先生にそのように言って戴けますと、開学についての色色な不安が消えていくような気が致します」

「私は全力で塾の運営を補佐するとお約束しますから、安心なさい。吉良家の富子様もきっと私と同じ思いであろうと存じます」

「ありがとうございます。とても心強く思います」

「ところで求学館『井華塾』創立については、お祖母《ばば》様にも御知らせしてあるのですか」

「致しました。けれどもこの件に関しては、お祖母《ばば》様からは未だ何の御返事も戴いてはおりませぬ」

「美雪様は先程、お祖母《ばば》様が何か大きな事を持ち込む……という意味のことを仰ったが、塾の件についてお祖母様《ばば》が反応を見せて下さらないこととつながっているのでは？」

「いいえ、塾の件とは全く異なった大きな事、という気がしてならないのでございます」

「ほう……」

宗次がちょっと首を傾《かし》げたとき、書院の広縁に本陣の内儀富百が遠慮がちな様子で姿を見せた。こちらを見て広縁に平伏してしまったことから、宗次は「何か？」と問い掛けつつ広縁へと引き返した。そのあとに、美雪が従う静かな様子には、これまで時として宗次に見せていた気後《きおく》れのような強張《こわば》った印象は、すっかり消えていた。

内儀富百が平伏していた顔を上げ、近付いてきた宗次に訊ねた。

「湯浴《ゆあ》みの用意が調いましてございます。夕餉《ゆうげ》はいつでもお持ち出来ますが、湯浴みを終えてからになされますか」

「では、湯浴みを終えてからに致しましょう」

「承知いたしました。風呂場は広縁の突き当たりの、板戸の先にございます。書院専用の備えでございますから、御ゆっくりとお使い下さいませ」

「判りました。念のために訊ねますが、風呂場の出入口は広縁の突き当たりの一か所だけですかな」

「風呂場仕事を任せております女中頭ほかの出入口が、もう一か所ございます。この出入口へは、主人《あるじ》の六左衛門が目を光らせて座る帳場脇の廊下から入り、女中詰所の前を経て、私の事務処の前を通らねば行かれないようになってございます」

「御内儀の事務処というと？」

「主人《あるじ》の帳場は専ら会計を司《つかさ》どってございまして、私の事務処は女ばかり八名で、会計以外のこと全てを差配してございます。たとえば食材の仕入、寝具の点検、家屋の営繕と清掃の外注、庭園の管理など色色でございます」

「そう伺うと、この本陣は女性の裁量というものが重視されて運営されているように思えるが」

「いいえ、男衆《おとこし》にも大変頑張って貰っております。けれども女性は細かいところに目が届きますゆえ、奉公人の数は女の方が六割くらいと、男よりは多少、多いでしょうか」

「よく判りました。では、今から湯浴みを楽しませて戴くことにしましょう」

「はい。では、頃合を見て、夕餉をお運び致します」

内儀富百が下がっていった。

宗次は後ろに控えていた美雪を促して、広縁へと上がった。

「用心のためです。風呂場は使う前に、検《み》ておきましょう」

宗次がそう言うと、美雪は「はい……」と頷いた。剣客として宗次の思慮分別の「かたち」を今やすっかり理解できている美雪の、迷いなき頷きだった。

四

書院の、堅く二重に閉じられた頑丈な雨戸と格子編《こうしあ》みの障子を背に、宗次は広縁で座禅を組んだ姿勢を微動だにさせず、朝を迎えた。

警衛のために、無腰の宗次が広縁で夜を明かすことを知った美雪は「私《わたくし》も御一緒いたします」と告げたが、承知する筈がない宗次だった。

剣客として位を極めた宗次にとって、徹夜の警備に就くことなど、小さな苦痛のうちにすら入らない。

うっすらと白み出した東の空を背に、大土間に通じる小路《こうじ》の出入口——篝火の火勢いまだ衰えない——に戸端忠寛が現われた。宗次が肩から下の姿勢を微塵も崩さずにその方へ静かに視線を移すと、忠寛は丁重に一礼をして赤赤とした明りに染まって下がっていった。

忠寛に加え山浦涼之助、土村小矢太ら三名も本陣屋外の要所で寝ずの警衛に当たっていた筈である。

このとき宗次の表情が、僅かに動いた。背後でコトッという微《かす》かな音がしたのだ。

どうやら目を覚ました美雪が、書院の内側から格子編みの障子と、確りとした拵えの雨戸をそっと開けに掛かっているようだった。広縁にいる宗次への遠慮が働いているような感じ、それが宗次に伝わってきていた。

宗次はひとまず、篝火の明りで染まっている庭先へと下りて広縁から何歩か離れ、東の空を眺めた。いよいよお祖母様《ばば》にお会い出来る、という思いがやわらかな熱さをともなって胸の内に広がり出していた。

人間として強烈な魅力の輝きを放っている御方《おかた》――宗次はお祖母様《ばば》を、そのように捉えている。だがそれは、気性の激しさとか、生き方の厳しさとかを指すものでは決してない。むしろ気性も生きる姿勢も、若い剣客である自分などより遥かに丸く穏やかで且つ、たおやかである、と宗次は思った。

（だからこそ奈良奉行や奈良代官を呼び捨てにしても、かえって不自然さも力みも感じられないのだ……）

そう胸の内で呟き、白む東の空を眺めて深く息を吸い込む宗次だった。

「先生、お早うございます」

背後で澄んだ美雪の声がしたので宗次は振り返り、広縁へと引き返していった。

美雪が身形の乱れ全く無く、書院と広縁を仕切る敷居の内側に座して、宗次に頭を下げた。

「お早うございます。よく眠れましたか」

「はい。広縁の先生には大変申し訳ないことであると思いつつも、いつの間《ま》にか安心して眠ってしまいましてございます。本当に有り難うございました」

宗次は黙って頷き、広縁へと上がった。雨戸と障子は二枚が左右に開けられ書院内ではまだ大行灯が点《とも》っている。なめらかで、きめがこまかい雪肌の美雪は、唇に薄く紅を引いているだけだった。その然《さ》り気《げ》なさがまた一段と、美雪の気高さの位《くらい》を上げているのだが、おそらく本人はそれに気付きさえもしていまい。保身のため汲汲として藩内の騒乱解決の方を重視する余り、手邪魔《てじゃま》と捉えた美雪を選《よ》りに選《よ》って生家へと戻してしまった、もと夫の廣澤和之進は、この気高く麗《うるわ》しい華を二度と我が掌に取り戻すことは叶《かな》わぬだろう。まるで天華《てんげ》を思わせるような、美しい美雪を。

宗次と美雪は、書院と広縁の位置で向き合った。

「間もなくこの本陣に朝の陽《ひ》が差し込みましょう。昨日《きのう》に続き今日も天気は良さそうですよ」

「お祖母様《ばば》を迎えるには、とてもよい日になるような気が致しております。先生に我《わ》が儘《まま》なお願いがございます。申し上げて宜しゅうございましょうか」

「遠慮なく、何なりと」

「昨日感動いたしました柿木坂《かきのきざか》でございます。石で組まれた幅の広いゆるやかな坂道の両側には、白い土塀が海に向かってゆったりと続いてございました。あの柿木坂《かきのきざか》の名状し難い光景が忘れられませぬ。また柿木坂《かきのきざか》の坂口と、倖明寺の境内から眺める息を呑むような雄大な海の姿、心が震える思いでございました」

「つまり、柿木坂《かきのきざか》と倖明寺へお祖母《ばば》様をお連れしたい、そうですね」

「はい。左様でございます」

「よろしい。お引き受け致しました。柿木坂《かきのきざか》と倖明寺から眺める光景には、お祖母《ばば》様はきっと満足なされましょう」

「それに倖明寺の襖絵。先生がお描きになりました、あの素晴らしい襖絵を是非、お祖母《ばば》様に見て戴きたいと思うております。大変な感銘を受けられるに相違ございませぬ」

「弘念和尚の御手前で、茶も味わいましょうか。美雪様の石秀流とは流儀は異なりますが、弘念和尚もなかなかに通じていらっしゃる」

「まあ、それは楽しみでございます。倖明寺に立ち寄りますことを、前もって御知らせ申し上げておいた方が宜しゅうございましょう。お祖母《ばば》様はこの本陣に二日ばかり滞在なされて、お疲れを癒《いや》されなさいますゆえ、その間に倖明寺へ佳奈を遣わしたく思いますけれど……」

「うん、そうしなされ。それがよい」

「承知いたしました。それでは、そのように致します」

宗次と話をする美雪の端整な表情には、嬉しさが満ちていた。

それも控え目に満ちる……宗次に対して美雪が見せる感情のかたちは、常にそうであった。一気にとか、激しくとかいうことは、これ迄に一度として無かった。穏やかに物静かに、それが持って生まれた美雪の人としての「かたち」の素晴らしい点なのであろう。この美しい女性には自画自讃も、地位立場を利用しての他人への誹謗《ひぼう》・見下しも、傲慢《ごうまん》さも無縁であった。だからこそ、その美雪が決断した女性塾・求学館「井華塾」創立の支援に、全力を傾けることを決意した宗次だった。初代塾頭を快く引き受けた高家《こうけ》筆頭・吉良上野介義央の富子夫人も自分と同じ思いに相違ない、と宗次は思っている。

宗次と美雪が、お祖母《ばば》様のことや、女性塾開学についてあれこれと話し合っているうちに、朝陽《あさひ》が庭木の梢の高みに触れ出した。

その頃合を見計らったかのようにして、本陣の内儀富百が女中二人を従えて現われ、宗次と美雪に丁重な朝の挨拶をしたあと、雨戸を開けに掛かった。

たちまち上段の間《ま》と下段の間《ま》に、朝の明りが広がってゆく。

全ての雨戸が開くと、富百が美雪の前に、にこやかに座った。昨日の硬かった表情とは打って変わっていた。

「お姫《ひい》様には、よくお眠りなされましたでしょうか」

町娘の身形の美雪に、富百がはじめて、お姫《ひい》様、と口にした。

「はい、温かな気配りに満足してよく眠れました。屋敷に居る時と同じように心地よく」

「それはようございました。お姫《ひい》様のお父上様、西条の御殿様《おとのさま》には上方へ御役目で出向かれなさる際、いつもこの本陣を利用して戴いております」

「まあ、それは初めて耳に致します。父からは何も聞かされずに参りました」

「いちいちお姫《ひい》様に改めて打ち明ける程の事でもありませぬ故《ゆえ》でございましょう。京都所司代次席のお兄上様、九郎信綱《くろうのぶつな》様が江戸と京《みやこ》の間を往き来なさる際にも、この本陣を使って戴いてございます」

「それはそれは。此度訪れた私《わたくし》たちに対する本陣の自然な気配りの様子が、それで納得できました」

富百の話に応じる美雪も、涼し気に目を細めてにこやかであった。

傍《かたわら》でその様子を見守る宗次は、美雪の沈み傾向にあった心は、これでもう心配はない、と思った。

富百が美雪に訊ねた。

「今日は四ツ半頃(午前十一時頃)には、お姫《ひい》様の大切なお身内が、この本陣にお着きなされると先遣のお侍様より伺ってございます。先ずは湯浴《ゆあ》みをして戴き、お疲れをほぐされては、と考えますが如何《いか》がでございましょうか」

「是非にも、そうしてあげて下さい。大和国《やまとのくに》より私《わたくし》の祖母が参られるのです」

「えっ、大和国《やまとのくに》……あ、左様でございましたか。承知いたしました。大事にお迎え出来ますよう抜《ぬ》かり無く一生懸命に手配りさせて戴きます」

ほんの一瞬、富百が感情を揺らせたように見えたが、そこは身分高い人との接し様《よう》に馴れている立場。直ぐに然《さ》り気《げ》なさを装った。

「宜しくお願い致します」

と、笑顔あかるい美雪だった。

富百は、それでは朝餉の用意を致します、と下がっていった。

宗次も美雪もこのとき、「天地を震わさんばかりの大変なこと」が間《ま》もなく自分たちの身に降りかかってくるなど予想だにしていなかった。

五

宗次と美雪が、富百手ずからの給仕で朝餉を済ませ、凡《およ》そ半刻が経った朝五ツ半（午前九時）頃であった。大土間に続く小路口に現われた戸端忠寛が「失礼いたしまする」と一礼し、書院の広縁に座する宗次の方へとやってきた。美雪はこのとき書院の奥に下がって、富百と二人の女中の手伝いで薄化粧を調えて貰っているところだった。

こういう場合の化粧拵えには、充分に慣れている富百たちである。

朝の陽《ひ》があふれている広縁に座す宗次の背後の障子はむろん、身だしなみを調えている美雪のために閉じられている。

忠寛は宗次の前までやってくると、「ただいま少しお邪魔して宜しゅうございますか」と、遠慮がちに訊ねた。紫の風呂敷で包まれた細長いものを、大事そうに抱えている。平たい包みではない。厚みはかなりある。

(刀が納まっている白木の箱だな。それも二段の箱だ)

と、宗次は確信的に想像した。こういった場合の判断とか推測とかいうのは、厳しい剣法の修練で培われてきた、宗次特有の直感という他なかった。道理も理屈もなかった。まさしく瞬間的にピンとくるのだ。まさに確信的に。

「構いませぬ。この場は動けませぬが」

宗次は答えて微笑んだ。はい、それは承知いたしております、と応じた忠寛が言葉を続けた。

「先程でありますが、西条家より大きな柳行李《やなぎごうり》が五つばかり届けられましてございます。多くは大和国より参られまするお祖母《ばば》様への配慮の品品でありますが、その中に宗次先生にお手渡しすべきものとして、これが入っておりました」

そう言って忠寛はそれを広縁の上に、そろりと置いた。恭《うやうや》しいばかりの扱いだ。

「刀でございますな」

「はい。どうもそのようでございまする。まだ中身《なかみ》を検《あらた》めてはおりませぬが」

「はっきりと、私宛に手渡すべきもの、と認《したた》められておりましたので？」

「その点は間違いございませぬ。筆跡は菊乃殿のものでございました」

「そうですか」

　頷いて細長いその包みに手を伸ばす宗次の顔を見つめながら、忠寛は言った。

「宗次先生。まだ開けておりませぬ柳行李があと二つ残ってございます。これはどうやら着物類と思われるのでございますが、ひょっとすると先生にお渡しする羽織とか半衿が入っているやも知れませぬ」

「なるほど。私宛に刀が届けられた以上、身嗜《みだしな》みを調える意味で羽織袴も用意されている筈、と仰るのですな」

「は、その通りかと……」

「ではまだ開けていない柳行李に若《も》し私宛ての羽織袴が入っていたなら、申し訳ありませんが直ぐにでも持って来て戴けませぬか。お祖母《ばば》様の到着を考えれば、余りゆっくりと構えている訳にはいきません」

「承知致しました」

忠寛は一礼して機敏に下がっていった。

宗次は風呂敷包みを解いた。矢張り白木の箱であった。それも二段の拵えを窺《うかが》わせる高さ（厚み）がある箱だった。

（大小刀を揃えて下されたか……）

宗次は、この日この刻限に柳行李が着くようにと配慮なされたに相違ない西条山城守の〝豪の者〟にふさわしい顔を脳裏に思い浮かべながら、箱の蓋《ふた》に手をかけた。

そして、蓋を静かに開ける。心を研ぎ澄ますかのようにして。

二段拵えの白木の箱の上段には、袋に納められていない黒蠟色塗鞘拵《くろろいろぬりさやこしらえ》の大刀が「只物《ただもの》」でない輝きを放って横たわっていた。

箱の底に固定するかたちで、鞘の上下二か所が白い紐《ひも》で結ばれている。

「ほほう……」

白い紐を解いた宗次は、その大刀を白木の箱から取り出して、暫くの間、柄・鞘の拵えを熟《じ》っと眺めた。背後で障子のそっと開く音がしたが、大刀に集中していた。

「これは、もしや……」

呟いて宗次は、大刀の柄と鞘に両手を添えて胸の高さに横たえ、軽く頭《こうべ》を下げた。

剣客としてはじめて〝出会った〟刀に敬意を表すると同時に、美雪の父西条山城守貞頼に対しても謝意を表わしたのであった。

右手で柄を持った宗次は、次に刃を上向きとして〝跳ね〟を抑える静穏な気持で鯉口を切り、棟《むね》の反《そ》りに合わせるようにして、ゆるやかに刀身を鞘から引き抜いた。そして、鞘をやさしく手放し、刀身を目よりも少し高い位置で水平に横たえてみせた。

刃の（刀身の）反り具合を検《み》るためだった。

広縁に満ちている朝の光を浴びて、刀身が眩しく光る。このとき宗次は、微かに漂ってくる化粧のいい香りを捉えていたが、その目は刀身から逸《そ》れなかった。

化粧拵えを終えた美雪も、宗次の直ぐ傍《そば》に寄り添うように控えて、矢張り刀身に見入っていた。

「実にすばらしい刀です……つい先程、西条家より私宛てに届けられたものですよ」

宗次が、どれ程か経って、ぽつりと漏らした。美雪は少し微笑んだだけであった。

美雪に言って聞かせるようにして、宗次は更に言葉を続けた。

「棟（峰）の反りを抑《おさ》えて、やや直線的とした刀身の流れるようなこの淡麗さは、まぎれもなく銘刀丹波守吉道《たんばのかみよしみち》。ご覧のように元幅に比べると先幅が次第に狭まり、そのため切っ先が得《え》も言《い》われぬ冷たい鋭さを醸し出しております。戦いに際して、斬るにも突くにも威力を発揮する、まさしく上級武官のための刀と言えます」

「それは先生、西条家に出入り致しておりました、今は亡き刀匠四郎入道様より、父が大番頭《おおばんがしら》に昇りましたる時に祝いとして贈られたるものと聞いておりまする」

「刀匠四郎入道殿と申さば、相模国《さがみのくに》の名匠として知られた御人。さすがにいい刀を祝いとして贈られました。この丹波守吉道と比べることの出来る刀として、井《い》上真改《のうえしんかい》、越前守助廣《えちぜんのかみすけひろ》などがあげられます」

「父もそのように申したことがございました」

「この丹波守吉道が西条家より私宛てに届けられたという事は、腰にこの刀を帯びてお祖母様《ばば》をお出迎えするように、ということであろうと判断させて戴きます」

「はい。私も先生に、そのことを是非にもお願い致したく存じます」

美雪は微笑みつつ、そう言うと、三つ指をついて静かに頭《こうべ》を下げた。

宗次は「うむ……」という感じで、にこやかに頷いてみせた。

六

一つ西隣の戸塚宿でお祖母様《ばば》の到着に備え待機していた佳奈をはじめとする幾人かの西条家の女中（腰元）たちのうち二人が、「昼四ツ半過ぎには間違いなく保土ヶ谷宿に入られます」と告げに早駕籠で戻って来た。

それが昼四ツ過ぎであったから、本陣に緊張が走り慌ただしくなった。

本陣の表門の前では、宗次と美雪、そしてその背後に控えるようにして忠寛ら三人の家臣と二人の腰元が待機した。この刻限、通り（街道）はすでに旅人の往き来でかなり賑わっている。

宗次は羽織袴に大小刀を帯に通し、どこから眺めても堂堂たる青年武士であった。その宗次と肩を並べるようにして、しかし僅かに半歩ばかり下がっている美雪も、西条家から届けられた着物に、装いを美しく改めていた。

宗次の髪型であるが、常日頃より「男髷《おとこまげ》」と「いなせ風」の間くらいの髪型であったから、武士の身形にも町人の身形にも似合った。「男髷」は二代様（徳川秀忠）、三代様（徳川家光）の頃からはやり出したものだ。一方の「いなせ風」だが、町人の商いが幅広い分野で活況《かっきょう》を呈《てい》するようになってから、つまり時代が下がるにしたがって町人の間、そして若い粋《いき》な野郎侍《やろうざむらい》の間ではやり出した。その意味では、宗次の髪型は自分流と言ってよかった。好むと好まざるとにかかわらず、いつ侍の身分に陥るか知れない、という自分の境遇を常に意識していたからではあるまいか。

刻《とき》が小きざみに過ぎて行くにしたがって表門の内側に、本陣の主人《あるじ》夫婦六左衛門と富百、そして女中たちが顔を揃え出した。少し奇妙なことに、富百は主人《あるじ》六左衛門の前に、まるで夫を従えるようにして立っていた。しかも夫婦どちらの表情も、それが当たり前のようであった。

空は見わたす限り青く澄みわたって、陽は明るく降り注ぎ、お祖母様《ばば》を迎えるには絶好の日和だった。雲雀《ひばり》が囀《さえず》る時季でもないのに、空高い一点で野鳥が頻《しき》りに鳴き出した。雲雀に似ている。

このとき、富百の後ろに控えていた主人《あるじ》の六左衛門は、「はて？……」という小さな不自然さを捉えていた。

本陣の前の通り、ちょうど表門と向き合った位置に、二本の松の巨木が天高く聳え勇壮に枝を張っている。

その松の巨木の蔭に身をひそめるようにして、身形荒《すさ》んだ六名の浪人が屯《たむろ》していた。うち二人は、肥満気味で大柄、とはっきり判った。

（この界隈では見かけぬ浪人どもだな……）

そう思った六左衛門であったが、意識は直ぐにお祖母様《ばば》を出迎える心の準備の方へ移っていた。本陣の主人《あるじ》ともなると、その出自にもよるのだが、名字帯刀を許される。

では、このときの宗次の注意力はどうであったか？

六左衛門が気付いて「はて？」と思った事に、宗次が気付かぬ筈はない。

宗次の視線は間《ま》もなく主客が現われる街道の、西の彼方に注がれてはいたが、その視野の左端で早くから六名の浪人たちを認めていた。

天賦の才を備えていたとも言える剣客、式部蔵人光芳《しきぶくらんどみつよし》を退《しりぞ》けてから、まだ日が浅い。その蔵人の命《めい》を受けた配下の手練が浪人に身形を変えて迫ってくる可能性は無くはない。充分に予測できることではある。

だが宗次は、松の巨木の蔭にひそむ浪人六名を、（蔵人にかかわりがある連中ではないな……）と見た。蔵人の配下ならば如何に身形を浪人に変えようとも、幕臣としての芯《しん》を有した印象が見え隠れしている筈であった。が、六名には、それが無い。

だとすれば、もう一つの可能性が考えられた。柿木坂《かきのきざか》で宗次は、酒気を帯びた浪人が、美雪に絡み付こうとしたのを、軽く張り飛ばしている。宗次は〝軽く〟の積もりではあっても、酒気を帯びた浪人は石組の階段を何段もころげ落ちていった。

衆目の中での滑稽《こっけい》すぎる無様《ぶざま》であったから、当の浪人にしてみれば赤っ恥をかかされて「おのれえっ……」となったことだろう。己れの非礼を忘れて有りもしない面目を取り戻さんとし、仲間を増やして宗次と美雪の後を尾行するなどは予想に値することだ。

（たぶん……それだな）

と、宗次は考えをそこへ落ち着かせた。

美雪の直ぐ斜め後ろに控えていた二人の腰元のうちの一人が、そっと美雪との間を詰めて、「お見えになりました」と囁いた。

それは宗次の耳にも届いており、美雪は黙って頷いた。

旅人の往き来で躍《かまびす》しい街道の彼方――ゆるい上《の》ぼりになっている――に一頭の馬が現われた。その背に跨《また》がっているのは塗一文字笠《ぬりいちもんじがさ》をかむった武士と、はっきり判る。馬子《まご》の姿はなく、手綱は武士の手にある。

そのあと直ぐに二頭の馬が現われ、これも武士の身形が馬上にあって自ら手綱を手にし、馬子の姿はない。ただ、この二騎は頻《しき》りに後方へ気を配る様子を見せている。

宗次ら、お祖母《ばば》様を出迎える側は、間《ま》もなく到着する一行《いっこう》が如何なる旅態《りょたい》で訪れるか先遣の腰元二人から詳しく聞かされているため、騎馬三名が彼方に現われても驚くことはなかった。

と、最初に現われた馬上の武士が、本陣を認めてか馬腹を蹴った。旅人の往き来で賑わう宿場の通りであるから、襲歩《しゅうほ》（競馬速度、分速千メートルくらい）で駈ける無謀をする筈もなく、あざやかに速さを抑えた手綱さばきを見せ駈歩《かけあし》（分速凡そ三百五十～五百メートルくらい）でみるみる近付いて来る。

それを出迎えるかたちで、宗次と美雪の二人が近付いて来る騎馬の方へゆっくりと歩き出した。

馬上の武士が手綱を引くや、宗次の面前で止まった馬が鼻を低く鳴らし、蹄《ひづめ》でカッカッと地面を叩いた。

「よしよし……」

宗次がにこやかに馬の鼻面を撫《な》で、馬上の武士が身軽に地上へ降り立った。

「宗次先生、一別以来でございまする。お目にかかれるのを楽しみに致しておりました」

「長の旅、お疲れ様でございました。お変わりなく何よりでございます」

二人のなごやかなる挨拶が済んだ。

武士は表情を改めると、宗次の二歩ばかり後ろに控えている美雪に馬と共に近付いてゆき、「途中何事もない静穏無事な旅でございました。お祖母《ばば》様も極めてお健《すこ》やかでおられます」と述べて、丁重に腰を折った。

「お祖母《ばば》様の江戸への旅に付き添うて下されまして、有り難うございました。心からお礼を申し上げます」

美雪も丁寧に挨拶を返し、綺麗に辞儀をした。

武士の名は曾雅家と親交深い奈良代官、鈴木三郎九郎《すずきさぶろうくろう》（実在）であった。柳生新陰流を心得る頼もしい代官として大和国《やまとのくに》では広く知られた人物である。美雪が病床にある将軍家綱の秘命に従って大和国《やまとのくに》へ旅したときに、鈴木との交誼《こうぎ》が深まっていた（光文社文庫『汝　薫るが如し』）。

ともかく、お祖母《ばば》様の信頼、殊《こと》の外《ほか》厚い代官鈴木であった。

鈴木が体の向きを、宗次の方へと戻した。

「恐れいりまするが宗次先生、お祖母《ばば》様お乗りの車駕籠《くるまかご》へ戻りたく思いまするので、お願い出来ましょうか」

鈴木が手にあった手綱を遠慮がちに、宗次に差し出した。それこそ恐縮して。

「宜しいとも。預かりましょう」

「申し訳ありませぬ」

代官鈴木は手綱を宗次の手に預けると、一礼して身を翻《ひるがえ》し足早に引き返した。

とは言っても、お祖母《ばば》様の一行は、もう声を掛ければ届く辺りまで来ていた。

代官鈴木は宗次に対し車駕籠と言ったが、それは一頭の馬に引かす二輪の台車の上に設《しつら》えた駕籠だった。

庶民の駕籠の中で最も格が高い法仙寺（宝仙寺とも）駕籠を、二輪の台車の上に固定させたもの、と言えば判り易いだろうか。

もっともこのような乗り物は、この時代では一般的ではなく、高齢のお祖母《ばば》様の長旅のために曾雅家がとくに誂《あつら》えたものに相違なかった。

この時代の権力者は駕籠（乗り物）の仕様まで、権力の象徴としたがる傾向が強いため、庶民はどのような駕籠（乗り物）を用いてもよい、という訳にはいかなかった。馬鹿馬鹿しいほど下らぬ事にまで口を挟み、「権力の象徴」を振り回した。

お祖母《ばば》様について言えば、大和国《やまとのくに》の豪家として轟《とどろ》く曾雅家は、武家でも公家でもなかったが、奈良代官はもとより、奈良奉行と雖《いえど》も敬《うやま》わねばならぬ対象だった。

かと言って、曾雅家は決して権力者の座にある訳ではない。

車駕籠はおそらく、奈良奉行の積極的賛意のもとに造作されたものなのであろう。

宗次らが見守る中、代官鈴木は車駕籠の脇に辿《たど》り着いて、何事かを語り掛けた。駕籠の中からお祖母《ばば》様の返答があったのであろう、「はい」と頷く様子を見せて、再び一行から離れ、足早に宗次たちの方へ向かってきた。

「私がお預かり致しましょう」

本陣主人《あるじ》の六左衛門が宗次に近寄って囁《ささや》き、馬の手綱を引き継いで落ち着いた足取りで門内へと消えていった。あとに残された妻女富百の表情が、夫が離れていったことで尚のこと改まったが、六左衛門は手綱を誰かに預けたらしく直ぐに戻ってきた。

このときには、松の巨木の蔭から、六名の浪人は消えていた。

びしっと決め込んだ身形の代官鈴木を、警戒でもしたのであろうか。

車駕籠の左右には、脇差を腰に帯びた曾雅家の若党のほか、西条家の腰元たちが張り付いていた。

後方には、騎馬武者二名が従っている。おそらく柳生新陰流を心得る代官鈴木の配下の者たちなのであろう。一般に代官所には、剣を取って闘える者は数少ない。が、代官が剛の者であれば、配下の者もまた自ずと変わってくる。

いよいよ車駕籠が宗次と美雪に近付き、そして人馬は一斉に止まった。若党に手綱を持たれて車駕籠を引いていた馬が、天を仰ぎひと声高くいないた。まるでお祖母《ばば》様に「着きましたよ」と知らせんばかりに。

馬上から降りた武士たちの動きは、てきぱきと手早かった。車駕籠から降りるお祖母《ばば》様に手を貸し、まるで疲れを知らぬ者のようにお祖母《ばば》様は爽《さわ》やかな明るい笑みを宗次と美雪に向けた。

「ようこそ御出なされましたお祖母《ばば》様」

「再びお目に掛かれて美雪は嬉しゅうございます」

宗次と美雪の挨拶に、お祖母《ばば》様は満足そうな笑みを見せて頷き、宗次と美雪を見比べた。

「侍の身形を調えて両刀を帯びたる宗次先生の何と凜凜《りり》しいお姿じゃ。このお姿の先生に出迎えて戴けるとは、婆《ばば》は思いも致しておりませなんだ」

「恐れ多いお言葉にございまする」

「それに美雪も幸せそうじゃな。ますます美しく、五体にも優し気な気力がふっくらと満ちてごじゃる。結構結構」

「お祖母《ばば》様……」

美雪は、幸せそうじゃな、と言われてうまくお祖母《ばば》様に言葉を返せなかった。江戸を離れてこの保土ヶ谷まで、ずっと宗次と一緒であったことに、どれほど心を満たされてきたか知れない。その胸の内をお祖母《ばば》様に覗《のぞ》かれたようで、体が思わず熱くなるのを覚えた美雪だった。

「ここでは落ち着いて長話も出来ぬ。宗次先生とも色色と積もる話を致したいゆえ、ひとまず本陣へ入りましょうかな。のう、先生」

お祖母《ばば》様多鶴《たづる》はそう言うと、美雪の手を引いて確りとした足取りで歩き出した。

しかしその歩みは、表門のところで止まった。磕《はた》とした止まり様であった。

表門の直ぐ内側には富百がいて、その顔がお祖母《ばば》様と目を合わせるや、忽《たちま》ちくしゃくしゃとなった。

「お祖母《ばば》様、おなつかしゅうございまする」

ほんの一、二歩、門の外へ進み出た富百が、お祖母様《ばば》に対して思いがけない言葉を口にし、深深と腰を折ったではないか。宗次も美雪もさすがに驚いた。いや、西条家の家臣たちも同じであったろう。

「おうおう富百、真《まこと》に久し振りじゃのう。元気そうで何よりじゃ。其方《そなた》が六左衛門殿と連れ立って曾我《そが》の里（奈良県橿原市曾我《ならけんかしはらしそが》）に里帰りしてから、確かもう……」

「十三年が過ぎましてございまする。久し振りにお顔を拝見させて戴きましたお祖母様《ばば》も血色およろしく、お元気そうで、この富百こころより嬉しく思います」

「うんうん、ありがとう。御蔭様でな、足腰の丈夫さと口達者は十三年前と少しも変わってはおらぬようじゃ」

「まあ、お祖母様《ばば》……」

思わず綻《ほころ》びかけた口元へ、ふわりとひねった掌《て》を運んだ富百の脇を抜けて、美雪の手を引いたままのお祖母様《ばば》が六左衛門の前に立った。

「ようこそ御出下されましたお祖母様《ばば》。この六左衛門、お懐《なつ》かしく、また嬉しくてたまりませぬ」

そう挨拶の言葉を述べた六左衛門であったが、腰を折るのも忘れて両の目から大粒の涙をぽろぽろとこぼした。里帰りした妻富百に付き添って曾我の里を訪れた際、お祖母様《ばば》をはじめ曾雅家の人人から余程、大事にされたのであろう。

「六左衛門殿も、体つき表情ともに発止となされた印象は、十三年前のままじゃ。若い頃から曾雅家の奥を束ねてくれていた富百を、縁あって嫁に迎え入れてくれたこと、そして、この上もなく大事に大切にしてくれていること、この婆《ばば》は改めて六左衛門殿に御礼を申さねばならぬ」

「めっそうもございませぬお祖母様《ばば》。この本陣は富百あってこそ成り立ってございまする。本陣を営む富百の才能は、生半《なまなか》のものではありませぬ。他の宿場の本陣の中には、諸藩利用の際の過ぎたる我儘《わがまま》などで、運営が深刻な状態に陥っているところが何か所も出始めてございます。しかし富百は、諸藩のむつかしい注文を、いつもあざやかに乗り切ってくれております。私が口出しできるところは、既にありませぬ」

「いやいや、それもこれも六左衛門殿のお人柄が立派なればこそじゃ。富百を大事にしてくれているからこそじゃ。十三年前、富百の里帰りに際して、六左衛門殿は、一月半《ひとつきはん》もの間、本陣の営みを地元の有力者に預ける決断をして下された。

宿場役所もその上席役所も、それに対し異議を挟まなかったのは、日頃の六左衛門殿のお人柄があったればこそじゃ」

「おそれいります。お祖母《ばば》様からお褒《ほ》め戴いたお言葉を大事として、これからも頑張って参りまする」

「さ、六左衛門殿。そろそろ部屋へ案内して下され」

「あ、これは気が付きませんで失礼を致しました。さ、さ、どうぞこちらへ……」

宗次は、美雪の手を引いたお祖母《ばば》様と西条家の家臣たちが、六左衛門に案内されて玄関式台の方へ向かうのを見届けてから、奈良代官鈴木三郎九郎へと歩み寄った。

「このたびはお祖母《ばば》様の長の旅にお付き添い下されて真《まこと》に有り難うございました。これほど心強い付き添い人《びと》はないと、美雪様も大層喜ばれておりました」

「先生のようなお方《かた》にそう仰って戴けますと旅の疲れも吹き飛びまする。とは言え、お祖母《ばば》様との長の旅は、毎日が笑いに満ちた実に楽しいものでございました」

鈴木三郎九郎はそう言って、柳生新陰流の剣士らしい明るい笑みを、顔いっぱいに広げた。

「左様でしたか。それは何より……」

宗次も鈴木の笑みに付き合った。鈴木がやや声をひそめて言った。

「先生もご存知のように天領（幕府領）を預かる代官所は、いわば地方の政治《まつりごと》の拠点でございますことから、幕府への報告事項は実に多岐に及びましてございます。此度は、その報告日程とお祖母《ばば》様の旅の予定がうまい具合に重なり合ったものですから……」

「あ、なるほど、それで……」

と頷いてみせた宗次ではあったが、お祖母《ばば》様を敬うことこの上もない代官鈴木のことであるから、おそらく自分の方からお祖母《ばば》様の旅の日程に都合を合わせたのであろう、と心を温めた宗次だった。

宗次との立ち話を終えて代官鈴木が配下の者を従え表門を潜ると、そのあとに車駕籠、曾雅家の奉公人たち、と続いた。

表門の脇に佇んで最後まで残ったのは、富百であった。

「御内儀、私は少し片付けたい用が外《そと》にありますゆえ、小半刻《こはんとき》ばかり勝手いたします。なに、おそらく小半刻もせぬ内に戻れましょう」

「まあ、ではそのように、お祖母様《ばばさま》に申し上げて宜しゅうございましょうか」

「はい。構いませぬ。ご心配なさらぬように、と……」

「承知いたしました。では、そのように申し上げておきます」

富百は困惑の様子を見せることもなく、表門の中へと入っていった。

入れ替わるようにして、屋号を染め抜いた陣屋法被《じんやはっぴ》をきちんと着込んだ老爺――門番――が外へと出て来て、宗次に向かって丁寧に腰を折った。

「あのう、後続の御一行様がなければ、ひとまず御門を閉じさせて戴きとうございますが、如何がでございましょうか」

使いなれた丁重でなめらかな言葉調子であった。

「うん、明るい日の下だが、用心のためにも一応閉じて下さるか。私は小半刻もせぬうちに戻ってくる心積もりだが」

「承《うけたまわ》りました。私は門内直ぐの詰所から離れることなく待機いたしておりますから、お戻りになりましたなら、小門（脇門）を叩《たた》いてお知らせ下さい」

「判りました」

感じのよい老爺に笑みを残して、宗次は表門に背を向け東の方へと歩き出した。

表門が閉じられ、閂《かんぬき》のわたされる音がした。

宗次は一体何処へ行こうと言うのか。

が、その足は一町半《ちょうはん》ばかり（百六十メートル余り）行ったところで、其処《そこ》が初めからの目的であったかのような落ち着きをみせて止まった。

明るいうちから大きな赤提灯を下げた、間口の広い店が宗次の目の前にあった。

軒から下がった四枚の長暖簾《ながのれん》がさわやかな風でひらりひらりと揺れている。

その長暖簾の奥は、どうやらかなり賑わっていた。遠慮のない笑い声や呂律《ろれつ》が回っていない大声。それだけではやっている居酒屋か飯屋と判るが、長暖簾にも大きな赤提灯にも店の名は無い。

宗次は薄汚れている長暖簾を両手で掻《か》き分けるようにして潜った。

四枚障子のうちの一枚が開いている。

宗次は敷居を一歩入ってゆっくりと見まわした。かなりの広さがある店は満席に近かった。酒と焼魚の匂いが満ち、誰ひとりとして新しく入ってきた客のことなど気にしない。

宗次の視線が、左手奥の薄暗く狭い板の間《ま》を捉えて止まった。松の巨木の蔭に隠れていた浪人六名がいた。

七

宗次は、その薄暗く狭い板の間《ま》に近付いてゆくと、胡座《あぐら》を組み額を寄せ合うようにして酒を貪《むさぼ》り呑んでいる六名の浪人どもを立ったままの懐手《ふところで》で見据えた。

六人のうちの肥満した大柄な一人が漸く宗次に見据えられていることに気付き、「あっ」という顔つきになった。口まわりの不精髭に、しゃぶっていた鰯《いわし》の干物《ひもの》の肉屑《にくくず》がぶら下がっている。

其奴が脇に置いてあった刀に手をかけたので、隣の浪人も宗次に気付いて表情を強張《こわば》らせた。其奴も肥満気味で大柄だ。二人とも柿木坂《かきのきざか》で宗次と出会った浪人だった。刀を手に取った方が、宗次に張り倒され、階段をころげ落ちた浪人である。

車座でしかも額を寄せ合うようにして酒を呑んでいる他の四人は、まだ宗次に気付いていない。

宗次は刀に手をやったまま こちらを睨《にら》みつけている浪人に、熟《じ》っと視線を合わせた。

やがて浪人の手が刀から離れ、自信なさそうに目を瞬《またた》いた。

宗次が懐手《ふところで》を改めると、抜刀でもされると思ったのか、浪人の手が再び脇の刀へと戻った。しかし、怯えたような目つきだ。さほど気丈夫な性格ではないのであろう。

と、宗次が、その浪人を小さく手招いた。

浪人の表情が「え?」となったので、宗次はもう一度手招いた。

浪人が刀を手にして立ち上がりかけたので、宗次は一瞬目を鋭く光らせ首を横に振ってみせた。

浪人は宗次の前に無刀でやって来た。胸を張り肩を怒らせ精一杯の〝威厳〟を保とうとしている風であったが、不精髭にくっ付いた鰯の干物の肉屑が滑稽《こっけい》で、〝威厳づくり〟は殆ど役立っていない。

宗次は小声で語り掛けた。

「私を覚えているか」

「おう、覚えているとも」

浪人も小声であったが、わざとらしく野太い声を出した。

「私のあとを、ここ保土ヶ谷までつけて来たのか」

「やられたら、やり返す。それが俺の主義だからな」

「そうか……」

と、相手を見る宗次の目が、ふっとやさしくなった。

「階段の下までころげ落ちたが、どこぞ体を傷めなかったか」

「おい、もっと小声で話せ」

「あ、すまぬ。さては、階段からころげ落ちた事実を、六名のうち四名は知らぬのだな」

「お前は一体何をしに来たのだ。勝負をするというなら、受けて立つぞ」

「私にその気はない。私が刀を抜けば其方《そなた》は間違いなく両腕を斬り落とされることになる」

「う……」

浪人の顔が、みるみる歪《ゆが》んでいった。

「私に刀を抜かせてはならぬ。お前たちは静かに大人しくこの宿場から去《さ》るのだ。直ぐにもな」

「断わったら？………」

「断わったことに見合う不幸が、其方《そなた》の両肩に訪れる。必ず訪れる」

「柿木坂《かきのきざか》では、お前は町人の身形だったな。それがどうして今、きちんと調った武士の身形なのだ。若《も》しかして公儀隠密《こうぎおんみつ》？」

「其方《そなた》には関係ないことだ。どれ、柿木坂《かきのきざか》の階段からころげ落ちた時に傷を負ったのなら、私に見せてみろ」

浪人はしかめっ面で着物の左袖を肩の近くまで、めくり上げた。肩口から肘下あたりまで軽症ではない擦り傷が走って、腫れあがっている。かなり、いたいたしい。

「痛むか？」

「当たり前だ」

「酔い任せに、けしからぬ振舞をしようとするからだ。自業自得と思え。あのとき私が刀を帯びていたなら、階段の下へころげ落ちていたのは、其方《そなた》の首だった」

「………………」

喉《のど》をゴクリと鳴らして生唾《なまつば》をのみ下した浪人の顔が怯えたようにひきつった。

「其方《そなた》、妻女はいるのか」

「いる……深川《ふかがわ》にな……妻は四歳の子を抱えて、うどん屋で働いている」

「なのに其方《そなた》は、怪し気な仲間と共にこうして、とぐろを巻いているのか」

「とぐろを巻かなきゃあ、家族を養えないからだ。文句があるなら、幕府に言ってくれ」

「妻子は元気なのか」

「御蔭様《おかげさま》でな」

宗次は着物の袂《たもと》から一分金二枚（四枚で一両）を取り出すと、浪人の懐へねじ込んでやった。

「妻子に何ぞ買って帰ってやれ。妻子にだぞ。そして直ぐに江戸へ向けて去るのだ。よいな」

　宗次はそう言い残して、浪人に背を向けた。

　浪人は懐から取り出したそれが二枚もある一分金だと判ると、次第に離れてゆく宗次の背中を「くそっ」と睨みつけたものの、たちまち今にも泣き出しそうな顔になった。

「おい。どうした。誰と話していたのだ」

　漸く背後から酔った仲間に声を掛けられた浪人だったが、「古い友人とだ」と答え、もう一度「くそっ」と消え入るような呟きをこぼした。

　宗次の背中が、店の外へと消えていった。

八

　刀を抜くことがないよう事態を穏便《おんびん》に済ませた宗次が本陣へ戻ってみると、六左衛門が玄関の間《ま》に、姿勢正しく正座をして、宗次の帰りを待っていた。

「お帰りなされませ。お祖母《ばば》様のお部屋へ、ご案内いたします」

「申し訳ありませぬ。ずっと待って下さっておりましたか」

「はい。これが主人《あるじ》のつとめです。お気遣いなさりませぬよう。さ、こちらへ……」

にこやかに腰を上げた六左衛門に宗次が案内されたのは、書院と廊下を挟んで向き合った座敷であった。当然のこと、障子は閉じられている。

「こちらでございます。お姫様《ひいさま》とご一緒にいらっしゃいます」

六左衛門は宗次の耳元で声小さく告げると、丁寧に腰を折って下がっていった。

宗次は障子に向かって正座をした。

「宗次でございます。お邪魔して宜しゅうございましょうか」

「どうぞ、先生……」

お祖母《ばば》様の声が返ってきた。

宗次は障子を開けて、部屋に入った。次の間《ま》の備えがある十畳が二間《ふたま》の部屋だった。奥の座敷は中庭に面しており、格狭間《こうざま》の輪郭《りんかく》に似た曲線を頭に（上部に）描く大きな花頭窓《かとうまど》を持っていた。

その窓の障子が開け放たれ、気持のよい明るい日差しが次の間《ま》の半ばまで差し込んでいる。

「遅くなりまして申し訳ございませぬ」

「何を申されますことか。美雪のために細やかな用心を払って下さっておる宗次先生には、気持を休める一時《ひととき》もないことと心苦しく思うておりまする。美雪の祖母として、この通り深く厚く御礼申し上げましょう先生」

言葉調子を何時《いつ》もらしくなく改めたお祖母《ばば》様が、三つ指をついて丁寧に頭を下げた。

「あ、いや……」

思いがけないお祖母《ばば》様の態度《たいど》に小慌てになりかけて宗次が、「はて?」と気付いた。美雪は床の間に背を向けて座り、お祖母《ばば》様が少し下がった位置に座っているではないか。

しかもである。美雪の隣には、もう一人の誰かを迎えるための座布団が調《ととの》えられていた。

しかもその座布団の厚み、色柄、拵え様《よう》ともに明らかに主客に対してのものと思われた。美雪が敷いているものよりは、まぎれもなく上級のものだ。そして、お祖母《ばば》様が言った。

「先ずは先生。美雪の隣へお座り下され」

「えっ。この私がでございますか」

「どうか、この婆《ばば》の申し上げる通りにして下され。そうでないと話が先へと進みませぬ」

「は、はあ……」

宗次は腰の大刀を取って、お祖母《ばば》様の言葉に従った。話が先へ進まぬと言われれば、美雪の隣へ身を移すしかなかった。ましてや、大和国《やまとのくに》の豪家である曾雅家の、お祖母《ばば》様多鶴の頼みである。

美雪の隣に姿勢正しく正座をし、大刀を右の脇に置いた。

お祖母《ばば》様の話が、確りと宗次の目を捉えるようにして始まった。

「先生。美雪が創設に力を注いだ女性塾、求学館『井華塾』に関して、数数の貴重な御指導、御支援を下されましたること、美雪より詳細に聞きましてございます。美雪の祖母として、重ねて深く心から感謝申し上げまする」

お祖母《ばば》様はそう言って、再び三つ指をつき、ひれ伏す程に頭を下げた。それは大和国《やまとのくに》に聞こえた豪家の事実上の主人《あるじ》としての、あざやかにして一点の非の打ち所も無い美しい作法であった。老いてなお堂堂とした。

「おそれいります」

宗次ほどの者が思わず身を硬くする余《あま》り、それだけしか返せなかった。

美雪はと言えば、伏し目がちな視線を自分の膝の上に落としてはいたが、その端整な表情は落ち着いていた。

お祖母《ばば》様の言葉は続いた。老いをはね返すような矍鑠《かくしゃく》たる眼差しで宗次の目を捉えて離すものではなかった。

「江戸へ旅立つ数日前、美雪の父西条山城守貞頼殿から手紙《ふみ》を頂戴し、ある日の下城途中で素姓不明の刺客集団に襲われ、危ういところを宗次先生に救われたことが認《したた》められてありました……」

お祖母《ばば》様多鶴は、ほんの一《ひと》呼吸言葉を休めたあと続けた。

「貞頼殿の手紙《ふみ》には、宗次先生への感謝の気持は筆舌《ひつぜつ》に尽くしがたし、と記されてございまして、その思いはこの婆《ばば》とて同じでございます。また貞頼殿は美雪の父として、こうも記してござりました。筆頭大番頭という地位は将軍家と一体のもの。つまり我が命は西条貞頼個人のものではなく将軍家に捧げたるもの。その命が素姓不明なる刺客集団に襲われたる以上は、今後において我が身に何が襲いかかるか判らない。できれば我が身が穏やかなる今のうちに、美雪の生涯を宗次先生に預かって貰うことは出来ぬものか、と……」

お祖母《ばば》様の目から、大粒の涙がこぼれたのは、まさにこの時であった。

伏し目がちであった美雪は、驚いて面《おもて》を上げ、我が祖母《そぼ》を見た。美雪にとっても、お祖母《ばば》様の言葉は、全く予想できていなかったのであろう。

お祖母《ばば》様は、またしても三つ指をついて、老いた腰を深く曲げた。

「宗次先生、この婆《ばば》からもお願いでございまする。私は美雪が不憫でなりませぬ。たぐいまれなる美しさと、あり余る教養に恵まれたる美雪が、地方の気位《きぐらい》高い名家に嫁いだばかりに藩内紛の優劣天秤《てんびん》にのせられて婚家を離れるなど、この婆《ばば》は悲しくてなりませぬ。宗次先生、どうかこの美雪の生涯を救うて下され。預かって下され。護って下され。この年寄り命に代えて、お願い致しまする」

言い終えて、面《おもて》を上げたお祖母《ばば》様に、静かに寄っていった美雪が、お祖母《ばば》様の頰を濡らす涙を白い指先で幾度も拭《ぬぐ》った。

今にも泣き出しそうに見える美雪であったが、懸命に耐えている。

宗次は、お祖母《ばば》様の突然過ぎるかのような言葉に大きな驚きの表情を見せはしたが、しかしそれは直ぐに鎮まりをみせていた。

両膝の上に軽く握った拳《こぶし》をのせて、宗次は武士らしい一礼を見せた。浮世絵師としてではなく、武士らしい一礼であった。おそらく考えるところがあっての武士らしい一礼なのであろう。

お祖母《ばば》様は言った。

「もうよい。もうよい美雪。いい年の婆《ばば》が迂闊《うかつ》にも大事な話の最中に涙を流してしもうた。許しておくれ」

「お祖母《ばば》様……」

「さあ、美雪や、婆《ばば》の横にきて先生に対して姿勢を正しなされ。大事な話の相手である先生に、作法を失してはならぬ」

「はい」

美雪は祖母から、ひと肩下がった位置に、慎《つつ》ましく座り直した。矢張り伏し目がちに。

その美雪を、宗次は熟《じ》っと見つめた。決していつもの美雪を見る優しい眼差《まなざ》しではなかった。かと言って厳しい目つきでも、険しい目つきでもなかった。強《し》いて申さば、武士《もののふ》の目つきであった。いや、剣客の目つきとでも言うべきだろうか。

お祖母《ばば》様ほどの者が、その宗次の様子に、固唾《かたず》をのんだ。

どれほどか経って「私の体には……」、と宗次は口を開いた。重い響きがあった。

その重い響きに面《おもて》を上げた美雪は、真っ直ぐに自分に向けられている宗次の視線と出会って、息を止めた。自信を失いそうな想いが胸の内から、そろりとこみ上げてくるような気がして、美雪の心は怯えた。

しかし、宗次の視線から、逃れようとはしなかった。

「私の体には……」

宗次は繰り返して、ぐっと口元を引き締めた。美雪に注ぐ眼差《まなざ》しが、どこか、苦しそうに変わった。

「私の体には侍の血が濃く流れており、それゆえ時と場合によっては、特定の大藩の政治《まつりごと》に好むと好まざるとにかかわらず、関わることになるやも知れませぬ。若《も》しそのような事態に陥れば、私の身はもとより、私と共にある者もおそらく平穏ではおられますまい。場合によっては、命さえ危うくなるやも……」

聞いて頷いたのは、お祖母様《ばば》であった。そして座っていた姿勢を美雪の方へ改めた。

「美雪や。先生のお言葉に対し、自らの意思と言葉ではっきりとお答えするのじゃ。今日のような機会は他日に再びあると思うてはなりませぬ。一度は嫁いだ身であるという苦しみはあろうが、名門西条家の息女として、覚悟ある答えを示しなされ」

「はい、お祖母様《ばば》……」

美雪はそう答えて、ひっそりと頷くと、宗次の前へと進み出て三つ指をついた。そして、軽く会釈をする程度に頭を下げてから宗次と目を合わせ、静かな口調で、しかし美雪らしくやや心細気に言い切った。

「私《わたくし》は先生の困難を自分の困難と致し、また先生の苦しみを私《わたくし》の苦しみと致して共に歩むことを、すでに覚悟して江戸を旅立ちましてございまする。私《わたくし》のこの身は一度婚家《こんか》を……」

「そこから先は、私に対し言う必要なきこと」

宗次はやんわりとした口調で、美雪の言葉を制した。宗次らしい、いつものやさしい響きが、ひと言ひと言に戻っていた。

「はい」と、美雪はうなだれた。

「そなたが我が妻となってくれるならば、我が身は如何に老いさらばえようとも輝きを失なわぬだろう。天地を裂かんばかりの邪悪《じゃあく》が、そなたに近付き迫《せま》ろうとも私は必ず護り抜くことを此処で堅く誓おう。私は力と智恵を駆使して、大きな安堵《あんど》を生涯にわたって、そなたに与え続けてみせる。約束をしよう」

「あなた様のお健《すこ》やかなるを常に念じ、心から深くお慕い申し上げて、いつまでもお傍《そば》に控えていますことを、堅くお誓い申し上げまする」

「ありがとう。我が人生最高の日と喜びたい。本当にありがとう」

それは、従二位権大納言《ごんだいなごん》を極位極官とする徳川御三家筆頭・尾張藩六十一万九千五百石の現藩主・光友《みつとも》（徳川光友）の息《そく》、徳川宗徳《むねのり》が、はじめて心の底からあらわした喜びの言葉であった。そしてこの瞬間、宗次と美雪の絆《きずな》は、不動のものとなった。それは事実上の婚儀が調ったとみてよい程の、まさに決定的な瞬間だった。

ただ、それでも美雪の、うなだれ気味な様子は、消えていなかった。

いくら宗次の思いやりに触れても、一度はひとの妻となった我が身の悲しみを忘れ去ることが出来ないのであろうか。

「曾雅家のご先祖様が、この美しい我が孫娘を慈しみ、お護り下された。宗次先生を天上より、お遣《つか》わし下された」

お祖母《ばば》様はそう呟き、宗次に向かって両掌を合わせ目を閉じた。

そのようなお祖母《ばば》様に対し宗次はチラリとした笑みを送ったが、何も言わなかった。

そのかわり、宗次は美雪に声を掛けた。物静かな口調だった。

「今一度、確かめておきたい。私のような男を今日も明日もその次の日も、そして更にその次の日も身近で目にする、というような生涯が延延と続くこととなる。恐れとか後悔はありませぬな」

「ございませぬ。望外の喜びでございます。いつまでも、お傍《そば》に置いて下さりませ」

「私の方こそ……そう言いたい」

漸くのこと宗次の顔に笑みが広がった。いつもの浮世絵師の笑みだった。

「おお、そうじゃ」

お祖母《ばば》様が忘れていた何かを思い出したかのように、不意に合掌を解いて立ち上がった。

そのまま座敷から廊下に出て手を打ち鳴らすと、「はい、ただいま……」と女《おな》子《ご》の声がした。一座敷《ひとざしき》を空けた控えの間《ま》にでも、誰かが待機していたのだろう。

お祖母《ばば》様が言った。高らかな声であった。

「急ぎ代官鈴木に頼むのじゃ。配下の者を早馬にて江戸西条邸へと遣わし『真《まこと》にめでたく調いたり』と伝えて貰いたいとな」

「承知いたしました」

お祖母《ばば》様の指示を受けて、足音が急ぎ廊下を遠のいてゆく。

お祖母《ばば》様の指示が何を意味しているのか、予め知らされている者の急ぎ様であった。

西条家の腰元の誰かである。

座敷内に戻ったお祖母様《ばばさま》が障子を開け放ったまま、美雪に向かって言った。妙に弱弱しい言い様《よう》であった。けれども目を細めた笑顔が殊《こと》の外《ほか》やさしい。

「美雪や、改めて先生と並んで座ったところをこの婆《ばば》に見せておくれ」

「え……」

美雪は、困惑と恥じらいの入り混《ま》じった眼差しを宗次へ向けた。

宗次が主人《あるじ》のいなくなった隣の座布団を、指先で軽く叩いてみせる。

はい、と初初《ういうい》しく頷いた美雪は、宗次の隣へ控え目な動き様《よう》で身を移した。

お祖母《ばば》様が、しみじみと二人を眺めた。

「お似合いじゃ、これほど美しいお似合いはない」

自分の言葉に深深と首を縦に振ってから、きりっと口元を結んでお祖母《ばば》様は締《し》め括《くく》った。

「めでたい」

両の目からこぼれ落ちた小粒な涙が、皺深い頬に糸を引いた。

幾人もの慌ただしい足音が、廊下を近付いてきた。

「今宵は特別なお料理を……よいな富百」

「勿論ですとも、あなた。最高におめでたいお料理を……」

六左衛門と富百の早口なやり取りが伝わってくる。お祖母《ばば》様の指示で代官鈴木のもとへと急いだ西条家の腰元の誰かが、六左衛門と富百の耳へも「めでたい」を早早と伝えたのであろう。

「真《まこと》にめでたい」

再び言って、お祖母《ばば》様の唇がふるえた。

明るい日差しが、あふれんばかりに庭に降り注いでいた。

くノ一《いち》母情《ほじょう》

一

その夜、宗次《そうじ》が絵筆を置いたのは、夜九ツ頃（午前零《れい》時頃）だった。依頼先へ手渡す予定が三日後に迫っていた。が、まずまず遅れなく手渡せそうだ。

作品は掛け軸用の金剛力士像である。

宗次は傍《かたわ》らで眠っている幼子、梅《うめ》を見た。軽い寝息を立てて、よく眠っている。母親の温《ぬく》もりを求めて、肩の力を落とす様子も見られず、寝床に就《つ》くまで明るく元気に振る舞っていた。大人になったら医者とか寺子屋の先生とか、あるいは両親を失って放浪する幼子の収容施設をつくるとか、人の役に立つ仕事に就きたいのだという。

「しっかりしている……さすがくノ一《いち》の娘だあな」

宗次は梅の頭に手を伸ばして、そっと撫《な》でてやった。両親の愛情を知らずに育った宗次である。

今ある宗次に逞《たく》ましく育て上げたのは、血のつながりがない稀代《きたい》の大剣客《けんかく》として知られた故・従五位下《じゅごいのげ》、梁伊《やない》対馬守《つしまのかみ》隆房《たかふさ》だった。

(だが梅よ。お前は実の母の姿を知り、その母の情を知っている。それだけでもまだ幸せぞ)

宗次は胸の内で呟《つぶや》いて、もう一度梅の頭を軽く撫でてやった。

少し呑むか、と宗次は静かに立ち上がり足音を忍ばせて水屋へと近付いていった。口まで酒が詰まっている織部《おりべ》芦紋《あしもん》徳利《とっくり》とぐい呑み盃を取り出して、月明りが降り注ぐ縁側に胡坐《あぐら》を組む。

月明りを浴びた織部芦紋徳利の端整な絵柄の色艶《いろつや》が美しい。

宗次は徳利の木の栓《せん》をポンと鳴らして取ると、ぐい呑み盃に酒を満たした。

満月が酒の中に沈んでいた。何処《どこ》からか犬の遠吠《とおぼ》えが聞こえてくる。

酒をゆっくりと呑み下して、宗次は「ふうっ」と小さな吐息を吐《つ》いてから、

「旨《うま》い」と呟いた。そして、二杯目、三杯目、四杯目と重ねる。

「大人になったら人の役に立つ仕事に就きたい……か」

そう漏らして（よし、応援してやるぞ梅……）と頷《うなず》く宗次だった。

宗次は自分の悲しくも激しい生《お》い立ちを、改めて脳裏《のうり》に想い浮かべた。

曾祖母《そうそぼ》である**淀殿**《よど》（豊臣秀吉《とよとみひでよし》の側室。織田信長《おだのぶなが》の姪《めい》）。

祖父である三代将軍**徳川家光**《いえみつ》（二代将軍徳川秀忠《ひでただ》の次男）。

実の父である**徳川光友**《みつとも》（大納言。尾張《おわり》藩二代藩主）。

そして養父である梁伊隆房（大剣聖。従五位下・対馬守）。

これらの人人のことを思えば、よくも今日まで無事で生きてこられたと、新たなる戦慄《せんりつ》が背すじに走り、それだけに養父への感謝を強く感じる宗次だった。実名、徳川宗徳《むねのり》。この名を今でもどれほど恨《うら》めしく思っていることか。若《も》し天下に大波乱が生ずれば、それこそ否応《いやおう》なく将軍の座に就かされるかも知れない立場だった。「**文**」にすぐれ「**武**」を極めし徳川宗徳（宗次）である。血すじは一点の曇り無き名流とくれば、将軍に推《お》そうとする「力」と、それを潰《つぶ》そうとする「力」が必ず現われる。そして醜《みにく》く衝突する。

「まっぴら御免《ごめん》だぜい」

五杯目の酒を空にして「ふうっ」と溜息《ためいき》を吐いた宗次は縁側にゴロリと横にな
った。ぐい呑み盃に五杯の酒のせいなのであろうか、これまでに闘ってきた様様
な相手が思い出された。多くは「武」の位を極めた一角《ひとかど》の敵たちだった。我が身
が血まみれとなったことも一度や二度では済まない。
そういった苦難の道を乗り越えて今日《こんにち》まで来られたのも、養父であり大剣聖と
謳《うた》われた従五位下・梁伊対馬守隆房の御蔭《おかげ》であると思っている。もはや養父など
ではなく、実の父であった。
月明りを浴び、宗次は手枕で微動《びどう》だにせず目を閉じた。
ゆるやかな睡魔が訪れていた。
どれほど眠ったのであろうか、宗次は目を覚ました。「眠った」としても五感
は「眠ることがない」宗次である。その宗次が頰を撫でた、ふわりとしたものを
捉《とら》えて目覚めたのだ。
手枕で横たわった姿勢のまま、宗次は用心深く辺《あた》りを見まわした。視界に入っ
ているのは、月明り降る猫の額《ひたい》ほどの庭と、破《や》れ板塀《いたべい》の向こうに覗《のぞ》いて見える狭
い裏路地だけだ。こういった場合、迂闊《うかつ》に寝返りを打てないことを、宗次は充分

に心得ていた。
だが目に映る範囲には格別に用心すべき雰囲気などはなく、背中側にも何者か
が潜《ひそ》んでいるような気配は捉えられない。
宗次は寝転んだ姿勢のまま、ゆっくりと体の向きを変えた。
梅はよく眠っていた。安らかなかわいい寝顔だった。
月明りがいつの間にか、梅の寝床の真上にまで射し込んでいる。
「ん？」
宗次の表情が変わった。梅の枕元に視線を注いだまま、宗次は体を起こした。
月明りを背中に浴びた宗次の影が、梅の寝顔を覆《おお》った。
宗次は、ひと膝滑《すべ》らせて梅の寝床に迫り、その枕元に手を伸ばした。
見馴《みな》れない風呂敷包みがあるではないか。
それを取り上げた宗次は、胡坐の上に載《の》せて風呂敷包みを開いた。
真新しい普段に着る着物と帯が三着分、それに小作りな髪飾りが現われた。む
ろん、ひと目で子供（梅）用だと判る。
手紙などは入っていなかった。

「やはり我が子のことが心配《しんぺえ》かえ。くノ一と雖《いえど》も母の情にゃあ、変わりはねえやな」

宗次は呟いた。梅の母親がこの部屋へ風のように侵入して我が娘《こ》の顔を見て消え去ったことは明らかだった。

「大事に使わせて貰《もら》うぜ、安心しねえ」

宗次は風呂敷包みを閉じて箪笥《たんす》の一番下の引き出しに納めた。

二

朝がきた。

宗次はいつものように、「ほいじゃあ行ってくらあ」「ああ、行っといで」という向かいの屋根葺《ふき》職人久平《きゅうへい》とチヨ夫婦の会話を耳にして、寝床の上に体を起こした。

久平の仕事場が日帰りが可能な江戸市中なら、夫婦の間にこのやり取りは無い。このやり取りがあるときは、久平の仕事場は決まって、川崎《かわさき》、戸塚《とつか》、藤沢《ふじさわ》、ときに鎌倉《かまくら》、小田原《おだわら》と幾日もの泊まり仕事になる。

とにかく久平は腕がよく人柄もよいので、引く手数多《あまた》なのだ。若い者を四、五人使って組を持つのも近いのではないか、という噂《うわさ》がちらほらと無くもない。

宗次が寝床を静かに折り畳んで部屋の隅《すみ》へとやると、表障子がそろりと動いた。

この刻限に宗次の住居《すまい》の表障子を開けるのは、チヨと決まっている。

チヨが風邪などで臥《ふ》せっている時は、上の娘花子《はなこ》——七歳——が隣近所へチヨの頼みを持って駆けつける。

つまり、宗次に朝飯を出す役割を伝えに行くのだ。

表障子が一尺ばかり開いて、チヨが丸い顔を覗《の》かせた。

梅はまだ軽い寝息を立てている。この貧乏長屋の安心感は大きい、と幼子なりに捉えているのであろうか。なんだかぐっすりと眠っている。

「よく眠っているねえ」

チヨが梅を指差して、囁《ささや》いた。目を細め、やさしい表情だ。

「疲れていたのかも知れねえな。すまねえがチヨさん頼まあ」

それだけで意味が通じる宗次とチヨであった。

「待っといで、いま持ってきたげる」

チヨが表障子を大きく開けっ放したまま戻っていった。

朝餉《あさげ》のことだった。久平やチヨにしてみれば、大きな息子を一人抱えているようなものだ。

毎朝、食事を届けて貰《もら》うという程ではないにしろ、宗次はかなりの世話になっていた。

昼餉《ひるげ》や夕餉《ゆうげ》の世話になることもあるし、洗濯にしてもチヨは嫌な顔ひとつせず引き受けている。なかなか出来ることではない。

それもこれも久平の肚《はら》が大きいからだ。チヨが男前な浮世絵師の面倒を一生懸命に見ても、嫌な顔ひとつしないし皮肉の一つも言ったことがない。

花子とその下の娘吾子《あこ》――四歳――が盆に二人分の朝餉を載せてやって来た。

花子は大きな盆、吾子は小さな盆だった。小さな盆には、麦飯を盛った茶碗が二つ載っているだけだ。

「私《わたち》も運ぶう……」

と、吾子が〝主張〟でもしたのであろうか。運び役は、チヨに代わる場合、花子と決まっていて、吾子が運んできたことはない。

「はい先生、朝御飯ですう」

と、吾子の声が元気がいい。花子の顔立ちはチヨに似ているが、吾子は父親の久平によく似ている。とくに二重《ふたえ》の目元のやさしさがそっくりだ。

「はい、どうもありがとよ」

「おかわりの時は、大声で叫んで下さい」

「うんうん……」

チヨと全く同じ台詞《せりふ》を吐いた吾子の手から小盆を受け取った宗次は、「よしよし……」とその頭を撫でてやった。花子がクスクスと笑いながら、あつあつの味噌汁の椀《わん》を二つと出がらしの茶が入っている土瓶《どびん》、それに漬物の中皿一つを載せた大盆を上がり框《かまち》に置いた。

この賑《にぎ》やかさで梅が目を覚まして体を起こした。

「おはよう梅ちゃん、遠慮しないで食べなさい」

吾子が梅を見て言った。これも母親から教えられた通りの言葉なのであろう。語尾が「……なさい」になっている。

梅が「え？」という表情を拵《こしら》えて、両手で目をこすった。まだ眠いのであろうか。

「あとで遊んであげるからね」

「いいのよ吾子、さ、戻るよ」

何を言い出すか判らない、とでも思ったのか花子が吾子の手を引いて外へと出ていった。表口の障子は開けっ放しのままだ。

「花子、おっ母さんにな」

「うん……」

振り向いた花子が白い歯を覗かせてニッと笑った。これだけで宗次と花子は意思の疎通が出来ていた。「おっ母さんに有り難うと言っておいてくんない」という意味なのだ。花子がもう少し幼い頃、宗次は「お花坊」と呼ぶこともあったが、近頃では「花子」と呼ぶ場合が増えていた。花子の成長を感じるようになったからだ。

「まだ眠いのかえ梅」

「眠くない」

「じゃあ布団を畳もうかえ。あ、朝飯を済ませてからにしようか」

「うん。ほこりが起《た》つから」

「そうだな。じゃあ食べよう」

宗次は小さな膳《ぜん》がある板の間へ、梅のために自分のよれよれの薄汚れた座布団をほこりが起たぬようそっと敷いてやった。

宗次は上がり框の二つの盆に載っている御飯や味噌汁などを膳の上へ移した。

「さあ、おいで。戴《いただ》こう」

宗次は膳の前に正座をして梅を手招いた。

頷いた梅が寝床を離れて宗次と向き合う位置にまできた。そして座布団を横へ退《ど》けてきちんと正座をした。

見守る宗次は何も言わなかったが、(幼くともさすが辣腕《らつわん》くノ一の娘だ……)と思った。

二人が合掌《がっしょう》をして食事を始めようと箸《はし》を手に取ったとき「おはよう梅ちゃん……」と、自分の家のような調子でチヨが入ってきた。玉子焼を載せた皿を右の手にしている。市井《しせい》の者にとって玉子(卵)は高値の品である。誰も彼もが口に出来るものではない。

「梅ちゃん、さ、これもお食べ」

チヨは板の間に上がって梅の隣に座ると、玉子焼を載せた皿を置いた。

「嫌いじゃないよね」

「大好き。あまり食べたことないけど」

「では、しっかりとお食べ。しっかりと食べて、大きくなるんだよ。いいね」

「はい」

「いい子だね」

チヨは梅の背をやさしくひと撫でると、出ていった。一度も宗次と目を合わせないままだった。しかし宗次は、明るさしか知らない筈《はず》のチヨの目が潤《うる》んでいたのを見逃していなかった。二人の幼い子を持つ母親ゆえの涙なのであろう、と宗次は思った。

(ありがとよ、おっ母さん)

宗次は胸の内で感謝の言葉を述べた。お礼を具体的なかたちでしなければ、と考え、これまで小粒を差し出したりすることも度度《たびたび》あったが、チヨも久平も断固として受け取らなかった。

その度にチヨが怖い顔をして言う言葉は、

「そんなことをしちゃあ宗次先生、大事な何かが壊れちまうよう」

だった。それを聞かされる度、宗次は胸を抉《えぐ》られるのだったが、それでも有り難さの余り小粒を差し出しては拒否されてきた。

そのため、ここ二、三年は、久平、チヨ、花子、吾子の生まれ月に日頃の感謝の気持を込めて二分金（二両の半分）を包み、あれこれと多くを言わず手渡すようにしている。年にすれば二両の額だ。これに、久平に対しては伏見《ふしみ》の酒の柳樽《やなぎだる》を一樽、チヨには櫛《くし》とか笄《こうがい》とか簪《かんざし》とかいった装《よそお》いの小物を、花子と吾子には年年《どし》に育っていく様子の宗次作の姿絵を、付けてやっている。この方法は、久平一家には大変喜ばれた。

なかでも花子と吾子の姿絵は、二人の子の将来に亘《わた》って大きな財産ともなる。

「美味《おい》しいかえ梅」

「とても美味しいね。梅は玉子焼が大好き」

「その玉子焼、一部が丸く焼け焦《こ》げているねい」

「あ、ここ？」

「そう。新しい焼き方かねい。この丸い銭形《ぜにがた》の焼け焦げは」

「うふっ」

梅が箸を休めて笑った。心底からおかしそうだった。宗次は自分の意見が、幼い笑いで否定されたと知って、やはり笑った。

「この玉子焼はどのようにしてつくるの？」

「梅は見たことはねえのかえ」

「うん。忍びの村では、料理をするところなど子供に見せてくれたことがないから」

「料理」という表現を心得ているくノ一の娘梅であった。宗次は、忍びの厳しい掟《おきて》の中で育ったのであろうこれ迄の梅の環境に、哀れを覚えた。

「向かいのチヨおばさんはな……」

そこまで言って何かを思い出したようにハッとなった宗次だった。チヨは所帯を持った際に、久平となけなしの金をはたいて流行《はやり》出していた真鍮《しんちゅう》製の柄付き鍋を買って大事に使ってきた。その高価な鍋に小さな穴があいてチヨが困っているのに気付いた宗次が、「知り合いの鍛冶《かじ》職人に頼んでやるから、ちょっと待っていねえ」と言ったものであった。

うっかりとそれを、宗次は忘れていた。

（いけねえ、いけねえ……）

宗次はひとり苦笑をして箸を置き、外に向かって「チヨさん……チヨさんよう」と声を掛けた。多少大きな声ではあったが、叫んだ訳ではない。が、チヨは直《す》ぐに戸外に出てきた。吾子がチヨの前掛の端を確《しっか》りと摑んで真剣な顔つきだ。自分にも用があるとでも思っているような様子である。

「すまねえ、ちょいと……」

宗次は声を抑《おさ》えてチヨを手招いた。

「なにさ……おかわり？」

「いやさ、美味しい玉子焼に銭形の焼け焦げが出来ていたんで、ハッと気付いたんだけどよう」

「ああ、あれ……」

と、チヨは顔いっぱいに笑いを広げた。

「申し訳ねえチヨさん。私《あっし》がうっかり忘れていた。朝飯が済んだら散歩がてらに梅の手を引いて神田《かんだ》の刀鍛冶奈茂造《なもぞう》さんを訪ねっからよ、例の真鍮で出来ている柄付き鍋を持ってきておくんない」

「いいのかねえ、奈茂造さんて神田界隈《かいわい》じゃ名の知れた刀鍛冶じゃないのさ」

「いいから持ってきておくんない。その内にってえと、また忘れっからよ」

「そうだね。宗次先生は忙しいから……じゃあ持ってくる」

「おい吾子よ。お前《めえ》も一緒に奈茂造さん家《ち》へ行くかえ」

「行く行く……」

宗次が「……梅の手を引いて……」と言った瞬間から、きつい目つきをして今にも泣き出しそうにしていた吾子が、母親と一緒になって笑みで顔を埋めた。

「朝飯が済んだら迎えに行くよ吾子、必ずな」

「うん」

母子は宗次の家から出て行った。しかし吾子は、おいてきぼりにされるのを警戒しているのか、チヨが家の中へ入ったあと、玄関の敷居の上に座り込んだ。

かわいい猜疑《さいぎ》心だった。

「さ、梅、食べよう」

宗次は梅を促《うなが》して味噌汁の椀を手に取った。

三

「なあ梅よ……」

宗次は味噌汁が入った椀を膳に戻すと、梅を見た。

「梅は医者とか、寺子屋の先生とか、親を失った幼子を世話する施設をつくるとか、とにかく人の役に立つ仕事に就きたいんだったな」

「うん、そう……」

「その中でも一番やってみたい仕事ってえのは何だ」

「女のお医者様になりたい」

「どうしてだい」

「忍びの村には、お医者様がいませんでした。怪我《けが》をしたり病気になったりすると山や野原に生えている薬草とかを摘《つ》み取ってきます」

「だろうねい」

「でも余り効かなくて、何人も死んだ人を見てきました」

「そうか……幼いのに、そのような経験もなあ。けどよ梅、医者になるには一生懸命に難しいことを勉強しなければなんねえ。大変だぞう」

「だから梅は早くその勉強がしたい」

「と言ったって、梅はまだ幼い。本格的に勉強するには、もう少し年を取ってからの方がいいねい」

「経験というのも、勉強なのですか。勉強に入るのですか」

「入るともさ。経験てえのは、立派な勉強だい」

「じゃあ、梅のような子供の時からお医者様になるための経験を積んだ方がいいです」

宗次は思わず「おっ……」となった。それは梅が、くノ一の母親からどのような教育をされてきたかを物語る、幼いなりの意見だった。だからこそ、梅の母親は、幼いわが娘を宗次に預ける決心をしたのであろう。くノ一らしからぬ決心、と言えなくもない。

「子供の時から経験を積む……ねえ」

宗次は呟いて天井を仰いだ。箸の動きが止まっていた。なるほど、という思いが胸の端で蠢《うごめ》いているのが判った。その一方で、むつかしい、という思いが勿論《もちろん》のことある。

けれども幼い梅の意見は、予想外の衝撃を宗次に与えていた。

チヨが問題の柄付き鍋を持って家の中から現われ、足を忍ばせるようにして宗次の家に入ってきた。そして何も言わずに、表障子にその柄付き鍋をもたせかけ、そっと出て行く。表口に背を向けて朝餉をとっている梅への配慮なのであろう。

家の中へ消える時にチヨが振り向いてちょっと笑ってみせたので、宗次も黙って頷き返した。

宗次は朝餉の箸を置いて、土瓶に入っている出がらしの茶を飯の茶碗へ注いだ。それをひと口すすって宗次は言った。

「朝飯が済んだらよ梅、先程も言ったように神田を歩こうかい。そのあと湯島《ゆしま》三丁目の柴野南州《しばのなんしゅう》先生を訪ねてみよう」

「柴野南州先生て?」

「江戸では三本の指に入る有名な蘭方医《らんぽうい》の先生でな、別の名を『白口髭《しろくちひげ》の先生』ってんだい。おっとっと……蘭方医って判るかえ」

「阿蘭陀《オランダ》医学」

「これはまた……」

宗次は思い切り顔を綻《ほころ》ばせた。梅の母親くノ一が、予想以上に教育熱心であったことを窺《うかが》わせた。梅が阿蘭陀医学という言葉を知っているではないか。

「その柴野南州先生の所にはな、色色な西洋の薬とか手術台とか手術道具とかがあるのさ、場合によっちゃあ、それらを見せて貰おうじゃあねえかい。経験を積むってのでよう」

「はい」と梅が大きく頷いて箸を置いた。

「そいじゃあ、そろそろ出掛ける準備をしようかい」

宗次はそう言うと、簞笥の一番下の引き出しから、梅の着物を包んだ例の風呂敷包みを取り出した。そして梅を手招く。

「ちょいと此処《ここ》へ来てみな」

「はい」

梅が宗次の前まで来て立った。

風呂敷包みを解《ほど》いて、宗次は迷うことなく三着の内の一着を手に取った。

「ちょいと、これを着てみない。これで出掛けようじゃないか」

宗次は梅の首の下あたりに着物を当ててみせた。ぴったりな寸法だった。

「おじさんが買ってくれたの？」

「そうさな」

「ありがとう。じゃあ着替える前に顔を洗い歯を磨《みが》かせて下さい」

「おっと、そうだったい」

宗次は立ち上がって水屋の方へ行った。宗次と梅のそのやり取りを熟《じ》っと見守っていた吾子が、不意に家の中へ飛び込むようにして消えてしまった。

水屋から総楊枝《ふさようじ》と結晶の粗《あら》い歯磨用の塩が入った小袋を取り出した。

「井戸端で顔を洗い、歯を磨こうかねい。総楊枝、大人用だが我慢してくんねえ」

そう言いながら宗次は、総楊枝と塩入りの小袋を梅に手渡した。

梅が外へ浮き立つように出ていった。くノ一の母親と別れ別れになったというのに、この八軒長屋の環境が嬉《うれ》しいのであろうか。

宗次が外に出ると、吾子が出てきた。泣きべそをかいていた。ははーん、と宗次には見当がついた。

宗次は軽軽と吾子を抱きあげ、そして耳元で囁いた。

「散歩の途中、何処ぞで綺麗《きれい》な着物《べべ》を買ってやるぞ。但《ただ》し誰にも内緒だ」

たちまち吾子の顔が綻んだ。

四

一人の大人と二人の幼子の散歩が始まった。

八軒長屋の女房《かみさん》たちが、にこやかに長屋口の前で見送った。まるで長の旅に出掛けるみたいであった。二人の幼子は浮き浮き気分だ。

神田界隈の通りは、荷馬車も通れば大八車《だいはちぐるま》も通る。時には大名屋敷に向けて、早馬が町人街区を駆け抜けることもある。

そのため宗次は幼子二人に通りの家側（塀側）を歩かせ、そして自分は通りの中央側にあって幼子たちを守った。当然のごとく、梅と吾子は姉妹《きょうだい》のように手をつないだ。

空は青青と晴れわたって一片の雲もなく、二人の幼子の気分を高揚させるには充分だった。

「吾子、楽しいか」

「うん」

「梅、楽しいか」

「うん」

宗次の同じ問いがおかしかったのか、幼子二人は顔を見合わせてケラケラと笑った。

宗次は右の手に小穴があいた柄付き鍋を持っていた。先ず初めに神田鍛冶町一丁目で刀鍛冶をしている奈茂造を訪ね、右手を軽くする必要があった。

梅も吾子も背中に小さな風呂敷包みを背負っていた。中身はチヨがつくった三人分の苔《のり》で巻いた握り飯と玉子焼だ。

幼子二人は自分たちが「持つ持つ」と主張して宗次に持たせない。握り飯を背負っている、ということも幼い二人にとっては新鮮で楽しいのだろう。

神田三河町（鎌倉河岸）の八軒長屋から神田鍛冶町一丁目までは、幼子二人を連れて歩いたとしても大層《たいそう》な道のりではない。

梅と吾子はつないだ手を大きく振って元気に歩いた。今川堀《いまがわほり》の堀口に架かった竜閑橋《りゅうかんばし》は直ぐ其処《そこ》だから、それを渡らずに無視して真っ直ぐに進むと、たちまち「今川橋跡」の大通りに出る。左手の方向が神田鍛冶町の通りで、右手の方向は日本橋へと通じている大通りだ。

「今川橋跡」に出たところで、宗次は左手のそう遠くない辺《あた》りを指差してみせた。刀鍛冶奈茂造のかなり大きな看板が目立っているのだが、梅や吾子にそれが判る筈もない。

「ほら、向こうに刀や鍋の絵が描いてある白木の大きな看板が、通りを往《い》き来する人たちに見えるようこちら向きに軒《のき》からぶら下がっているだろう。見えるかな。あそこへ行くんだ」

「あ、見える」

と答えたのは梅だけであった。四歳の吾子には宗次が言った「……白木の大きな看板……」あるいは「……軒からぶら下がって……」といった表現がいささか難しかったのであろうか。梅がその看板を指差して、吾子の耳へ顔を近付けた。

「ほら、玉子焼をつくる鍋の絵とか、お侍さんが腰に差している刀の絵が描いてある大きな看板が見えるでしょ」

「うん、見えるよ」

「あのお店《たな》に行くんだって」

「近いね」

「うん、近い」

　こっくりと頷く吾子であった。宗次は、なるほど子供は子供同士に限る、と感心した。梅と吾子がこの〝小さな旅〟によって心と心をどうやら通い合わせていることも、宗次には嬉しかった。これからの梅にとっても大切なことである、と思った。

　三人は奈茂造の店先に立った。神田界隈ではそれと知られた刀鍛冶の店だったから店構えは大きい。あちらこちら、それこそ大名家の台所方からも鍋釜の修理の依頼が多いことから、いつの頃からか刀や鍋の絵を描いた看板を軒からぶら下げるようになっていた。本業は勿論、刀鍛冶だ。

三人は手をつないで、「奈茂造」と染め抜かれた暖簾《のれん》を潜《くぐ》って店の中へと入った。

「おや、宗次先生、これはお久し振りで……」

店土間《たなどま》で小僧二人に何やら教えるような様子で話しかけていた老人が、宗次に気付いてにっこりとした。

「これは奈茂造さん。本当にお久し振りでござんす。お元気そうで何よりです」

「へい。元気だけが取り得でございやすよ。元気でなきゃあ刀鍛冶はやっていけやせん」

そう応じながら、宗次が右の手にしている柄付き鍋を見る奈茂造だった。

「今日の用はそれでございやすか」

「へい。小穴があいているもんで、直してやっておくんない」

「お安い御用で……」

頷いて宗次の手から柄付き鍋を受け取った奈茂造であった。

「あ、この穴ね。直ぐに埋めさせやしょう。今日の夕方には先生ん家《ち》まで小僧に持って行かせやすから」

「それは助かりやす。宜《よろ》しくお願い申し上げやす」

「ところで先生、水臭いじゃござんせんか」

「え？」

「所帯を持つなら持つで一声掛けて下さりゃあ、祝いに私《あっし》が渾身《こんしん》の業《わざ》で鍛《きた》え上げた新刀の大小でもお届け致しやしたものを」

「所帯？」

「それもこんなに可愛いお嬢ちゃんを素早く二人も拵えるなんざあ、さすが女に持て持ての先生でござんすねえ。大《てえ》した早業だい」

「おいおい奈茂造さん。この子たちは他人様《ひとさま》からの大事な預かりものだよ。これからぶらぶらと散歩に出掛けるのさ」

「え？　左様《さよう》でござんしたか、これはちょいと失礼を致しやした」

　奈茂造が梅と吾子に向かってにこにこ顔で謝り腰を折ったものだから、二人の幼子たちはまた顔を見合わせてケラケラと甲高《かんだか》く笑った。明るい笑いだった。奈茂造も破顔《はがん》した。

宗次の気持も和《なご》んだ。とりわけ明るい気立ての吾子を連れてきたのは、梅のためにも非常によかったと思うのであった。

三人は奈茂造に見送られて店を出た。次の行き先は湯島三丁目の名医、柴野南州診療所である。

「何処でお弁当を食べるの先生」

梅が訊《たず》ねた。奈茂造の〝先生〟呼びが影響したのであろう、梅も〝先生〟を付している。今日、梅の目に留まっているものは何もかもが〝真新しい社会〟の筈であった。人も風景も全てが瑞瑞《みずみず》しく目に映《うつ》ったに違いない。幼い心は興奮しているのかも知れない。

「もうお腹《なか》が空《す》いたのかえ梅」

「うん、空いてきた」

「よし判った。じゃあ神田の町を抜けて神田川に架かった橋を渡れば小さな稲荷《いなり》神社がある。その神社の境内《けいだい》で食べようかい」

「神田の町って?」

「いま歩いているこの界隈よ。色色な職人たちが集まって出来た町だあな」

「どんな職人さん？」

「そうよな、先程の刀鍛冶もそうだし、大工、左官、焼物師、塗師《ぬし》、染物師など色色あらあな。覚えておきな。いい勉強になるぜい」

「はい」

梅はきらきら輝く目で宗次を見つめながら頷いた。

宗次と幼子二人の三人が神田の大通りを抜けるのにそれほどの刻《とき》は要さなかった。手をつなぎ合っている幼子二人は元気潑剌《はつらつ》だ。吾子にしても、宗次とこれほど遠出をするのは初めてである。

神田川に架かった二つの橋が見えてきた。二町（約二百メートル）ほどの間隔があいている。

「梅よ。右側に見えている立派な御門を持つ橋を筋違橋《すじかいばし》御門ってえんだ。左側の貧相な橋には名がまだ付いちゃあいねえ。近いうちに大きな橋に造り替えられるってえ噂があるから、そうなりゃあ橋に名が付くだろうぜい（後の昌平橋《しょうへいばし》）」

「あの貧相な橋を、これから渡るのですか」

「そうそう」

「立派な御門が付いている橋は渡っちゃあいけないの」

「絶対にいけないってえ訳でもねえんだが、隣に貧相な橋があるから町人はその橋を渡ればいいってことよ。あの御門付きの橋は三千石以上の大身《たいしん》旗本が登城の際に通る橋であり御門なんだい」

「ふーん」

「ほら見な。二人の侍と六尺棒を手にした家来が辺りを睨《にら》み回すようにして立っているだろう。大事な御門橋なんでよ。五千石以上の大身旗本に門番を任《まか》されているんでい」

「無理に渡ろうとしたら斬られるのですか」

「女子供は斬られる心配なんぞはねえが、怪しい浪人などが無理に通ろうとすりゃあ双方が刀を抜いて斬り合いになるかもしんねえなあ」

「ふーん、凄《すご》いね」

「凄いってえと？」

「凄く勉強になります。江戸に住むと勉強になるんだね」

「そうよなあ、色色な事があり過ぎたり、人が大勢いるし、その分怖い人も多くて大きな犯罪も多い。びっくりするほど立派な大名屋敷も沢山《たくさん》あるし、それらの一つ一つをじっくりと見てゆけば、それだけでも大変な知識を持つことになる。そうは思わねえかい梅」

「思います……」

三人は貧相な木橋を渡った。

「この橋の下を流れている川が神田川ってえんだ」

「いい名前の川だね」

「そうかえ。あ、稲荷神社が見えてきた。あそこで弁当を開こうかい」

宗次が森という程でない森を指差して言うと、吾子が「わあい」と歓声をあげてはしゃいだ。

宗次は梅と会話を交《か》わす中で、この幼子の精神《こころ》のかたちの深さに触れて驚いていた。厳しい世界で生きているくノ一たちである。男の忍びたちよりも重大な任務を負うことが多い、と宗次は聞いていたし、ある程度までは自ら学んで知ってもいた。実際に血で血を洗う闘争に巻き込まれることが少なくないくノ一だ。そのくノ一を母に持つ梅であるのに、特有の影響が殆《ほとん》ど見られない。これは梅の母親であるくノ一が、育て方や教育にかなり腐心した結果なのであろう、と宗次は思った。

（血のつながりが有ろうが無かろうが、これこそ子に対する母というものの愛だ……）

宗次は幼子二人を見護《みまも》るように寄り添ってゆっくりと歩きながら、母の愛を知らぬ己《おの》れの無常さを改めて悲しんだ。

わあいっ、と歓声をあげた二人の幼子は、宗次の傍を離れて赤い鳥居の下を潜り、稲荷神社を囲んでいる小さな森――という程でもない木立の膨《ふく》らみの中へと駆け込んでいった。梅などは、もう胸前にある風呂敷包みの結び目を解きに掛かっている。

「待ってちょうだい、お姉ちゃん」

吾子が黄色い声で叫んだ。おやおや吾子にもう一人お姉ちゃんができた、と宗次は破顔した。

森の中には稲荷神社の社殿があったが、小さいながらも決して疎《おろそ》かには出来ない風格のある重重しい造りであった。相当に古い本格的な檜皮葺《ひわだぶき》の稲荷造りで軒下に連なって彫《ほ》られた様様な形の狐《きつね》の彫り物が見事である。実は今日はじめて宗次も、しみじみと眺めるのだった。

（この社殿は絵になる。いや、絵に描いて残しておかなくちゃあならねえ。それにしてもよくぞ明暦《めいれき》の大火を生きのびてくれたなあ……）

熟《じ》っと眺めながら、宗次は絵師としての感情を熱くさせた。

「どうしたの？」

吾子が宗次にぴたりとくっついて、手を揺さぶった。

「おっと、弁当だったな。その前《めえ》にこの稲荷神社に御挨拶《あいさつ》をしなくちゃあなんねえ。さ、このおじさんを、いや、お兄ちゃんを真ん中に挟んで並びなさい」

「うん」

「はい」

梅と吾子が左右から宗次にもたれかかるようにして並んだ。

「いいかえ、今からお兄ちゃんのやる通りに真似《まね》るんだぜい」

宗次はそう言うと拍手《かしわで》を打ち鳴らして合掌《がっしょう》し頭《こうべ》を垂れた。

梅と吾子が真剣な顔つきでかわいい手を打ち鳴らして宗次を真似た。

「さ、弁当を食べようかい、此処に座らせて戴いてよう」

宗次は社殿を背にして、二段ある石段の上に腰を下ろした。薄い矩形《くけい》の切石を二段積み重ねた石段だ。

梅と吾子が宗次の左右に座って、弁当を包む風呂敷の結びを解きにかかった。

梅は小器用にさっさと解いたが吾子はもぞもぞと指先をこねている。

「吾子よ、ちょいと貸してごらん。ほどいてあげよう」

「嫌だ、吾子がする」

「そ、そうか。じゃあ、頑張ってやんな。慌《あわ》てなくっていいからよ」

「うん、慌てないよ」

吾子がそう言って可愛く頷いたときであった。宗次の顔つきが、ふっと変わった。

鳥居の下を潜って三人の男が境内に入ってきた。顔つき身形《みなり》がよくない。

しかも三人の内の一人は二本差しの浪人だ。日が高い内から酒を呑んだらしく顔が赤い。

「へへへっ……」

ごろつき町人にしか見えない二人が、せせら笑って近付いてくる。宗次は音を鳴らさぬようにして、舌打ちをした。

梅と吾子の顔にたちまち怯《おび》えが広がってゆく。幼くとも善人悪人の見分けがつくのであろう。

「先生、いい玉が見つかりやしたぜ。見なせえ。今から丹念に磨《みが》けば吉原《よしわら》一になるのは間違いありやせんぜ」

「ひと玉百両。あわせて二百両はポンと懐《ふところ》に入りやすぜ」

ごろつき町人二人は、二本差しの浪人と目を合わせて、にやついた。

「弁当はもう少しあとで食べよう。いいな」

宗次は梅と吾子に囁きかけて立ち上がった。宗次から見れば、ごろつき町人二人は数のうちに入っていなかったが、浪人の方はかなり剣術をやるな、と読めていた。

「臭え野郎共だ。此処は人攫《ひとさら》いが立ち入る場所じゃあねえ。怪我をしねえうちにさっさと消えねえ阿呆《あほ》が」

顔色ひとつ変えない宗次の、くぐもった声の啖呵《たんか》であった。

「あんれえ、この兄さん。儂《わし》らのことを臭え野郎だの、人攫いだの、阿呆だのとぬかしましたぜ先生」

「おい兄ちゃん、お前《めえ》の方こそ怪我をしねえうちに、さ、消えねえ。おい黒助《くろすけ》、構わねえから子供をこっちへ連れてこい。この元気のいい兄ちゃんは俺が血まみれにするでよ」

「ほいきた……」

二人のごろつき町人がへらへらしながら宗次へと迫った次の瞬間であった。ぎゃっという悲鳴と共に二人のごろつきが仰向けに地面に叩きつけられていた。

宗次が何かを行なった訳ではない。その証拠に、宗次は辺りを見まわしている。浪人も驚いたようであった。刀の柄《つか》に手を掛けたまま茫然《ぼうぜん》として、仰向けに倒れピクリともしない仲間二人を眺めている。

ごろつき町人二人の眉間《みけん》は割れ、血が噴《ふ》き出しかけていた。だが何かが突き刺さったのとは明らかに違っていた。

(石礫《つぶて》だ……それも手練《てだれ》の投げ……)

倒れたごろつき町人二人の脇にころがっている拳大《こぶしだい》の石礫二つに、素早く気付いた宗次だった。それが、ビュッという音を鳴らさずに飛んで来たのだ。これぞ「忍び投げ」と宗次は思った。

「おのれ貴様《きさま》、何をしやがった」

浪人が物凄い形相《ぎょうそう》で抜刀《ばっとう》し、宗次に向かった。宗次は今度は耳目《じもく》を研《と》ぎ澄ませた。微《かす》かな飛来跡《ひらいせき》の尾を引いて、石礫が浪人の膝頭《ひざがしら》に命中した。宗次は見逃さなかった。膝頭の砕ける残酷な音が、はっきりと宗次の耳に届いた。

「うわあああっ」

浪人は刀を放り出して、地面をころげ回った。激痛どころの痛みではないのであろう。その浪人の無様《ぶざま》な様子など宗次は見ようともせず、石礫を投擲《とうてき》したと思われる方角へ目をやった。

いた。かなり離れた位置の巨木の陰に、町女房の身形の女が立っていた。べつに姿を隠すつもりなどないらしく、宗次がこちらを見たと気付くと丁寧《ていねい》に頭を下げた。

宗次は、その町女房風の女が顔を上げてから然《さ》り気《げ》なく、くいっと首を横に振ってみせた。

と、告げたのであった。女はそれを理解して姿を消した。立ち去る、という消え方ではなかった。ふっと消えたのである。瞬間的にだ。

「梅よ、吾子よ、弁当は他の場所で食べようかい。な、行こう」

「うん」

「はい」

宗次の言葉を待ちかねていたような、幼子二人の返事だった。宗次が驚いたのは、二人の幼子が今の〝恐怖の出来事〟の中で、既に弁当を再び背負《しょ》い直していたことだった。逃げる準備を終えていたのだ。

「よしよし、いい子だ、いい子だ。何てえ可愛いんだ、お前《めえ》たちはよ」

宗次は二人の頭を撫でてやりながら、

（それに比べて……）

と、無様な三人の大人を見て、チッと舌を打ち鳴らした。

（消えろっ……）

五

三人は湯島天神を目指した。

「ねえ、あの怖い三人のおじさんたちは、どうして急に倒れたの？」

吾子の手をしっかりと握ってやりながら、梅が宗次に訊ねた。

「判らねえな。びっくりしたよ。でも見当はつくなあ」

「見当ってなに？」

「多分こうじゃないかな、と判断することだい。判断ってえ意味は、判るな」

「うん、判る」

「うん、判るよ」

吾子までが首をこっくりと振ったので、梅が「うふふっ」と目を細めた。

「先程の稲荷神社にはな、お狐様が祀《まつ》られてあってな、そのお狐様が悪い奴らを懲《こ》らしめたんでい」

「稲荷神社のお狐様は怒ると怖いんだね」

「怖いとも。だが、善人とか正しい人にはやさしいんだ」

「ふうん」

「それからよ梅、お前《めえ》のおっ母さんは、すばらしいぞ。ずっとお前《めえ》のことを見守っているぞ」

「この子の、吾子のお母さんもやさしいね。朝御飯とても美味しかったし」

「そうとも、吾子のおっ母さんも、なかなかやさしいぞ。料理も上手《じょうず》だしな」

「でも声が大きいよ。しわがれ声だし……」

吾子が真剣な顔をして言ったので、梅が噴き出した。その吾子が甘えたような調子で言った。

「お姉ちゃん、おなかが空《す》いたよう、歩きながら食べようよ」

「駄目だよ吾子ちゃん、歩きながら食べるのは一番行儀が悪いんだよ。きっと、お狐様に叱られるよ。それでもいいの？」

「いやだ。座って食べる」

幼子二人の会話に宗次は「くくっ……」と笑いを堪《こら》えながら言った。

「吾子よ、もうすぐ湯島天神ってえ所に着くからよ。其処《そこ》でお弁当を食べようや。

次の角を左に折れたらよ、もう見えるから頑張って歩きねえ」

「うん、頑張って歩く」

現金なもので吾子の歩き方が急に力強くなったので、梅が肩を並べ歩調を合わせて歩いた。宗次は、梅が吾子を妹のように眺めることも、これからの生活で大事になっていくだろう、と思った。

（いい出《で》だしだな梅よ……よかったぜ）

と、ほっと安心する宗次だった。それにしても我が子に対する産みの母の情の何と鮮烈なことよ、と宗次は胸の内が熱くなった。まさか陰ながら見守っていようとは、予想もしていなかった。だから、いつにない大きな驚きだった。

通りの向こう角にあるのは、羊羹《ようかん》で知られた老舗《しにせ》の菓子舗「明甘堂《めいかんどう》」だった。日本ではじめて「羊羹」という表現（語）があらわれるのは南北朝から室町《むろまち》初期にかけての頃で、すでに「砂糖羊羹」という言葉もあった（江戸期寛政《かんせい》前後にあらわれた「練《ね》り羊羹」とは趣《おもむき》が少し異なるが……）。

その「明甘堂」の角を三人は左へ曲がった。

だが吾子は直ぐに引き返して、実に素直に迷うこともなく「明甘堂」へとこと、こと入っていった。

「あれ？……吾子ちゃん、どうしたの」

「あの店が羊羹の店であると知っていて入ったんだろうぜい。仕方がねえ、おいで梅」

苦笑した宗次は梅の手を引いて、「明甘堂」へと入っていった。

店の手代《てだい》らしいのと、吾子とが何やら話していた。

手代はいささか困惑顔であったが、入って来た宗次に気付いて顔に笑みを広げた。

「これは宗次先生、お久し振りでございます」

「すまねえが、その子の望むものを言うなりに包んでやっておくんない」

「先生のお子様でいらっしゃいますか。羊羹を頼まれたのでございますが」

「おいおい……」

「冗談でございますよ先生。客室の床の間に掛け軸を描いて戴いた先生のお暮し振りを知らぬ『明甘堂』ではございませぬ」

手代は笑みを広げた顔の前で陰間《かげま》のように右の手をひらりとひと振りすると、

腰を振っていそいそと店の奥に下がり羊羹を包み出した。

　宗次は吾子の耳元で囁いた。

「吾子よ、お前《めえ》はこの店をどうして知ってんだ」

「お母さんと一度来たから」

「羊羹を買いに？」

「親方のお見舞いにとか言ってたよ」

ああ、なるほどと宗次は頷けた。羊羹は高価な菓子である。庶民がそうそう食べられるものではない。宗次はまた吾子の耳元で囁いた。

「で、羊羹を今、幾つ注文したんだえ」

「あのね……」

　吾子は、指を折って数え出した。合計六包み、つまり六人分らしいのであった。

宗次には直ぐに六包みの内容が判った。吾子の家に先ず四包み、そして梅と宗次の分が二包みである。「明甘堂」の羊羹はまだ練り羊羹とまでは行っていないが、それに近いものにはなっていた。人気の菓子だ。一包みの中には三本入っており、六包みだとかなりの重さになる。

奥との間を仕切る暖簾を左右に開いて、白髪の老人が姿を現わした。

「おや宗次先生、ようこそ。どうぞどうぞ奥の間へ……」

「これは御隠居お久し振りでござんす。いえ、これから行き先を持っておりますので、また別の日にでも……」

「それは残念。今日は何ぞお買い上げ下さいましたので……」

「はい、羊羹を六包みでございます」

そう答えたのは、包みを急いでいる手代であった。

「六包みなら、かなりの重さになるじゃないか。先生はご用を抱えていなさるご様子。品はあとで先生のお宅へ店から届けるようにしなさい」

「はい、承知いたしました」

「先生、夕方にはご自宅にお戻りですか」

隠居の久三《きゅうぞう》が目を細めて宗次と顔を合わせた。「明甘堂」の創立者倉橋《くらはし》久三であり菓子づくりの名人として京、大坂にまでその名を知られた人物だ。大奥はおろか、大名旗本家への出入りを許され、また名字帯刀《みょうじたいとう》も認められている。

「はい、夕方までには八軒長屋に戻っておりやす」

「それじゃあ店からお届けするように致しましょう」

「有り難うござんす。助かりやす。それではご隠居……」

と、宗次が代金を支払おうとして懐から財布を取り出すと、隠居久三は顔の前で手を小さく横に振り「先生、あとで結構です。あとで……」と小声で告げた。

店の中には他にも客がいるからの、隠居の小声であった。

「そうでござんすか。そいじゃあ、あと清算ということで甘えさせて戴きやす」

宗次は隠居久三に丁重《ていちょう》に腰を折ると、幼子二人の手を引いて「明甘堂」を後にした。隠居久三が代金を受け取らないことは明らかであったから、そのうち隠居の姿絵でも、と宗次は頭の中で考えた。

梅は「明甘堂」について知らないから、宗次に訊ねた。

「店の中が甘くていい匂いがしていたよ。並んでいた色色なお菓子の色がとても綺麗でおいしそう。吾子ちゃんは何を頼んだの?」

「羊羹だい。あの店は『明甘堂』と言ってな。羊羹という菓子が大変有名なんだわさ」

「羊羹て?」

「食べりゃあ判る。夕方までには家に届くからよ。先ず食べてみねえ」

「わあ、楽しみだあ」

三人の行く手には、湯島天神が見え出していた。この界隈は町人街区と小旗本、御家人街区が混在していた。湯島天神の境内は、小高いというほどでもない高台にあって、その北側へと下って行くと不忍池《しのばずのいけ》に出る。東側には中堅の旗本邸が幾邸も在《あ》るには在るが、殆どは小旗本、御家人の小屋敷で埋まっている。番町《ばんちょう》の旗本街区のように整然と区割りされてはおらず、通りは入り組んでどこか雑然とした町の印象は拭《ぬぐ》えない。

が、侍《さむらい》の住居《すまい》が多いだけに、静かな環境ではあった。

三人は辻番のある通りを、高台に見えている湯島天神の境内へと歩いていった。

「あれは何?」

梅が辻番を指差して訊ねた。この子は新しい知識を得ようとすることに積極的だった。

「あれかい。あれは辻番ていうんだい。先程のような怖い人が歩いていないかどうか、あの辻番の中に人がいて目を光らせているんだわさ」

「ふうん……番人が入っているんだね」

「そうそう、その番人だい。辻番という言葉はな梅よ。正しくは辻番所のことなんでい。そして同時にな、辻番所に入っている辻番人のことを言い、また辻番をするという意味をも持っているんだい。判るかえ。少し難しいかな」

「判るよ。とてもよく判る」

「ほう、そうかえ。お前《めえ》のおっ母さんは、実に大《てえ》したもんだ。幼子の教育によ」

「吾子も判る」

吾子が口をとがらせて言った。下から宗次を睨みつけている。

「おお、そうだよな。吾子もよく判るよな。お前《めえ》のおっ母さんも、実に大《てえ》したもんだ。吾子の躾《しつけ》かたによう」

宗次が同じような意味のことを言ったので、梅がまた笑った。声は押し殺していた。声を出して笑うのは吾子に対して悪い、という理解が、ちゃんと出来ているのだろう。

「おっ……」

宗次の足が不意に止まった。その視線は、すぐ目の先の小屋敷に注がれている。

いま表門が開いて、女中身形の者に見送られるようにして、人二人が出てきた。

一人は豊かな美しい白髪に白い口髭《くちひげ》の身形正しい老人だった。腰には鍔《つば》付きの小脇差《こわきざし》（普通の脇差より短い）を帯びている。

江戸で屈指の蘭方医として知られ、湯島三丁目に立派な診療所と付属幼児治療棟を設ける柴野南州であった。

あとの一人は女性で白い羽織《はおり》を着ており明らかに看護手伝いの女《ひと》と思われたが、宗次の見知らぬ人だった。

「柴野先生……」

宗次に声を掛けられて、柴野南州が顔を振り向かせた。白い羽織の女《ひと》は表門を閉じつつある女中身形の者に腰を折っている。

「おお、これは久し振りじゃな。最近は駆け込んでこないところをみると、大人しくしているようじゃな」

「また皮肉を仰《おっしゃ》います……」

宗次は微笑《ほほえ》みながら梅と吾子の手を引いて、柴野に近付いていった。宗次は闘いで傷ついた時の己れの体を、柴野南州に幾度となく手術されている。

そういったこともあって宗次と南州は親子のように交誼《こうぎ》を深めてきた間柄だった。ただ、お互いに出自《しゅつじ》のことには全く無関心であったから、浮世絵師宗次の背後にある大変な血筋について、驚いたことに南州は未だに知らない。

白い羽織の女《ひと》が南州の後ろに立って宗次と目が合い、軽く会釈《えしゃく》をした。

「先生、こんにちは……」

吾子がぺこりと頭を下げた。一、二歳の頃には、よく風邪を引いていた吾子は南州によって度度診《み》て貰っていた。

「チヨさん家《ち》の吾子か。最後に診てやったのは三歳の時であったかのう。うむ、元気そうでよい。どれどれ」

南州はにこにこ顔で吾子を抱くように引き寄せると、胸元へするりと手を滑《すべ》り込ませた。

「いひひひっ、先生くすぐったいでちゅう」

「これ、大人しくしなさい」

「ひひひっ」

吾子の様子に梅が甲高く笑ったが、南州の顔は直ぐに真剣となった。

「うん、心の臓は綺麗に打っておる。ついでだ、脈も診ておこうかの」

吾子の胸元へ滑り込ませていた手で、今度は脈を診てやる南州だった。生まれてから一、二歳までは、ひ弱かった吾子である。それを診てやって治してやって見違えるように元気な子にした南州だった。吾子が我が子のように可愛いのであろう。

梅の顔がそれまでの笑いを消して、目つきがきつくなっていた。南州の脈を診る手元や白口髭の顔を、食い入るように眺めている。

「よし、吾子。元気な子だ。思い切り遊んでよいぞ。今日は何処へ行くのかな」

「宗次先生と弁当を食べに行くのでちゅ」

語尾の〝ちゅ〟は、吾子の喋《しゃべ》り方の特徴だった。甘えた気分の時によく出てくる喋り方だったが、一方で赤児と幼児の間をまだまださ迷っている部分も残っているのだろう。この〝ちゅ〟がまた可憐《かれん》であった。

宗次が、南州に対し吾子の言葉を少し補足した。

「なんだ、そうだったのか。じゃあ診療所へ来なさい。そろそろ昼時のようだから、私の書斎で皆一緒にお昼を食べよう。いいな、吾子よ」

「いいでちゅ、吾子の弁当を半分、大好きな南州先生にあげる」

「そうか、そうか」

柴野南州は吾子の頭を撫でてやりながら、梅の頭を撫でることも忘れなかった。だが梅に対して、あれこれと話しかけるようなことは何故かしない。

「これ、早苗《さなえ》や、子供たちを一足先に診療所へ連れていってやりなさい」

「はい、承知いたしました」

南州の後ろに控えていた早苗とやらが、師の脇を回り込むようにして、「さ、行きましょうね」と、幼子二人の手を取った。

宗次と南州の真顔《まがお》の会話が、その場に立ったままで始まった。

「この屋敷は確か不良旗本で庶民に恐れられた粟野四郎兵衛高行《あわのしろべえたかゆき》の住居《すまい》ではありやせんでしたかい先生」

「そう。もと大小神祇組《じんぎぐみ》の頭領のな、だが今や当人は病み衰《おとろ》えて昔の面影《おもかげ》は全くない。粟野について語るのは、ここまでとしておくれ。医師は病の床に就いている者についてあれこれと公《おおやけ》にしてはいかぬのでな」

「はい。心得ておりやす」

と、南州の視線が次第に離れてゆく白い羽織の女と幼子二人の背中を追った。

「吾子はほんに元気な子になった。かわゆいのう。さて、もう一人のきりりとした面立《おもだ》ちの幼子は何ぞ事情を抱えているようじゃな。この儂《わし》の顔を射るような眼差《まなざ》しで見つめておったが……」

「へい、実は先生、梅という名のあの幼子について柴野先生にご相談があり、訪ねようとしていたところでございやす」

「それはまた……宜しい。遠慮のう言《ゆ》うてみなされ。儂の力が及ぶようなことであらば、いくらでも力を貸そうではないか」

「有り難うござんす」

宗次は揃《そろ》えた両手が膝下に届くほどに腰を折って謝意を表した。

「いいから早く言《ゆ》うてみなされ。今さら儂とお前《まい》さんとの間で、感謝のやり取りなんぞ要《い》らぬわい。面倒くさい」

「は、はあ。それでは申し上げさせて戴きやす」

宗次はゆっくりとした喋り様《よう》で、順を追うようにして梅に関する今日までの経緯を南州に打ち明けた。聞いていくうち柴野南州の顔は厳しくなっていた。

「なるほどのう。それにしても余りの偶然に驚いたわい。いや、まったく驚いた。大勢の人が住む世では、こういう偶然というのが一人の老医師に向かって集まってくることがあるのじゃのう。摩訶《まか》不思議じゃ」

「は？……」

「偶然じゃよ。まさしく偶然じゃ」

「あのう、柴野先生……」

「ほれ見なされ。あの白い羽織を着た医者見習いの早苗を……」

南州に言われて、指差された方へ視線をやった宗次であるが、三人の後ろ姿は武家屋敷の角を右に折れて見えなくなるところだった。

「あの早苗という女《ひと》は、医者見習いでござんしたか」

「余り詳しいことは申せぬがな、江戸で屈指の大店の主人《あるじ》から頼まれたのじゃ、ひれ伏《ふ》して頼まれた」

「ひれ伏して？」

「本人の志《こころざし》で熱心に漢方医学を学んできたらしいのだが、これからの世は阿蘭陀《オランダ》医学つまり手術が出来る医学を無視する訳にはいかない、ということでな……ま、本人の熱意が非常に高いので弟子として引き受けたが、なかなかに有能じゃ。そう遠くない内に医者として独り立ちできるじゃろ」

「で、先生。それのどの部分を『偶然』と申されやすので」

「服部半蔵正成《はっとりはんぞうまさなり》の血を引いておる。濃くな……」

「ええっ」

宗次は驚きの呻《うめ》きを危《あや》ういところで押し殺し、背をのけ反《ぞ》らせた。

予期せぬ驚きどころではない大衝撃であった。

「まあまあ、そう驚かずにそっと見守ってやっておくれ。そっとな……服部半蔵正成が亡くなって時はすでに八十年以上が流れておるのじゃ」

「ですが柴野先生……」

「梅のことはこの柴野南州、確かに引き受けた。早苗がきっとよく指導役を務《つと》めてくれるじゃろ。暫《しばら》くは早苗に面倒を見させよう。それでどうじゃな。梅がくノ一の血を受け継いでいることは、早苗には打ち明けぬ」

「お引き受け戴けやすか。安心いたしやした。私《あっし》も頻繁《ひんぱん》に訪れては、梅が淋しがらねえように致しやす」

「それはならぬ」

「え?」

「医学という難しい学問を志すのじゃ。年幼い者は驚くほど吸収が速い。どんどん吸収してゆく。じゃから集中が大事じゃ。儂が見守っているから心配はない。梅に素養がある限り、万が一にも教育の失敗はさせぬ」

「そうですか。判りやした。早苗さんにも宜しくお伝え下さいやし」

「お前《まい》さんは、もう此処からお帰り」

「なんと先生。此処から追い払うのでござんすか」

「これ。追い払うなどと他人《ひと》聞《ぎ》きの悪いことを言うもんじゃあない。梅の教育は今日から始まるのじゃと思いなさい」

「ですが吾子を連れて帰らなきゃあなりやせん」

「何を言うておる。吾子はこの儂にも懐《なつ》いておるのじゃ。儂の子供みたいなものじゃ。夕刻には儂が吾子の手を引いて八軒長屋へ届けるわい。弁当は吾子と儂で半分ずつ食べる」

「さ、左様ですか。わ、判りやした」

「今や天下一の浮世絵師と言われておるのに、なさけない顔をしなさんな」

「ですが先生……」

「おい、お前《まい》さん。ははあん、さては淋しいのじゃな」

「冗談じゃござんせん。淋しいと思うほど、私《あっし》の一日一日はひまじゃあござんせんので」

「早く嫁をお貰い。お前《まい》さんなら、いい嫁が来てくれるじゃろう。ではな……」

柴野南州は宗次の肩を軽く叩くと、呆気《あっけ》に取られている天下一の浮世絵師を残して、スタスタと足早に離れていった。

「なんだろね、まったく……」

暫くして呟いた宗次が、苦笑を漏らした。ほっとした表情である。

「まだ御天道様《おてんとさま》は高いが、何処ぞで一杯呑んで帰《けえ》るとするかあ」

宗次は両手を上げて気持よさそうに伸びをすると、来た道をゆっくりと戻り出した。

「それにしても、あの早苗ってえ医者見習いが服部半蔵正成の血筋の者だとはなあ。早苗を柴野先生に預けた江戸で屈指の大店ってえのも気になるぜい。近頃は大店が御禁制の品に密《ひそ》かに手を出しているってえ噂もある。黒く汚れた大店でなけりゃあいいのだがねい」

腕組をし、呟きながら歩く宗次であった。

「や、宗次先生、今日はまたこの辺りでお仕事で」

「お久し振りです先生、二、三日中にまた一杯お付き合い下せえ」

道具箱を肩にした職人たちが、宗次に気軽く声を掛けて走り過ぎてゆく。

そのたびに小さく手を上げて応える宗次だった。

どれほどか歩いて神田川岸まで出た宗次の足が、ふっと止まった。

「なんでえ。まだ心配で、梅を見守っていたのけえ」

宗次は背後の気配へ声を掛けた。往き交う人に不審がられない低い声だった。背後の気配との間は、不自然でない程度の開きはあると摑めている。それでも己れの低い声は届いているという確信があった。

相手は歴戦のくノ一、梅の母親だ。

「申し訳ありませせぬ。少し話をさせて下さい。五間《けん》ばかり（約九メートル）後ろに位置しておりまする」

「何の話がしたいんだえ？　梅は大層《たいそう》信頼できる人に預けた。おそらく見ていたんじゃねえのかえ」

「はい。その件については何の不満もありませぬ。嬉しく思っておりまする」

「じゃあ、何の話がしたいのだえ」

「どうぞ歩きながらお聞き下さい」

「判った……」

宗次はゆっくりとした足取りで川下に向かって歩き出した。くノ一が言った。その声ははっきりと宗次に届いた。

「お話し申し上げたいのは柴野診療所の医者見習い・早苗についてでございます」

「間違いなく服部半蔵正成の血を引いているのか」

「それは間違いございません。服部半蔵正成が亡くなって既に八十四年。その当時の廻船業《かいせん》『菱垣屋《ひがきや》』は、まだ江戸では規模の小さな業者でした」

「なに。『菱垣屋』だと。江戸一の廻船業者ではないか。早苗はその『菱垣屋』

と関係があるのかえ」

「はい。伊賀者《いがもの》与力三十人および同心二百人を配下に置いて徳川将軍家に忠誠を誓っておりました服部半蔵正成でございますが、ふとした縁で知った『菱垣屋』の娘と情を結び、その娘は赤児《やや》を産みましてございます」

「その赤児《やや》が？」

「早苗の祖母に当たります。すでに亡くなって、この世の人ではありませぬ」

「なんとまた。江戸最大の廻船業『菱垣屋』が、服部半蔵正成とつながっていたとはいやはや」

「この事実は長いこと将軍家に知られることはありませんでしたが……」

「おう、今では？」

「知られてございます。しかし服部半蔵正成の将軍家に対する数数の勲功《くんこう》によって、また強大な財力を有する現在の『菱垣屋』の幕府に対する多大な協力の姿勢などで、服部半蔵正成の秘めたる情事の件は問題にもなってはおりませぬ」

「そうかい。ま、そりゃそうだろうぜい。『菱垣屋』と言やあ、事実上日本一の廻船業者だからのう。潰《つぶ》そうったって、そう簡単には潰れやしねえ」

「はい、その通りだと思いまする。『菱垣屋』の船は海賊に備えて大砲や鉄砲さえも備えているとか」

「で、早苗の人柄はどうなんでい。そこまで摑めていねえかい」

「いえ。把握できておりまする。早苗ならば梅を預けても安心。心配いりませぬ」

「そうかい。そいつを聞いてなによりだぜ。お、もういいやな。私《あっし》の横へきて肩を並べねえ」

「それは、ちょっと……」

「何がちょっとなんでい。私《あっし》のような男は嫌かえ」

「そうではありませぬ。宗次殿は江戸のみならず、今や京・大坂でも知られた高名なお方。そのようなお方の隣に並んで、くノ一は歩けませせぬ」

「なるほど。それも一理ある。が、まあ、いいじゃあねえか。お、いい店があったい」

宗次は道端の小間物と草鞋《わらじ》の店へと入ってゆき、編笠《あみがさ》を前下げ気味にかぶり顔が見られないようにして出てきた。さすがにくノ一が、くすくすと笑って仕方なく宗次と肩を並べた。

「いつ江戸を離れて忍びの里に戻るのだえ」

「暫くこの江戸にひっそりと住まわせて戴きます。里へ戻って、すぐ暴力を振るう小頭《こがしら》（忍び集団の副頭領）の顔など見たくありませぬから」

「暴力だとう？」

「はい。役目の果たし様が不充分だと申しては殴り、年若い忍びと少し話をしたからというては殴ります。尤《もっと》も、そう簡単には殴らせなど致しませぬが」

「当たり前《めえ》よ。しかし、けしからん小頭じゃねえかい。女を殴る男ってえのは最悪だぜい。体の芯《しん》が腐っている証拠よ。よし、これから旨い物を食べに連れてってやろう。なあに知られたって構うこたねえ。堂堂と私《あっし》と腕を組んでついてきなせえ」

「何を御馳走して下さるのですか」

「浅草《あさくさ》に滅法《めっぽう》うまい善哉《ぜんざい》の店があってよ」

「おしるこ……ですね」

「そうじゃあねえ、善哉よ。嫌いか」

「いいえ。大好きです」

「じゃあ勇気を出して、私《あっし》と腕を組みねえ、いいからよ」

「はい」

くノ一が、ぴたりと宗次に寄り添った。さすがに腕は組まなかったが、二重《ふたえ》の涼し気な目を細めてこの上もなく嬉しそうだった。

残《のこ》り雪《ゆき》 華《はな》こぶし

寛文四年（一六六四）春大和国《やまとのくに》、三輪《みわ》の里大神神社《さとおおみわじんじゃ》。

その人物たちを除いては、ひとりの参拝者の姿も見当たらない静けさ満ちた広大な境内の隅隅に、いま西に傾きつつある陽《ひ》が降り注いで、境内東奥《ひがしおく》の真新しい拝殿《はいでん》が黄金色《こがねいろ》に輝いていた。

「美しく出来あがったのう、満足じゃ」

年の頃は二十三、四というあたりであろうか。さわやかな面立ちの浪人態《ろうにんてい》が拝殿を眺めながら目を細めて頷《うなず》いた。

その若い浪人態を左右から挟むほんの半歩ばかり退がった位置に、只者《ただもの》とは思えない鋭い目つきの若くはない浪人二人が、共に両拳《こぶし》を軽く握り両脚を小股《こまた》開きとした姿勢で立っている。剣の極みに達している者が見れば、その目つき鋭い二人の浪人の佇《たたず》み方が、「瞬変即攻《しゅんぺんそっこう》」の佇み方であると判った筈《はず》であった。身辺の急激な変化に対しいかなる即応もできる、ということを意味している。

「誠に善い事をなされましたな上様《よ》。此度《こたび》の拝殿造営は今後の徳川史に確《しっか》りとした足跡《そくせき》として末長く残って参りましょう」

若い浪人態の右後方へ半歩ばかり退がった位置に控えている浪人が、穏やかなやや低い調子の声で言った。言いながらも、さり気なく辺り四方へと向けられている目つきに、隙《すき》が見られ無い。年の頃は五十を出た辺りであろうか。

どことなく只者《ただもの》には見えぬこの初老の浪人の口から出た「上様」そして「徳川史」という二つの言葉を聞く参拝者が若《も》し近くにいたならば、おそらく腰を抜かしたことだろう。

この二つの言葉が揃《そろ》って浪人の口から出たということは、二十三、四に見えるさわやかな面立ちの若い浪人態は、征夷大将軍正二位右大臣徳川家綱公、ということになる。

「宗冬《むねふゆ》が私《よ》の兵法師範に就《つ》いたのは、いつの事であったかのう」

「明暦二年（一六五六）の事でございまする。上様十五歳の御年《おんとし》であられました。私《わたくし》が従五位下飛驒守《ひだのかみ》に叙せられましたのが、その翌年でございまする」

「もうそれ程になるのかあ。年月《としつき》の経《た》つのは早いものじゃのう。其方《そなた》が私《よ》に『将軍としてではなく人間として、何か世に長く残ることを一つでもよいから成し遂《と》げなされ』と教えてくれたことが、此度《こたび》の大神神社《おおみわじんじゃ》拝殿《はいでん》の造営に結び付いたのじゃ。こうして眺めると誠に心地がよい。心から礼を申すぞ宗冬」

「勿体ない御言葉でございまする。こうして上様と、それこそ**歴史にその足跡を残さぬ徹底したお忍び旅**に出られましたること、この宗冬にとりまして生涯最高の思い出となりまする」

「私《よ》とて同じじゃ。この大和国《やまとのくに》へ着くまでは、実に楽しいことの毎日であったわ。京《みやこ》の御所様（天皇）へお立ち寄り致さぬ事が、いささか良心に堪《こた》えてはおるがのう」

「**徹底したお忍び旅**でございまするゆえ、それに関しましては割り切りなされませ」

「うむ。そうよな。お許し戴こう。ところで貞頼《さだより》……」

「はっ」

今度は、若い浪人態の左後ろへ半歩ばかり退がった位置に控えていた、見るからに練達の剣士という端整な風貌《ふうぼう》の偉丈夫《いじょうふ》が、ほんの僅《わず》か前に進み出た。年齢《とし》は三十半ば、という辺りであろうか。

「貞頼はどうなのじゃ。江戸よりこの大和国《やまとのくに》までの旅は楽しかったか」

「はい。むろん楽しゅうございました。同時にひどい肩の凝《こ》りにも悩まされましたが」

「終始、私《よ》の身そばに張り付いておらねばならぬ責任があったからだと言うか」

「御意」

「こ奴め。私《よ》も道道《みちみち》の綺麗《きれい》な女性《おなご》に声を掛けようとしては貞頼の鋭く怖い目で睨《にら》みつけられて、大層堅苦《かたくる》しかったわ、のう宗冬」

「さあて、どちらに味方すれば宜《よろ》しいのやら……」

三人は顔を見合わせて穏やかに笑い合った。その光景からお互い相当に強い信頼の絆《きずな》で結ばれているように見える。

それもその筈《はず》。年若い浪人態から「宗冬」と呼ばれた五十年輩の人物は、徳川将軍家兵法師範で大和柳生《やぎゅう》家（藩）一万石の当主（大名）、従五位下柳生飛騨守宗冬だった。

そして「貞頼」と呼ばれた三十半ばに見える人物は武官筆頭大番頭《おおばんがしら》六千石の

大身旗本、西条山城守《やましろのかみ》貞頼であり、柳生新陰流を宗冬直伝《じきでん》で免許皆伝を許された剣客である。時には宗冬の求めで将軍を相手に稽古《けいこ》をつけることを許されてもいる立場だ。

つまり、二十三、四に見えるさわやかな面立ちの若い浪人態は、まぎれもなく征夷大将軍正二位右大臣徳川家綱その人であった。

「さあて宗冬。そろそろ今日の最終の予定を終えてしまおうではないか」

「平等寺（奈良県桜井市三輪）へ参られることを強くお望みであられましたな。西陽《にしび》はまだ高《たこ》うございますから、充分に往《い》って戻ってくることはできましょう」

「貞頼、念のためじゃ。平等寺までの道程《みちのり》を神職殿に確認して参れ」

「承知いたしました」

西条山城守が一礼して徳川家綱の前から離れていった。

西陽を浴びて眩《まぶ》しいほどに圧倒的な荘厳さを漂《ただよ》わせている拝殿の北詰の位置に、神職の身形《みなり》の数人と一人の武士が、緊張した面持ちで身じろぎもせず佇んでいる。

西条山城守が自分たちの方へやってくると察した神職の内のひとり――気品ある面立ちだが痩身《そうしん》の――が五、六歩を進み出て恭《うやうや》しい眼差《まなざ》しで山城守を待った。

将軍家綱を護り抜いて遠い江戸より長い道のりを大和国《やまとのくに》入りした山城守に対する、それが神職にある者の自然な敬《うやま》いの作法なのであろうか。

「大神主殿……」

西条山城守が笑顔で声を掛けながら近付いてくると、「はい」と控え気味な笑みを返す痩身の若くはない大神主（筆頭神主）であった。

この大神主の名を高宮清房《たかみやきよふさ》（実在）といってその家柄は、後醍醐《ごだいご》天皇の南遷に近侍し戦場《いくさば》にて赫赫《かっかく》たる武勲を立てた大神主正五位下左近将監《さこんのしょうげん》高宮勝房《かつふさ》や、賊徒《ぞくと》討伐などで勇名を馳せた大神主従五位下主水正《もんどのしょう》高宮元房《もとふさ》などを先祖にいただく名族であった（歴史的事実）。

「のう大神主殿。上様がこれより平等寺へ参りたいと申されておるのじゃが、昼《ひる》餉《げ》の席で大神主殿より大体の位置をお教え戴いておるその場所まで、どれ程の刻《とき》をみておけば宜しいかの」

「さほどは要しませぬ。ゆっくりとした足取りで参られましても空に夕焼け色が広がる前までには充分に戻ってこられましょう」

「おお左様か。では厚かましく夕餉《ゆうげ》の御世話になる迄《まで》の間、ちと上様に平等寺界隈の散策も楽しんで貰うと致しますか」

「それが宜しゅうございましょう。ただ、靄《もや》が湧き出しましたならば、直《す》ぐにお戻りなされませ」

「靄が？」

「はい。平等寺は今時分、息を呑む程に美しい薄紅色の桜の花にすっぽりと覆われておりまするが、この季節になると夕刻になって、たまに濃い靄に覆われることがありまする。ま、頻繁にではありませぬから左程に気になさることはありませぬが」

「判りました、気を付けましょう」

「いずれに致しましてもこの大神神社《おおみわじんじゃ》から直ぐ、御神体《ごしんたい》（三輪山・標高四六七メートル）に抱かれておりまする森の中でございます。ともかく、この界隈一帯は全て御神体の懐《ふところ》でございまするから」

「そうでありましたな。森の奥へ迷い込まぬように気を付けましょう」

「木立に覆われた道は薄暗く細いですけれども整うてございます。あらぬ方角へと関心を抱かれて踏み込まぬ限り、まず道に迷う心配はございませぬ」

「心得ました。では行って参りましょう」

「お気をつけなされまして」

「はい」

西条山城守は大神主高宮清房に対し丁重に一礼すると、踵《きびす》を返した。

と、大神主の背後に居並んでいた神職たちの中に混《ま》じるようにして表情硬く佇んでいた武士が「恐れながら……」と、やや慌て気味に西条山城守の背を追った。

西条山城守が足を止めて振り向く。

「山城守様。私も何卒《なにとぞ》ご一緒させて下さりませ」

「そなた……」

西条山城守の表情がその武士に近寄られて厳しくなったことに気付いた大神主高宮清房が、くるりと体の向きを変え元の位置にまで七、八歩を退がった。二人の武士の間で交わされるであろう会話が、耳に入っては失礼となる、と判断したのかも知れなかった。

が、西条山城守が近寄ってきたその武士に語りかけた声は低かった。

「そなた、自分が置かれている立場にまだ気付いておらぬな」

「は？」

「此度《こたび》のお忍び旅を徹底なされようとしていた上様が、何故《なぜ》にわざわざ荒井《あらい》奉行の其方《そなた》、土屋忠次郎利次《つちやちゅうじろうとしつぐ》に声を掛けてこの大和国《やまとのくに》へ同道させたか判らぬのか」

「は、はあ……それが判らず実は大層悩んでおりました。道道における上様のお話相手は飛騨守様と山城守様で、私のような下級の者には殆《ほとん》どお声を掛けては下さりませんでした。お教え下されませ山城守様。私は何故同道を命《めい》ぜられたのでございますか。お願いでございまする」

「上様は、此度の旅で道中地図を幾度となく眺めるうち、荒井奉行所の機能を一層強化する必要があることに気付かれなさったのじゃ」

「まさかに……」

「おそらく上様は荒井奉行所の現組織の大幅な改編を胸の内で検討なさってておられるだろう。むろん、其方《そなた》の新しい御役目についてもな」

「新しい御役目……それについて山城守様は既に判っておいでてございましょうか」

「判らぬ。じゃがこうして其方《そなた》を大和国《やまとのくに》にまで同道させた以上は、見当がついておる」

「お教え下さりませ。決して他言は致しませぬ。また見当はずれの結果となっても構いませせぬ。どうか山城守様……」

「奈良奉行じゃ」

「えっ。な、なんと申されました」

「このような大事なことを二度言わせるでない。ともかく其方《そなた》は平等寺へ同道せずともよい。昨日の午後《ひる》に密《ひそ》かに大和国《やまとのくに》入りした我等四人の動きに関しては、おそらく既に奈良奉行中坊美作守時祐《なかぼうみまさかのかみときすけ》（実在）の耳に入っていよう。慌てて此処《ここ》へ馬で駆けつけることも考えられるゆえ、其方《そなた》が応対して、上様はお忍び旅であることを確《しっか》りと告げ、くれぐれもお騒ぎのないように、と強く説いておくように。宜しいな」

「あ、はい。承《うけたまわ》りましてございまする」

「二代目の奈良奉行中坊美作守はもう高齢じゃ（事実）。色色と苦労話などを聞かせて貰えれば、其方《そなた》のためにもなる筈じゃ」

言い置いて西条山城守は踵を返した。その山城守の背に、荒井奉行の土屋忠次郎利次は尚も食い下がった。

「あ、あの、山城守様。では奈良奉行の中坊様も今宵の夕餉に同席して戴きましては……」

「其方《そなた》に任せる」

西条山城守は、「何を長話をしている」と言わんばかりの難《むつか》しい表情でこちらを眺めている将軍家綱と飛騨守宗冬の方へ足を急がせた。

実は、二代目奈良奉行中坊美作守が、高齢を理由として昨年の寛文三年（一六六三）十月三日に幕府へ既に辞表を提出（歴史的事実）していることを、山城守は上様から聞かされ知っていた。後任が正式に決まるまで、中坊美作守は現在も一応、奈良奉行の立場に止《とど》ってはいるが。

つまり土屋忠次郎利次の荒井奉行から奈良奉行への人事異動は、この日の段階では事実上決定していると言ってもよい状況だったのである〈公式決定日は寛文四年（一六六四）五月一日付〉。

土屋利次の荒井奉行とは、遠江国《とおとうみのくに》浜名《はまな》郡《ぐん》荒井《あらい》に設けられている関所（荒井の関所）を統括する役職だった（のち荒井の地名は新居に改められ『新居の関所』となる。現、静岡県湖西市新居）。

「どうしたのじゃ貞頼。土屋が不満そうに此方《こちら》を眺めておるが」

近付いてきた西条山城守に将軍家綱が口元に笑みを浮かべながら訊ねた。

「上様の御供をしたいと申し出ましたので、奈良奉行が訪ねて来た場合の応接をぬかりなく行なう事も大事じゃと、それについての要領を命《めい》じておきました」

そう言いつつ家綱の前で立ち止まった山城守は、綺麗に調った一礼を忘れなかった。

「そうか……」と頷いてみせた若い家綱は、飛騨守宗冬よりも風格ある西条山城守のこのビシッとしたところが好きであった。時として兄のように感じることさえもある。

「奈良奉行は来《く》るかのう」

「間違いなく参りましょう。すでに我我の動きは耳に入っている筈でございます。腰を抜かさんばかりに驚いて馬を走らせて来《く》るに違いありませぬ」

「では、来《こ》ぬうちに平等寺へと出掛けるか」

「はい」

三人は拝殿に対し無言のまま深深と頭を下げてから、境内を南に向かって、やや足早に歩き出した。

申し合せをするまでもなく、山城守が先導し飛騨守宗冬が家綱の後背の位置に付いていた。

家綱との間は、山城守、飛騨守とも、それぞれ二間《けん》ほどを空けている。いわゆるこの「守り幅」が、急変事態に対する柳生新陰流の居合抜刀「月影」の最も理想であることを、山城守は理論的にも実戦的にも、飛騨守宗冬から徹底的に叩き込まれていた。

将軍の身辺を警護する「警護・反撃剣法」を、形を重視した道場剣法（木刀剣法）から実戦剣法（真剣法）へと高めていったのは、江戸柳生の祖として幕府総目付（後の大目付）の地位にあった今は亡き柳生但馬守宗矩《たじまのかみむねのり》（宗冬の父）よりも、飛騨守宗冬の貢献が大きかった。

ただ、柳生但馬守宗矩は、政治的能力や剣技創造能力に非常に優れ、将軍家だけでなく老中・若年寄など幕閣の信頼も絶大だった。将軍家や老中が呈する苦言には易易《やすやす》とは頷かない徳川御三家も、同じことを但馬守宗矩が目つき鋭く言えば、腕組をし天井を仰いで「わかった」と応じざるを得なかったという。

「のう、宗冬……」

家綱が前を向いたまま、後ろの飛騨守宗冬に声を掛けた。

「は……」と応じた宗冬ではあったが、目は然《さ》り気《げ》なく用心深く周囲《あたり》に注意を払って、将軍家綱との間を詰めようとはしない。

「今朝、朝餉の席で大神主高宮清房から聞かされた三輪山平等寺（単に平等寺とも）と聖徳太子とのつながりは誠に興味深いものじゃったのう」

「推古天皇期（在位五九二〜六二八）に国政《まつりごと》について広く任されておりました聖徳太子は各地に出没する賊徒の平定にも誠に熱心で、三輪明神《みわみようじん》（大神神社《おおみわじんじゃ》の意）に祈願して十一面観音を彫り、これを祀《まつ》る寺（大三輪寺。後の平等寺）を建立《こんりゆう》したところ、たちまち世の中が穏やかになった、と大神主殿は熱っぽく話しておられましたな」

「うむ。聖徳太子は余程に神仏の御利益《ごりやく》が集まる崇高な御方《おかた》であられたのだのう。私《よ》も見習《みなろ》うて励まねばならぬ」

「上様。大和文化の発祥地でござります古都三輪は、飛鳥《あすか》古京《こきよう》の地よりもなお古き歴史の謎に厚く包まれたる所です。遥《はる》か悠久《ゆうきゆう》の昔、この三輪の地に燦然《さんぜん》たる輝きを放っておりましたる三輪王朝《みわおうちょう》（歴史的事実）の解明《かいめい》は、飛鳥古京の時代以前にまで遡《さかのぼ》らねばなりませぬ。その三輪王朝を見守ってきたとされる古社大神神社《おおみわじんじゃ》の拝殿を、上様は新たに造営なされたのです。聖徳太子に勝るとも劣らぬ偉業であると、大いに胸をお張りなされ」

「さすが大和柳生を治める宗冬の言葉には説得力があるのう。じゃが宗冬。武門の家に生まれし私《よ》は、聖徳太子のような尊きお血筋には恵まれてはおらぬ。うらやましいと思うぞ」

「何を仰せられます。今のお言葉、天下を治める徳川将軍として口に致してはならぬお言葉ですぞ、ご自重なされませ」

「まあ、そう言うな宗冬。うらやましいと思うが、べつに己れを卑下《ひげ》など致してはおらぬ。私《よ》は曾祖父《そうそふ》に徳川家康を戴いておることを誰よりも誇りに思い有り難くも思うておる」

「当然でござりましょう。いや、当然以上のことでござりまするぞ」

「じゃがのう宗冬。厩戸皇子《うまやどのみこ》とも言われた御利益集まる聖徳太子のお血筋は誠に凄《すご》いではないか。太子の父君であられる用明天皇は、欽明《きんめい》天皇を父とし、蘇我《そがの》稲目《いなめ》（朝廷の大権力者）の娘堅塩媛《きたしひめ》を母としてお生まれなされた。その用明天皇と泥部穴穂部皇女《はしひとのあなほべ》との間に第二皇子としてお生まれなされたのが聖徳太子ではないか。違うか宗冬？」

「いえ。仰せの通りでございまする。そして、太子の母君であられる泥部穴穂《はしひとのあなほ》部《べ》皇女は、矢張り蘇我稲目の娘小姉君《おあねのきみ》（堅塩媛《きたしひめ》の妹）を母としてお生まれになっております。ま、確かにその意味では、凄い権力的お血筋かと……」

「宗冬も、そう思うであろう。ところで、黙黙と前を行く貞頼よ」

家綱は目を細め、やさし気な笑みを浮かべていた。

西条山城守貞頼が立ち止まって、「は……」と振り向いたが、その表情には家綱が何を言わんとしているか察しているかのような、困惑を漂わせていた。

「おいおい貞頼。その難《むつか》しい顔つきは若しかして私《よ》の口を塞ごうと致しておるのではないか。そうであろう」

「恐れながら、天下の将軍にあられまする御方様《おかたさま》の口を塞ごうとする勇気も業《わざ》も、この私《わたくし》は持ち合わせてはおりませぬ」

「ははは。言うてくれたな貞頼。じゃがな貞頼……ま、歩きながら話そう」

家綱は柳生新陰流居合抜刀「月影」の備えに不可欠な貞頼との間《はざま》を早足で詰めてしまうと、肩を並べた。

将軍家綱のその後ろ姿にちょっと苦笑した柳生飛騨守宗冬は、しかし落ち着いた表情で周囲《まわり》を見まわし、これも足を急がせて前の二人との間を詰めていった。

三人が進む通りの左手直ぐには、大神神社《おおみわじんじゃ》の「御神体そのものである三輪山」の鬱蒼《うっそう》たる森が空を覆わんばかりに聳《そび》え、右手には「三輪成願稲荷社《じょうがんいなり》」がぽつねんと神気に包まれて小さく佇んでいた。

この「三輪成願稲荷社」は、素直な清い心と清い躰《からだ》で、好きな男との愛の成就《じょうじゅ》について真剣に祈願すると、その願いを必ず叶《かな》えてくれるという伝説で知られている。それゆえ、桜花美しい春とか、楓《かえで》や山桜や七竈《ななかまど》の葉が紅葉して錦繍《きんしゅう》を織りなす秋深くには、心やさしき女性《おなご》たちがひっそりと訪れたりするらしい。

「上様……」

徳川家綱が何事かを言おうとするよりも先に、柳生宗冬の最高の門弟と言われている西条山城守貞頼が立ち止まり、「三輪成願稲荷社」を指差した。

将軍家綱がその方向を見、そして視線を山城守へ戻した。

山城守が重い口調で言った。真顔だ。

「上様。あの『三輪成願稲荷社』へお寄り致しませぬか。……確か『願いがよく叶う』と大神主殿が朝餉の席で申されていた稲荷社でございましょう」

「ん?……おう、この稲荷社のう」

猫の額ほどしかない狭い境内の入り口に立っている朱塗りの鳥居《とりい》(神社の門。鳥栖《とりい》とも)を、将軍家綱は少し眩し気に目を細めて眺めた。べつに日差しが射し込んでいる訳ではない。

その鳥居は塗り変えられたばかりであるのか、確かに眩しいばかりのあざやかな朱の色であった。その鳥居の直ぐ脇に「三輪成願稲荷社」と白文字で書かれたこれも朱塗りの小柱が立っている。

此処の鳥居は小さな神社などでよく見られる最も一般的な明神鳥居《みょうじんとりい》と呼ばれている形式だった。左右の二本柱を連結している最下の位置の横木(水平材)を「貫《ぬき》」と称し、この貫の次の位置(上の位置)の横木が「島木《しまぎ》」であった。この島木と重なっている(接着している)横木を「笠木《かさぎ》」といって明神鳥居はこの笠木が水平ではなく両端(左右の)で美しく反《そ》っている。

これが明神鳥居の特徴だった。そして水平材「貫」と「島木」の中央位置（中《ちゅう》間点《かんてん》）でタテに連結している短柱が「額束《がくづか》」だった。

ここに額《がく》（神社名とかの）を掲げるのであったが、この稲荷社に額は掲げられていなかった。おそらく白文字で書かれた朱塗りの小柱をそれに代えているのだろう。

西条山城守は鳥居を眺めて動かぬ様子の将軍家綱をその場に残し、鳥居に向かってゆっくりと進んだ。

飛騨守宗冬が油断なく辺りを見まわしている。

山城守が鳥居の手前で一礼して境内へと入って行くと、将軍家綱は口元にチラリと苦笑を浮かべ、ようやくのこと山城守に続いた。

飛騨守宗冬は境内へは入らず、鳥居を背にして立つと、左手を軽く腰の刀に触れ、鋭い眼差《まなざ》しを正面の森に向けて不動であった。

山城守が小さな社《やしろ》――というよりは祠《ほこら》――の前で佇むと、後ろからきた将軍家綱が山城守の前へと回り込んだ。

それを待っていたかのように、山城守が口を開いた。

「上様……」

「なんじゃ」と家綱が体の向きを変えた。

「今年になって実に色色なことが起こり出しましたなあ」

「うむ。不快な上にも不快なことでは三月の水野事件の右に出るものはないのう。あれは誠に後味《あとあじ》が悪く思い返すと未だに胃の腑にズンとこたえるわ」

「備後《びんご》福山藩十万石水野勝成《かつなり》様（一五六四〜一六五一）の御三男成貞様を父君とし、阿波藩主蜂須賀至鎮《はちすかよししげ》様の姫を母君とする譜代の名家に生まれた水野十郎左衛門《じゅうろうざえもん》成之《なりゆき》（?…〜一六六四）。第四代将軍家（徳川家綱）に直参旗本三千石として取り立てられておきながら、その恵まれ過ぎた境遇を幕政に何一つ貢献させようとせず、ただ好き勝手に不良なる毎日に徹した余りにも愚かな奴……」

「うむ。誠にのう。幕府の品位と威厳を貶《おとし》め、市井《しせい》を恐怖のどん底に陥れたとして不良を極めた旗本水野に対し切腹命令（評定所）が出た（三月二十七日付）のは当然の報いじゃが、二歳の男児まで死罪と致したのには、今もいささか胸が痛むわ」

「二百石や三百石取りの旗本ではありませぬ。三千石大身旗本家の俸禄の重みというものは上様……」

「判っておる、判っておるよ貞頼。三月二十七日付の切腹の沙汰よりも早くに我々三人が江戸を発ったのは、思いやり深いそなたの配慮である事もな。私《よ》を水野家廃絶の不快から少しでも遠ざけようとしたのであろう……その配慮、ありがたいと思うておる」

「ま、不良旗本水野の話は不快でございましょうから、ここまでと致しましょう。幼き頃より上様は心身脆弱《しんしんぜいじゃく》との噂を幕臣の誰彼に言い立てられ、有能なる幕閣重臣を表に立てんがため、ご自身は今日《こんにち》までその背後に静かに控えてこられました。が、その実、柳生新陰流及び馬術、弓道、柔《やわら》などにつきまして将軍の中では最もご熱心に励まれ、また和歌や書道にも長じ、それらのご力量でもって重臣たちを見事にやわらかく抑えておられます。それゆえ上様の今世《いまよ》は、これ迄の初代から四代までの幕政の中では、四代幕政が最も安定し輝いていると私《わたくし》は高く評価いたしております る」

「それはのう貞頼。其方《そなた》や宗冬のように、政治《まつりごと》にも文武にも秀《ひい》でた個性的で強い精神を持つ忠臣が、私《よ》を支えていてくれるからじゃ。礼を申すぞ」

「勿体ないお言葉。さ、幕政の一層の安定を稲荷社に祈願いたしましょう」

「うむ、二度と水野のような不良旗本が出ないように、ともな……」

「それは、もう申されまするな」

将軍家綱は体の向きを祠《ほこら》へと戻し姿勢を正して頭《こうべ》を垂れた。

家綱が苦苦しく思っている不良旗本水野十郎左衛門事件とは、十郎左衛門の父親成貞の代からの水野家の家風、いや、「家質《かしつ》」と言っても言い過ぎではなかった。実は父親成貞も血気盛んな若い頃は不良旗本の俗称「かぶき者」としてかなり羽振りを利《き》かせていたのである。

父親がそれだから、後継者である十郎左衛門も同じ道を歩む可能性は幼い頃からあったのだ。父親の背中を見て育ってきたのであろうから。

子の育ちは「血筋《ちすじ》」よりも「親背《おやせ》」で決まる、という諺《ことわざ》はこのことを指しているのであろうか。

それはともかく、十郎左衛門は不良旗本（旗本奴とも）「大小神祇組《だいしょうじんぎぐみ》」の頭領として派手な衣服に長い刀、大形《おおぎょう》で乱暴な言葉遣い、長くのばした揉《も》み上げ、辺りを威圧する大見得切った歩き様《よう》、などにのめり込んで出仕（御役目・出勤）を怠り続けた。これには民百姓のみならず、侍たちさえも恐れて近寄らず、そうこうするうち「こいつあ黙って見ちゃあおれねえ」という人物が現われたのである。

浅草は花川戸の町奴《まちやっこ》（任侠の徒）の頭領、幡随院長兵衛《ばんずいいんちょうべえ》であった。

さながら舞台役者のごとき幡随院長兵衛の名はたちまち江戸の民百姓の間で人気を高め、旗本奴と町奴の対立は激化していくのだった（諸説あり）。

そして「人気」という武器の点で著しく劣る水野十郎左衛門はついに幡随院長兵衛の暗殺に及び、この卑劣さによって十郎左衛門は次第に三月二十七日付の切腹・お家断絶へと追い込まれていったのだった。名家に生まれ育ち、何不自由無い中で次第に謙虚さを失ってゆく己れのその醜い姿が見えないままに悲惨な終りを迎えてしまった十郎左衛門であった。

将軍家綱の祈願は随分と長かった。稲荷社の祠に対して一体何を祈っているのであろうか。

直ぐ背後に控える西条山城守は、周囲に目を配って油断が無かった。家綱は、自分と同じように貞頼も祠に向かって祈りを捧げている、と思っているのかも知れない。

ようやく家綱が頭を上げ、そして空を仰いで小さなひと息を吐いた。

「さ、平等寺へ向かいましょう上様」

「うむ。何やら胸の内が晴れたぞ貞頼」

「それは何より。宜しゅうございました」

三人は再び家綱を間に挟むかたちで歩き出した。

何事かが気になり出しているのであろうか、飛騨守宗冬が頻《しき》りに左手森に視線を向けている。

先頭の西条山城守の視線は真っ直ぐに正面だ。そのがっしりとした背中を見つめながら、家綱は口を開いた。

「貞頼よ。其方《そなた》の妻雪代《ゆきよ》の生家《さと》である飛鳥の曾雅《そが》家じゃが、古代大和王朝に君臨せし大権力者、蘇我本宗家の末裔《まつえい》らしいとな」

「我が妻雪代は先祖の血筋がどうのこうのに関しましては全く関心がないようでございまして、余りそれについては話してくれませぬ。と、言うよりは、それについての知識を持ち合わせてはいない、と申し上げた方が宜しいのかも知れませぬが」

「大坂、京の高名な学者たちの研究によって、雪代の生家《さと》である飛鳥の曾雅家と、古代大和王朝に君臨せし蘇我本宗家が、次第に一つの線上に乗りつつある、というではないか」

「なんと。そのような話が、上様のお耳へ既に入っているとは驚きでございまする」

「いやなに、私《よ》の耳に入ってきた内容は、『らしい』という程度に過ぎないのじゃがな」

「で、ございましょう。それの解明には、恐らくまだまだ年月を要しまする。十年が掛かるか、二十年を要するか……それを確実に証するものが見つからぬ限りは、何とも申せませぬ」

「証するものがのう。ま、確かにそうではあるな」

家綱がそう言って「うん」と独り頷いた時であった。前を行く西条山城守が不意に歩みを止めた。

飛騨守宗冬が足を止めたのも、それと殆ど同時だった。

そこは三輪山の森が、道より奥へと弓状に深くさがる形となっており、つまり道と森との間には荒れた畑地の広がりがあった。

森には鹿、猪、猿などが多数棲息しているのであろうか、青菜や里芋《さといも》に似た球根などが、そこいら辺りに食い散らかした状態で、散乱している。

二人の剣客の視線は、その荒された畑を越えた森の一点に集中していた。その森の直前、つまり畑地の尽きる辺りは一面、あざやかな蓮華草《れんげそう》色で覆われている。

「どうしたのじゃ二人とも。山賊でも出るというか……」

そう言って腰の刀に手をやった家綱のやや力んだ姿は、幕臣たちの間で噂されている、ひ弱な「左様《さよう》せい様《さま》」では決してなかった。目の輝きがどこか戦闘的になっている。

「左様せい様」とは、将軍としての意見無く、幕臣の考えのままに政治《まつりごと》を任せてしまう姿勢を指している。

だが飛騨守宗冬も西条山城守も、徳川家綱が決してそのような将軍ではないことを知っていた。真実の「姿」と「能力」を。

家綱は返事の無い二人に、もう一度訊ねた。

「一体どうしたのだ」

「上様……」

と、宗冬が家綱と目を合わせた。声を低めている。

「指を差し示す訳には参りませぬ上様。指をお差しになってもいけませぬ。目でお捉《とら》え下され。荒れた畑の奥向こう右手。ひときわ枝振りの見事な巨木が目立っておりましょう」

「うむ。あれだな。捉《とら》えた」

「その巨木の周囲の雑草の中に、こちらを窺《うかが》っている幾つもの気配が潜んでございます」

「なんと……獣か……それとも人か」

「判りませぬ。が、用心いたしましょう。貞頼殿、宜しいじゃろ。さ、行きなされ」

「は……」

　答えて歩き出した山城守貞頼であった。万石大名である将軍家兵法師範柳生飛騨守宗冬も、さすがに万石に迫らんとする六千石の大身旗本西条山城守貞頼に対しては「殿」を付し親しみを込めて呼ぶことを作法《ならい》としている。ましてや貞頼は近衛師団《このえしだん》の性格で十二組ある大番（頭）の中で公式ではないものの筆頭格（師団長格）と見做《みな》されている。征夷大将軍正二位右大臣徳川家綱の貞頼に対する信頼は絶大だ。「近衛（師団）」とは、皇家あるいは君主（世襲による国の統治者）の近くに仕えて警衛任務に就くこと、あるいはその任務に就く錬度きわめて高い精鋭武団を指して言う。但し、これの法改正による正式な初登場は、明治二十四年（一八九一）十二月十四日である。

満開の桜に美しく埋《うず》もれていた三輪平等寺への参詣《さんけい》を無事にすませた三人は、色あざやかな蓮華草《れんげそう》の広がりに挟まれた「来た道」をそのまま戻り出した。いつの間にか麗《うら》らかな日差しは高さを増し、道に映る人影の位置が変わっている。

平等寺までの途中で三人の目にとまった百姓家は大きく間を隔てて建っていた三軒のみで、人棲《ひとす》まぬかのようにひっそりと静まり返っていた。おそらく朝早くに野良《のら》（田畑の意）へ出かけたのであろう。

その三軒のうち二軒めに数えられる百姓家は、壊れかかったような古い馬屋《うまや》が何故か通りの半ばまで食《は》み出《だ》していた。蓮華草に挟まれたなごやかな小道は広いところで幅一間ほどしかなかったから、その食み出しは如何にも意味あり気に思われた。

が、三人にとっては、左程に関心はない。最初に馬屋を回り込むようにして小道の向こうへ後ろ姿を消したのは宗冬だった。

その宗冬の「おお、なんと残雪では……」という驚きの声を聞いて、将軍家綱と貞頼は思わず顔を見合わせた。

「いま残雪と聞こえたな貞頼」

「はい、確かに……なれど今頃」

家綱が先に立って、馬屋を回り込もうとするのを、貞頼は油断なく辺りへ視線を走らせて警戒した。

馬屋を回り込んだ将軍家綱と貞頼は、宗冬と肩を並べるや否や「なんと……」「まさかに……」と共に茫然《ぼうぜん》となった。

顔を斜めにして見上げた御神体三輪山の其処、五合目あたりの山腹が広い範囲にわたって残雪――それこそ真っ白な――に覆われているではないか。わが目を疑うまでもなくそれは、雪としか見えないものであった。

「上様、平等寺へ行く際には気付きませせなんだ……」

それが陽《ひ》を浴びて、目を細めて眺めなければならぬ程に眩しい。

「身が引き締まる程に幻想的な光景じゃな貞頼」

貞頼と家綱が前後して呟き、宗冬が頷いて言った。

「行ってみたいものでございまするな。あの残雪の真っ只中へ」

「同感じゃ宗冬。しかし、この麗かな日和ぞ。雪崩《なだれ》にでも襲われたなら面倒ぞ」

「ひとたまりもありませぬな」

「それにしても、真っ白な残雪と周囲のやわらかな緑の輝きとの対照的な美しさはどうじゃ。息を呑むのう」

家綱がそう言った直後であった。

どこからともなく流れてきたかすかな琴の音《ね》に、三人の表情が「ん？」となる。

「琴……じゃな」

家綱が平等寺の方角へゆっくりと体の向きを変え、貞頼もそれに従ったがしかし然り気なく腰の刀へ左手を運んでいた。

宗冬は身じろぎもせず残雪を眺め、その左手はすでに鯉口を切っている。

宗冬も貞頼も一体何を感じているのか。

旋律は次第に、高く低く、速く緩やかに変化を雅《みやび》に華咲かせながら、聞く者の胸の内へと、ぐいぐい迫ってくる。

将軍家綱の頬が次第に紅潮しだした。

と、三人の予期せぬ出来事が生じた。それは鍛え抜かれた宗冬と貞頼の油断なき警戒心の間を、いとも簡単にするりと抜けてきたかのような、突然の出来事であった。

「美しい音色《ねいろ》じゃろう」

いきなり嗄《しわが》れた声を掛けられ、流れてくる琴の音に心身を物の見事に奪われてしまっていたのか、三人は三人とも衝撃を受けて我れを取り戻した。

なんといつの間にその位置へと近付いたのか、家綱の直ぐ背後に身形貧しい白髪の小さな老婆が、にこにこ顔で立っているではないか。それは家綱の背中へ、短刀を前のめりになって深深と突き刺すことの出来るほど、間近であった。

貞頼が我れを取り戻すのと、家綱の上腕部をむんずと摑《つか》み様《ざま》、自分の後ろ脇へ引き寄せるのとが殆ど同時。

余程に受けた衝撃が大きかったのであろう。宗冬の顔も、貞頼の表情も強張っている。

「これ、驚かすでない、お婆《ばあ》」

「あ、びっくりさせてしまいましたかのう。申し訳ないことじゃった。許してやって下され」

老婆は、にこにことしたまま丁寧に頭を下げた。

「お婆《ばあ》は何処から来たのだ。そこの馬屋の百姓家が住居《すまい》か」

「平等寺の裏山ですじゃ」

「なに。平等寺の裏山は、深い森で人が住めるような所ではないように見えたぞ」

「なあに。子供の頃から住めば、深い森の中であろうと険しい山の中であろうと、住めば都《みやこ》ですじゃよ、お侍様」

「誠に平等寺の裏手に住んでおるのだな」

「誠じゃとも」

「ならば行け。もうよい」

「いま聞こえております琴の音は、この儂《わし》の孫娘が弾いておりますのじゃ」

「なんと。お婆《ばあ》の孫娘が？」

「十二になる。上手《うま》いじゃろう。これは『雪の華《はな》』という調べでございましてなあ」

「なんと、十二でこれだけ弾けるとは驚きじゃ。お婆《ばあ》のその土に汚れた身形は百姓にしか見えぬが、琴をこれほど見事に弾く幼い孫を持つとは、血筋はもしや武家か？」

「なあに昔からの百姓ですじゃ。百姓の孫娘でも一生懸命に学び習えば、難《むつか》しい琴とてあれほど弾けるということじゃよ。百姓を決して軽く見なさいまするなよお侍様」

「武士の昔を辿《たど》れば、大方《おおかた》が土仕事《つちしごと》から生まれた血筋ぞ。少なくとも我等三人は百姓を軽く見る積もりはない。毛ほども無い」

「ふぁふぁふぁっ。それはいい心がけでございますな。それからなあお侍様。御神体三輪山の山肌が白く輝いていかにも残雪に見えるところ。あれは雪ではのうて拳《こぶし》(辛夷《こぶし》)の白い花が隙間《すきま》なくびっしりと咲いておりますのじゃ」

「なに。あれは、なんと拳の花であったか……」

「そいじゃあ、これでのう」

老婆は合掌して丁寧に腰を折ると、紅紫色の美しい広がりを見せて田畑を覆い隠している蓮華草の中へ、ふわりと入っていった。

そして、四、五間《けん》も蓮華草の中をよちよちと進んで行ったかと思うと、振り向いて真っ直ぐに将軍家綱と顔を合わせ、目を細めてやさしく微笑んだ。

「三輪の拝殿を綺麗にして下されたのう。礼を申しますぞ。さ、早くこの場を立ち去りなされ。間《ま》もなく太陽《ひ》は陰り足元が暗《くろ》うなって鬼の吐く息が靄《もや》となって漂い始めるじゃろう。乳色の世界にとざされて道に迷《まよ》い邪《よこしま》の地に踏み込んでは大変じゃ。さ、帰《い》になされ」

老婆はそう言うと、畑地を三輪山の森の方へと次第に後ろ姿を小さくしていった。

と、家綱が「おお……」と驚きの声を、抑え気味に出した。

「見よ宗冬、貞頼。あのお婆の通った跡を。蓮華草が踏み倒されておらぬ」

「確かに……」

「こ、これは一体……」

三者三様に大きな驚きに見舞われた時であった。畑地の彼方を行くお婆の後ろ姿が、すうっと薄まって掻き消えた。

「降臨《こうりん》じゃ宗冬。三輪《みわ》の神《かみ》が天《あま》の世《よ》から舞い下りて来られたのではないのか貞頼」

家綱の言葉に、宗冬も貞頼も答えることが出来ず、確かに目にした不可解な光景に、ただ茫然の態であった。

このとき三人の前後左右――としか言い様のない――で、チリチリという枯れ木の糸枝を折るような小さな音が始まった。それは一本の糸枝ではなく無数の糸枝を折る音の重なりかと思われた。それだけに音の伝わってくる方向が摑《つか》めず、三人は棒立ちのまま、そのまるで蟻《あり》の足音のようなチリチリに囲まれるままに任せるしかなかった。

ただ、宗冬と貞頼はさすがに、棒立ちの姿勢とは言え既に刀の柄に右の手を触れている。

「お……あれは何じゃ……」

と、家綱が天空の一隅を指差した。

宗冬と貞頼は上様が指差した方角を仰いで顔色を変えた。

乳色の雲が妖しげな鈍《にぶ》い輝き——おそらく日の光の内包による——を放ちつつ渦巻きながら下りてくるではないか。竜のうねりのようにも見える。

突然、蟻の足音が三人の背後で、はっきりと激しさを増した。

三人は振り返って絶句した。

風車のように渦巻く乳色の靄が、直ぐそこ、七、八間と離れていない直ぐそこに巨大な壁を築き上げているではないか。

宗冬が「いかぬ……」と抜刀し、上様に飛びかかった貞頼が「伏せて下さい」と抑え込んだ。

たちまち三人は、乳色の靄に呑み込まれて、視界を失った。

「この場を動かずに息を殺して伏せていて下され上様」

「判った」

囁《ささや》き合う二人は、もうお互いの顔が見えなくなっていた。

と、ガツン、チャリン、ガチッと靄の中、直ぐ先で鋼《はがね》と鋼の打ち合う音。

めまぐるしい速さだ。

続いて家綱と貞頼が伏せている脇に、ドスンと何かが落下し、乳色の鈍い輝きの中に無数の大小赤い花が飛び散った。

乳色の鈍い輝きの中であるからこその、鮮明さなのであろう。その赤さはまさしく、くっきりとした夥《おびただ》しい数の朱色の花に見えた。

「何が落下したのじゃ貞頼」

「気になさいまするな」

「いや、しかし……」

家綱は自分の右手脇に半円を描くかたちで手を這わせた。

何かが指先に触れたので、家綱は思い切り腕を伸ばす姿勢を取ってそれを摑んだ。

生温かった。家綱は構わずそれを引き寄せたが濃過ぎる靄がそれを家綱に見させようとしない。

ガツン、チン、チャリンと剣戟《けんげき》の響きが一層激しさを増す。

「まずい……上様。ここを絶対に動いてはなりませぬぞ」

「おう、動かぬ」

家綱は剣戟の響き激しい方角へと、貞頼が脱兎《だっと》の如く飛び出して行く空気の泡立ちを捉えた。

家綱は濃い靄の中、右手で掴んだものを胸元へ引き寄せ、両手を這わせるようにしてまさぐった。

「腕……じゃ。まさか宗冬の……」

家綱が宗冬の身を案じてそれを手放したとき、今度は目の前でドスンと地面が鳴った。

これは直ちに両手でもって長い髪らしいものを掴んで引き寄せることが出来た。結構な重さだ。

(襲撃者の頭……か。頼むぞ、宗冬、貞頼。殺《や》られてくれるな)

家綱は胸の内で呟きながら、引き寄せた長髪の頭らしいものをまさぐり「ん?」となった。

(こ奴……何やら面をかぶっているな)と家綱は判断した。角《つの》のようなものが突き出ているらしい面、とまで判って家綱はその面をかぶった頭らしいのを方角判らぬまま思い切り力を込めて投げ捨てた。

「いえいっ」

靄の向こうから貞頼の気合が伝わってくるのと、サパッという聞こえ方がする切断音。鋭利な切っ先三寸で、肉体の柔らかな部分を、凄まじい速さで斬ったときの音だ。

乳色の靄の中でまたしても大小朱の花がパアッと咲き乱れ四散する。

安定を欠いたと判る引き摺るような足音がこちらへ近付いてくるのを、家綱は感じた。

伏せたままの姿勢で家綱は抜刀した。

明らかによろめいていると判る足音が、左手の直ぐ先で尚のこと乱れ、そして倒れたと判る音がした。宗冬でも貞頼でもない、と家綱は確信した。

自信のある確信であったから、すかさず家綱は片膝立ちの姿勢を取るや、その気配に向かって刀を無言のまま繰り出した。

豆腐でも貫いたような、やわらかな手応えがあって、「うむっ」と相手が呻く。

家綱は刀を二度、抉《えぐ》るようにひねり上げてから引き抜いた。

自分の肩や胸元にバシャッと降りかかってくるものがあって、「血だ……」と家綱は理解した。意外な落ち着きの中にある自分に、家綱は満足した。これも宗冬や貞頼と真剣で稽古《けいこ》する機会を増やしているからであろうと思った。

チャリンという乾いた音を最後として、剣戟の響きが消えて無くなった。

それを待ち構えていたかのように、「謎《なぞ》」としか言いようのない靄が次第に薄まってゆく。

そして家綱の目に、大刀を右手に提《ひっさ》げてやや肩を怒らせ気味に辺りを見まわしている剣客二人の姿がくっきりと映り出した。

「大丈夫か。宗冬、貞頼」

家綱はゆっくりと腰を上げて刀を鞘に納め、二人の方へ近寄っていった。その二人の周囲《まわり》に何と累累と骸《むくろ》が転がっている。その数、九体。

「あ、上様。その肩や胸元の血は何となされました」

家綱の方を振り向き見た宗冬が顔色を変えた。

「あれがな……」

家綱は少し離れたところに倒れ込んで既に息絶えている其奴《そやつ》を指差した。

「私《よ》のそばでよろめき倒れ込んだので、靄の中見えぬままに刀を繰り出したのじゃ。その返り血よ。心配致すな」

「それはまた……」

「二人とも怪我はないか」

「大丈夫でございます」と二人は頷き答えた。

「それにしても妙じゃな宗冬。二人のまわりに転がっておる骸は素面《すめん》じゃが、私《よ》は先程、角付きの面をかぶった頭らしいのを方角判らぬまま投げ捨てたぞ」

そう言いつつ家綱は辺りを見回したが見つからない。

「おっ……どのような面《めん》であったか判りませぬか上様」

と、宗冬が驚き、貞頼がようやく大刀を鞘に納めた。

「濃い靄の中じゃったしのう、どの方角へ投げ捨てたものやら……」

「どれ……」

宗冬も大刀を鞘に納め、三人肩を揃えて四方を見回した。

「おお、あれにある」

宗冬が畑の中を指差して、小駆けに踏み入った。

「これはまた、相当な力で投げられたものですな上様」と貞頼が苦笑。

「うむ。まあのう……」家綱も苦笑した。

宗冬が頭部から面だけを取って、険しい顔つきで戻ってきた。

それを見て家綱と貞頼は目を見張った。

それは、燻《いぶ》し銀《ぎん》色の長い髪を持つ般若面《はんにゃめん》であった。

それも形相ひときわ凄まじい。燻し銀色の長い髪の中から突き出た二本の角《つの》は槍の穂先の如く鋭く、眼《まなこ》は目尻で跳ね上がり、口は耳の下まで三日月状に裂けて唇は朱の色である。

「一体なんじゃ、この面は」

貞頼が顔を顰《しか》め茫然となり、改めて不安を覚えたのであろうか宗冬が足元へ般若面を投げ捨て、刀の柄に右手を触れて辺りを幾度も見まわした。

何を思ったのか貞頼が、散乱している九体の骸の中へと足早に入っていった。

貞頼が一体一体の顔を、片膝ついて覗き込むように検《み》ていく。

そして、家綱と宗冬の前に戻ってきた。

「上様。向こうの九体も間違いなく面《めん》で顔を覆っていたようでござりまする。顔の皮膚にはっきりとその痕跡《こんせき》が見られます」

「そうか。すると襲撃者の数は更に多くあって、其奴らが逃《のが》れ去る際に骸の般若面をいち早く剝《は》ぎ取ったのやも知れぬな」

「だとすれば襲撃者は、あの乳色の靄の中で充分に物が見えていた、ということになりまするが」

「無論そうであろう。鍛錬《たんれん》してそのような眼力《がんりき》を身に付けたのかどうかは判らぬが、見える能力を有するがゆえに我我三人に襲い掛かってきたのじゃ」

「なるほど……上様の仰《おっしゃ》る通りかも知れませぬ」

「いずれにしろ上様……」

と、宗冬が返り血で汚れた我が身に顔を曇らせ、

「この血汚れの着物では、聖なる大神神社へ引き返す訳には参りませぬ。そこでじゃ貞頼殿」

宗冬が貞頼と目を合わせると、「判り申しました」と貞頼は阿吽《あうん》の呼吸で頷いてみせた。

「この界隈の百姓家で野良着を分けて貰い、我が妻雪代の生家《さと》である飛鳥村の曾

雅家へと足を向けることに致しましょう。曾雅家の者は皆、教養と常識に豊かでありまするから、上様の忍び旅について、あれこれと干渉するようなことは万が一にもありませぬでしょう」

「そうか。そうしてくれるか。百姓家から譲り受ける野良着については、きちんとした応分の支払い、いや、応分以上の支払いを忘れてはならぬぞ。百姓にとって野良着は非常に大切なものじゃから」

「はい。心得ておりまする。その点については、お任せ下され」

貞頼が答えて、ようやく表情を緩めたときであった。女たちの明るい笑い声が何処からともなく伝わってきた。

しかも、こちらに向かって近付いてくる様子だ。

宗冬が迷うことなく足元の般若面を拾いあげて、返り血の目立つ自分の胸元へ捩《ねじ》込ませて言った。

「骸を片付けている余裕はございませぬな上様」

「仕方があるまい。骸を見つけた百姓たちは仰天して直ぐにも役所へ届けるじゃろう。宗冬はこのあと奈良奉行とうまく連絡を取り合うように」

「御意」

「まずいぞお前たち。女たちの笑い声は間違いなくこちらへと近付いてくる。今年の田畑の実りはよい、とか言《ゆ》うておるようじゃから、この三輪の里の者ぞ」

「ひとまず林の中へ姿を隠すしかありませぬな」

「さ、こちらへ、上様」

貞頼が通りの直ぐ右手の林に一礼してから、その中へと踏み込んでいった。一礼したのは、もちろん御神体三輪山の林だからである。

家綱も三輪山に向かって姿勢正しく合掌してから、少し慌て気味に貞頼の後に続いた。

宗冬は、いよいよ近付いてくる女たちの明るい話し声と笑い声の方角へほんの少しの間、鋭い目を向けていたが、そのあと御神体に深深と頭《こうべ》を垂れ、四代将軍の後に続いた。

道の南詰めの角に、野良着の女たちが明るい日差しの中へ笑顔で現われた。

「門田泰明時代劇場」刊行リスト

ひぐらし武士道
『大江戸剣花帳』（上・下）　徳間文庫　平成十六年十月
光文社文庫　平成二十四年十一月
新装版　徳間文庫　令和二年一月

ぜえろく武士道覚書
『斬りて候』（上・下）　光文社文庫　平成十七年十二月

ぜえろく武士道覚書
『一閃なり』（上）　光文社文庫　平成十九年五月

ぜえろく武士道覚書
『一閃なり』（下）　光文社文庫　平成二十年五月

浮世絵宗次日月抄
『命賭け候』　徳間書店　平成二十年二月
徳間文庫　平成二十一年三月
祥伝社文庫　平成二十七年十一月
（加筆修正等を施し、特別書下ろし作品を収録して『特別改訂版』として刊行）

ぜえろく武士道覚書
『討ちて候』（上・下）　祥伝社文庫　平成二十二年五月

浮世絵宗次日月抄
『冗談じゃねえや』　徳間文庫　平成二十二年十一月
　光文社文庫　平成二十六年十二月
（加筆修正等を施し、特別書下ろし作品を収録して『特別改訂版』として刊行）

浮世絵宗次日月抄
『任せなせえ』　光文社文庫　平成二十三年六月

浮世絵宗次日月抄
『秘剣　双ツ竜』　祥伝社文庫　平成二十四年四月

浮世絵宗次日月抄
『奥傳　夢千鳥』　光文社文庫　平成二十四年六月

浮世絵宗次日月抄
『半斬ノ蝶』（上）　祥伝社文庫　平成二十五年三月

浮世絵宗次日月抄
『半斬ノ蝶』（下）　祥伝社文庫　平成二十五年十月

浮世絵宗次日月抄
『夢剣　霞ざくら』　光文社文庫　平成二十五年九月

拵屋銀次郎半畳記
『無外流　雷がえし』（上）　徳間文庫　平成二十五年十一月

拵屋銀次郎半畳記
『無外流 雷がえし』(下)　徳間文庫　平成二十六年三月

浮世絵宗次日月抄
『汝 薫るが如し』　光文社文庫
(特別書下ろし作品を収録)　平成二十六年十二月

浮世絵宗次日月抄
『皇帝の剣』(上・下)　祥伝社文庫
(特別書下ろし作品を収録)　平成二十七年十一月

拵屋銀次郎半畳記
『俠客』(一)　徳間文庫　平成二十九年一月

浮世絵宗次日月抄
『天華の剣』(上・下)　光文社文庫　平成二十九年二月

拵屋銀次郎半畳記
『俠客』(二)　徳間文庫　平成二十九年六月

拵屋銀次郎半畳記
『俠客』(三)　徳間文庫　平成三十年一月

浮世絵宗次日月抄
『汝よさらば』(一)　祥伝社文庫　平成三十年三月

拵屋銀次郎半畳記
『俠客』(四)　徳間文庫　平成三十年八月

浮世絵宗次日月抄
『汝よさらば』（二）　祥伝社文庫　平成三十一年三月

拵屋銀次郎半畳記
『俠客』（五）　徳間文庫　令和元年五月

浮世絵宗次日月抄
『汝よさらば』（三）　祥伝社文庫　令和元年十月

『黄昏坂《たそがれざか》　七人斬《ななにんぎ》り』　徳間文庫　令和二年五月
（特別書下ろし作品を収録）

【初出】
黄昏坂　七人斬り　特別書下ろし
悠と宗次の初恋旅　『皇帝の剣　下』　祥伝社文庫
思案橋　浮舟崩し　『冗談じゃねえや』　光文社文庫
苦難をこえて　『天華の剣　下』　光文社文庫
くノ一母情　『命賭け候』　祥伝社文庫
残り雪　華こぶし　『汝　薫るが如し』　光文社文庫

この作品はオリジナル編集です。

徳間文庫

黄昏坂《たそがれざか》 七《なな》人《にん》斬《ぎ》り

2020年5月15日 初刷

著者 門《かど》田《た》泰《やす》明《あき》
発行者 小宮英行
発行所 株式会社徳間書店
〒141-8202 東京都品川区上大崎三-一-一 目黒セントラルスクエア
電話 編集〇三(五四〇三)四三四九
販売〇四九(二九三)五五二一
振替 〇〇一四〇-〇-四四三九二
印刷 製本 大日本印刷株式会社

ISBN978-4-19-894557-2 (乱丁、落丁本はお取りかえいたします)